Belas
Sombras

L.J. SHEN

TRADUÇÃO LUCIANA DIAS

Belas Sombras

*No jogo sombrio do destino,
amar demais pode ser perigoso...*

Faro Editorial

COPYRIGHT © 2022. BEAUTIFUL GRAVES BY L.J. SHEN
COPYRIGHT © FARO EDITORIAL, 2024.

Todos os direitos reservados.
Nenhuma parte deste livro pode ser reproduzida sob quaisquer meios existentes sem autorização por escrito do editor.

Diretor editorial **PEDRO ALMEIDA**
Coordenação editorial **CARLA SACRATO**
Assistente editorial **LETÍCIA CANEVER**
Tradução **LUCIANA DIAS**
Preparação **NATHALIA RONDAN**
Revisão **GABRIELA DE AVILA** e **THAÍS ENTRIEL**
Imagens de capa e miolo **@ANA, @DANIIL | ADOBE STOCK**
Capa e diagramação **VANESSA S. MARINE**

Dados Internacionais de Catalogação na Publicação (CIP)
Jéssica de Oliveira Molinari CRB-8/9852

Shen, L. J.
 Belas Sombras / L.J. Shen ; tradução de Luciana Dias. — São Paulo : Faro Editorial, 2024.
 320 p.

 ISBN 978-65-5957-571-8
 Título original: Beautiful Graves

 1. Literatura norte-americana I. Título II. Dias, Luciana

24-1391 CDD 813

Índices para catálogo sistemático:
1. Literatura norte-americana

1ª edição brasileira: 2024
Direitos de edição em língua portuguesa, para o Brasil, adquiridos por FARO EDITORIAL.
Avenida Andrômeda, 885 - Sala 310
Alphaville — Barueri — SP — Brasil
CEP: 06473-000
www.faroeditorial.com.br

As coisas que amamos nos dizem o que somos.
— *Tomás de Aquino*

A esperança é o sonho do homem acordado.
— *Aristóteles*

PLAYLIST

Duran Duran — *Save a Prayer*
Oasis — *Don't Look Back in Anger*
Annie Lennox — *No More 'I Love You's'*
Dubstar — *Stars*
The Hollies — *The Air That I Breathe*
Goldfinger — *Put the Knife Away*

PRÓLOGO

Não foi assim que eu imaginei entrar nessa igreja.

Usando roupas pretas, e sustentando olheiras profundas e lábios rachados.

A única coisa revirando no meu estômago agora é uma xícara morna de café que tomei de um gole só para empurrar o calmante para dentro.

Apesar de todos que eu conheço estarem aqui, me apoiando, sei que não importa. O problema das tragédias é que nunca se supera a Grande Solidão. Em algum momento, ela te alcança. No meio da noite. Quando se está tomando um banho rápido. Ao rolar na cama e o lençol estar passado e intocado onde seu amado deveria estar.

Os grandes momentos na sua vida são sempre vivenciados em isolamento.

Só que não estou pronta para me despedir.

— Não precisa ficar para o enterro — diz meu pai, prático e direto ao ponto. Enquanto passamos pelas pessoas, mantenho meu olhar fixo nas portas da igreja, recusando contato visual. — Eles vão entender. Você está enfrentando um pesadelo agora.

Talvez seja errado não me importar com o que as pessoas pensam, mas realmente não me importo. Não vou estar aqui quando o caixão for colocado na terra. Vou embora muito antes de todo mundo desabar. Antes de se tornar real. Talvez isso faça de mim uma covarde, mas simplesmente não vou aguentar outra despedida prematura.

— Aposto que ele vai ter uma bela lápide. — Ouço minha própria voz. Ela sai da boca do meu estômago, como bile. — Tudo nele é lindo.

— *Era* — uma voz atrás de mim me corrige.

Não preciso me virar para saber a quem pertence.

É o homem que tem o outro pedaço do meu coração.

E isso basta, chego ao meu limite. A meio metro das portas da igreja, caio de joelhos, abaixo a cabeça e começo a chorar. Enlutados à minha volta murmuram em voz baixa. *Pobrezinha; Não é a primeira tragédia que enfrenta; O que ela vai fazer agora?*

Eles têm razão. Não tenho ideia do que vou fazer. Porque mesmo nos melhores momentos, sempre estive dividida.

Entre o homem que estou prestes a enterrar.

E o homem parado atrás de mim.

UM

Dezoito.

Tudo começa com um gesto ousado, uma tentativa insensível da minha melhor amiga de chamar a atenção de um sujeito qualquer.

— Você está se matando, cara.

Pippa estende a mão para pegar o cigarro da boca dele. Ela o tira dos lábios dele e o parte em dois.

Não tem nem uma hora que chegamos em Barcelona e ela já está buscando maneiras criativas de fazer com que nós duas acabemos mortas.

— Pronto. De nada. Acabei de te salvar de um câncer. — Com uma jogada de cabelo, ela desliza pelas portas de correr de uma farmácia, deixando o cara lá parado.

— Desculpe. Esquecemos de colocar a educação dela na mala — murmuro para o fumante na calçada depois de arrancar meus fones de ouvido.

É isso o que fazemos, Pippa e eu. Ela ateia fogo; eu apago. Ela é sexy e provocadora; eu sou tão pouco emotiva quanto uma estátua de gelo em um casamento da realeza. Ela poderia conquistar um poste, e eu... bem, ainda suspeito que eu possa ser assexual, apesar de (ou talvez *por causa* de?) ter perdido minha virgindade há alguns meses.

Pippa e eu temos história. Nós nos conhecemos no primeiro dia do jardim de infância e brigamos pelo mesmo cubo de encaixe (com o qual, reza a lenda, ela bateu na minha cabeça). Somos inseparáveis desde então.

Eu sou a garota macabra e gótica de coturno em oposição à sua personalidade luminosa, tipo uma Ariana Grande colorida.

Fomos para a mesma escola no ensino fundamental, no ensino médio e para as mesmas colônias de férias.

Agora, Pippa e eu estamos matriculadas na Universidade de Berkeley.

Foi ideia da Pippa vir para a Espanha por duas semanas. Uma última farra antes de começarmos a faculdade. Ela é meio-espanhola pelo lado da mãe, e uma das suas tias, Alma, mora em Barcelona, o que significa um lugar de graça para nós ficarmos.

— Vamos criar uma nova regra. — Ajeito minha mochila por cima de um dos ombros enquanto passamos embaixo da placa verde e brilhante escrita FARMÁCIA: 24 HORAS. — Chega de irritar os moradores. Se você se meter em uma briga de rua, vou passar direto e fingir que não te conheço.

Isso é mentira. Eu levaria um tiro por ela. É só que eu realmente prefiro não ter que fazer isso.

— Ah, para! — Pippa bufa, pegando uma cesta verde no caminho da seção de higiene pessoal. — A gente tem duas semanas para fazer todas as loucuras possíveis antes de voltarmos à realidade. A faculdade é uma coisa séria, Lawson. Agora é a hora de se meter em uma briga de rua. Ainda mais com um cara gostoso daquele.

Ela joga xampu, condicionador, pasta de dentes e duas escovas de dentes na nossa cesta. Acrescento Tylenol, filtro solar e hidratante. Nenhuma de nós duas quis trazer nada que pudesse vazar nas malas.

Pippa para no meio do corredor de produtos de barbear.

— Acha que vendem pílula do dia seguinte sem receita médica aqui?

— Por quê? Está planejando fazer sexo sem camisinha com um desconhecido? — pergunto.

— Curiosa você, hein? Não falei nada sobre *tomar* a pílula. — Ela encolhe os ombros, depois pega a minha mão e me puxa para o próximo corredor. Eu sei que nossa voz está com cerca de cinco decibéis a mais do que qualquer um na farmácia. E ela não está vazia. Há um casal idoso falando com o farmacêutico, uma grávida apertando os olhos para um vidro de laxante e um monte de caras de uniformes de futebol dando uma olhada em pomadas para coceira na virilha.

Ela para no corredor que chamamos de Hora Sexy. Pippa passa uma unha pontuda com chamas desenhadas nas pontas em vários produtos.

— Não se esqueça de comprar camisinha. — Roo o esmalte preto da minha unha, desesperada para sair dali. Quero me jogar no chuveiro da tia dela e me limpar do voo de doze horas, depois relaxar. — Sabe, caso mude de ideia de levar clamídia para casa como lembrancinha.

— Clamídia é uma lembrancinha horrível. — Pippa desvia o olhar para mim, sorrindo. — Precisamos de uma lembrancinha *de verdade*. Vamos fazer uma tatuagem aqui.

— *Você* vai fazer uma tatuagem aqui — corrijo. — Eu não.

— Por quê? Você com certeza não tem medo de agulha. — Ela olha para o meu piercing no septo e ergue uma sobrancelha.

Eu o enfio dentro do nariz.

— Piercing tudo bem. Tatuagens precisam de fidelidade, e eu não sou fiel. Preciso te lembrar? Eu não sou fiel nem a um cereal.

— Você *é* fiel a um cereal, sim — bufa ela. — As bolinhas de chocolate.

— Mesmo sendo tão apaixonada por bolinhas de chocolate, estou sempre disposta a me atracar com um pote de flocos de milho ou aquele outro de frutas.

— Aquele de frutas... — Ela encolhe os ombros. — Às vezes acho que você é um caso perdido. Seja como for, você tem que fazer uma tatuagem. Sua mãe vai ficar orgulhosa demais se você fizer.

— Vou arcar com as consequências de decepcionar ela.

Pippa tem toda razão. Bárbara "Barbie" Lawson ficaria eufórica se eu contasse que estava fechando o braço com tatuagens. Ela mesma tinha tatuado a maior parte das costas, das panturrilhas e dos pulsos. Citações que ela admirava. *Tatuagens são como colocar papel de parede em uma casa com uma pintura comum*, ela sempre dizia.

Nascida em Liverpool, Inglaterra, minha mãe fugiu para São Francisco quando tinha dezesseis anos. Ela não é uma mãe típica. Por isso eu a amo não somente como mãe, mas também como pessoa.

— Ever. — Pippa bate o pé no chão com força. Everlynne é o meu nome. Mas vamos falar a verdade: a vida é muito curta, embora meu apelido queira dizer "sempre". — Vamos lá.

Uso meus dois dedos indicadores para fazer o sinal da cruz, como se ela fosse uma vampira.

— Ai, está bem! — Pippa joga os braços para o ar e pega um pacote de camisinhas. — Sem tatuagens, mas vou levar você para o mau caminho. Estou ensaiando uma intervenção. Everlynne Bellatrix Lawson, você tem sido uma garota muito, muito má. E por má, eu quero dizer boa. Muito boa. Boazinha de *dar nos nervos*. Somos da Geração Z! Foder com tudo está no nosso DNA, tá? Crescemos com as redes sociais e as irmãs Kardashian.

— Estou fodendo bastante com tudo sem foder com ninguém — retruquei, embora nós duas soubéssemos que isso não era verdade. No que diz respeito a atos rebeldes, eu sou agressivamente entediante.

— Eu deixo o negócio da tatuagem de lado se você me prometer usar uma dessas belezinhas aqui na nossa viagem de duas semanas.

Ela estava apontando para as camisinhas. Estou a ponto de explodir em minúsculos pedacinhos de constrangimento. A única coisa que me impede é que eu odiaria fazer uma bagunça aqui além de causar uma cena.

Ouvimos uma risada vinda do corredor do nosso lado. Temos plateia.

Iupi! Viva!

— Eu *não* sou virgem! — Arranco as camisinhas da mão dela e jogo bem no fundo da cesta, embaixo dos absorventes internos e da pasta de dente.

— Bem, foi com o Sean Dunham, então nem conta — brinca Pippa.

Um ronco de uma risada flutua na nossa direção, mas não consigo ver a pessoa porque há uma parede de pacotes de camisinha no caminho. Falar inglês é um saco mesmo. Não importa onde no mundo você esteja, todo mundo sabe o que você está falando.

— Ei! Nós fomos até o fim.

— Tá mais para se arrastaram até lá. Foi tão decepcionante. E você terminou com ele meio segundo depois — rebate Pippa.

Exato. Perturbadoramente exato. Não tenho como contestar isso.

— E se eu não gostar de ninguém? — Cruzo os braços.

— Você nunca gosta — suspira ela. — Não estou achando que você vai se apaixonar aqui. É só pelo prazer.

A pessoa do outro lado do corredor está gargalhando sem parar agora. A voz definitivamente pertence a um homem. Baixa e rouca.

Quer manteiga na sua pipoca, cara?

— Precisa aprender como jogar, Ever. Essa é a sua tarefa para essa viagem. Encontrar prazer com um estranho total. Sem consequências. Sem relacionamento. Só uma ficada num país estrangeiro.

Com certeza a pessoa do outro lado do corredor já tinha ouvido o suficiente sobre minha vida sexual (ou a falta dela), e me viro para Pippa com um olhar fulminante.

— Não vou transar com um estranho.

— Você vai, sim.

— Não vou, não.

— Então vou ter que encher o seu saco para fazer uma tatuagem comigo. Cansada das suas zoações, solto um gemido de frustração.

— Tanto faz. Vou usar uma. Vai pegar umas besteiras de comer. Preciso fazer uma ligação.

— Se for ligar para a Barbie pedindo apoio moral, nem se dê ao trabalho. Ela vai ficar do meu lado, e você sabe disso. — Pippa sai dando pulinhos como uma fada, deixando um rastro de risadinhas enquanto se afasta.

Pego meu telefone na mochila e espero que as barrinhas de sinal apareçam.

Ligo para a minha mãe. Ela atende no primeiro toque, embora sejam altas horas na Califórnia.

— Ever! — murmura ela. — Como está em Barcelona?

— Estou aqui há menos de uma hora e Pippa já tentou brigar com um homem, comprou camisinhas e tentou me convencer a fazer uma tatuagem.

— E imagino que você esteja horrorizada com tudo isso? — Sinto um sorriso na voz da minha mãe.

— Nossa, mãe, parece até que a gente já se conhece.

— Bem, então. Tudo isso é normal na terra de Pipper. — *Pippa + Ever*. Eu adoro que ela nos deu um nome para shippar. Barbie Lawson é a mãe mais legal que já existiu.

— Já estou com saudades. — Enterro meus dentes no lábio inferior.

— Na verdade — ela dá uma risada —, eu só estou acordada até agora porque eu estava olhando um álbum antigo de fotos suas. Não consigo acreditar que meu bebê está do outro lado do oceano, na Europa, em uma viagem com a amiga.

Ui. Não vou chorar no corredor da Hora Sexy. Não vou.

— É, nem eu. Tenho que ir agora, mãe. Eu te amo.

— Eu também, mais do que tudo no mundo.

Desligo a chamada e estou prestes a enfiar o telefone no bolso de trás.

Uma sombra paira sobre mim, bloqueando a passagem. Olho para cima. É o Cara Fumante da rua. Pippa está certa. Ele *é* meio gostoso. De uma maneira que não é óbvia. Ele parece feito sob medida para o meu gosto. Desenhado com traços acentuados de carvão, como um personagem de mangá. Ele é alto, mais atraente do que a maioria, e magro. Sua postura parece a de um girassol murcho. Cabeça abaixada, como se ele estivesse lutando para escutar as pessoas de estatura normal. Ele tem olhos azul-escuros, um queixo quadrado e um nariz que é um pouco pontudo e longo demais. O formato comum do seu nariz dá às suas feições perfeitas mais espaço para brilhar. É o golpe de gênio final da natureza, fazendo com que ele seja tanto bonito quanto acessível.

— Balões d'água — ele fala sem expressão, com um sotaque americano.

— Hum, o quê?

Ele inclina a cabeça na direção da prateleira de camisinhas. Certo. A exigência louca da Pippa de que use pelo menos uma.

— Encha de água e exploda na cabeça dela.

— Isso é horrível — eu digo.

— Horrível? Não. Justo? Sim.

— Não posso fazer balões d'água. — Tiro o piercing do septo de dentro do nariz. — Isso não vale.

Quero que ele veja o piercing. Não tenho certeza do *motivo* pelo qual quero que ele veja. Talvez porque esteja usando uma calça jeans surrada dobrada nos tornozelos e tênis gastos. Ou talvez porque seu cabelo escuro despenteado e sua camiseta *Clube dos antissociais: candidatos não precisam se candidatar* me atraiam, da mesma maneira como um estranho lendo seu livro preferido no trem.

— Não tinha percebido que precisávamos manter altos padrões de moral aqui. — O rosto dele se desmancha em um sorriso confuso. Alguma coisa dentro de mim se derrete. É quente, e viscoso, e se aloja no meu estômago. *Meu deus.* Não é de se admirar que Pippa seja obcecada com homens. É como andar em uma montanha-russa enorme depois de se empanturrar de burritos.

De repente presto muita atenção nos meus braços. Eles sempre foram tão compridos? Pesados? Desajeitados assim?

— Você estava ouvindo a nossa conversa? — pergunto, tentando me ver através dos olhos dele. Com minha saia escocesa e meu cabelo brutalmente laranja. A cor rivaliza com a de uma folha de outono perfeitamente queimada. Mas, como ruivos são menos de dois por cento de toda a população mundial, eu não quero tingir.

Ele levanta o braço, gesticulando para um pacotinho na mão.

— Vim comprar isso.

— *Lápis de boca?* — Ergo uma sobrancelha. — Para combinar com seus cílios postiços?

Vejo um toque obscuro por trás do seu sorriso, e aquilo me incita a me aproximar, espiar mais.

— Está bem. — Ele encolhe os ombros. — Eu entrei para dizer umas verdades para a sua amiga, mas fiquei pela diversão. Me julgue.

— Me desculpe. — Dou uma risada. — Pippa é legal, sabe. De uma maneira "às vezes quero tapar sua boca com fita adesiva reforçada, mas sempre vou te amar".

— Então tá, né?

— É sério. De verdade. Pode confiar. Ela é minha melhor amiga.

Em algum lugar no fundo da minha cabeça reconheço que meu comportamento está bem estranho hoje. Mas eu quero continuar com essa conversa.

— Vocês duas são diferentes.

— Por quê? Porque ela é a Senhorita Popular, e eu sou gótica?

— É — diz ele categoricamente.

Esse cara é um rebelde de verdade. Raiz. Não como eu e meu piercing de septo esteticamente bonito.

Então ele diz:

— Pessoas-padrão não são revolucionárias. Nada de bom vem delas. A média equivale a conforto.

— Tem um elogio escondido em algum lugar dessa frase? — Semicerro os olhos.

Ele curva os lábios ligeiramente para cima. Eu me sinto leve de repente. Como se eu pudesse flutuar como um balão se ele continuar me dando essa atenção viciante.

— Você quer que tenha?

Acho, apesar do seu tom indiferente, que ele não está tão desinteressado quanto quer que eu acredite que esteja. Meu coração dá um golpe direto no meu peito. Mas, como a esperança é a grande receita para se dar mal, tento examinar por todos os ângulos. Talvez ele esteja aqui pela minha amiga glamorosa e excêntrica, e logo vai me deixar com um dos seus camaradas enquanto paquera Pippa. Já passei noites incontáveis em conversas estranhas com caras aleatórios enquanto Pippa flertava sem parar. Isso normalmente não me perturba, mas, dessa vez, eu sei que vai doer se ele a quiser.

— O que está escutando? — Ele muda de assunto, fazendo um gesto com o queixo na direção dos fones de ouvido pendurados por cima dos meus ombros, bem na hora em que eu pergunto...

— Então você está aqui de férias ou...?

Nós dois rimos. Eu respondo primeiro.

— A melhor música que já foi gravada no mundo inteiro.

— *Never Gonna Give You Up*, do Rick Astley? — Os olhos dele se arregalam de um jeito cômico.

Mais gargalhadas.

— Não, mas você está na década certa.

— Desafio aceito. — Ele esfrega a palma das mãos. Posso ver que isso despertou seu interesse. — Vamos ver. — Ele me dá uma olhada geral e lenta, me analisando, como se a resposta estivesse escrita na minha blusa. — Vou tentar *Where Is My Mind?*, dos Pixies.

— Errou feio, meu amigo. — Viro o telefone para lhe mostrar o aplicativo de música ainda aberto na minha tela. — *Save a Prayer*, do Duran Duran.

— Caralho. Essa é uma música muito boa mesmo.

— A preferida da minha mãe. — Meu sorriso parece que vai rachar meu rosto ao meio.

— Sua vez. — Ele levanta o telefone no ar, depois rola a tela e escolhe uma música. — O que estou ouvindo agora?

— Me dê uma década.

— Noventa.

— Isso não facilita quase nada. — Eu me apoio em uma fileira de lubrificantes. — Quero te dar crédito por escutar alguma coisa que *não* seja *Smells Like Teen Spirit*.

— Ora, obrigado pela confiança. Uma pista: Inglaterra. — Ele sorri.

Franzo a testa, pensando.

— *Don't Look Back in Anger*, do Oasis.

— Resposta final?

Hesitante, confirmo com a cabeça.

— Sim.

Ele vira o telefone e vejo que eu estava certa. *Uau*. Caramba. Será que acabei de encontrar a versão masculina de mim mesma?

— Como você fez isso? — pergunta ele, me olhando de uma forma diferente. Como se eu tivesse passado em algum tipo de teste.

— Pelo poder da dedução. Em uma guerra entre Blur e Oasis, você *definitivamente* escolheria a banda da classe trabalhadora. E também aquele solo de guitarra.

— Só acho engraçado encontrar uma outra americana anglófila... na *Espanha*.

— Minha mãe é inglesa. Qual a sua desculpa?

— Não tenho. — Ele encolhe os ombros. — Às vezes você simplesmente nasceu no lugar errado. E na década. E na era.

— Pura verdade — eu me ouço dizer. — Agora é sua vez de responder a minha pergunta.

O rosto dele me fascina. É como se eu nunca tivesse visto um ser humano antes. Esse não é um comportamento normal de Everlynne. Normalmente, quando encontro outra pessoa, eu conto os minutos até poder me despedir dela. Não é que eu odeie as pessoas. Até gosto de algumas. Mas prefiro passar meu tempo com meus bichos, minhas músicas e meus livros cuidadosamente selecionados. Esses três raramente me decepcionam.

— Eu... — o Cara Fumante começa, mas Pippa invade nossa conversa, balançando duas sacolas plásticas nas mãos.

— Aqui. Comprei um montão de chocolate. Estou ficando de TPM. Você está ficando de TPM? Desde que os nossos ciclos começaram a sincronizar, eu acho que eu... — Ela para quando repara no Cara Fumante (qual o nome dele, afinal?). Fico mais uma vez mortificada de que agora ele não só sabe da minha história sexual inteira mas também tudo sobre o meu ciclo menstrual.

— ... Oi? — Ela inclina a cabeça, confusa.

Ele enfia a mão dentro do saco plástico, pega uma barra de chocolate, rasga a embalagem e come tudo em uma só mordida.

— Oi, ladra de cigarros.

Pippa fica boquiaberta.

— O que *mais* você come assim?

— Você não ia querer saber.

— Eu ia, na verdade. — Ela joga para ele seu sorriso sedutor.

Ele dá uma encarada entediada de garoto mau do tipo que convence adolescentes a comprarem cartazes.

Olho de um para o outro, com medo de estar testemunhando um épico momento de alguém se apaixonando.

De repente, percebo que eu não quero mesmo, *mesmo* ouvi-la contar como ele beija. Não quero fazer *ohh* e *ahh* e fingir que estou feliz por ela depois do inevitável acontecer e eles dormirem juntos. Quanto mais eles se encaram, mais suor frio se forma na minha pele. Até se tornar insuportável. O silêncio. A perspectiva de Pippa e o Cara Fumante juntarem os lábios em um canto escuro de uma boate em Barcelona ao som de uma música lenta do Arctic Monkeys enquanto eu travo uma conversa sem sentido com um dos amigos dele.

O que aconteceu com *pessoas-padrão não são revolucionárias?*

Pippa abre a boca, sem dúvida para flertar com ele. Alguma coisa se apossa de mim. Eu a agarro pelo pulso e a afasto. Ela vem cambaleando atrás de mim, tentando se desvencilhar. Mas estou movida pelo medo e pela determinação.

— O que você está fazendo? — questiona ela. — Ai, ele tem uma energia de pau grande! Vamos voltar.

— Não. — Nos lançamos para fora da farmácia refrigerada, alcançando a avenida de três pistas. — Não vou deixar você cair em tentação e destruir toda a nossa viagem de amigas planejando nossa programação em torno de um cara qualquer.

Pelo visto, essa é a razão para sairmos de repente. Inventei uma explicação do nada, mas já que falei isso, vou sustentar até o fim.

— Ai, meu deus, sua doida. Foi por isso que fez aquilo? — Ela para quando chegamos na esquina, depois afasta minha mão com um tapa. — Achou que *eu* ia dar em cima dele?

Estamos a uma boa distância da farmácia. Paro de repente, olhando em volta.

— Ou ele ia dar em cima de você. Tanto faz. Mesma coisa.

— Bom, azar o seu, Lawson, porque, quando eu disse que ele era bonito, eu quis dizer para *você*. Ele parecia um reflexo da sua alma. Nunca vi nada assim. Vocês sorriam como dois idiotas quando estavam conversando. Eu ia garantir que vocês pegassem o telefone um do outro. Não é todo dia que minha melhor amiga mostra sinais de vida.

Agora é minha vez de ficar estupefata.

— Foi por isso que você fez aquilo?

Ela bate no meu braço com uma das bolsas de compras.

— Foi, bobona!

— Mas vocês dois estavam se encarando.

— Ele estava me dando um olhar suma-daqui. — Ela ri. — Ele não foi nada sutil também.

Eu quero vomitar. Na verdade, acho que vomitei, um pouco, dentro da boca. Agora mesmo.

— Então por que você *não* sumiu?

— Eu estava tentando fazer com que ele não estragasse tudo.

— Ah, Pippa.

— Não vem com essa de *Ah, Pippa*. Corre lá de volta e dá o seu número para ele!

— Assim? — Pisco, ainda enraizada no chão.

Ela levanta um dos ombros.

— Você pode mostrar seus peitos para ele para um impacto dramático, eu acho.

Corto o ar como uma ave de rapina. Irrompo dentro da farmácia, chicoteando a cabeça de um lado para o outro. Se o Cara Fumante perguntar por que estou aqui, vou dizer que perdi a carteira. Ando pelos corredores. Verifico os banheiros. Até mesmo a cabine de foto. O Cara Fumante não está em nenhum lugar à vista.

O pânico cresce dentro de mim. E se ele já saiu? Ele com certeza não entrou aqui para comprar um lápis de boca mesmo. E se eu o perdi? E se já era? Nunca vou descobrir o nome dele. Onde ele mora. Se ele gosta mais de Guns N' Roses ou de Nirvana (acho bom que ele goste de Guns N' Roses, ou vamos ter muita coisa para esclarecer).

— Ele *fue* atrás de você — o farmacêutico atrás do balcão faz um barulho de *tsk* com um forte sotaque espanhol.

Eu me viro para ele.

— Ele foi?

— Sim, ele foi rápido. — Ele sorri como quem sente muito. — Mas você, *mucho más* rápida.

DOIS

Pela próxima semana e meia, comemos, bebemos e visitamos catedrais, o Camp Nou e a Bershka. Pippa fica com alguns caras nas boates, eu compro sem parar, e o Cara Fumante se torna quase um mito, alguém que eu nem sei mais se existia em algum lugar que não fosse a minha cabeça.

Quatro dias antes da data programada para voltarmos aos Estados Unidos, até conseguimos uma boa promoção para a Gran Canária e entramos num avião. Pippa faz amizade logo com um grupo de garotas americanas no avião, e é assim que acabamos numa festa na praia na véspera de embarcarmos de volta para casa.

A lua está grande e branca. Paira sobre a nossa cabeça como um pirulito. A areia, marrom-clara e fria entre os dedos dos meus pés, é diferente dos grãos claros de São Francisco.

Eu me sento na frente de uma fogueira, música pop explodindo das caixas de som. Devem ter umas cem pessoas aqui, todas em diferentes estágios de pouca roupa, bebedeira e dança.

Pippa está em algum lugar entre elas. Minha amiga desapareceu vinte minutos atrás com três garotas de Tallahassee para um jogo de virar o copo.

Tomo um gole da minha garrafa de cerveja e penso no Cara Fumante. Na verdade, penso em como a vida é aleatória sem nem se desculpar. Tudo o que me separa dele hoje é seu nome completo. Quero ser Gwyneth Paltrow em *De Caso com o Acaso*. Quero conseguir chegar no trem. Quero uma segunda oportunidade. Para escolher direito dessa vez.

Do meu lado, reparo em uma mochila de lona preta. Um caderno está saindo dela. Parece abandonada. Jogada ao acaso, procurando um novo dono. Meus dedos formigam para tocar nela. *Essa garota nunca encontrou um livro que não queira ler,* minha mãe costuma se vangloriar, e é verdade.

Estou ciente de que ler isso sem permissão é errado. Ainda assim, a tentação rasteja pelos meus membros como uma hera.

Ora, a mochila *está* jogada aqui, em uma praia cheia de gente, aberta. Se tivesse algo a esconder, o dono a levaria com ele.

Decido dar dez minutos ao dono do caderno antes de lê-lo. Se a pessoa foi ao banheiro, vai ter a chance de me impedir. Se estiver em qualquer outro lugar, bem, então ela não se importa muito de alguém ler o que tem ali.

Dez minutos se passam, depois quinze. Pego o caderno e abro em uma página qualquer. Meu coração está disparado no peito. Estou me sentindo uma ladra. Parece ser algum tipo de diário... um ensaio? As palavras vazam umas nas outras, como se tivessem sido escritas com muita pressa.

> São duas da manhã e ele acha que vai pular. Talvez pular seja só o que lhe resta a fazer. E não é ridículo que uma parte dele não queira pular porque tem medo do que seu chefe diria se não aparecesse no trabalho amanhã?
>
> Mas esse é exatamente o problema. A razão pela qual ele está aqui, nesse telhado, para começo de conversa. Ele trabalhou tanto para se sustentar que se esqueceu de viver. Agora esse clichê que você pode encontrar em uma xícara barata de uma loja de 1,99 o levou ao ponto de suicídio.
>
> Ele teve sua chance e a desperdiçou.
>
> Ele devia ter corrido mais rápido atrás dela.
>
> E quando ele quase a alcançou, devia ter puxado as costas da blusa dela sem se importar com o que aquilo ia parecer.
>
> Ele devia ter lhe dito que ela era perfeita.
>
> Mas ele não disse, então agora ele precisa pular.
>
> Pular... ou fazer outra coisa. Algo até mesmo mais ousado. Fazer uma mala e ir a Nova Orleans. Para procurar por ela.

Meus olhos ardem. Parece um conto. Ou o início de um romance. Viro as páginas, ansiosa por mais, porém, um leque de folhas em branco me encara de volta.

Uma mão aperta o meu ombro, fazendo minha cabeça dar um solavanco para cima de repente.

— Nada de ficar lendo, senhorita!

Pippa está trêbada, trocando as pernas. Relaxo de alívio porque não é o dono do caderno. E também murcho de decepção — pela mesma razão.

— Venha. Encha a cara. Viva um pouco. — Pippa joga o caderno na areia, depois me puxa para me levantar e anda balançando até um aglomerado de pessoas. Um anel de corpos bronzeados se move em volta de nós e me prendem lá dentro. Mudo o peso dos pés de um lado para o outro, me sentindo estranha como se a minha própria pele tivesse sido recém-costurada em mim. Tento adivinhar a quem o diário pertence. À garota com os *dreadlocks*? Ao cara com as tatuagens no peito?

Eu me afasto de Pippa. Ela está dançando com seus novos amigos, gritando todas as letras das músicas nos rostos deles.

Caminho em direção ao mar. A beira d'água é o único trecho de areia que não está ocupado. Paro. Dou uma olhada mais de perto no famoso *Neptuno de Melenara*. É uma escultura de quatro metros de altura de Netuno saindo do mar, não muito distante da costa. A água está azul-metálica. Brilha sob as estrelas. Enfio o dedo do pé dentro dela. A temperatura não está congelante. Eu podia nadar até a estátua. Sou uma ótima nadadora. Meu irmão e eu crescemos surfando. Renn (seu nome significa "renascido" ou "pequeno próspero") até virou surfista profissional.

Uma vozinha interior me diz que estou sendo idiota. Que entrar em uma massa de água desconhecida no breu total é um erro de principiante. Mas a escultura está a menos de trinta metros de distância e há um raio de uma festa atrás de mim. Difícil perder isso de vista.

Tiro meu vestido, que é justo na parte de cima. Entro no mar. Nado em direção ao Netuno com fortes braçadas. A água está agitada, mais fria do que eu esperava. Sou puxada pelas correntes. Não esperava que houvesse correnteza. O mar parecia calmo olhando de fora. De dentro, posso senti-lo me carregando com ele, por mais que eu tente nadar em linha reta. Levanto a cabeça para ver a distância que estou da estátua e percebo que estou cerca de cinco metros para o lado.

Arrepios percorrem a minha pele. Estou em apuros, e sei disso.

Eu me viro para dar meia-volta. Bem nessa hora, uma onda imensa me faz bater contra uma pedra enorme. Dou um impulso para longe dela com os pés antes de bater de novo. A água salgada enche minha boca, e engulo um tanto. O medo se transforma em pânico.

Não fique agitada. Deixe a correnteza te levar, depois recalcule.

Eu sei que essas coisas funcionam, aprendi nas colônias de férias de verão. Mas agora que passando por essa situação, estou surtando. Começo a pedir ajuda.

E se eu me afogar? E se eu morrer? E se nunca encontrarem o meu corpo? Será que Pippa ia achar que é culpa dela? Eu arruinaria a vida dela também? E eu me importo? Foi ela que insistiu para eu vir para cá hoje.

Mãe. Mãe. Mãe.

Meu pai e Renn ficariam arrasados, mas minha mãe não conseguiria sobreviver.

Não posso morrer. Sabendo disso, começo a lutar, sabendo que estou em desvantagem.

A correnteza é forte. Mesmo assim, eu me impulsiono no meio dela, tentando manter a cabeça acima da água e ver onde está a costa. Outra onda rasga o meu corpo e me manda a alguns metros de distância. Eu a deixo me levar, estico o pescoço e pisco em meio à escuridão em volta de mim. Levo alguns segundos para perceber que a onda me trouxe para mais perto da praia. Posso ver um fino colar dourado de luzes brilhando para mim. Uma explosão de alívio invade o meu corpo. Começo a nadar. Meus músculos estão queimando, meu corpo está tremendo, mas a adrenalina anestesia a dor. Sou uma sereia, correndo de piratas que querem me estripar.

Quanto mais perto eu chego, mais sinto a esperança crescendo no meu peito. De repente, um par de braços me agarra do alto. Os braços me puxam para cima pelas axilas. Sinto-me frouxa e pesada dentro deles conforme eles me levam no colo estilo lua-de-mel, e fico pressionada contra um corpo quente e seco.

— Consegue carregar ela? — pergunta uma voz rouca em espanhol.

— Consigo.

— Ela está…?

— Não sei. — A outra voz é americana. — Me ajude a levar ela até aquela árvore e damos uma olhada.

Alguns instantes depois, estou enrolada em um cobertor quente. Estou exausta demais para abrir os olhos. Uma luz de lanterna ilumina o meu rosto por trás das pálpebras.

Estremeço.

— Por favor, pare.

— Quanto tempo você ficou na água? — pergunta a voz espanhola.

— Sete ou oito minutos. — Estou tossindo as palavras. Meus olhos ainda estão fechados. Sinto braços me envolverem. Normalmente, eu me encolheria com a proximidade de um estranho, mas há alguma coisa naqueles braços que me seguram que tornam a situação aconchegante. Como se aqui fosse o lugar onde eu deveria estar.

— Você engoliu água? — a voz espanhola está falando bem na minha cara. Seu hálito, de tabaco mascado e cerveja, é quente contra a minha pele.

— Não muito. — Tusso mais uma vez.

— Está machucada?

— Não, machucada não. Só… cansada.

— Abra os olhos para mim, *chavala*.

Meus olhos abrem piscando. Um homem bronzeado com uma barba branca tipo pele de ovelha e uma lanterna me encaram de volta.

— Estou bem — digo. Começo a mover as mãos, os pés, giro o pescoço de um lado para o outro. Estou sem fôlego, e em choque, mas tudo parece intacto. Foi só um susto.

— Ah, não. Eu não te salvei. — Ele balança a cabeça. — Foi ele. — O homem aponta uma unha coberta de lama para o cobertor humano que está me abraçando. Viro o pescoço para conseguir ver a pessoa, mas isso me deixa tonta.

Mas não tonta o bastante para deixar passar a parte mais importante.

O ponto alto da minha viagem.

A pessoa que está me abraçando é o Cara Fumante.

E não parece que ele vai me soltar.

* * *

O Cara Fumante me salvou.

Ele está aqui, na Gran Canaria. Na mesma festa da praia. Quem ia adivinhar?

Belisco meu antebraço, no caso de estar alucinando. Ele ainda está aqui, e agora deixei uma marca roxa em mim mesma. Ele percebe e morde os lábios para esconder um sorriso. Balanço a cabeça. Talvez tenha tido uma concussão. Mas ele parece tão real, tão vivo, tão quente, enrolado em mim.

Por alguns momentos, só nos encaramos e nada mais. Nenhuma palavra parece adequada o suficiente para o que está acontecendo aqui. Vencemos todas as chances estatísticas. Coisas assim só acontecem nos filmes.

Sem pensar coloco a mão no rosto dele. Um último teste para me certificar de que ele não é uma ilusão. Sua pele está áspera e quente. Fico surpresa por eu não explodir em chamas. Não sei o que é, mas me sinto cem vezes mais viva agora do que um minuto atrás.

— Você. — O Cara Fumante cobre a minha mão com a dele. Sua voz está rouca. Grossa. Ele não sabia. Até os nossos olhos se encontrarem, agora mesmo, ele não sabia que era eu na água.

— *Você* — murmuro de volta. — Qual o seu nome?

O suspense estava me matando. Não parei de me perguntar qual seria seu nome desde o momento em que nos conhecemos.

— Joe.

— Joe. — Testo seu nome na minha boca. *Joe!* Bom e velho Joe. Um nome tão simples e despretensioso. Estou um pouco decepcionada com seus pais.

Esse foi o máximo que eles conseguiram pensar? Eles sabem como o filho deles é único e especial?

— Obrigada por me salvar, Joe.

O homem espanhol, de quem eu tinha me esquecido totalmente nos últimos minutos, o cumprimenta. Ele se levanta e caminha devagar em direção ao calçadão, desaparecendo na nuvem de pessoas. Olho em volta, finalmente me lembrando de que somos parte de um universo maior. Estamos embaixo de uma árvore, em algum lugar afastado. A festa ainda está a todo vapor. Estão fazendo uma competição de limbo agora.

— Qual é o *seu* nome? — pergunta ele.

— Ever. — Tiro minha mão do rosto dele, percebendo que não é legal apalpar estranhos à toa. — Everlynne.

— Obrigado por me salvar, Everlynne.

— Eu não salvei você... — replico.

— *Ainda*. — O sorriso dele é lento, provocante e grita encrenca. — Mas agora você me deve uma. E eu sempre cobro.

— Estou feliz de termos nos encontrado de novo — digo, antes de esquecer. — Tenho uma pergunta importante, que está me atormentando desde que eu te conheci.

Ele pisca para mim, esperando o resto. Inspiro profundamente.

— Guns N' Roses ou Nirvana?

Ele inclina a cabeça para trás e ri.

— Que tipo de pergunta é essa?

— Não é uma pergunta difícil se você tiver bom gosto. — Dou um sorriso.

— Nirvana tem *Lithium* e *Smells Like Teen Spirit* e basicamente nada mais. Guns N' Roses são lendas vivas.

Eu o encaro sem expressão. Isso é *exatamente* o que eu acho. Como podemos pensar as mesmas coisas?

— Como eu me saí? — Joe mexe as sobrancelhas.

— Perturbadoramente bem — admito. — Tenho certeza de que vamos encontrar coisas para discordar musicalmente, mas até agora estamos em sintonia.

Há um breve silêncio. Estamos simplesmente desfrutando do prazer de olhar um para o outro. Respiramos no mesmo ritmo, encolhidos juntos.

— O que você estava fazendo lá, Everlynne? Além do óbvio, que é me provocar um ataque cardíaco aos dezenove anos. — Joe tira o cabelo molhado do meu rosto com delicadeza.

Ele é um ano mais velho do que eu. Meu coração pula como uma debutante se preparando para sua primeira festa. Não importa que meu corpo esteja passando por um choque de adrenalina. Ele está feliz, esperançoso e entorpecido.

— Eu queria ver a estátua de perto.

E então, percebendo que alguma coisa está errada, acrescento:

— Ainda não estou usando nada além de calcinha e sutiã, não é?

— E a calcinha é transparente — confirma ele, mordendo os lábios para impedir seu sorriso.

Fechando os olhos, sussurro:

— Quando me imaginei nua nos seus braços, era bem diferente.

Minhas orelhas estão quentes. Não sei de onde veio essa sinceridade. Eu nunca digo o que está passando pela minha cabeça. Principalmente para estranhos. *Principalmente* para garotos estranhos. Mas Joe parece familiar.

— Você se imaginou nos meus braços, nua? — Ele ergue uma sobrancelha questionadora.

— Humm, talvez uma ou duas vezes.

— E você achou que uma boa maneira de me sinalizar isso era fugir e sumir do mapa quando nos conhecemos?

Não deixo de notar a irritação na voz dele. Vestígios do que deve ter sido raiva.

— Achei que você e a Pippa estavam dando mole um para o outro. Eu não consegui suportar a ideia de ver vocês dois… sei lá, flertando. Porque eu gostei de você. E eu nunca gosto de ninguém. Voltei para te procurar uns minutos depois.

Ainda estou nos braços dele enquanto temos essa conversa, enrolada em um cobertor felpudo xadrez laranja e roxo.

— Achou que eu estava dando em cima da *padrão*? — Ele soa surpreso… e um pouco arrogante.

— Bem, sim.

— Ouso perguntar se você ficou com ciúmes?

— Invoco a Quinta Emenda.

— Não estamos no Estados Unidos — ele aponta.

Encolho os ombros.

Quero que ele diga que gosta de mim, não da Pippa. Em vez disso, ele fala:

— Fui atrás de você também.

— O farmacêutico me contou — aquiesço.

— E agora você está aqui.

— E agora *você* está aqui. — Eu me sento e viro o corpo na sua direção para conseguir olhar direito para ele. Minha bunda bate em alguma coisa na areia, e puxo de debaixo de mim. É a bolsa de lona preta que estava perto da fogueira antes. Eu a pego. Meus dedos estão tremendo. Minha respiração fica presa na garganta.

— Mas é claro.

— Reação estranha para uma bolsa. — Ele franze a testa. — Vou precisar de algum contexto.

— Eu li um pouco da sua história. — Passo a mochila para ele, me sentindo corar. — Desculpe, não pude resistir. Era...

— Terrível?

— ... empolgante. — Concluo ao mesmo tempo.

Ele me examina com um pouco de cautela, batendo seus longos dedos no joelho.

— Precisa de algum aperfeiçoamento, mas o esqueleto está lá, eu acho. É por isso que eu estou aqui, na verdade. Na Europa. Para escrever um romance.

— Você não pode escrever um romance nos Estados Unidos? — Minha pergunta sai como uma acusação. Soa como se ele fosse ficar aqui por um tempo, e eu estou voando de volta em menos de vinte e quatro horas. Bom trabalho, destino.

— Tecnicamente, posso. — Ele larga a mochila de lado. — Mas eu precisava me afastar. Tem sido intenso em casa nas últimas décadas.

— Você tem dezenove anos — aponto.

— Boa matemática. — Ele dá uma piscadinha. — Foi um começo bem difícil.

Então ele é de uma *daquelas* famílias. Uma que não tem tradições fofas no Natal nem vai surfar junta. Onde a mãe e o pai não dançam música lenta no meio da cozinha. Nada parecida com a minha.

Esfrego meu polegar no queixo.

— Defina *começo difícil*.

— Vou definir. Quando tivermos mais tempo e acabarem as coisas divertidas para conversar. Mas hoje vamos deixar nossos problemas para lá.

Ele tira outra mecha de cabelo molhado da minha testa, e essa é a coisa mais romântica e comovente que alguém já fez para mim. Mais do que quando Sean me levou à festa de formatura e ao hotel Ritz-Carlton depois. Na noite em que eu perdi a minha virgindade e o pouco interesse que eu ainda tinha em garotos.

— Combinado? — pergunta ele.

— Combinado.

— Não saia daqui — adverte Joe. — Vou pegar seu vestido. Bege, não é?

Ele se levanta e tira a areia da calça jeans. Um tanto entra no meu olho, mas estou perplexa demais para me importar.

— Você reparou em mim? Quer dizer, antes?

Ele passa a mão no cabelo, abrindo seu sorriso arrasador.

— Estava prestes a ir até lá quando você estava perto da fogueira. Meus amigos disseram para eu nem me preocupar em ir. Que era só minha imaginação. Pode ser que eu tenha achado que te vi pelo menos umas dez vezes nas últimas duas semanas. Imaginação fértil. — Ele bate com o dedo na têmpora.

Sinto uma satisfação imensa me inundar. Eu fiz exatamente a mesma coisa. Eu o imaginei no meio da multidão.

— Então ouvi seus gritos pedindo ajuda no mar, e não tive dúvida. Você tem voz de garota gostosa. Devia narrar livros ou coisa assim. Não saia daí — repete ele e vai buscar meu vestido, me deixando com toda essa informação e meu coração quase saltando pela boca.

Desfrutando do elogio, uso o tempo que fico sozinha para passar os dedos pelo meu cabelo emaranhado e limpar o rímel borrado dos meus olhos. Vai ser difícil seduzi-lo se eu estiver parecendo uma criatura dos pântanos. Quando ele volta, está segurando meu vestido e minha bolsa, onde eu guardo dinheiro e telefone. Ele coloca os dois perto da sua mochila.

— Obrigada.

— Está se sentindo melhor? — Ele se estatela do meu lado.

— Infinitamente melhor.

Enfio os braços nas mangas, me vestindo rápido. Meu corpo é claro e magro, salpicado de sardas em todo lugar onde o sol toca.

— Ótimo. Encontrei a Padrão perto da fogueira e disse a ela que você estava comigo e que estava bem.

— O que ela disse?

— Que eu também não estou nada mal — responde ele, impassível.

Dou uma risada.

Nós nos atualizamos sobre as últimas duas semanas. Eu conto para ele sobre Barcelona. Ele me conta sobre Sevilha e Madri. Ele está aqui com três amigos. Todos os quatro são de Boston. O restante do seu grupo vai voltar para as respectivas faculdades no fim da semana. Joe vai ficar na Espanha mais um pouco e depois vai fazer um mochilão pela Europa sozinho na esperança de terminar seu livro.

— Romênia, Polônia, Hungria, Itália e França. — Ele usa os dedos para contar os países. — Mapeei todos eles, inclusive os albergues e as pousadas onde eu vou ficar. Não devo levar mais de quatro meses para escrever tudo.

Quatro meses? Ele não pode estar em um continente diferente por quatro meses. Não pode continuar solteiro e lindo de doer por quatro meses. Ele não pode simplesmente continuar existindo como se nós nunca tivéssemos nos conhecido.

Só que ele pode, e não há nada que eu possa fazer.

Me controlo com medo de ele me achar louca e decido não abordar a questão relativa a nós dois. A conversa flui, apesar da minha enorme decepção. Conto a ele sobre ter crescido em São Francisco. Sobre Renn e seu surfe e sobre a galeria da minha mãe no Castro. Ele me conta sobre sua criação. Dois pais católicos, um irmão e um mar de questões não resolvidas.

Conto para ele da minha arte.

Essa é a parte em que espero que ele surte. Não é todo dia que você conhece alguém de dezoito anos que desenha lápides e túmulos como *hobby*.

— É menos sinistro do que parece. — Passo a língua pelos meus lábios, já na defensiva.

— Você desenha lápides, não mata bebês para ganhar dinheiro. — Seus olhos brilham por achar graça. — Mas tenho certeza de que existe uma história por trás disso.

— Quando eu tinha uns oito anos, minha prima Shauna morreu em um acidente de barco. Ela só tinha quinze anos. Minha mãe queria que eu fosse ao enterro, mas meu pai achou que eu era nova demais. Houve muita discussão entre eles. No fim, eles me deixaram decidir. Eu queria ir. Shauna e eu éramos próximas. Foi a primeira vez que eu fui a um cemitério. Eu me lembro de olhar em volta e pensar: *Todas essas lápides parecem iguais. Como isso é possível? Nós somos tão diferentes uns dos outros quando estamos vivos. Por que nossa personalidade é reduzida a nada quando morremos?*

"Alguns meses depois, minha mãe e eu voltamos para renovar as flores no túmulo dela. Shauna tinha a lápide mais bonita. Era tão linda que me tirou o fôlego. A mãe dela gastou um bom dinheiro em uma verdadeira obra de arte. Um anjo de granito abraçando um coração. Aquilo me fez pensar. Lápides personalizadas são uma ótima maneira de prestar nossas últimas homenagens a alguém, sabe? Vivemos em um mundo onde tudo é customizado para nós: nossas roupas, nossos colchões, nossos carros. Por que não desenhar uma coisa que seja única? Uma coisa que represente a pessoa que foi posta para descansar?"

— O que você faz com seus desenhos?

Joe não está mostrando nenhum sinal de desconforto. Estou bem certa de que seu medidor de esquisitice está quebrado. Porém, o mais provável é que essa seja só mais uma mostra do quanto somos parecidos.

— Em geral, guardo comigo. É preciso estudar a personalidade das pessoas para fazer lápides para elas, e pensar na morte das pessoas que a gente ama... bem, é um nível superior de psicose. Então eu desenho para celebridades falecidas e coisas assim. Algumas pessoas ouvem falar do que eu faço pelo boca

31

a boca e perguntam o preço. Faço os desenhos para elas de graça. Não sei se existe mercado para o que eu faço... Só sei que parece ser a coisa certa fazer.

Joe puxa a bainha do meu vestido, apenas pelo contato físico.

— Sempre vai ter gente no mercado para o que é muito foda.

— E se eu não for muito foda?

— Você é — diz ele, deixando toda a sua certeza transparecer. — Se fosse medíocre, eu não estaria assim, sem conseguir tirar você da minha cabeça.

Penso nas palavras do romance dele.

Ele devia ter corrido mais rápido atrás dela.

Ele devia ter lhe dito que ela era perfeita.

A batida constante da música da festa faz a terra embaixo de nós estremecer. Meu corpo parece sintonizado com o dele, e consigo antecipar a próxima vez que ele vai se mover. Sinto cada respiração dele nos meus próprios pulmões.

— Então. — O joelho dele roça no meu.

— Então. — Meu cotovelo bate no dele.

— Afinal você usou aquela camisinha? — pergunta ele.

Enterro meu rosto nas mãos. Minha pele fica quente de vergonha. Balanço a cabeça, espiando-o entre os dedos.

Ele tenta capturar meu olhar, inclinando a cabeça para baixo.

— Isso é um não?

— Por que se importa?

— Conhecimento é poder.

— Essa é uma informação inútil. — Estou tonta com a ideia de que ele se importe, mas também envergonhada por eu não ter vencido o desafio de Pippa.

— Não limite meus campos de interesse, mocinha. Vou te dizer que é uma questão que causa enorme interesse. Livros serão escritos sobre o assunto. *Livros*, no plural. — Ele balança o punho no ar.

Vendo isso, solto uma gargalhada.

— Isso não é normal.

— O que não é normal?

— Você. Eu. — Movo meu dedo entre nós dois. — Isso.

Não há muito o que se falar, na verdade. O que me leva à próxima pergunta para preencher o silêncio.

— *Você* usou alguma camisinha aqui na Espanha?

— Promete não ficar decepcionada? — Ele suspira.

Concordo, mas essa resposta já me decepcionou. Eu não deveria me sentir como se ele tivesse me traído. Mas me sinto, mesmo assim.

— Não — responde ele. — Não usei nenhuma camisinha.

— Então, por que falou para eu não me decepcionar? — resmungo, dando um soco no braço dele.

— Para ver se você ficava com ciúmes, claro.

Dessa vez, não havia por que negar que fiquei mesmo.

À distância, *Boys of Summer* começa. É o cover do Ataris, meu preferido. As pessoas levantam os braços no ar e cantam. A alvorada irrompe na superfície. A linha d'água brilha rosa dourado. Nosso tempo está quase acabando.

— Onde estávamos? — pergunto.

— Espanha — esclarece Joe. — E no assunto das camisinhas, especificamente.

— Não é tarde para usar. — Passo a língua pelos lábios. — Uma camisinha, quer dizer.

— Humm. — Ele se inclina para trás, se apoiando nos antebraços. Ele é bem musculoso.

— Você está pensando na mesma coisa que eu? — Mordo meu lábio inferior.

Sua garganta faz um movimento.

— Sim. E o que não falta é água aqui para encher a camisinha.

Antes de eu ter chance de rir, ele se inclina para a frente e me beija.

*　　*　　*

A princípio é só um beijo. Uma troca desajeitada de saliva entre dois adolescentes, ávidos pela paixão desenfreada. Nossas línguas se encontrando e girando juntas. Dançando, provocando, testando. Ele tem gosto de maresia, verão e cigarro.

Então os dedos dele envolvem a minha nuca, e o beijo deixa de ser um beijo e vira uma guerra. Joe devora a minha boca. É perigosamente intenso. Com dentes, e gemidos, e arfadas. Somos heras, nos enroscando um no outro. Toco no cabelo dele, nos seus braços torneados, as saliências duras como pedra do seu abdômen embaixo da camisa. Ele me deita sob a palmeira, segura a parte de trás das minhas coxas e pressiona sua ereção, que pulsa entre nós, contra o meu centro. Estou sem fôlego, meu coração está disparado, e agora eu entendi. *Entendi. Entendi. Entendi. Entendi.* A expressão "só pensa em homem". Porque Joe é um homem. E eu só estou pensando nele.

Minhas costas se estendem na areia, e não tenho mais noção de nada, só quero Joe dentro de mim, preenchendo cada pedacinho. Para nos fundir. É *assim* que eu gosto de ser tocada. Sean apalpava e apertava meus seios como se estivesse tentando ordenhar. Joe toca no meu mamilo através do meu sutiã com o polegar enquanto seus beijos quentes descem pelo meu pescoço, depois para o meu peito. Ele abre meu sutiã. Chupa cada um dos meus mamilos, roçando neles com os dentes de uma forma provocadora.

— *Ever.*

Prendo minhas pernas em volta da cintura dele. Nós praticamente transamos de roupa, curtindo a fricção e a sensação dos nossos dentes se enterrando em uma pele nova. Nossos cheiros se misturam, criando uma combinação única e inebriante. Então Joe tira uma camisinha da carteira e a segura entre nós com uma pergunta implícita.

— Não se sinta pressionada. — A voz dele está rouca e tensa. — Podemos parar tudo agora mesmo, e eu ainda assim vou terminar a noite me sentindo a porra do cara mais sortudo do mundo.

Sei que ele está sendo sincero. Sei que ele não vai ficar chateado se eu decidir que não quero. Diferente de Sean, que reservou o Ritz-Carlton com a expectativa — o acordo tácito — de que sexo fazia parte do pacote. É provável que esse tenha sido o motivo pelo qual terminei com ele uma semana depois, alegando que o motivo era a distância.

— Eu tenho certeza. — Rasgo a embalagem com mãos trêmulas, esperando não ter danificado a camisinha.

Estendo a mão entre nós dois e a desenrolo nele de uma maneira desajeitada. Ele está se apoiando nos braços esticados, esculpidos como duas colunas enquadrando os meus ombros. Nós dois observamos com fascinação meus dedos inseguros. Faço quatro tentativas e, apesar da frustração, nenhum dos dois fala nada.

— Tem que rolar até o fim? — pergunto.

— Acho que assim está bom. Está pronta? — Seus olhos encaram os meus, o tom azul-escuro com pontos prateados são sua melhor característica.

— Sim. — Eu já estou trêmula. — Pronta.

Ele me penetra. Nos primeiros poucos segundos, ficamos apenas abraçados, fitando um ao outro. Acho que estamos os dois perplexos.

— É sempre assim? — sussurro.

Ele sabe exatamente o que estou perguntando, porque ele balança a cabeça e diz:

— Não, Ever. Nunca é assim. Isso... — Ele baixa a cabeça, beijando a concha da minha orelha. — Isso é o paraíso. Vale a pena morrer por isso.

Nosso corpo entra em sincronia. Nós nos movemos na mesma música sem som. Meu corpo inteiro está formigando. A pele de Joe é um cobertor que causa arrepios. Nós nos perdemos um no outro no que parece ser uma eternidade.

Uma rajada de vento varre meu cabelo para o meu rosto, e ele tira soprando, me beijando uma, duas, várias e várias vezes.

— Acho que eu vou gozar — digo.

Isso é novidade. Com um cara, pelo menos, é a primeira vez. Mas a fricção está tão boa, e ele está atingindo exatamente o lugar certo dentro de mim.

— *Porra*, ainda bem. — Ele apoia a cabeça na curva do meu pescoço, aumentando o ritmo. — Eu também.

Colapsamos nos braços um do outro bem na hora em que o sol surge atrás da linha azul do Oceano Atlântico. Está tudo rosa, laranja e silencioso.

É quando eu percebo que não há mais batidas de música ou conversas ao longe.

A festa acabou.

Assim como meu tempo com Joe.

* * *

— Dezesseis horas de voo, hein? — Joe abotoa a calça jeans. — Que dureza.

Odeio isso. Jogar conversa fora. Essa é minha primeira dose de realidade desde que o encontrei de novo. E a realidade é que acabei de transar com um estranho total que me salvou de me afogar. Alguém que está prestes a se tornar um estranho de novo, em cinco minutos, depois de nos despedirmos.

— Nada demais. Tenho o meu e-reader e os meus fones de ouvido. — Encolho os ombros.

Essa é a parte em que eu devia sugerir que trocássemos e-mails, ou telefones, ou redes sociais. *Qualquer coisa*. Será que não aprendi nada nas últimas duas semanas? Senti saudades desse cara como se ele fizesse parte da minha vida há séculos, e agora vou deixar ele ir embora, simples assim?

Mas alguma coisa me impede. Orgulho? Medo? Uma combinação dos dois?

Empurro meu vestido para baixo da cintura e prendo a metade de cima do meu cabelo em um coque bagunçado.

— Que horas é o seu voo? — Joe enfia os pés no seu tênis coberto de areia.

— Duas da tarde. Só vamos ter uma hora quando chegarmos no Aeroporto El Prat.

— Vai dar tempo de sobra. — Ele pendura a mochila no ombro.

— É. Não estou preocupada. — Checo meu telefone na bolsa para ver se há chamadas perdidas. Claro, Pippa me ligou onze vezes.

Minha mãe mandou uma mensagem.

Saudades! Te vejo em casa logo. Estou fazendo seu prato preferido, carne assada. Beijo.

Olho para cima e sorrio para ele de uma forma cansada. Uma parte de mim mal pode esperar para ir embora para que eu possa finalmente chorar, e uma parte de mim não quer sair desse lugar. Nunca mais.

— Bem. — Eu o cumprimento. — Foi de verdade.

— Espere. — Ele tira uma câmera Polaroid da mochila, mira no meu rosto e tira uma foto. Ela desliza para fora da boca da câmera, um bloco branco de sombras indistintas.

— Certo, isso foi bizarro.

— Ah, sim. Eu esqueci de dizer. Sou um assassino com um machado.

— Pensando bem, agora parece mesmo — eu o provoco.

Ele abana a foto de um lado para o outro, segurando pela ponta.

— Vou te acompanhar.

Me acompanhar? Por quê? Eu agora sou incapaz de andar uma linha reta sozinha? Minha ira escala quanto mais meu humor piora. Estou furiosa. Furiosa com a minha covardia. Furiosa com o Joe oportunista. Só que eu sei que ele não é oportunista de verdade. Ele não se aproveitou de mim essa noite. Nós nos demos bem e aproveitamos uma noite sem amarras. Pippa está certa. Por que precisaria haver mais?

— Não se preocupe. Posso ver a Pippa daqui. — Aponto para o grupo de garotas sentadas na beira da calçada, rindo enquanto esfregam os próprios braços, enfrentando o frio da manhã.

— Tudo bem — diz ele.

Tudo bem? Está tudo horrível. Me impeça de ir, droga.

— Então, hum, tchau. — Eu me viro rapidamente, antes que ele possa ver as lágrimas nos meus olhos.

— Tchau. — Ouço sua voz enquanto caminho me arrastando para o calçadão.

A primeira lágrima rola pelo meu pescoço, desaparecendo entre o vale dos meus seios ainda sensíveis. A segunda segue logo atrás. Eu quero me virar. Correr de volta para ele. Mentir e dizer que não me importo se ele quiser se divertir na Europa, contanto que volte para casa para mim dentro de quatro meses. Percebo que nem é meu orgulho que me preocupa. É o medo da rejeição que me impede de lhe dizer como eu me sinto. É sofrimento puro e genuíno. Pelo menos agora, enquanto eu me afasto em direção ao resto da minha vida, há uma pequena parte de mim que ainda acredita que temos uma chance. Que talvez ele vá me procurar e de alguma forma me encontrar. Eu me agarro nessa esperança como se minha vida dependesse disso.

— Everlynne! — A voz dele retumba atrás de mim. Eu me viro tão rápido que até fico zonza. Ele não está parado onde eu o deixei. Na verdade, estamos a menos de cinco metros de distância um do outro. Ele me seguiu. Enxugo o rosto rápido.

— Isso é uma idiotice! — grita ele, abrindo os braços, rindo, incrédulo. — Eu não quero me despedir. Não precisamos.

— Você vai ficar. — O vento carrega minha voz como se fosse uma fita. Meu coração parece que quer rasgar meu peito e pular em direção a Joe.

— Você vai embora — responde ele suavemente, como se quisesse dizer, *Não é culpa de ninguém. É só azar para caramba.*

— Não quero ir — admito.

— Eu não quero realmente ficar. — Ele baixa a cabeça, escondendo o que está nos seus olhos, e eu desejo poder tirar uma foto dele assim, todo lindo, caloroso e meu na praia. Meu girassol murcho.

— Posso te dar meu telefone? — ofereço.

Ele olha para cima de novo e sorri.

— Eu vou ligar.

— Ei, Joe.

— Sim, Ever?

— Qual sua invenção inglesa preferida de todos os tempos? *Não* diga Emilia Clarke.

Ele ri. Vou sentir tanta saudade dessa risada.

— A *World Wide Web*, também conhecida como internet. Tim Berners-Lee é o melhor. E a sua?

— Barra de chocolate — digo sem hesitação.

Corremos na direção um do outro, explodindo em uma unidade. Ele me envolve em seus braços. Seus lábios encontram os meus, e nos beijamos sem parar. Quero criar raízes na areia. Me tornar uma árvore de membros e beijos com este cara.

Joe se afasta. Ele pega meu telefone e grava seu número. Ele se salva como *Joe Namorado*. Eu rio e choro ao mesmo tempo. Não sei nem seu sobrenome. Estou prestes a perguntar quando ele bate nos bolsos da frente e nos de trás.

— Merda. Deixei meu telefone no albergue. — Ele abre a mochila, pega o caderno e arranca uma página cheia de texto escrito. Agora *isso sim* é a coisa mais romântica que eu já vi. — Me dê o seu número. Vou escrever e salvar assim que eu voltar. Provavelmente vou tatuar no braço. Qual sua fonte preferida? Não diga Times New Roman. É o chuchu das fontes, e vamos precisar terminar.

— Cambria — eu o tranquilizo.

— Boa escolha, *namorada*.

Escrevo o número do meu telefone, depois leio e releio para assegurar que está correto. Mas não importa. Eu vou ligar para ele assim que chegar em casa. Provavelmente vou mandar mensagem quando pousar, para lhe dizer que estou bem. Ele *é* meu namorado agora.

Inacreditável. Estou voltando para casa com um namorado. Minha mãe vai surtar. Renn vai implicar comigo até a morte.

Joe enfia o papel com o meu telefone no bolso da frente, segura na barra do meu vestido e me puxa para ele.

— Porra, vou sentir saudades de você — murmura ele dentro da minha boca, me devorando de novo.

— Vou subir nas paredes enquanto você estiver na Europa. — Abraço seus ombros.

— Vou te visitar assim que eu voltar — promete ele, beijando o meu nariz, minha testa, o lado da minha mandíbula. — Prepare seus pais para me conhecerem enquanto isso. Um cara fumante que largou a faculdade, sem trabalho ou perspectivas não é exatamente o sonho dos pais.

— Você largou a faculdade?

— Nunca nem me matriculei. Mas soa melhor, não é? Como se pelo menos eu tivesse tentado.

Há mais risadas e mais beijos antes de eu ouvir um grito familiar.

— Aí está ela! Ui, achei que ele tinha te matado! — A voz de Pippa está se aproximando de nós. Eu me desvencilho de Joe. Ela está correndo descalça na areia, afundando um pouco a cada passo. — Como eu ia explicar isso para os seus pais? Eles iam me *matar*.

Joe dobra um braço por cima do meu ombro. Pippa para e olha para nós dois. Seu sorriso do Gato da Alice diz que sua raiva momentânea passou.

— Entendi o que está acontecendo aqui, pestinhas.

— Não está acontecendo nada — digo de uma maneira travessa.

— Se é isso mesmo, aceito dois desses nadas. Se apressem, pombinhos. Temos um voo para pegar.

— Cinco minutos — negocia Joe.

— E quem é você mesmo? — Pippa arqueia uma sobrancelha. — Não tivemos chance de nos conhecer adequadamente.

— Joe. — Gesticulo na direção dele como Vanna White revelando uma vogal importante na *Roda da Fortuna*. — Meu namorado.

— Seu *namorado* — ecoa Pippa, sorrindo.

— O *namorado* dela. — Joe me abraça mais apertado. — Mantenha essa garota segura para mim até eu voltar, Padrão.

— Estamos no século XXI. Ela pode tomar conta de si mesma. Mas eu vou, bobão. Vocês têm vinte minutos. — Ela mexe o dedo na minha direção. — E, só porque sou uma amiga incrível e compreensiva, a quem você certamente daria um rim se eu precisasse, e também porque tenho certeza de que você *usou* uma camisinha ontem à noite, e isso vale uma comemoração, vou voltar ao hotel, arrumar as nossas coisas e fazer o *checkout*. Encontro vocês aqui daqui a pouco.

— Você é a melhor, Pip.

— Eu sei. — Ela balança o cabelo. — Mas é bom ser relembrada.

Joe e eu passamos os próximos vinte minutos nos beijando, abraçando, prometendo um ao outro telefonemas, e cartas, e o céu inteiro com as estrelas incluídas. Então Pippa chega para me pegar, e roubo mais alguns minutos com ele porque, se eu estou prestes a talvez dar um rim a ela, acho que posso aproveitar mais um pouquinho de tempo com Joe. Depois, finalmente, nos despedimos.

Enquanto enfiamos nossas coisas em um táxi para o aeroporto, penso admirada nas últimas vinte e quatro horas.

É bom demais para ser verdade.

E Pippa está errada. Joe e eu não usamos uma camisinha essa noite.

Usamos duas.

TRÊS

Seis anos depois.

Loki sumiu.

Cheguei a essa conclusão depois de procurá-lo por todos os lugares. Vasculhei tanto o meu quarto quanto o de Nora, embaixo das camas, nos armários, em todas as estantes e atrás do sofá.

Tentei me manter calma, o que costuma ser impossível mesmo quando não há um desastre pairando sobre a minha cabeça. Eu digo a mim mesma que não há tantos lugares onde um gato idoso de sete quilos possa se esconder. Principalmente em um apartamento minúsculo de dois quartos.

Mas Loki nunca fez isso antes. Desaparecer dessa maneira. Não desde que o adotei de um abrigo na minha primeira (e última) semana morando em Boston.

Nora diz que meu gato tem a personalidade de um rei tirânico. Temperamental, resmungão e ostentando três queixos de pelos, Loki normalmente limita suas táticas de guerra fria fazendo xixi nos nossos sapatos quando o deixamos sozinho por um longo período, mas ele nunca sai de casa.

Em parte, porque moramos em uma autêntica espelunca. É uma única casa convertida e dividida em três apartamentos na Upham Street, em Salém. Dois são usados como espaços de armazenamento pelo nosso locador, provavelmente porque ninguém é maluco o suficiente de morar em um deles. Os fios dos postes de luz ficam emaranhados no céu da nossa vizinhança como teias de aranha. Há cercas de arame galvanizado e cachorros latindo em todo lugar, e não há absolutamente nada para explorar. Da sua posição estratégica no parapeito da janela, Loki não tem nenhuma razão para acreditar que o mundo é seu para se aventurar. No máximo, é provável que o mundo pareça um brócolis muito pouco apetitoso para ele.

— Tente não surtar, gata. — Nora sai como um tornado do seu quarto para o corredor, prendendo seu cabelo louro sedoso com um elástico colorido. Ela está usando uma calça jeans de skatista de cintura alta e um cropped rosa.

— Tenho certeza de que ele está em algum lugar. Talvez ele tenha saído e não saiba voltar.

— Muito tranquilizador — falo de maneira inexpressiva.

— Ah, você entendeu o que eu quis dizer. Ele é um gato. Eles sempre caem em pé.

Olho para ela com ar de dúvida. Nora sabe que otimismo não é o meu forte. Na verdade, é preciso muito pouco para eu me enfiar na cama e não sair a não ser que eu tenha que trabalhar.

Ela suspira.

— Você tentou olhar do lado de fora? No corredor? Perto do parque?

Ela enfia os pés no tênis a caminho da porta, já está atrasada para ir ao cinema com o namorado, Colt. Eu também devia estar me arrumando para ir trabalhar.

— Ainda não. Não. Fora de casa, não. — Eu me vejo abaixando e procurando Loki em lugares onde já olhei. Não quero procurar por ele lá fora. Alguma coisa me diz que, se ele saiu, não está mais vivo. E *isso* me faz querer parar de existir. Não morrer em si. Só... deixar de existir.

— Você devia postar o sumiço numa comunidade de anúncios gratuitos. Coloca uma foto. — Nora pega sua bolsinha no aparador do lado da porta de casa. Ouço o som de uma buzina. É o Colt. Ela me lança um olhar cheio de culpa. — Desculpe abandonar você assim. O C está louco para assistir a esse filme. É com a Margot Robbie, sabe.

Balanço a cabeça.

— Tudo bem. Você acha que se eu postar um anúncio ajuda?

— Mal não vai fazer, e, sabe a Lauren, que trabalha na recepção da Saint Mary? Ela perdeu um buldogue francês outro dia. Postou numa comunidade de anúncios gratuitos e recebeu uma resposta no dia seguinte. O cachorro foi encontrado em um parque perto da casa dela. Não custa tentar.

— Tudo bem — digo. — Vou fazer isso.

Nora joga beijos e acena para mim.

— Me avise se precisar de alguma coisa. E me mande mensagem se encontrar o Loki. Tchau!

Se. Meu estômago revira.

Depois que ela vai embora, subo e desço a minha rua com ímpeto, verificando dentro de todas as latas de lixo e jardins. Quando fica óbvio que ele não está pela vizinhança, volto para casa, ligo meu notebook e entro numa comunidade de anúncios gratuitos. Não é uma página comunitária superativa. Salém é bem pequena. Na verdade, apesar de toda a sua rica história e reputação, Salém tem menos de quarenta e cinco mil habitantes.

Clico na seção de Achados e Perdidos e em seguida rolo a tela. Alguns dos bichos em exibição foram encontrados. Alguns ainda estão desaparecidos. Nora está certa. Vale a tentativa. Já faz algumas horas desde que Loki sumiu. Tempo suficiente para ele se aventurar para longe da nossa rua.

Eu me cadastro no site, depois procuro no meu telefone uma foto do Loki. Vergonhosamente, a maioria das fotos na minha galeria são dele. É isso o que acontece quando você não tem namorado/amigos/família/vida. Você se torna uma senhora dos gatos aos vinte e quatro anos.

Presto atenção para escolher uma foto boa dele. Uma na qual ele olha diretamente para a câmera com a seriedade de um duque presunçoso. Na foto, ele está sentado no parapeito da nossa janela, exibindo aqueles queixos peludos. Carrego a foto no site, depois escrevo um post rápido:

RECOMPENSA. Desaparecido desde 20/10. Macho
castrado. Bicolor preto e branco. Pode estar
com uma coleira de couro com tachas. Atende
por Loki ou Lulu. Tem um pedacinho da orelha
esquerda faltando.

Eu me recosto e leio. Parece bom. Direto ao ponto. Informativo. Mas eu quero mais. Quero que saibam que Loki não é somente um gato. Bichos de estimação nunca são somente animais. Eles são parte da família. Então acrescento:

Por favor, avisem se o avistarem. Nós estamos
sentindo muito a falta dele. Obrigada.

Nós sou eu. Loki é meu gato. Nora só toma conta dele porque ele veio no pacote. Nós somos dois desgarrados vivendo sob a compaixão dela. Almas perdidas se movendo nesse mundo sem qualquer ritmo ou razão.

Nora, com seu sorriso grande e coração ainda maior. Moramos juntas há quase cinco anos, e eu sei que ela está pronta para começar o novo capítulo da sua vida. Ela quer morar com o Colt.

Toda semana, tento reunir coragem para lhe dizer que ela pode. Que eu ficarei bem. Mas a verdade é que talvez eu não fique. A verdade é que eu não estou bem de fato. Na maioria dos dias, eu me sinto como uma flor cortada do caule, meio murcha. Não morta ainda, mas incapaz de crescer mais.

Clico no mouse. Meu anúncio foi postado. Copio e colo nas redes socias, por via das dúvidas.

Não acredito que eu tenho que ir trabalhar agora.

Nossa. Trabalho. Eu tinha esquecido o trabalho completamente. Olho para o relógio pendurado acima na nossa minúscula cozinha aberta, e são sete e quarenta e cinco. *Merda.*

Corro para o meu quarto, tropeçando por cima de um dos brinquedos barulhentos de Loki no caminho, e enfio um vestido preto de manga comprida e uma capa combinando: preta do lado de fora, vinho do lado de dentro. Coloco minhas luvas pretas de renda, encaixo meu chapéu de bruxa na cabeça e amarro as botas antes de abrir a bolsa e me certificar de que tenho tudo de que preciso.

Saio correndo do apartamento como se minha bunda estivesse pegando fogo, entro no carro e piso fundo no acelerador durante todo o percurso até o trabalho. Por sorte, pego só um sinal vermelho no caminho. Meu telefone, pousado no banco do carona, se acende com uma mensagem. Eu o viro para o meu rosto para ler a mensagem.

> **Pippa:** *Mucha* saudade, piranha. Ainda não desisti de você.
> Me liga.

Odeio quando ela faz isso.

Quando ela finge que eu ainda sou a Velha Ever.

Como se nada tivesse acontecido.

Como se eu ainda tivesse coisas boas.

Amigos, família, uma vida social.

Abro a mensagem e a deleto.

Você não precisa desistir de mim, Pip. Eu já desisti por nós duas.

*   *   *

Quinze minutos depois, piso em um palanque imaginário na Essex Street, em seguida, pigarreio.

Não é que eu seja boa com multidões — detesto qualquer tipo de fala em público —, é que me colocar em situações que eu deteste com todas as minhas forças me dá uma sensação deturpada de prazer. Como eu já disse, mereço qualquer punição que eu possa ter. Por que não acrescentar interação humana frequente e estressante nessa equação?

Está lotado esta noite. Cerca de quarenta e cinco pessoas estão esperando. O máximo que permitimos por hora. Ajusto meu fone de ouvido sem fio e dou um sorriso largo e doloroso que quase rasga minha pele. Sei que consegui a atenção de todos com meu traje macabro e meu cabelo vermelho de bruxa.

— Boa noite a todos e bem-vindos ao Tour Noturno de Salém. Meu nome é Everlynne e eu serei sua guia.

Flashes de câmeras estouram na minha cara enquanto as pessoas tiram fotos. Continuo, sentindo minha alma saindo do corpo. Sempre detestei que tirassem fotos minhas. Então isso é um pesadelo.

— Vamos cobrir um tanto da história de Salém, incluindo a histeria da caça às bruxas em 1692 e a exumação dos corpos das pessoas que, segundo se acreditava, se tornavam vampiros. Oba, tuberculose!

Dou um soco no ar, fazendo as pessoas rirem.

— Vamos falar de assassinos, fantasmas, maldições e guerra civil. Sabem, só coisa divertida!

Arranco outra onda de risadas do público. Uma miscelânea de turistas de fora do estado e adolescentes procurando uma maneira de passar o tempo nesta noite. No início, me mudei de São Francisco para Boston procurando emprego em bibliotecas. Mas uma semana na agitação da cidade grande e percebi que era tudo demais. Grande demais, cinza demais, hostil demais. Tudo era caro, empacotado e esgotado. Boston parecia São Francisco sem o filtro cor-de-rosa através do qual eu via minha cidade natal. Depois de largar a faculdade de Berkeley e fugir, parecia redundante voltar para a Califórnia algumas semanas depois da minha fuga. Então me mudei para Salém. Parecia que tinha sido feita para mim.

Mórbida? Confere.

Repleta de história? Confere.

Fria? Soturna? Cheia de bruxaria e cemitérios? Confere, confere, confere.

— Vamos começar do início. — Dou um sorriso cúmplice para o público. — Preciso saber quem aqui ainda está na escola e quer impressionar o professor de história?

Como esperado, dúzias de braços se levantam.

— Vocês sabiam que a escravidão foi parcialmente abolida em Massachusetts no dia oito de julho de 1783, quase um século antes da Guerra da Secessão? E existe uma história interessante por trás disso.

Há arfadas e murmúrios. Esse é o início do passeio de noventa minutos que vou guiar pela cidade.

Dou uma risada e respondo às perguntas, aponto as coisas de que eles devem tirar fotos e indico quais filtros funcionam melhor para elas. Mas eu não estou lá de verdade. Minha mente está em Loki. No gato traiçoeiro que decidiu me deixar.

E em Pippa, a quase cinco mil quilômetros de distância, na Califórnia, que ainda não entende por que um belo dia eu desapareci. Não muito depois de eu me apaixonar por Joe.

*   *   *

Quando volto para casa, Nora não está lá. É provável que ela vá passar a noite na casa do Colt. Ela tem feito isso mais do que nunca ultimamente. Em geral, eu me aconchego com Loki e maratono o que quer que esteja fazendo sucesso na Netflix. Mas, no momento, não há sinal de Loki. A dor profunda no peito me faz lembrar de que eu estou completamente sozinha. O telefone prestes a fazer um buraco no bolso da capa me lembra de que eu preciso estar.

Ligo o notebook e checo meu e-mail, depois as redes sociais. Nenhuma notificação nova. Meu coração se aperta. Como eu gosto de sofrer, checo a comunidade de anúncios gratuitos. Nada.

Ando com passos lentos até a cozinha, encho um copo de água e tranco a porta da frente a caminho do meu quarto. Eu me enfio embaixo das cobertas e coloco o telefone na mesa de cabeceira com a tela virada para baixo. Fico ruminando os pensamentos até dormir.

Quatro horas depois, meu despertador me acorda. É meu turno hoje, vendendo lembrancinhas de bruxaria em uma loja local. Não é o ideal, trabalhar em dois empregos, mas é necessário se quero guardar dinheiro e fazer alguma coisa com a minha vida em algum momento. Não tenho certeza do que essa coisa vai ser. Na verdade, não tenho certeza se algum dia vou ter coragem de levar alguma coisa a sério. Mas guardar dinheiro para alguma coisa me dá a ilusão de que minha vida não foi completamente pelo ralo. Dá a sensação de que pelo menos eu tenho um plano, e tudo o que preciso fazer é descobrir que lado da encruzilhada tomar quando eu tiver guardado o suficiente.

A primeira coisa que faço depois de escovar os dentes é checar meu notebook para ver se há alguma resposta na comunidade de anúncios gratuitos. Há uma. É uma mensagem privada. Meu coração pula como um peixe fora da água. Clico.

DominicG: Oi. Tenho quase certeza de que seu gato está dormindo na espreguiçadeira da minha varanda.

Loki? Dormindo em outro lugar? Será que ele não ficaria assustado? Então me ocorre que esse cara pode ser algum maluco tentando atrair mulheres para sua casa.

EverlynneL: Obrigada pela mensagem. Posso ver uma foto, por favor?

Eu me levanto para fazer alguma coisa com meu corpo, depois vou para a cozinha e faço café para mim. Estou agitada. Ansiosa. Esqueço de botar creme e açúcar no café antes de voltar para meu notebook na sala.

DominicG mandou um anexo.

Abro. É uma foto de uma foto. De um lago congelado.

EverlynneL: Hilário. Eu quis dizer do gato.

DominicG: Foi só uma brincadeira. Já mando.

Ele envia outro anexo. Eu abro, rezando a deus para que não seja uma foto do pau dele e, dessa vez, *é* o Loki, em carne e osso (ou melhor, pelos), sentado em uma espreguiçadeira que parece ser cara em uma varanda que pelo visto é de um prédio luxuoso no centro da cidade. Ele encara a câmera desafiador. Deve ser ele, porque reconheceria aquele queixo triplo em qualquer lugar, e também porque está faltando uma parte da sua orelha esquerda. A garota no abrigo me disse no dia em que o adotei que um gato mais velho tinha arrancado aquele pedacinho. Foi uma das razões pelas quais eu o escolhi, na verdade. Eu amei o fato de eu e Loki termos algo em comum. Nós dois éramos um pouco machucados pela vida.

Espere... ele foi até o *centro da cidade*?

EverlynneL: Você mora no centro?

DominicG: Moro.

EverlynneL: E você simplesmente... acordou e encontrou ele lá?

DominicG: Na verdade, cheguei tarde em casa e escutei arranhões vindos da varanda. Quando abri a porta, ele estava lá. Ele parecia saudável, mas eu dei leite mesmo assim (tudo bem, né? Nunca tive gato, mas sei que eles gostam de leite. Tirei isso dos desenhos animados). Ele dormiu em algum lugar no meu apartamento. Aí, quando eu acordei hoje, ele arranhou a porta da varanda de novo. Deixei ele sair. E é ali que ele está relaxando nas últimas horas. Acho que ele gosta daqui. Vista linda e muito sol.

Acredito nesse cara. Quais as chances de ele invadir minha casa para roubar meu gato e esperar até eu postar na comunidade de anúncios gratuitos apenas para poder me atrair até a sua casa? Se ele tivesse alguma ideia esquisita, ele teria me matado no meu próprio apartamento. Ou sequestrado a mim em vez do gato. Ou não deixaria um histórico na internet, se correspondendo comigo aqui. Está claro que eu preciso parar de escutar podcasts de crimes reais. Minha mente divaga para lugares terríveis quando eu deixo.

EverlynneL: Posso buscar ele?

DominicG: Você pode e deve.

EverlynneL: Pode ser por volta de meio-dia? Preciso esperar minha amiga e o namorado dela para irem comigo (sem ofensa, mas eu não posso arriscar se você for um assassino com um machado).

Penso na piada de Joe, sobre ser um assassino com um machado, de seis anos atrás, e me dá vontade de vomitar, como aconteceu ontem.

DominicG: Começo um turno em umas duas horas, então meio-dia não dá para mim (e não me ofendi, mas só para constar que, se eu fosse um assassino, um machado não seria minha primeira escolha de arma. Faz muita bagunça. Já veneno...)

Eu me vejo sorrindo, apesar de tudo. É a primeira vez que sorrio em muito tempo. Esse cara é engraçado. E sabe pontuar frases. Ambas as coisas, meu coraçãozinho triste sabe apreciar. Decido dar uma chance. Ele soa normal. Se ele abrir a porta e parecer estranho, eu saio correndo (desculpe, Loki).

EverlynneL: Ok. Posso buscar ele agora, então?

DominicG: Me dê vinte minutos.

EverlynneL: Obrigada.

DominicG: Compre donuts no caminho para cá.

EverlynneL: O quê?

DominicG me encaminha uma cópia do meu post.

DominicG: Diz bem aqui: RECOMPENSA. Donuts são minha recompensa.

Fico aliviada pelo pedido estranho dele. Nenhum assassino do qual já ouvi falar deixou uma caixa meio-comida de donuts na cena do crime. E eu escuto muitos podcasts mórbidos.

EverlynneL: Fácil de agradar. Anotado.

DominicG: Com glacê de açúcar. Os verdadeiros. Sem chocolate ou cobertura de morango. Qualquer um desses donuts falsos e pretensiosos.

EverlynneL: Certo. Só não seja um assassino com um machado.

DominicG: Não garanto nada.

48

QUATRO

Dominic mora na histórica Chestnut Street, o que confirma minha suspeita de que ele está, como meu pai gosta de dizer, bem de vida.

Ele mencionou alguma coisa sobre chegar em casa no meio da noite na nossa conversa. Aposto que ele é do tipo que vive na farra. Toco o interfone quando chego no endereço. É um prédio preto que parece luxuoso e discreto ao mesmo tempo. Ele se destaca como um polegar inchado no meio da rua de tijolos vermelhos: um dedo do meio gigante e moderno.

Dominic abre o portão eletrônico para eu subir, mas não fala nada no interfone. Estremeço, equilibrando a caixa de donuts na mão. Se é assim que eu vou morrer, vai ser uma maneira triste de ir embora. No elevador, ao subir, mando uma mensagem rápida para Nora, explico que alguém respondeu ao meu post na comunidade de anúncios gratuitos e que estou indo buscar o Loki nesse endereço. O elevador apita. Enfio meu telefone no bolso de trás da calça jeans e me lanço para fora assim que chego no andar, me encaminhando para o apartamento 911, logo o número do telefone de emergência.

Bato na porta, que se abre logo em seguida, como se a pessoa estivesse esperando atrás dela.

E a pessoa atrás dela é... bem, chega a ser ofensivo, bizarro, *assustador* o quanto ele é perfeito.

Dominic me encara de volta com olhos cor de mármore. O cinza e o azul se misturam, lutando pela dominância. Seu cabelo é curto e arrumado. A geometria do seu rosto é tão precisa, tão esculpida que ele quase parece de uma espécie diferente. Uma espécie melhor, com certeza. Ele tem o tipo de beleza que leva qualquer um a se tornar idiota. Se eu tivesse que descrevê-lo, diria que parece o Alain Delon.

E, além disso, está usando um uniforme verde de hospital.

Foi por isso que ele chegou em casa no meio da noite, sua rainha do julgamento. Não porque estava na farra. Porque estava ocupado salvando vidas.

— Oi, EverlynneL. Não. Não entre ainda. — Ele tira a caixa de donuts da minha mão, me lançando um sorriso meigo e com covinhas. — Temos uma situação com reféns aqui. Preciso checar se meu pedido foi corretamente atendido.

— Está tudo aí — digo, com um tom monótono. — Financiado com montes de açúcar.

Ele abre a caixa e vê seis donuts com glacê e dois donuts de chocolate com granulados para mim.

Ele olha para cima, franzindo a testa.

— Seu chocolate está tocando nos meus donuts verdadeiros.

— Não seja tão purista.

— Eu não gosto de chocolate.

— Me diga que é um psicopata sem dizer que é um psicopata. — Reviro os olhos.

— Ela me pegou. — O rosto perfeito de Dominic se abre em um sorriso. — Hora de atraí-la para dentro antes que ela chame a polícia.

— Olhe, talvez você queira pensar, mas sem falar em voz alta da próxima vez. Você não leu *Manual para Assassinos em Série Leigos*?

— Está na minha lista para o ano que vem. Sou só um assassino novato. Entre.

Depois dessa conversa, descubro que minha ansiedade e preocupação de alguma forma desapareceram. DominicG tem uma energia de bom rapaz do meio-oeste. Eu o sigo para dentro, ainda agarrada ao meu telefone com punho de ferro.

— Por aqui. Ele ainda está na varanda.

Dominic faz um gesto para eu segui-lo. Seu apartamento é pequeno, mas organizado. Tem cheiro de recém-pintado, livros intocados e os produtos de limpeza que usam em hotéis. Reconheço alguns dos móveis de uma loja de departamento. A mesinha lateral e o sofá. Os itens básicos de quem tem vinte e tantos.

É fácil para mim admirar Dominic, pela mesma razão por que gosto da sua casa: os dois são lindos, impecáveis e não fazem o meu tipo. Não que eu tenha um tipo quando se trata de homens. Não namorei ninguém desde o Joe. Mas alguma coisa na perfeição de Dominic me afasta. Tenho certeza de que ele sente a mesma coisa em relação ao meu tipo comum. Caras como ele acabam se casando com mulheres com pernas longas, maçãs do rosto pronunciadas e unhas dos pés que estão sempre pintadas com a cor certa da estação.

Ele abre a porta da varanda, ainda segurando os donuts, e fico cara a cara com meu gato traidor. Loki dá uma piscada lenta e despreocupada para mim. Ele parece totalmente impassível com a minha presença.

Demorou demais, sua expressão parece falar de maneira arrastada e venenosa. *Estava muito ocupada terminando a última temporada de* Bridgerton *sem mim?*

— Quer saber, camarada? Eu também não sou uma grande fã sua no momento.

Eu o detesto pela sua atitude. E, na verdade, sim, eu devia ter ficado em casa e terminado de assistir a uma série em vez de vir aqui pegá-lo. Coloco no chão a caixa de transporte que trouxe e inclino o queixo na direção de Loki.

— A festa acabou, camarada. Entre.

Loki continua me encarando, sem se mover um centímetro. Dou um passo na direção dele.

— Eu não faria isso — adverte Dominic atrás de mim. — Se ele encontrou uma maneira de entrar na minha casa pela varanda, ele pode tentar descobrir uma maneira de sair e se machucar.

Faz sentido. Dominic mora no nono andar.

— Você sempre pensa em tudo? — Eu me viro para ele.

— Só noventa por cento do tempo. — Ele se vira e começa a andar na direção oposta. — Espere aqui.

Dominic desaparece dentro da cozinha e reaparece carregando uma lata de atum. Ele faz uma cena, abrindo a embalagem com muito barulho. Assisto quando os olhos de Loki se estreitam comicamente. Dominic enfia a lata de atum no transporte do lado do sofá.

— Fique à vontade, EverlynneL. Vou fazer um café para você e podemos atacar aquela caixa de donuts. Quando Loki ceder e entrar, você pode fechar a caixa.

Jogada genial. Agradeço em silêncio. Ele não perde tempo e liga o botão da máquina de café.

— Como você gosta? — Sua voz vem da cozinha.

— Duas colheres de açúcar, uma quantidade infinita de creme, canela se você tiver. Eu basicamente gosto de creme com um pouco de café dentro.

— Eu sabia que estava captando vibrações bárbaras em você. — Ele ri.

Eu me sento na ponta do sofá e observo Loki, que está encarando a caixa de transporte, lambendo os beiços. Com toda a certeza ele está tentado. Dominic volta com duas xícaras de café. Ele coloca a minha em um porta-copos. Uau. Isso é uma atitude adulta. Quantos anos ele tem, afinal?

Ele abre a caixa de donuts, pega um com glacê e coloca inteiro dentro da boca.

— Então... — ele fala alegremente.

— Então... Quantos anos você tem? — Tomo um gole do café. Não me importo em soar curiosa ao perguntar sua idade. Pippa e Nora me disseram que eu sou uma negação flertando. Pelo visto, não há esperança para mim quando se trata de sedução.

— Acabei de fazer vinte e nove. E você?

— Vinte e quatro. — Levanto minha xícara no ar. — Feliz aniversário atrasado.

— Obrigado por não dizer o que você está pensando.

Abafo um sorriso.

— E o que exatamente eu estou pensando?

— Que eu sou um velho babão.

— Não sei sobre a parte do babão.

Isso o faz rir. Ele se diverte fácil.

— O que faz da vida, EverlynneL? — Ele se esparrama na espreguiçadeira que estava na foto que ele mandou. Ele está longe o suficiente de mim para me indicar que ele não é, sem dúvida, um cara bizarro.

— Me chame de Ever. E eu sou guia do Tour Noturno de Salém e caixa meio-período em uma loja de itens de bruxaria. O que você faz da vida, DominicG?

— Então, me chame de Dom. E eu sou enfermeiro. Trabalho no hospital local. Na clínica de oncologia pediátrica, para ser mais específico.

— Uau, Dom — digo, sorrindo de verdade agora.

— Obrigada, *Lynne*. — Ele dá uma piscadinha. — Gosto de me sentir especial.

Não gosto quando ele me chama de Lynne, mas por que isso importa? Até parece que eu vou vê-lo de novo. Ele pode até me chamar de Prudence, tanto faz.

Esse tempo todo, estava preocupada que ele fosse um assassino, quando o seu trabalho é salvar vidas de crianças, já eu conto histórias assustadoras para turistas entediados. A única coisa relevante que costumava me definir — desenhar lápides —, eu não faço mais. Não desde que... bem, não importa. Eu só não faço. Minha contribuição a esse mundo é criar um gato ingrato que, ao que tudo indica, nem quer ser meu. Eu me sinto inadequada perto desse cara.

— Agora eu me sinto culpada por ter agido como uma babaca — digo. — Desculpe por ter sido uma bundona na nossa conversa pela internet.

— Bem, então você está com sorte. — Ele toma um gole do café.

— Por quê? — franzo a testa.

— Porque eu sou chegado a uma bunda.

Caio na gargalhada, o que não acontece há muito, *muito* tempo.

Conversamos mais um pouco. Eu lhe conto que sou de São Francisco. Ele nunca foi lá. Ele me conta que nasceu e cresceu em Massachusetts e morou aqui a vida inteira. Que ele queria arrumar um emprego em Cambridge, mas, no final das contas, o hospital geral de Salém tinha uma vaga, e ele não podia ser exigente depois de se formar.

Dom me diz que uma médica que trabalha com ele, uma mulher chamada Sarah, sugeriu que ele olhasse na comunidade de anúncios gratuitos se alguém estava procurando por Loki na seção de Achados e Perdidos quando meu gato apareceu na sua varanda. Se não fosse isso, ele nunca teria tido essa ideia. Agradeço aos céus que a doutora Sarah esteja viva.

De vez em quando, dou uma espiadinha em Loki. A cada momento, ele está um pouquinho mais perto da caixa de transporte. O cheiro do atum fica insuportável. Tanto que Dom e eu paramos de comer os donuts porque tudo está começando a ter cheiro e gosto de peixe enlatado.

Está começando a ficar bem claro, como eu suspeitava, de que Dom e eu não temos nada em comum. Chega a ser engraçado o quanto somos diferentes. Ele gosta de filmes de ação e sucessos de bilheteria; os meus filmes preferidos são *Donnie Darko* e *Brilho Eterno de uma Mente Sem Lembrança*. Ele ama sushi e frutos do mar; eu sou louca pelo McDonald's e pelo Taco Bell. Ele faz CrossFit; eu… quero malhar a pessoa que me manda ser *fitness*. Ele vai com frequência à academia, à biblioteca, ao clube do livro local, a um coral (*um coral!*), e eu só saio de casa para ganhar dinheiro ou gastá-lo em porcarias que engordam.

— Você realmente evidencia a minha falta de ambição. — Termino o café e baixo a xícara. — Você é como… um discurso de motivação personificado.

Dom ri.

— Não consigo evitar. Quero aproveitar o máximo da vida. Sem querer soar clichê, mas hoje é o primeiro dia do resto da sua vida.

— Pode ser o último também — aponto, deixando transparecer meu lado raio de sol.

Ele me saúda com sua xícara de café.

— Mais uma razão para você aproveitar o dia ao máximo.

— *Ou* mais razão para não aproveitar. — Fico filosófica. É libertador. Conversar com alguém que está tão fora de alcance que nem é preciso fingir ser encantadora. — Porque, se alguma coisa vai terminar inevitavelmente, como nossa vida, nesse caso, para que começar?

Dom está prestes a me responder, mas então ele franze a testa e olha atrás de mim.

— Lynne?

Cara, não vou sentir falta de ser chamada assim.

— Sim?

— Lucky acabou de entrar no transporte.

Não o corrijo, falando que é Loki. Eu me viro, me agacho e rapidamente fecho a porta da caixa, trancando-a. Loki solta um miado gutural em protesto, mas alguns segundos depois posso ouvi-lo ronronando e se empanturrando com o atum. Esse gato é uma figura mesmo. Preciso inscrever "Vende seus princípios e todos os planos futuros por um petisco" na sua coleira.

Fico de pé com um impulso. Agora que Loki está seguro dentro do transporte, e a casa de Dom nunca mais vai se livrar do cheiro de atum, meu trabalho aqui está feito.

— Muito obrigada, Dom. Estou te devendo uma grande.

Giro o pulso para olhar meu smartwatch. Herdei da Nora, que achou que esse relógio me encorajaria a dar meus dez mil passos por dia. Na prática, só deixou evidente meu estilo de vida com 2.393 passos. Vejo que Dom e eu passamos quase uma hora juntos, o que significa que deve estar quase na hora do seu plantão.

Dom se levanta e me acompanha até a porta. Ele a abre para mim.

— Não se preocupe, já pagou em donuts.

— Bom, é, mas estou meio preocupada que o fedor de atum esteja agora entranhado em todas as suas paredes. *E na sua alma.*

Ele ri.

— Vai me lembrar do mar.

— Ui, Dom. Você é irritantemente otimista. Tenha uma boa vida.

Estou passando pela porta quando ele balbucia:

— Posso pegar seu telefone?

Eu me viro e o encaro, apenas para ter certeza de que ouvi direito.

— O meu? — Espeto meu peito com um dedo, olhando em volta, como se houvesse outras pessoas na porta da casa dele. Ele não ouviu a nossa conversa? Somos polos opostos. Na aparência também. Ele é lindo como um astro de cinema, e eu sou lamentavelmente comum. Não totalmente feia, mas nada especial.

— O seu. — Ele abaixa a cabeça… Ele ficou vermelho? Sério mesmo?

— Mas… por quê? — pergunto, estupefata.

— Porque eu me diverti? — Ele ergue a sobrancelha, confuso. — E porque deduzi que, se você tivesse namorado, você não ia querer esperar sua amiga e o namorado dela para virem com você.

Ele me pegou nessa.

— Eu não tenho namorado — admito.

— Bom para mim. Péssimo para o hipotético "ele". — Seu sorriso se abre mais. É um lindo sorriso. E ele é um cara ótimo. Lindo, engraçado e muito mais legal do que eu mereço, mas eu não estou no mercado para romance. Para namorados. Para *magia*.

Isso me deprime, porque, se um cara como Dom não consegue mexer comigo, quem conseguiria? Ele é perfeito.

Perfeito é entediante, ouço minha mãe bocejando na minha cabeça. *É um estado onde não há espaço para crescer.*

— É só que... — começo, trocando o transporte de Loki de uma mão para a outra. — Eu ainda meio que estou envolvida com alguém.

— Um ex-namorado?

— É. — Nada disso é mentira. Eu ainda *estou* envolvida com Joe, e ele é tecnicamente meu ex-namorado. Mas não consigo não me sentir um pouco idiota, falando de uma coisa que terminou há seis anos. — Desculpe — acrescento, envergonhada.

Dom balança a cabeça.

— Sem ressentimentos. Tenha uma boa vida, EverlynneL.

— Você também, DominicG.

Quando checo meu telefone no carro, há algumas mensagens de Nora.

> **Nora:** Acabei de procurar o endereço no Google Earth. Acho que o Loki está procurando um novo *sugar daddy*.

> **Nora:** Pronto, já se passaram vinte minutos. Me responda.

> **Nora:** Trinta agora. O *sugar daddy* sequestrou você???

> **Nora:** Quarenta. Estou mandando ajuda.

> **Nora:** CINQUENTA. E eu realmente não quero ser aquela exagerada que chama a polícia, mas AH, MEU DEUS, SERÁ QUE EU DEVO CHAMAR?

Dou uma risada e respondo a mensagem dela.

> **Ever:** Sou eu. Estou bem. Loki está bem. Tudo está bem.

> **Nora:** Não acredito em você. Diga alguma coisa que só a Ever falaria para eu saber que é você e não seu sequestrador sádico para me

despistar porque na verdade ele te matou e se livrou do corpo e quer que ele decomponha antes de eu mandar uma equipe de busca.

Eu já comentei que introduzi Nora nos podcasts de crimes reais? Às vezes passamos fins de semana maratonando, vestidas de pijamas, fazendo quebra-cabeças de quinhentas peças.

Ever: Bolos que parecem hambúrgueres, cocô ou campos de futebol não são bonitos. São perturbadores. A dissonância entre a visão e o paladar tornam toda a experiência de comer caótica e desagradável. Quero que meu bolo pareça um bolo. Não um saco de Doritos. Essa é a minha verdade. Obrigada por vir ao meu TED Talks.

A resposta dela chega imediatamente.

Nora: Ok, doida. Te vejo em casa.

CINCO

Nesse dia, mais tarde, quando volto para casa depois de um turno na loja de itens de bruxaria, Nora está aqui, sem Colt. Isso não devia me deixar feliz. Não há nada errado com o Colt. Ele é um cara ótimo. Mas eu ainda fico eufórica por termos um tempo sozinhas.

— Bem! — Nora está sentada no nosso sofá surrado, os pés na mesa de centro, Loki no colo. Ela coça a parte de baixo das costas dele, perto do rabo. A bunda do gato está arqueada bem no rosto dela. — Me conte tudo sobre esse cara de quem você pegou o Senhor Mia-Muito.

Largo minha mochila perto da porta e me dirijo até ela, depois me jogo no sofá.

— Ele tem vinte e nove anos. Enfermeiro. Superlegal, supergostoso, super o oposto de mim em todos os sentidos... o que fez o fato de ele me chamar para sair ser bem chocante.

— Não acredito! — grita Nora, se endireitando. O movimento súbito faz Loki pular do colo dela para o chão. — Quando você vai? O que vai usar? Sabe o sobrenome dele para a gente poder stalkear?

Rio, balançando a cabeça.

— Eu disse que ele me chamou para sair. Não que eu aceitei.

— Claro que você não aceitou. — Os ombros dela cedem com a decepção. — Por quê, eu me pergunto. Por quê?

Nora é do mesmo estilo da Pippa: engraçada, excêntrica, uma garota do tipo copo-meio-cheio, só não tão louca, impulsiva e ousada como minha ex-melhor amiga. Sei que as duas se dariam bem, e me deixa triste saber que nunca vão se conhecer. Apesar da natureza extrovertida e esfuziante de Nora, ela tem um trabalho bem intenso. Ela é maquiadora de cadáveres. Trabalha na Funerária Saint Mary. Uma vez perguntei o que a fez escolher esse trabalho. Precisava saber se ela tinha uma história parecida com a da prima Shauna que também virou sua vida de cabeça para baixo.

Mas ela só encolheu os ombros e disse: "Não aconteceu nada, na verdade. No começo, queria fazer curso de estética. Então minha mãe disse que conhecia uma cosmetologista e que ela ganhava bastante dinheiro, trabalhava poucas horas e era basicamente ajudar as pessoas e fazer uma transformação. Isso era exatamente o que eu queria para mim. Não existem muitas pessoas que sonhariam com essa profissão, mas alguém tem que fazer. É uma honra preparar as pessoas para sua última viagem. Garantir que a última imagem que os entes queridos tenham dessas pessoas não revele os horrores pelos quais passaram".

Aquilo me surpreendeu. Não consegui afastar a sensação de que a morte me perseguia, mesmo quando eu tentava fugir dela.

— E aí? — perguntou Nora. — Você ainda não me respondeu.

Estou tentando me lembrar do que estávamos falando. Ah. Dom. *Certo.* Encolho os ombros.

— Você sabe que eu não namoro.

— Não, o que eu sei é que você ainda está presa a esse garoto aleatório com quem você transou em umas férias seis anos atrás. É maluquice, Ever. Mesmo com tudo o que aconteceu. É hora de seguir em frente. Sinto que preciso fazer uma intervenção ou alguma coisa assim.

Ela está só meio brincando quando se levanta, se encaminha para a nossa cozinha e logo volta com nosso jantar saudável e nutritivo, isto é, um pacote de salgadinhos *Snyder's pretzels* e duas latas de refrigerante zero açúcar. Ela me passa uma lata e se esparrama do meu lado. Não sei muito da vida, mas sei bem que não existe nada melhor do que *pretzels* extrassalgados e uma lata gelada de refrigerante zero.

— Não é tão simples assim. — Parto o *pretzel* em dois, chupando o sal até ele ficar mole. — Não dá para simplesmente esquecer.

— Claro que dá, se você tentar.

Mas eu tentei. Por seis anos.

Quanto mais eu tentei esquecer, mais fundo a semente de Joe foi plantada no meu coração, criando raízes. Crescendo, florescendo, conquistando cada vez mais espaço. Ela se espalhou pelos meus membros, meus pulmões, meu cérebro.

Conforme dias, meses e anos se passavam, mais Joe crescia como uma figura mitológica e colossal na minha cabeça. Poderosa e imortal. Ele não tinha início, meio e fim. Ele era nada e, ainda assim, era tudo. Ele era a razão da maior tragédia da minha vida, e o que me trouxe até aqui, e, ainda assim, eu sabia, bem no fundo, que eu não podia culpá-lo de verdade pelo que tinha acontecido.

E a parte triste é que eu ainda não desisti de encontrá-lo. Até hoje, fico vagando em livrarias, folheando as contracapas, procurando pelo nome dele. Mas Joe é um nome tão genérico. Eu me xingo todos os dias por não ter perguntado o sobrenome dele.

— Até quando, Ever? Quanto tempo você pretende ficar presa a um cara que você nunca mais vai ver? — Nora me pergunta, séria. Ela não está mais tocando nos *pretzels*. Em vez disso, se inclina para a frente, desesperada para me olhar nos olhos. Sei que ela não está falando só da minha vida amorosa. Está falando da dela também. Ela quer que eu encontre alguém para não se sentir mal quando se mudar daqui. O fato de ela estar indo embora paira sobre a nossa cabeça como um monstro verde babão que quer me destroçar, membro por membro.

Coloco o *pretzel* mole na mesa de centro depois de chupar todo o sal dele e jogo outro na boca. Em seguida, tomo um gole do refrigerante.

— Desculpe, eu sou contra a ideia de que é preciso um cavaleiro em uma armadura brilhante para salvar a gente de nós mesmas. Você age como se eu tivesse que pular em qualquer cara que olhe para mim. Talvez se eu encontrasse alguém que seja mais do meu tipo...

— Por que o *sugar daddy* do Loki não é do seu tipo? — pergunta Nora, interrompendo meu discurso. Ela não vai deixar essa passar.

Eu me recosto.

— Bom, para começar, ele é lindo demais.

— Sempre uma coisa horrível para um parceiro sexual. — Nora cruza os braços na frente do peito. — O que mais?

— Não temos o mesmo gosto para filmes, música e arte.

— Ainda bem que vocês não estão começando uma banda então. Próxima. — Ela revira os olhos.

Reflito de verdade. Posso ter dificuldade em namorar, mas realmente não acho que Dom e eu formaríamos um bom casal.

— Ele é extrovertido e gosta de fazer coisas. Eu sou caseira. Tenho quase certeza de que sou alérgica a diversão.

— Você quer dizer que ele vai te puxar para fora da sua zona de conforto? Que ousadia a dele!

Ela agarra o tecido da sua camisa perto do coração. Tenho a sensação de que, mesmo se eu dissesse a ela que o Dom mata filhotes de cachorro no seu tempo livre, ela me diria que provavelmente é para fazer casacos de pele para órfãos. Não vejo sentido em continuar essa discussão. Nora queria provar que estava certa, e provou. Estou desperdiçando minha vida, me esquivando de uma chance de felicidade e vou acabar morrendo sozinha neste apartamento, e terei meu rosto comido por Loki até alguém me encontrar.

— Agora já era, Nora. Deixe para lá. Não vou sair com o Dom. — Eu me levanto e sigo para arrumar a cozinha, apenas para ter alguma coisa para fazer com as mãos.

— É, eu entendi. Só estou falando que da próxima vez, e vai ter uma próxima vez, porque você é linda, engraçada, inteligente e generosa, abra o seu coração. É horrível achar que não é merecedora das coisas boas que acontecem na sua vida.

Pode ser, mas é exatamente assim que eu me sinto.

*   *   *

Uma semana depois, penso na morte de Virginia Woolf.

Mais especificamente, em como ela encheu os bolsos do sobretudo com pedras e entrou no rio que ficava atrás da casa dela. Eu me lembro de como lutei contra a correnteza na noite em que Joe me salvou na Gran Canaria... e fico imaginando se hoje faria o mesmo. Tanta coisa mudou desde então. Sou mais parecida com Virginia do que com a Ever de seis anos atrás. E isso me assusta.

Estou fazendo o tour de Salém para um monte de adolescentes e fãs de história de novo. É um grupo difícil dessa vez. Há algumas famílias com crianças com menos de doze anos. Três delas chateiam os pais porque querem ir ao banheiro, e que horas o tour vai acabar, e por que eu sou tão chata, e quem se importa sobre o que Thomas Jefferson pensou dos julgamentos da caça às bruxas.

Consigo seguir, por pouco. Na Primeira Igreja de Salém, enquanto estou contando ao grupo sobre a lenda da Dama de Azul, disparo contra um adolescente que pisou não tão discretamente no pé de outra garota para fazê-la chorar. Praticamente gritando com o adolescente, eu lhe digo que não haverá um segundo aviso e que ele vai ser banido de todos os nossos passeios para sempre. O que eu não tenho nem um pingo de autoridade para fazer.

Quando nosso tour termina e o último turista finalmente vai embora, eu me tranco dentro do meu Chevrolet Malibu enferrujado, que tem a mesma idade que eu. Fecho os olhos e respiro fundo algumas vezes. Eu queria ter água aqui, ou talvez alguma coisa doce para me acordar. Apesar de todo o meu amor por porcarias engorduradas, eu me esqueço de comer com frequência. Nora sempre me diz que odeia pessoas que dizem que se esquecem de comer. Que, diferente de lavar a roupa ou pagar uma conta, comer é a única coisa que ela *nunca* se esquece de fazer. Mas não acho que o fato de me esquecer de abastecer meu próprio corpo seja uma coisa boa. Isso demonstra minha total falta de autocuidado.

Pego minha mochila e checo o telefone, coisa que não fiz o dia inteiro. Há algumas chamadas perdidas do meu pai. Isso é esquisito. Meu pai não se importa muito de me ligar mais. Quando ele liga, me trata como um dos seus clientes: todo formal e profissional.

Meu coração imediatamente dá um pulo. Será que aconteceu alguma coisa?

Ligo para ele, agradecida por não estar tão tarde ainda na Costa Oeste. Ele atende no primeiro toque.

— Everlynne. — A voz dele está seca e fria.

— Oi, pai. — Não sei por que, mas eu ainda tenho vontade de chorar toda vez que ouço a voz dele desde Aquele Dia.

Há uma pausa. Acho que ele não esperava que eu ligasse de volta. Isso me deixa atordoada de vergonha. Será que já passou tanto tempo assim desde que liguei para saber se ele estava bem? Eu devia melhorar nisso. Devia ligar toda semana para a minha família. E mandar mais cartões-postais e presentes. Natal e aniversários não são suficientes. Mas não consigo evitar pensar que estou fazendo um imenso favor a eles me distanciando.

— Está tudo bem? Vi umas chamadas perdidas.

— O quê? — Ele soa confuso, e também como se eu o estivesse atrapalhando. Então ele solta uma risada esquisita. — Ah, tudo bem. Minha recepção está horrível. Não importa para qual operadora eu troque, sempre preciso ligar algumas vezes até conseguir falar. Se eu vivesse no meio do mato, talvez isso fizesse sentido. Mas essas empresas ficam me falando que é justamente o oposto. Que, porque eu moro na cidade, há mais competição pela rede. Alguma coisa sobre prioridade de dados. Você pode acreditar que eles querem que eu pague o plano mais caro só para eu conseguir um sinal decente? — ele se enfurece. Porque é isso que é importante agora: a recepção do telefone dele. Não o fato de que não temos qualquer tipo de relacionamento.

— Um absurdo — concordo. — Devíamos todos ficar só com os telefones fixos. Mostrar para eles onde enfiar seus planos mais caros. — Estou repetindo as coisas que ele costumava me ensinar na hora do jantar.

— Não precisa ser sarcástica. — Ele fica sério de repente.

Não consigo vencer esse homem.

— Está certo. Desculpe. Você queria falar comigo?

Meu pai pigarreia.

— Sim, tem uma coisa que eu quero falar com você.

— Agora é uma boa hora — digo, tentando parecer alegre.

— Olhe, eu estava pensando que podíamos conversar pessoalmente. Mas você não vem para casa há muito tempo.

— Não tem tanto tempo assim.

— É muito tempo para mim, Ever.

A vergonha toma conta de mim de novo. Sinto saudade da minha família todos os dias. Muitas pessoas moram distante da família. Sei disso. As pessoas encontram trabalho e vão para faculdades em lugares diferentes. Ou conhecem alguém por quem vale a pena se mudar, ou talvez seja o sonho delas morar em outro lugar. Em praias douradas ou cidades grandes que engolem você inteiro. Mas minha história é diferente. Eu não me mudei. Eu *fugi*.

Meu pai não me chama para ir lá há anos, então fico pensando o que o fez mudar de ideia. Será que ele está... com uma doença terminal?

— Espero que esteja tudo bem — digo com cuidado.

— Está tudo bem — meu pai diz de uma maneira seca. — Se com isso você quer dizer que estamos bem de saúde.

— Certo... — Estou ganhando tempo, porque eu realmente não quero voltar para casa. Tenho certeza de que, quando eu voltar, meu pai vai me dizer que me tirou do testamento dele e gostaria que eu mudasse meu sobrenome para não lhes causar mais nenhuma vergonha. — Nesse caso, por que você não...

— Venha para o Dia de Ação de Graças. — Ele interrompe minhas palavras. Meu pai não é de demonstrar muitos sentimentos. Ele sempre ficou mais confortável com números e planilhas do que com palavras. Então sei que, se ele está me chamando para ir para casa, alguma coisa explosiva está me esperando por lá.

— Você tem certeza de que está tudo bem, pai? — pergunto com doçura. — Porque se não estiver...

— Já disse que estamos todos bem — diz ele, um pouco impaciente. Ele é um homem tranquilo, e sei que sou a razão pela qual ele se irrita. — Eu só quero que você esteja aqui para o jantar do Dia de Ação de Graças. Eu pago as passagens.

— Não é por causa das passagens. — Solto um suspiro. Detesto isso, e detesto a mim mesma, e detesto que minha família tenha se desintegrado a esse ponto. — Acho que não consigo tirar folga no trabalho. A "Temporada Assustadora" é a época mais movimentada do ano. Vou precisar encontrar alguém para me substituir nos meus dois empregos... Eu só não acho que isso seja possível em tão pouco tempo.

Embora isso não seja mentira, também não é inteiramente verdade. Não é o trabalho que me mantém afastada. Meu pai fica mudo. Ouço Renn no fundo, jogando videogame e rindo com os amigos. Meu coração fica muito apertado, um minúsculo origami de borboleta. Sinto falta das tardes preguiçosas de domingo com ele, jogando *Halo* e discutindo sobre coisas sem importância, como o que é melhor, *How I Met Your Mother* ou *The Big Bang Theory* (*How I Met Your Mother*). Ou se as pessoas que comem cachorro-quente na horizontal são psicopatas (sim).

— Entendi — resmunga meu pai, finalmente. — Não consigo fazer você mudar de ideia, eu acho.

— Vamos passar o Natal juntos — me apresso em prometer. Dessa vez, pretendo cumprir a promessa.

— Só acredito vendo — diz ele.

Inspiro fundo e ignoro seu sarcasmo.

— Eu te amo, pai.

Essas palavras parecem tão rasas, tão amargas na minha boca. Essa não é a aparência do amor. Essa não é a sensação do amor. Já foi, há seis anos. Seis anos atrás, tínhamos encontros semanais no nosso restaurante preferido, noites de palavras-cruzadas em família toda quarta e terças do taco.

Ele desliga sem falar de volta.

Sua própria família não te ama. Absorva isso por um momento.

Bato a cabeça no volante suavemente. As batidas são regulares. *Tum. Tum. Tum.* Faço isso por cerca de dez minutos antes de usar o que resta da minha energia para ligar o motor e começar a dirigir. Coloco *Unfinished Symphony*, do Massive Attack, no Bluetooth. As ruas estão lotadas. Pessoas rindo, se beijando, se abraçando e vivendo. Dirijo sem rumo ou objetivo. Dirijo porque sei o que me espera em casa. Nora e Colt, abraçados no sofá como um yin e yang humano, assistindo a um filme, arrulhando um com o outro. Dirijo até a luz vermelha no meu painel informar que é melhor eu ir logo até um posto antes que a gasolina do carro acabe.

Paro no posto mais próximo e abasteço o tanque. Olho o meu relógio. São quase duas da manhã. Não comi nada o dia inteiro. Preciso de alguma coisa doce e reconfortante. Com a bomba da gasolina ainda dentro do tanque, caminho devagar até a loja de conveniências e vou direto para o corredor dos doces. Um homem alto de cabelo escuro está parado do outro lado. Nosso corpo está posicionado exatamente como o meu e o do Joe naquela farmácia, há seis anos. Meu coração para por um segundo. Durante um instante, fico tentada a andar para o lado, ver se é o Joe. Mas então as palavras de Nora reverberam na minha cabeça. Não é ele. Não *pode* ser ele. Eu nunca mais vou vê-lo. É hora de seguir em frente.

Depois de pegar uma embalagem de Skittles, um pacote de Oreo e uma raspadinha de mirtilo Big Gulp, me encaminho para o caixa. Cumprimento o rapaz do caixa com a cabeça.

— É só isso? — O rapaz faz uma bola com o chiclete na minha cara.

— É.

— Ei, cara, acabaram os sanduíches. — Ouço uma voz masculina vindo de uma das geladeiras de bebidas, e sei que pertence ao sujeito alto de cabelo escuro. Não há mais ninguém aqui.

— Acontece, irmão. — O Caixa faz mais uma bola com o chiclete enquanto me entrega um saco plástico e o meu troco. — Tem umas refeições congeladas se estiver desesperado. Ou você pode comer batata frita como o resto do mundo moderno.

— Acontece? Essa é a sua resposta? E eu não quero porcaria, eu quero a porra de um sanduíche. — Quando o cara se materializa vindo do fundo dos corredores, meu coração dá um giro de cento e oitenta graus. É o Dom. O enfermeiro que salvou Loki. Ele está usando o uniforme verde do hospital. Ele também parece na *merda*. E por merda, quero dizer, ainda deslumbrante, mas como se não dormisse há meses. Seu cabelo cai em cachos bagunçados em volta das orelhas e na testa, e seus olhos estão vermelhos, a pele em volta deles escura e funda.

— Dom? — pergunto.

Ele para, inclina a cabeça, até a ficha cair.

— Ah. Lynne. Oi.

Estremeço com o apelido que ele me deu. Porém, agora não é hora de falar para ele que odeio esse apelido.

Ficamos parados um na frente do outro, eu com meu saco plástico pendurado na ponta dos dedos, ele com sua alma sangrando pelo chão entre nós.

— Está tudo bem? — Examino o rosto dele.

— Está. Eu... — Ele olha em volta, empurrando os dedos pelas mechas cheias de cabelo castanho. — Eu *vou* ficar bem. Estou tendo uma noite ruim. Só isso.

— O que aconteceu?

Tenho plena noção de que temos plateia na forma do Caixa, mas não me importo. Dom parece distraído.

— Ah, não é nada. — Ele pega um pacote de batata frita, depois joga no balcão do caixa. — Coisas normais da vida. Aqui. Vou levar a porra da batata frita. Feliz? — ele pergunta ao atendente.

— Não, me conte. — Fico enraizada no lugar. Não vou ser babaca duas vezes na mesma noite. Decepcionei meu pai. Não vou falhar com esse cara também. Principalmente depois do que ele fez por mim.

Não quando eu estava pensando mais cedo sobre como todos nós temos uma Virginia Woolf dentro de nós. Alguém que quer encher os bolsos de pedras e desaparecer em um lago.

Dom me examina rapidamente. Seu sorriso está estampado no rosto como uma meia-lua. Triste e incompleto.

— Perdi uma paciente hoje. Ela tinha nove anos. — A última palavra é quase inaudível porque a voz do Dom falha. Sinto meu coração inflando até um tamanho monstruoso, depois explodindo no peito. Seguro a mão dele e o afasto do caixa, do deplorável saco de batatas fritas e da loja de conveniências. Para longe desse lugar, com as luzes estáticas e o piso de linóleo manchado.

— Venha comigo.

— Quem é a assassina com um machado agora? — ele pergunta com um ar cansado, mas não resiste. Apesar de toda a sua força e de seus músculos, sua mão está frouxa e fria na minha, mas ele me segue.

— Vou levar você para comer alguma coisa que não seja um pacote de batata frita e depois quero que você me conte tudo sobre o seu plantão. — Paro por um segundo, depois acrescento:

— E *depois* eu vou te matar. Não se preocupe, vou desovar seu corpo em algum lugar exótico.

Ele solta uma risada fraca, porque precisa, mas ainda assim ri, que é o que eu esperava.

Eu o empurro para dentro do meu Chevrolet. Desprendo a bomba de gasolina e começo a dirigir. Dividimos um pacote de Oreo, e me empenho em conversar amenidades. Onde ele fez faculdade? (A Northeastern para a graduação e o Boston College para especialização em enfermaria.) Qual sua cor preferida? (Roxo.) Se ele pudesse namorar uma celebridade, quem seria? (Provavelmente Kendall Jenner, embora ele se reserve o direito de trocar para Zendaya.)

Ele responde as minhas perguntas, desanimado. Dirijo até uma lanchonete, onde compro para ele um hambúrguer duplo com bacon e batatas fritas de acompanhamento, um milk-shake e chilli. Tá bem, o chilli na verdade é para eu pegar os biscoitos que vêm junto. Paro em uma das vagas do estacionamento, pego a comida e em seguida me apoio no capô do meu carro.

— Há quanto tempo ela estava lá? — pergunto.

Ele sabe bem de quem eu estou falando. A menina de nove anos. Ele baixa a cabeça, balançando-a. Não consigo ver seu rosto, mas sei que ele está chorando.

— Três meses. Foi horrível, Lynne. Não havia nada que pudéssemos fazer. Nada que eu pudesse dizer a ela. E ela era tão guerreira. Forte, corajosa, comprometida. Ela tentou lutar de todas as maneiras. Você devia ter visto.

— *Dom.* — Fico surpresa de como estou profundamente triste por ele, por ela. Os dois são praticamente estranhos para mim. — Sinto muito mesmo. Por favor, coma. Me conte tudo, mas coma também.

Dom dá uma mordidinha em uma batata frita, só para me agradar. Seus olhos embaçados se entusiasmam quando a batata frita salgada atinge suas papilas gustativas. Ele pega mais duas e as enfia na boca. Acho que ele está começando a sucumbir à fome, o que é uma coisa boa. Eu ficaria muito triste se Dom, como eu, costumasse se esquecer de comer. Embora não possa imaginar que esse seja o caso, pois ele parece saudável e musculoso.

— Foi... Ela...? — Não sei como fazer essa pergunta. Ainda bem que Dom sabe exatamente o que eu estou tentando dizer. Ele toma um gole do milk-shake antes de passá-lo para mim. Coloco o canudo na boca e sugo, como se fosse normal. Como se dividir bebidas, saliva e segredos com homens lindos fosse uma coisa que eu estivesse acostumada a fazer.

— Não. Ela não sentiu nada. Estava em coma induzido. Seus órgãos começaram a falhar de tarde, um depois do outro. Foi o pior plantão que já tive. Foi como assistir a uma igreja sendo queimada, área por área. O fogo consumindo tudo. A Bíblia, os bancos, Jesus na cruz.

Fecho os olhos, imaginando a cena. Um arrepio desce pela minha espinha. Não é preciso ser uma pessoa religiosa para sentir vontade de vomitar.

Recostando-se mais no capô do carro, Dom pega seu hambúrguer e dá uma mordida enorme. Toco no braço dele com carinho, sabendo que palavras são insignificantes nesse momento.

Ele arranca mais um pedaço do hambúrguer, mastigando com vigor a cada mordida.

— E eu só conseguia pensar, enquanto assistia à garotinha perdendo a batalha para a doença: tem tanta *merda* no mundo, sabe? Bem agora, justo neste momento, algum colunista de tabloide está escrevendo algo idiota sobre uma celebridade só porque pode. Porque é *legal* odiar celebridades. Um político está tramando para destruir um colega no seu caminho para a presidência. Uma garota está chorando no travesseiro porque não pode pagar por uma porra de uma bolsa Gucci. Quando, o tempo todo, as pessoas estão perdendo a vida e elas adeririam facilmente a uma existência sem Gucci. Eu sei que existe essa coisa toda de não minimizar os problemas das pessoas, mas que se foda, eu acho que algumas coisas deviam ser minimizadas, sabe? Pois é, ser um refugiado afegão tentando escapar de um destino horrível é um problema maior do que não ser chamada para o baile de formatura pelo seu *crush*, e estou cansado de fingir que todos os problemas são iguais quando obviamente essa não é a porra da *verdade*!

Dimensões. Dom tem de sobra. Agora entendo por que ele está num coral, num clube do livro, faz CrossFit e vai ao cinema duas vezes por semana. Ele sabe melhor do que ninguém como a vida é frágil.

— Não espere que o mundo seja justo — digo.— É uma batalha perdida. O que você faz é incrível. A maneira como ajuda aquelas crianças... Quer dizer, eu não sei por que alguém se colocaria nesse papel, mas fico feliz por ter no mundo pessoas como você.

Ele termina o hambúrguer em três mordidas e engole tudo com milk-shake. A cor volta às suas bochechas. Ele ainda parece triste, mas não está mais com a aparência doentia.

— É, bem, eu não tive escolha, na verdade. — Ele faz uma careta.

— Como assim?

Ele pega as embalagens e as joga em uma lata de lixo próxima. Isso me dá tempo para admirar seu corpo no uniforme. Eu sei que não devia. Sei que não é a hora. Mas não consigo evitar sentir uma pontada de desejo quando penso no que está embaixo do uniforme. Então ele volta para perto de mim, pronto para contar sua história.

— Quando eu tinha cinco anos, fui diagnosticado com leucemia linfoide aguda. O tipo mais comum de câncer no sangue entre as crianças.

Minha sensação é de que ele me deu um soco no estômago. Eu até me dobro um pouco. O lindo, grande, alto e forte Dom teve leucemia? Como isso é possível?

— Sinto muito — falo baixo. *Com doçura.* O que mais se pode dizer em uma situação assim?

— Na verdade, eu fui um caso bem conforme o protocolo. Uma história com final feliz, como você pode ver. Comecei quimioterapia imediatamente. De indução. Quatro semanas depois, comecei a entrar em remissão. Mas não foi fácil por alguns anos. Foi todo um processo. A manutenção nesse meio-tempo, os exames, a espera até os resultados chegarem toda vez. Noites sem dormir. Escutar meus pais chorando no quarto deles quando achavam que eu estava dormindo. Saber que meu irmão mais novo estava lá sentado, esperando alguém jogar uma migalha de atenção para ele porque todo mundo estava ocupado demais tomando conta de mim. Foi... Acho que não existe nem uma palavra para descrever o que foi.

— Posso imaginar. Nenhuma criança deveria passar por isso. — Minha mão está no braço dele de novo, e percebo que os clichês existem porque são verdade. Nenhuma criança *deveria* passar por isso.

— A única coisa que eu me lembro mais do que tudo — continua Dom — são os enfermeiros. Os médicos. As pessoas à minha volta. Eu sentia que eles se importavam de verdade. Eles ligavam para a minha mãe fora do expediente para ver como eu estava passando. Eles me davam presentes, me contavam histórias e brincavam comigo. E as poucas pessoas na equipe que não eram tão boas também se destacavam. Então eu decidi bem cedo que o que eu queria fazer da vida era ser enfermeiro. Eu queria fazer a diferença. Queria que o próximo Dom soubesse que eu estava lá com ele. Foi por isso que eu escolhi a área de oncologia.

Conversamos mais um pouco sobre a sua infância. Como ela foi ofuscada pela lembrança constante da sua mortalidade. Como seu irmão foi abandonado na casa dos avós, às vezes por semanas a fio. Como Dom ainda se atormenta de culpa pelo que fez sua família passar.

Então Dom inspira fundo e diz:

— E o que levou você a uma loja de conveniências às duas da manhã, mocinha? Aposto que sua noite foi tão merda quanto a minha.

— Não mais. — Solto uma risada suave.

Ele abriu seu coração para mim. Agora eu lhe devo pelo menos uma fração da minha verdade.

— Coisa de família. — Abano a mão. — Meu pai queria que eu fosse para casa, em São Francisco, para o Dia de Ação de Graças. Inventei uma desculpa.

— Por quê?

Decido que não quero falar muito para Dom, então explico:

— Não consigo olhar para a minha família de novo depois de ter feito ela se despedaçar em um milhão de caquinhos.

— Então eu não sou o único com sentimento de culpa. Interessante. Como você despedaçou sua família em um milhão de caquinhos? — ele pergunta pacientemente. Tenho a sensação de que ele quer saber de verdade. De que sou o centro da sua atenção.

É uma coisa nova para mim... e não é desagradável.

Mexo os dedos dos pés dentro das botas, franzindo a testa olhando para elas.

— Eu... minha mãe morreu.

O silêncio nos traga de todos os lados.

Finalmente, Dom diz:

— Sinto muito, Lynne. Mas como isso é sua culpa?

— É. Acredite em mim. É uma longa história, mas é. — Não estou exagerando. Não estou sendo melodramática. Eu realmente causei a morte dela. E eu sei que meu pai e Renn pensam assim também. É uma coisa com a qual vou ter que conviver pelo resto da vida.

— Deixe-me entender isso direito. — Ele esfrega o queixo. — Você acha que causou a morte da sua mãe, mas você não está na cadeia, então vou além e vou supor que foi um acidente. Sua solução é negar ao resto da sua família uma irmã e uma filha também?

Eu sei que ele tem certa razão, mas não é tão simples. Eu não consigo olhar para o rosto do meu pai e o do Renn sem me sentir a Morte em pessoa, que se esgueirou pela fresta da porta deles e roubou sua alegria. Além disso, não é como se estivessem tão ávidos a voltar a ter contato comigo também. Renn é no máximo cordial comigo. Em geral, ele ignora minha existência. Meu pai me trata como uma prima distante para quem ele se sente obrigado a mandar uma mensagem de vez em quando.

Balanço a cabeça, me afasto do capô e dou a volta por trás do carro para o banco do motorista. Dom pega a deixa e também entra no carro. A volta para o posto, onde ele deixou seu carro, é silenciosa, mas não desconfortável. Parece que nós dois estamos processando o que foi dito essa noite.

Estaciono atrás do seu Mazda MX-5 Miata vermelho conversível. O carro é tão a cara de Dom que tenho vontade de rir. Ele gosta de coisas brilhantes em cores vibrantes. Uma parte dele provavelmente vai ser sempre aquele garoto de cinco anos que quase morreu.

O sol começa a nascer, manchando a cidade histórica com tons laranja--azulados. Dom solta seu cinto de segurança e se vira para mim.

— Obrigado pela companhia. E pelo hambúrguer.

— Primeiro donuts, agora um hambúrguer. Talvez minha vocação na vida seja te alimentar. — Dou uma piscadinha, tentando manter o clima leve. — Espero que você se sinta melhor hoje.

— Mesmo se eu não me sentir, tenho duas aulas de ginástica para ir, e meu irmão disse que quer que eu vá até a casa dele para tomar umas cervejas e assistir ao jogo. Pelo menos, vou ter uma distração.

Aperto a mão dele. Não quero soltar, mas também não quero nada romântico com o Dom. Só quero que nós continuemos coexistindo na mesma esfera. Um apoiando o outro. Senti falta de ter alguém que me escutasse. Então enfrento a rejeição dessa vez. Eu me exponho, e falo.

— Ei, Dom, o que acha de... trocarmos os números do telefone? Eu gostaria de verdade de ser sua amiga.

Dom sorri, apertando minha mão de volta.

— Obrigado pela oferta, Lynne, mas não posso ser seu amigo. Vou ficar suspirando por você o tempo todo, e isso seria uma vida bem miserável com certeza.

E então, antes que eu possa dizer mais alguma coisa, antes que eu possa lhe dizer que Nora vai me matar se eu contar que nós nos encontramos de novo e eu não peguei o contato dele, ele se inclina para mim, beija o meu rosto suavemente e sai.

SEIS

Duas semanas se passaram.

Não falei para Nora que encontrei o Dom na loja de conveniências. Tenho a sensação de que isso só inspiraria outra conversa "você tem que esquecer o Joe". No final das contas, Nora não precisa de Dom como desculpa. Um dia, quando estamos acomodadas em uma manta de piquenique no parque, um cara bonitinho olha na minha direção. Ele está lendo um livro. Um livro que por acaso eu gosto muito. *Graça infinita*, do David Foster Wallace.

— Você devia ir até lá e falar com ele — incita Nora, rolando para ficar de bruços, aproveitando ao máximo os míseros raios de sol escapando pelas nuvens espessas.

— A resposta é um não bem grande. — Enterro meu rosto no meu próprio livro, o mais recente do Stephen King.

— Por quê? Por causa do Joe? — Ela ajeita os óculos escuros mais acima no nariz.

— Não — digo, mas a resposta verdadeira é "isso e outras razões". — Porque eu não sou o tipo de pessoa que chega em um cara e pede o telefone dele.

— Você precisa ser um tipo certo de garota para fazer isso? — Nora dá uma piscada. — É sempre um risco chamar alguém para sair. Você acha que os seus sentimentos são mais importantes do que os de uma garota que *chamaria* esse cara para sair?

— Não foi nada disso que eu falei. Parabéns para as garotas que têm coragem de chegar em um cara. Eu acho que elas fazem do mundo um lugar melhor. Mas na hierarquia de gestão de riscos, meu lugar é bem baixo. Não sou de correr riscos. Eu não... Não me exponho. — Uso as palavras de Pippa. O que me faz ter ainda mais saudade dela. Imagino se um dia vou parar de sentir falta dela como se ela fosse parte do meu corpo. Desejo que esse dia chegue, mas também tenho pavor disso.

Nora resmunga, enfiando o rosto na grama.

— Você vai morrer como uma velhota solitária.

— Valeu — murmuro, e volto a ler meu livro. Sinto uma onda de alívio quando vejo o cara que tinha me olhado colocar o livro embaixo do braço, pegar a toalha de piquenique e carregar tudo para o carro.

— Você vai ver, Ever. Vai ser tão triste. E não ache que eu vou estar lá para trocar suas fraldas ou fazer suas compras.

— Nós temos a mesma idade. Quem disse que eu vou precisar de enfermeira enquanto você vive sua vida atlética? — Ergo uma sobrancelha.

— Nem o Loki vai estar por aqui. Seu gato não está ficando mais novo — continua ela, ignorando minhas palavras.

— Ele vai viver para sempre no meu coração. — Rasgo o pacote de Skittles que eu comprei na loja de conveniências duas semanas atrás e esvazio o conteúdo na minha boca.

Mas Nora não para. Ela ainda está falando, suas palavras abafadas pelos tufos de grama.

— E o Joe? Ele deve estar casado agora. Ou pelo menos tem uma namorada séria ou alguma coisa assim. Ela é encantadora. Uma artista. Eles se conheceram em Nova York. Transam três vezes por dia, apesar de já estarem juntos há três anos.

Dou um sorriso amargo, desfrutando da dor que vem junto com essa afirmação. Porque dor, afinal, é uma sensação também, e eu não sinto nada há tanto tempo. Ela provavelmente está certa. Joe tem vinte e cinco anos agora. Esse cara, cheio de magnetismo, sarcasmo e talento, é um bom partido. Qualquer um podia ver isso.

— Adorei a conversa, Nor.

Pegamos nossas mantas e nos encaminhamos para o meu carro. Eu a deixo na funerária para trabalhar, depois dirijo até o correio e envio a Renn um pacote enorme pelo seu aniversário de vinte anos. Comprei meias divertidas, na altura dos tornozelos, as preferidas dele, uma parafina australiana especial para suas pranchas de surfe e um cartão de vale presente da Billabong. Acrescento um bilhete carinhoso escrito à mão. Depois volto para casa.

Abro a porta e vou para o meu quarto, onde tiro as botas e largo a mochila. É aqui que normalmente encontro o senhor da casa sentado na ponta mais distante da minha cama, com um olhar de profunda exaustão no rosto. Não sei o que faz os gatos sempre parecerem que estão cansados da merda dos donos, mas é uma das coisas que eu mais admiro neles.

Só que o Loki não está aqui. Vou até a sala.

— Loki Lucifer Lawson, onde está o senhor? — chamo. Normalmente, ele mia alguma coisa que se traduz com "Você não é minha mãe de verdade" quando falo seu nome completo. Mas não dessa vez.

Será que ele foi parar na casa do seu *sugar daddy* de novo?

Eu me encaminho para a cozinha e abro uma lata de ração úmida. Coloco no chão e faço todos os barulhos que as pessoas fazem quando querem que seus gatinhos apareçam. Nada acontece.

De novo não. Tenha dignidade, cara.

Com o coração aos pulos agora, apanho meu notebook. Ligo e procuro o e-mail do Dom.

Eu me sinto uma idiota total, indo até ele pela segunda vez em um mês. Mas talvez Nora esteja certa. Talvez Loki tenha se cansado dessa espelunca com Duas Garotas em Apuros e tenha adotado Dom, que mora no hotel Waldorf Astoria em comparação.

Ever: Ei, Dom, é a Ever. Loki sumiu de novo. Olhei em todo lugar. Sei que parece bizarro, mas alguma chance de ele estar na sua casa?

(Juro que não maltrato ele nem nada assim. Eu queria poder atribuir esses sumiços a uma fase rebelde. Mas ele tem dez anos, o que é sessenta em anos de gato. Me diga uma coisa: você já conheceu alguém de sessenta anos que dá tanta dor de cabeça assim?)

P.S.: Estou querendo saber como você está desde que nos falamos da última vez, então pergunto agora: como você está?

E.

Estou prestes a procurar meu gato do lado de fora. Mas primeiro preciso fazer xixi. Fecho o notebook e ando devagar até o banheiro. Depois de abrir a porta, fico surpresa ao sentir alguma coisa sólida e peluda se enrolando nas minhas pernas. Olho para baixo e lá está Loki. O cretino.

— Aonde acha que vai, rapazinho? — Estou no seu encalço. Ele estava no banheiro o tempo todo? Para quê? Não é como se ele usasse o banheiro. Não, ele tem sua própria caixa de areia. Ele tem um prazer imenso em me ver limpá-la todo dia.

Loki bate o rabo de uma forma irritada antes de encontrar a lata aberta da ração úmida e aproveitar seu jantar fora de hora. Eu me apoio na parede do corredor, fechando os olhos. Acho que estou enlouquecendo. Estou solitária demais. Imersa demais nos meus pensamentos. Um sinal do meu telefone avisa que recebi um novo e-mail. Tiro o celular do bolso e arrasto o dedo na tela.

Com o coração aos pulos, abro o e-mail, mas a conexão está lenta, e me vejo caminhando de um lado para o outro.

Dom: Oi. Não, desculpe. Nenhum sinal do Loki. Mas vou ficar de olho. P.S.: Estou melhor. Espero que você também.

Meu coração se aperta. Nada do que Dom falou está errado, em si, mas também não é muito pessoal. Outro e-mail pipoca logo em seguida.

Dom: Mas posso te ajudar a procurar por ele se você precisar.

Percebo que talvez inconscientemente tenha mandado mensagem para Dom porque *queria* falar com ele. Não por causa de Loki. Nora está certa: preciso seguir em frente em algum momento. Dom pode não ser um espelho da minha alma como Joe foi, nenhum homem provavelmente vai ser, mas ele é gentil, legal, inteligente e gostoso.

Ever: Alarme falso. Ele se entrincheirou no banheiro.

Dom: O sessentão mais rabugento de Salém. Ainda bem que você achou.

Ever: Mas... mesmo assim quero te encontrar.

Ever: Quer tomar um café esta semana?

Um segundo se passa antes de ele responder. Eu me preparo para outra rejeição.

Dom: Eu já falei, Lynne. Gosto muito de você para ser só amizade.

Ever: Eu sei, mas...

Mas já se passou tanto tempo, eu tenho estado tão sozinha, você é tão legal, doce e engraçado...

Ever: Talvez eu queira mais do que amizade.

Dom: Talvez ou com certeza?

Ever: Sinceramente? Depende da sua resposta.

O mundo para de girar. Tenho certeza. Nada mais existe além deste momento, desta conversa entre duas pessoas que moram em lados opostos da cidade. Senti falta de ficar nervosa com as coisas. Senti falta de me importar.

Dom: A resposta é sim e não.

Ever: ?

Dom: Sim, quero te encontrar. Não, não quero café. Pronta para se surpreender?

Digito sempre, mas por dentro digo *raramente*.

Dom: Me encontre hoje à noite depois do seu tour.

SETE

— Ateliê de cerâmica — digo, olhando em volta.

Quando Nora disse que o Dom ia me tirar da minha zona de conforto, achei que ele pelo menos me deixasse ficar na região à qual eu estava acostumada. Infelizmente, não foi o caso. São dez e meia da noite. Eu tinha certeza de que Dom fosse me levar para um passeio romântico ou um restaurante. Mas não. Estamos no Ateliê de Cerâmica Argila O Dia Todo — aberto vinte e quatro horas; essa é a parte cômica: bem na periferia de Salém.

Apesar do horário, o lugar está fervilhando de gente. É um espaço pequeno e aglomerado, com uma grande mesa oval no centro, com tornos individuais em volta, e potes roxos cheios de argila ao lado de cada um. Nas prateleiras, há uma exposição de potes e esculturas.

Não há um tipo específico de pessoas que frequentam o espaço. Avisto mais dois casais que aposto que estão aqui em um primeiro ou segundo encontro, um grupo de mulheres mais velhas e — o que acho bizarro (mas devo estar certa) — algo que parece com uma despedida de solteira. Abafo uma risada porque, se Pippa estivesse aqui, ela faria um discurso. Quase posso ouvi-la. "Uma despedida de solteira em um ateliê de cerâmica é exatamente o tipo de coisa que eu esperava de você, Lawson. Então te digo agora mesmo, quero um stripper, e um bolo, e algum grau de sacanagem que nos faria nunca mais falar dessa noite a não ser que ficássemos realmente bêbadas e nossos maridos não estivessem por perto. Entendeu?"

— Sei que é pouco ortodoxo, mas eu queria tentar ser criativo. — Dom sorri para mim. Ele está fantástico, com uma camisa azul-clara, calça jeans elegante e mocassins. Eu, por outro lado, estou com um vestido preto gótico, meu piercing no septo visível. Tenho certeza de que, se minha mãe o tivesse conhecido, ela o acharia perfeito *demais*, mas ela não está aqui, não é?

— Eu gostei. — Dou um grande sorriso para mostrar meu entusiasmo. Nora sabe que eu estou em um encontro hoje, e suspeito que, se eu não chegar em casa grávida ou pelo menos noiva, ela não vai me deixar entrar.

Uma mulher chamada Maria se aproxima de mim e se apresenta como nossa professora. Ela está usando um avental manchado de argila e nos passa dois aventais. Nós o amarramos na cintura e a seguimos para nossos lugares. Depois disso, há uma explicação do que vamos fazer esta noite. Em seguida, começamos a mexer na argila. Não é exatamente a experiência da Demi Moore e do Patrick Swayze em *Ghost*. É estranho, grudento e um pouco frustrante.

No final, Dom e eu vamos embora, deixando nossas canecas para trás para pegar no dia seguinte.

Bem, *eu* fiz uma caneca. Não tenho certeza exatamente do que Dom criou. Sua xícara de cerâmica parecia estar tentando se consumir de dentro para fora.

— Achei que você amasse cerâmica. — Enfio um punho dentro do bolso do meu vestido. Porque é esse tipo de vestido incrível.

— Nunca tinha tentado antes. Eu faço coisas pela diversão. Mesmo se eu for horrível naquilo.

Ele é um livro de autoajuda ambulante, imagino. É *exatamente* o que eu preciso.

— Você pode ficar com a minha, então. Amanhã, quer dizer.

Já que nem pensar que eu vou voltar para buscar a minha e tal.

— Ora, obrigado. — Dom inclina seu chapéu imaginário. — Tomarei meu café nela de amanhã em diante, até o fim dos meus dias. Ou pelo menos até um dos nossos filhos quebrar. Droga, Dominic Júnior, sempre fazendo besteira.

Ok. Espere aí. Como é que é?

Paro na frente do carro dele. Ele se vira, depois volta para me encarar enquanto fala.

— Estou brincando, Lynne. Devia ter visto a sua cara.

— Tanto faz — digo, e é bom sorrir de novo. Isso me lembra quão pouco eu sorrio hoje em dia. — Você não me assusta.

— Nós homens não pensamos tão adiante. Eu, por exemplo, ainda estou preso no nosso convite de casamento, futura senhora G.

Rio ainda mais, depois pergunto:

— Esse G é de que, afinal, DominicG?

— Graves — responde ele. — Dominic Ansel Graves.[1] Qual o seu nome completo, EverlynneL?

— Everlynne Bellatrix Lawson.

---

1. N. da. T: em inglês, *graves* significa "túmulos".

— Bellatrix? — As sobrancelhas dele pulam até o couro cabeludo. Ele parece ficar satisfeito e achar a maior graça.

— Bellatrix — confirmo. — Quer dizer *mulher guerreira* em latim. Minha mãe era o tipo de mulher "tudo ou nada" quando se tratava de dar nomes aos filhos.

— Não se menospreze, Everlynne Bellatrix, em breve Graves. Tenho certeza de que vai achar nomes interessantes para os nossos filhos também.

— Sabe, estatisticamente falando, há noventa e nove vírgula noventa e nove por cento de chance de isso não acontecer. — Deslizo para o banco do carona do carro. Não me sinto tão leve assim há seis anos.

Dom encolhe os ombros.

— Mas zero vírgula zero um por cento é mais do que zero chance, e isso é uma boa notícia para mim.

— Para onde agora? — pergunto.

Tenho a sensação de que essa noite ainda não terminou. Não vai terminar até ele me beijar. Dom é o tipo de homem que sabe o que quer, e ele está encarando meus lábios a noite toda. Estou pronta para beijá-lo, apenas para ver se não estou estragada. Se ainda consigo sentir alguma coisa.

Ele sai com o carro.

— Você vai ver.

Seu sorriso me diz o que sua boca não disse: que o melhor está por vir.

*　*　*

Chegamos na *Pickering Wharf Marina*. Dom estaciona, vai até o porta-malas e aparece com uma tábua de frios elaborada e lindamente embalada. Minha reação inicial é que esse é mais um sinal de que ele é tão mais maduro do que eu. Não deixo de gostar disso. Na verdade, seria bom ter um adulto responsável na minha vida, já que não parece que meu pai e eu estamos próximos de uma reconciliação. Ele pega uma caixa com uma garrafa de vinho e caminha até uma mesa de piquenique em um quiosque que vende frutos do mar.

Quando chegamos aos bancos, ele limpa a umidade para nossa bunda não ficar gelada, o que é uma jogada de mestre para quem está tentando ser um candidato a namorado.

O frio é mais intenso perto do mar. Alguma coisa no cheiro de maresia e sal me leva de volta a São Francisco.

À minha mãe.

Dom deve ter captado, porque sua próxima pergunta me surpreende.

— Então. Como ela morreu?

Ele joga uma uva na boca e se senta na minha frente.

Não quero falar sobre isso. Para ser sincera, isso não tem nada a ver com ele. Eu nunca conto os detalhes do que aconteceu. Nem Nora sabe. A única pessoa que deve saber, além do meu pai e de Renn, é Pippa. Mas só por causa do que ela viu no noticiário local.

— Tudo bem se eu não quiser falar disso? — Abro um sorriso fraco e tomo um gole de vinho. É tinto e suave.

Ele coloca o polegar para cima.

— Claro. Só conte o que você se sentir confortável em compartilhar.

Então conto a ele que minha mãe tinha uma galeria. Que a decoração era gótica e o quanto eu amava aquele lugar. Conto a ele que ela era um espírito livre, uma grande dançarina. Que ela não sabia cozinhar, mas, ainda assim, fazia as melhores panquecas do mundo. Que minha vida mudou depois que ela morreu. Larguei a faculdade antes de começar o ano, antes até mesmo de colocar os pés no campus da Berkeley, e me mudei para Boston para me afastar.

— Nunca é tarde para voltar — diz Dom.

Talvez ele esteja certo. Talvez esteja errado. Não tenho coragem de voltar e encarar o estrago que fiz.

Coloco um pedaço de cheddar na boca.

— E você? Alguma situação familiar ferrada da qual queira se gabar?

— Acho que não. A maior parte do drama na minha família foi por causa da minha doença. Minha mãe é professora de ensino fundamental aposentada e meu pai tinha uma construtora, que ele depois vendeu com um bom lucro já que nem eu nem meu irmão queríamos assumir o negócio. Eles moram em um bairro residencial. Meu irmão e eu visitamos bastante nossos pais.

— E ele mora perto de você? — pergunto, me lembrando que eles iam assistir a um jogo juntos algumas semanas antes.

Dom confirma.

— No mesmo prédio, na verdade. No segundo andar. Alugamos nossos apartamentos ao mesmo tempo. Seph é estivador. Ele trabalha nas docas, carregando e descarregando navios. São muitas horas, mas paga muito bem e ele é forte como um Transformer, então o trabalho manual não intimida ele. E o Renn?

Gosto do fato de ele ter se lembrado do nome do meu irmão.

— Renn acabou de fazer vinte anos. Ele vai para a faculdade, mas sua paixão de verdade é o surfe e aproveitar intensamente essa coisa que chamamos de vida. Viajar, se divertir, coisas assim. Aposto que ele ainda é o sonho de qualquer adolescente.

Pelo menos é isso que eu me lembro. Renn e eu não falamos sobre coisas pessoais há seis anos. É só "Feliz Aniversário" e "Feliz Natal" hoje em dia, em geral acompanhados de mensagens de texto lacônicas.

Devoramos a maior parte da tábua de frios e quase todo o vinho, depois vamos dar uma caminhada. Minha mão desliza pelos corrimões enquanto andamos. Há uma fina camada de gelo neles.

— Está com frio? — pergunta Dom.

— Não — respondo, o que é mentira.

Não sei por que estou mentindo para ele. Acho que meu padrão é falar o que eu acho que deva ser falado em um momento específico. Não é como o Joe, com quem eu dizia qualquer coisa que estava na minha cabeça.

Pare de pensar no Joe.

— Seus lábios estão roxos. Aqui, pegue a minha jaqueta. — Dom tira sua jaqueta de couro estilosa e a coloca nos meus ombros. O cheiro dele é de loção pós-barba cara e homem. Percebo que ele não tira a mão das minhas costas depois de colocar a jaqueta em mim. *Sutil.*

— Obrigada.

— Claro. Gosto de manter minhas vítimas calmas e confortáveis.

— Então você *é* um assassino com um machado.

— Depende de como a noite progredir. Então seja boazinha. — Ele dá uma piscadinha.

Dom é certo para mim. Mesmo que eu não sinta esse desejo insano e avassalador de pular em cima dele. E quem quer que o namorado seja uma pessoa que te consome? Meu problema é falta de motivação e direção. Ele tem o suficiente dos dois para abastecer um exército inteiro.

— Você sabia — Dom se inclina contra o corrimão, soltando minhas costas e fitando a vastidão preta da água — que o Oceano Atlântico constitui mais ou menos vinte por cento do mundo inteiro? Ele beija o Marrocos, o Brasil, a Islândia, Londres e a Flórida. Mas não importa o tamanho dele, não consigo deixar de pensar que ele faz o mundo parecer tão pequeno. Estamos sempre a uma viagem de navio de qualquer lugar.

Passo a língua pelos lábios, que estão começando a rachar com o frio, e acrescento:

— Meu professor de geografia uma vez contou que a parte mais profunda do Atlântico fica perto de Porto Rico. Tem mais de oito mil metros de profundidade lá.

— Você já foi lá? — pergunta ele.

Balanço a cabeça.

— Mas está na minha lista de desejos. E você?

— Não. Mas está na minha lista de desejos te levar lá, desde dois segundos atrás.

E então, antes que eu possa responder, ele se inclina para a frente e me beija. É um beijo surpreendente. Ardente, sem ser muito agressivo. Sinto que um muro se parte entre nós. Do mesmo jeito que aconteceu quando levei Dom para comer naquela noite, e só então ele percebeu como estava com fome. Eu me vejo incrivelmente faminta. Pelo seu beijo. Pelo seu toque. *Senti falta* disso. Da pele, do calor, do cheiro do corpo de outra pessoa pressionado contra o meu. E então, pela primeira vez em seis anos, eu esqueço Joe.

Esqueço Joe quando Dom mergulha sua língua mais fundo na minha boca, me agarra pela cintura e me puxa para ele.

Esqueço Joe quando percebo que gosto da firmeza do Dom. Quando solto um gemido dentro da boca dele, agarrando a gola da sua camisa, sentindo o gosto do amargor do seu perfume quando meus lábios se arrastam para o seu pescoço.

Esqueço completamente Joe quando Dom pressiona sua virilha contra a minha com um grunhido, me deixando sentir o efeito que estou causando a ele, depois agarra minha nuca e me beija com mais paixão ainda. Quando nossos dentes se esbarram e há uma explosão de fogos de artifício por trás das minhas pálpebras.

Esqueço Joe quando Dom e eu estremecemos um nos braços do outro. Quando o desejo me atravessa em ondas, como o oceano, profundo e vasto e em todo lugar. Quando eu de repente fico com fome de coisas cujo gosto eu não consigo me lembrar.

Esqueço Joe, mesmo quando estou desesperada para lembrar.

Porque o que é uma noite em um oceano de dias na sua vida?

OITO

Volto para casa com a aparência de quem acabou de realizar uma épica caminhada da vergonha. Meu vestido está torto, meus lábios estão rachados e inchados. Meu cabelo está embaraçado e cheio de nós. A única coisa que me impediu de ir até o fim com o Dom foi a nesga de bom senso que ainda tenho.

Quando toco no interruptor e acendo a luz da sala, encontro Nora e Colt no sofá. Nora está montada sobre Colt e usando nada além da camiseta vermelha do MIT do namorado, e posso ver que o cinto dele está aberto.

— Ahhhh! — Ergo a mochila no ar entre nós, como se fosse uma cerca elétrica. — Arranjem um quarto.

Melhor ainda, usem o que Nora aluga aqui.

Fico feliz por não ter comido tanto, porque tenho certeza de que acidentalmente tive um vislumbre do pênis do namorado da minha amiga. Havia uma coisa cor-de-rosa e comprida entre eles enquanto eu processava tudo o que estava acontecendo.

— Como eu ia saber que você ia voltar para casa? — Nora ri um pouco enquanto eu me viro de costas para ela. Pelo barulho, os dois estão ajeitando as roupas enquanto eu encaro com firmeza o relógio da cozinha.

— Como foi seu encontro? — pergunta Colt.

— Maravilhoso — Nora responde por mim. — Senão, ela não teria voltado tão tarde, e os lábios dela não estariam parecendo dois colchões infláveis.

Os dois caem na risada. Sinto minhas bochechas esquentarem. Por que estou corando? Eles estavam *transando* no meu sofá há menos de um minuto. Certo, tudo bem, *nosso* sofá. Mas acho que qualquer um concorda que, uma vez que um sofá não pertença a uma pessoa só, não é legal profaná-lo com fluidos corporais.

— Na verdade, foi ótimo.

E foi mesmo. Ainda que haja uma pequena parte de mim que esteja triste por largar minhas muletas emocionais.

— É isso que eu quero ouvir — diz Colt.

Ele tem pedido a Nora para morar com ele há dois anos. Sei que estou empatando. Ele não pode se mudar para cá. É uma espelunca, e ele é um engenheiro aeroespacial. Ele projeta aviões de verdade. Tem um belo apartamento no centro, com uma banheira vitoriana e chão aquecido, pronto para Nora se mudar.

— Um passo mais perto do seu objetivo, hein? — Abro um sorriso.

— Estou torcendo pelo senhor Perfeito — admite Colt, rindo. — Se ele estivesse sendo negociado na Bolsa de Valores, eu investiria nesse cara.

Reviro os olhos, enquanto vou tirando as botas com chutes a caminho do meu quarto. Colt pode ser um pouco atrevido às vezes, mas ele tem boa intenção, e é só uma brincadeira nossa. Na hora do aperto, ele é um cara ótimo e está sempre pronto para ajudar.

Desta vez, não preciso me preocupar se o Loki está aqui. Ele está sentado em cima da mesa de jantar, fitando a parede.

— Sua namorada pode se mudar daqui a hora que ela quiser — informo a Colt.

— Ela quer ter certeza de que você esteja bem antes — diz ele.

— Desculpe se minha vida não te satisfaz. Vou sair do seu caminho logo.

— Logo já foi! — Colt grita para mim, abotoando a calça jeans. — Você já passou, e muito, da conta, mocinha.

Nora bate no peito dele, rindo.

— Shh. Seu animal.

— Eu sei qual animal você é, mas qual eu sou?

— Seu leopardozinho. — Ela dá uma risadinha.

Vou vomitar nos meus pés, com certeza. Eles não estão me dando alternativa.

Cambaleando pelo corredor em direção ao meu quarto, ouço os dois se beijando e gemendo de novo na sala. Fecho a porta, caio em um mar de tecidos dos meus lençóis e fecho os olhos.

Esperando ver minha mãe do outro lado das minhas pálpebras.

Talvez Renn, talvez meu pai, talvez Joe.

Mas só vejo minha nova obsessão, olhos brilhantes e exalando masculinidade: *Dom.*

*   *   *

Na manhã seguinte, Renn liga. São oito horas da manhã aqui, o que significa que são cinco horas lá, na costa oeste. Renn costuma acordar ao raiar do dia para pegar onda. O que ele não costuma fazer é ligar para mim, então suponho que meu pai insistiu para que ele me ligasse.

— Oi — atendo no primeiro toque. Estou tão feliz de ver o seu nome na minha tela que preciso me conter de verdade para não chorar. — Recebeu meu pacote?

— Ãhn... — O som de um bocejo e um gemido de mulher fura o ar. Ela diz:

— Renn? Você já acordou? É pra eu pegar a minha prancha?

Ele está obcecado com uma garota. O papai me contou que ele tem feito muito isso. Às vezes me pergunto se é por minha causa que Renn precisa ter sempre uma mulher ao lado para dizer como ele é amado. Por causa do que eu fiz com a nossa família.

— Renn? — pergunto quando o seu "ãhn" não é complementado com mais nenhuma palavra.

— Desculpe. É, recebi o seu pacote. Achei irado demais. Obrigado, mana.

Ele sempre me chama de *mana*. Mesmo quando as coisas estão mal. Eu amo tanto ele por isso. Pela sua habilidade de ser civilizado com as pessoas que ele detesta.

— Feliz aniversário. — Espero que ele consiga ouvir o sorriso na minha voz, porque está tão amplo que chega a machucar meu rosto. — Mas, então, como você está?

— Bem. É. Olhe, então, precisamos conversar.

Há uma comoção no fundo. A garota do lado dele se levantou também.

— Vou pegar o meu carro — diz ela, e soa bem mais velha do que Renn, e o que diabos está acontecendo? De repente fico em pânico por não ter ideia do que está se passando em casa. Ou do que quer que tenha sobrado de lá, afinal.

— O que foi? — pergunto.

— As coisas estão mudando. Você precisa vir pra cá.

Fico em silêncio por um momento. Papai disse a mesma coisa, mais ou menos, mas ele insistiu que os dois estavam bem de saúde. Agora estou começando a achar que ele mentiu.

— Vocês estão bem?

— Fisicamente? Sim. Melhor impossível.

— Problemas de dinheiro? — pergunto.

Improvável. Meu pai é o homem mais certinho em termos financeiros que eu conheço. Ele tem um ótimo trabalho. Era a minha mãe que às vezes extrapolava com dinheiro, mas mesmo assim ele a amava.

Renn bufa.

— Não.

83

— Mentalmente... tem... quer dizer, alguma coisa...? — Essa é difícil de articular.

— Não é nada desse tipo. Nada apocalíptico. — Ele soa seco, irritado.

— Então o que está acontecendo? — Insisto.

— Não é coisa para falar no telefone. Só vem para casa. Você está longe há anos. Sei que você está com raiva de si mesma, e sinceramente? Papai e eu também estamos. — Escutar isso me magoa, embora eu já soubesse. — Mas agora temos uma merda para lidar, então é hora de arrastar sua bunda de volta para cá antes que seja tarde demais.

Tarde para quê? Eu já perdi vocês.

— Eu vou — falo, na defensiva, me sentando ereta na cama. — No Natal. Já falei para o papai.

— O Natal está muito longe. Não é nem Dia de Ação de Graças ainda.

— Infelizmente eu tenho um trabalho, Renn.

— Não tente enganar o mestre da enganação. Seu trabalho é a última razão por que você está longe. Nós dois sabemos disso.

Uma buzina alta e demorada fura o meu ouvido pelo outro lado do telefone, seguida por:

— Você vem ou não? — É a mulher com quem ele está saindo. Eu já a odeio. Ela não está vendo que ele está ocupado?

— Vou, vou — murmura Renn, soando completamente entediado pela existência dela. Para mim, ele fala arrastado:

— Obrigado pelos presentes. Só se lembre da próxima vez que coisa material não significa porra nenhuma. Quando precisamos de você, você não está aqui.

A ligação é finalizada.

*   *   *

Uma tempestade cai sobre Salém naquele dia para complementar meu humor de merda. Tenho um turno na Saída da Bruxa, e estou trabalhando no piloto automático. Sempre que a loja está vazia — e está vazia na maior parte do tempo, já que ninguém no seu juízo perfeito está circulando pelas ruas com esse clima —, uso o meu tempo para ligar para Renn. Cai na caixa postal todas as vezes. Alguma coisa me impede de deixar uma mensagem. Não sei o que é. Ou talvez eu saiba: não tenho nenhuma boa desculpa. Ele está certo. Eles precisam que eu esteja lá por alguma razão qualquer, e eu não estou pronta para encarar a destruição que deixei para trás. Sou tão melhor em mandar presentes de aniversário, e cartas, e cartões.

Dom me manda uma mensagem durante o dia para ter certeza de que estou bem. Não o coloco a par do meu drama familiar. Ele tem o dia de folga hoje, mas não podemos nos encontrar. Preciso fazer um tour logo depois do meu turno aqui. Quando estou fechando a loja e preparando o caixa para amanhã, ouço uma batida no vidro. Primeiro, acho que é granizo.

Mas, quando olho para cima na vitrine, vejo Dom colado nela, segurando flores encharcadas e uma caixa de chocolates clichê em formato de coração.

A chuva cai nele, pingando pelo seu nariz, batendo nas maçãs do seu rosto. Seu cabelo está ensopado e escuro. Fico preocupada de ele pegar uma gripe. Acho que sempre vou ficar um pouco surtada pela saúde de Dom, sabendo o que sei. Corro para a porta, depois abro a tranca e o puxo para dentro.

— Meu deus, Dom. O que você está fazendo? — Eu o conduzo para dentro.

— Impressionando você com um gesto romântico, espero. — Ele balança os pingos de chuva como um cão depois do banho. — Deu certo?

Eu rio.

— Não se no fim você pegar uma pneumonia. Se eu tiver que te visitar no hospital, vou ficar irada. Hospital não é o meu lugar preferido.

— Rá! — Ele levanta o punho para o céu. — Ela se importa. Eu sabia.

Pego uma manta atrás do balcão, a que Jenine, minha chefe, normalmente deixa seu cachorro dormir, e a enrolo nos ombros dele.

— Espero que você não seja alérgico, mas essa manta é o equivalente a sete cães grandes.

— Você está me sufocando com todo o seu amor. Não aguento mais.

Dom se inclina para baixo e dá beijos urgentes e desesperados no meu rosto inteiro. Seus lábios estão frios e molhados. Vou cambaleando para trás, dando risadinhas, tentando segurar o rosto dele e me afastar. Mas ele me persegue pela loja até pressionar minhas costas contra a parede, e ficamos presos bem longe da vitrine, entre cristais e a seção de tarô. Ele joga as flores e o chocolate no chão com um baque. Seus beijos acelerados continuam descendo pelo meu pescoço. Minha determinação para cuidar desse homem maluco é reduzida, substituída pelo desejo ardente por ele.

Ele agarra a minha bunda e me ergue para envolver minhas pernas na sua cintura, depois roça a pélvis na minha. Dou um gemido em meio ao nosso beijo, puxando seu cabelo para aproximá-lo mais. Então me lembro que ele pode realmente pegar uma infecção no pulmão, e me controlo.

— Espera. Deixa eu olhar pra você — digo, sem fôlego, finalmente conseguindo imobilizar seu rosto. Ele parece um pouco pálido e frio, mas bem.

Ele mexe as sobrancelhas maliciosamente, fingindo morder a ponta do meu nariz.

— Olá. Oi. Esse sou eu. Dom. Vamos dar uns amassos.

Caio na gargalhada.

— Você é louco, sabia?

— Bem, culpa sua ser tão bonita. — Ele beija o canto da minha mandíbula. — E interessante. — Então beija o meu queixo. — E, hum, deixe-me ver... talentosa. — Dessa vez, ele vai mais para baixo, desce pela minha garganta.

— Só um segundo. — Passo as mãos no peito dele. — Suas roupas estão encharcadas. Você precisa ir para casa e tomar um banho quente. Vou cuidar de você assim que acabar o meu tour.

— Você não soube? O trabalho foi cancelado. Por causa da tempestade. — Ele aponta para o temporal caindo lá fora. — Ligue para a sua chefe e pergunte se vai trabalhar hoje. Nós dois sabemos qual é a resposta.

— Eu não posso faltar ao trabalho, Dom.

— Ninguém está falando para você faltar. Tenho certeza de que você é a melhor guia do mundo, mas ninguém vai aparecer, e nós dois sabemos disso.

Hesitante, pego o telefone e ligo para Jenine. Ela é dona tanto da loja de bruxaria quanto do tour noturno. Ela atende com uma tosse forte de fumante.

— Tempestade bizarra, hein? Não vejo uma assim desde os anos oitenta. Espero que não falte luz. Estou velha demais para isso. — Ela tem esse hábito de começar uma conversa pelo meio.

— Foi por isso que eu liguei. — Assim que respondo, uma árvore desaba em cima de fios de luz lá fora. Na rua, há um montinho de fios e madeira. — Droga. Acho que preciso ligar para a emergência e reportar isso — digo.

— Eu faço isso. — Dom disca o número da emergência e vai para a pequena copa nos fundos da loja, deixando pegadas molhadas em todo lugar.

— Então, acho que você sabe a resposta da sua pergunta. — Ouço Jenine acender um cigarro.

— Sim, senhora.

— Ninguém em sã consciência vai sair de casa nesse tempo. Além do que, se você pegar alguma coisa, vai faltar mais do que uns poucos dias de trabalho. Eu cuido do cancelamento.

Estou desligando o telefone quando Dom reaparece do meu lado.

— A ajuda está vindo.

— Obrigada. Estou de folga o resto do dia. — Pego as flores e a caixa de chocolate no chão, em seguida, os pressiono contra o peito. — Isso foi um amor.

Dom sorri. Ele é tão atencioso. Tão animado.

— Eu *sou* um amor.

— Certo. E eu vou demorar um tempo para me acostumar com isso.

Dom dá um passo para a frente e enfia uma mecha de cabelo atrás da minha orelha.

— Tenho todo o tempo do mundo — ele fala devagar, seu tom sincero. — Ou pelo menos, espero que sim.

— Vamos botar você no banho. Correr até o carro — sugiro, interrompendo o momento. As coisas ficaram intensas por um segundo aqui.

— *Qual* carro? — Ele me puxa pela gola da blusa, franzindo a testa. — O meu ou o seu?

Reflito.

— O seu. Você pode me trazer aqui mais tarde. Porque, sabe, nós *não* vamos transar. — Colocando bem às claras, no caso de ele ter ideias. Eu gosto muito do Dom, mas eu também não me sinto pronta ainda. Não só porque ainda não acredito que mereça coisas boas, como também porque não superei Joe totalmente.

— De jeito nenhum. Nada de sexo. — Dom levanta os dedos em um juramento de escoteiro.

Corremos até o carro dele, rindo e empurrando um ao outro e abaixando a cabeça como se pudéssemos escapar da chuva. Nós dois aceitamos a verdade implícita:

Eu não vou voltar para pegar meu carro esta noite.

Vou dormir na casa dele. Vamos ficar abraçados, assistir a filmes, cozinhar e *curtir*. Fingir por um dia perfeito que eu sou uma garota normal. Assim como Nora.

Porque bem lá no fundo, acho que ainda sou.

NOVE

Dom e eu fazemos muita coisa nas quatro semanas que se seguem à tempestade.

Vamos a Boston — duas vezes —, uma para o zoológico e outra para um passeio de balsa no porto, que ele pronuncia com um sotaque típico de Boston. Visitamos o Museu dos Baleeiros New Bedford, vamos ao Museu Isabella Stewart Gardner e fazemos uma viagem de um dia para Nova York quando nossas agendas permitem. Comemos ostras de um dólar em Lynn e visitamos uma loja de discos antigos em Ispwich. Andamos de bicicleta, cheiramos flores, corremos até a varanda e dançamos toda vez que chove. Mantendo-se fiel à promessa, ele toma o café pela manhã na minha caneca de cerâmica. Pelo menos quando não está nos plantões noturnos.

Não faço tanta coisa assim desde minha viagem a Barcelona com Pippa, mas Dominic insiste para que eu tenha uma experiência completa de Massachussetts.

— Você passou tempo suficiente no purgatório da Nova Inglaterra. É uma de nós agora. — Ele engancha o braço no meu ombro e me puxa para mais perto quando saímos de um clube de arremesso de machado. — Hora de um jantar cedo.

Sem dúvida, fazemos muita coisa nas quatro semanas que namoramos. Menos um marco sério: não transamos ainda.

Nós ficamos abraçados, ficamos de conchinha, adormecemos juntos e nos agarramos o tempo todo, mas ainda não fomos até o fim. Ainda estou com medo de dar o passo final. Talvez porque fazer sexo seja admitir que a garota que criei seis anos atrás não existe mais. Não é que eu não sinta atração por ele. Sinto muita. E não sei quantos homens com quase trinta anos esperariam por uma mulher para transar com eles. Mas até agora Dom tem sido compreensivo e não insistiu.

No fim de semana anterior ao Dia de Ação de Graças, Dom passa para me pegar para jantar. É a primeira vez que vamos a um restaurante em Salém, e parece que estamos oficializando nossa relação. Batizando a nossa cidade, digamos assim.

Loki está sentado no parapeito, nos observando com uma expressão maliciosa enquanto bate o rabo de vez em quando. Segurando a porta do banco do carona, balanço um dedo para o meu gato.

— Seja legal com a tia Nora, e não ouse fazer xixi nas minhas botas novas.

Ele bufa e me dá as costas.

— Eles crescem tão rápido — suspira Dom de dentro do carro.

Deslizo para o banco do carona e beijo os lábios dele. Ele está incrível. Recém-barbeado e com um novo corte de cabelo. Há uma bolsa jogada no banco de trás, que eu reconheço como não sendo a que ele leva à academia todos os dias.

— A polícia está atrás de você? Estamos fugindo? — Ergo uma sobrancelha.

— Tá. A operação de matar com machado deu errado. Uma confusão só. — Ele se inclina para me dar um beijo mais intenso e apaixonado, que dura um tempo, então quase me esqueço do que estávamos falando quando ele continua:

— Arrumei um passaporte falso para você também. Foge comigo para a Argentina? Ouvi dizer que o *dulce de leche* deles é uma loucura de bom.

Ajeito a gola da sua camisa.

— Não, sério. Aonde nós vamos?

Ainda estamos estacionados na frente do meu decadente projeto de apartamento. Dom olha na direção da porta da minha casa, e vejo que está meio aberta. Estranho. Eu me lembro de ter trancado.

— O que é que está havendo? — Eu me viro para ele.

O rosto dele fica rosa. *Hum-hum.* Não gosto de segredos. Não gosto nem um pouquinho.

— Sobre nossos planos para o jantar... — Ele coça a nuca. — O que você acha de estendermos a noite, quer dizer...

— A noite inteira? — eu o ajudo.

Dormir na casa dele vai ser bom. Até justificado. Já estamos saindo há um tempo.

— Mais o fim de semana inteiro.

— Você quer passar o *fim de semana* comigo? — ecoo.

— Quero muito — admite Dom, com um sorriso tímido. — Muito, *muito* mesmo.

A porta da minha casa se escancara, e Nora salta na direção do carro de Dom, carregando minha mala. Ela *arrumou uma mala* para mim. Não sei o que me perturba mais. O fato de que ela fez isso sem me consultar ou a ideia de que ela e Dom aparentemente têm se falado. Eles se viram algumas vezes, quando ele veio me buscar, e se deram muito bem. Mas eu não percebi que eles tinham trocado telefones.

Nora abre a porta do banco de trás do carro de Dom e bota minha pequena mala lá. Enfia metade do corpo no carro pela minha janela e me dá um beijo barulhento na bochecha.

— Pronto, crianças. Aproveitem o Cape!

Dom faz o sinal mundial de *não-não-não* passando a mão pelo pescoço. Nora cobre a boca com a mão.

— Acabei de estragar a surpresa, não foi?

— De uma maneira espetacular. — Dom abaixa a cabeça, balançando-a. Ele está tão adorável que perco o fôlego.

— Seu bobão! — Seguro as bochechas dele, o puxo para mim e o beijo um milhão de vezes. Estou maravilhada com seu ato carinhoso. — Isso é incrível.

— Nada mal para um assassino com um machado, hein? — Ele dá uma piscadinha para mim. Essa piada nunca perde a graça. Eu nos imagino brincando com ela daqui a dois, três, quatro anos. E isso é bom. Quer dizer que vejo um futuro com Dom.

— Nem um pouco. — Dou um sorriso.

— Então se em algum momento eu precisar de ajuda para me livrar de um corpo… — Dom se interrompe.

— Sou a pessoa certa. Basta uma ligação. Não precisa nem se explicar.

Ele se inclina para me beijar de novo antes de ligar o motor. Viro a cabeça para a janela e lanço um olhar penetrante para a minha amiga.

— *Você*. Bom trabalho. Não suspeitei de nada.

— Guarde seus agradecimentos para quando abrir a mala. — Nora ri e volta correndo para nossa casa.

O que há na mala? Agora estou curiosa.

Dom e eu pegamos a estrada. Ele me conta que fez uma playlist para a viagem. Insere o cabo USB no som e toca músicas antigas do Nickelback e da Dave Matthews Band. Não é o que eu gosto, mas não conto para ele, já que ele fez um esforço tão grande para me surpreender com esse fim de semana romântico. Durante o percurso, apoiamos as mãos no painel central, nossos dedos entrelaçados. Às vezes ele canta as letras das músicas. Outras vezes conversamos sobre o seu trabalho ou o meu, ou como Nora foi incrível de participar desse plano. Pelo visto ele mandou umas DMs para ela no Instagram há uma semana e pediu ajuda.

Eu nunca fui ao Cape. Nunca fui a lugar nenhum. Na verdade, eu não *ia* a lugar nenhum. Dominic está mudando isso, rápido. Essa experiência de viagem a dois parece tão madura. Principalmente quando, duas horas e meia depois, ele para na frente de uma charmosa pousada. É uma construção colonial branca clássica de Cape Cod com telhas pretas e vasos lotados de flores. Está lindamente restaurada e oferece um restaurante exterior em um gazebo com vista para o mar. Pego a mão de Dom e aperto.

— No que está pensando? — pergunta ele.

— Que eu *realmente* vou deixar rolar esta noite. — Eu meio que estou considerando mesmo.

Ele ri, em seguida sai do carro e tira nossas malas. Depois, dá as chaves do carro para o manobrista. Aí, abre a porta para mim, curvando-se como um cavalheiro.

— Espere até comer os scones* daqui. Esse aqui é o lugar raiz preferido da Senhora G.

— Senhora G?

— Senhora Graves. Minha mãe. Gemma. Meus pais costumavam vir aqui para nossas tradicionais férias de verão, todo ano, sem exceção. Bom, menos um ou dois, você sabe.

Quando ele estava doente.

Eu me sinto ainda mais exultante quando entramos e a gerente, uma mulher chamada Dana, nos mostra nosso quarto. Dom e eu a seguimos, de mãos dadas. Tenho certeza de que estou sorrindo como uma idiota quando percebo como ela olha para nós. Com uma aprovação silenciosa. Ele lhe diz que veio aqui muitas vezes, e ela compartilha que é seu primeiro ano à frente do lugar. Antes de sair, a moça nos entrega um folheto. Dom pega e promete tentar pelo menos duas das coisas que ela sugere. Ele abre a porta. O quarto é pequeno, mas lindo. Com sancas, tapetes orientais e arte náutica. A vista da varanda dá para um campo de golfe.

Dom anda até a mesa de cabeceira e pega um pequeno navio de madeira. Um sorriso fraco se molda nos seus lábios. Envolvo-o por trás, apoiando minha cabeça nas costas dele.

— Ei — digo.

— Oi.

— O que foi, Homem Mais Perfeito do Mundo?

— Por favor, pare de me chamar assim. Você me faz parecer o Chris Evans, e ele parece um trouxa. — Ele devolve a pequena peça de artesanato de madeira, se virando para me abraçar. — Viu aquele naviozinho ali?

— Vi. — Espio por trás do ombro dele para olhar melhor. É feito à mão, feito de jacarandá, com um mastro comprido e linho amarelo.

---

* Nota da editora: scones são uma espécie de pãozinhos, é uma receita típica da culinária inglesa que acompanha o chá das cinco dos britânicos.

— Quando Seph e eu éramos pequenos e costumávamos vir aqui, nós brincávamos com aquele navio o tempo todo. Neste mesmo quarto, na verdade. Foi por isso que eu pedi especificamente este. Nós tínhamos essa coisa de toda vez tentar roubar o navio na hora de ir embora, e minha mãe sempre nos apanhava e nos mandava devolver. Era irritante. — Ele solta uma risadinha.

— E adorável — acrescento.

— Claro. Na primeira década. Fizemos isso até quando eu já estava no penúltimo ano da *faculdade*.

Rindo, beijo o queixo dele.

— E você não podia encontrar uma réplica?

Ele balança a cabeça.

— Parece que leva centenas de horas para completar um modelo, e o design pertence a um marceneiro que morreu há décadas. Encontrei modelos parecidos, mas nunca um idêntico. E, de qualquer forma, a questão é a nostalgia. Esse navio simboliza dar cambalhotas na praia, comer sanduíche de lagosta e minha mãe e meu pai se beijando quando pensavam que não estávamos olhando. — Ele estremece de uma maneira engraçada.

A inveja enterra suas garras em mim quando imagino sua família. Eles parecem uma família normal e feliz. Lembro a mim mesma que eles tiveram sua boa cota de desastres. Que eu, também, tenho memórias preciosas com a minha família. Mesmo que agora elas estejam manchadas pelo que eu fiz.

— Então o que quer comer hoje à noite? — pergunto, dando as costas para Dom para desfazer as malas, mas também porque não quero que ele veja o que está estampado no meu rosto.

— Você — ele fala impassível. — Brincadeira. Tem um lugar no fim da rua. Você vai amar. Eles têm o melhor marisco recheado. E depois vamos comer sorvete de lagosta.

Não posso "desouvir" a piada de Dom. Não é como se isso não tivesse me ocorrido. De que ele nos trouxe aqui para poder fechar o negócio. Um movimento Sean Dunhum, apenas com mais sutileza. Esse não é o Ritz-Carlton depois de algumas semanas de pegação, mas uma pousada charmosa e nostálgica depois de quatro semanas. Ainda assim... Não sei se gosto de que a decisão de transarmos tenha sido unilateral.

— Sorvete de lagosta? — Finjo estar nauseada. — Isso existe?

— Existe e é a melhor ideia que já tiveram desde o pão fatiado — ele me assegura, depois se joga no colchão e faz um anjo na neve.

— Só não fique chateado se eu vomitar em público quando provar. — Abro a minha mala, e descubro que Nora enfiou nela uma quantidade profana de lingerie que não pertence a mim. Ainda está com etiquetas. Alguns desses itens têm buracos em lugares onde ninguém deve tocar no corpo humano. Sinto minhas orelhas queimando. Fecho a mala rápido antes que Dom veja. Sutileza definitivamente não é o forte da minha amiga.

— Você não vai vomitar — Dom me garante. — Nós nos entendemos.

— Você acha que nos entendemos? — Eu me viro para ele.

Ele inclina a cabeça da sua posição na cama para olhar para mim.

— Claro. Ouça o que eu digo, sorvete de lagosta vai ser sua coisa preferida no mundo no fim desta noite.

*   *   *

O gosto do sorvete de lagosta é horrível.

É como sorvete de flocos, mas com pedaços de peixe no lugar do chocolate. Ele me lembra bolos com cobertura de campo de futebol. Exatamente o tipo de sobremesa depravada que inspira problemas de confiança entre humanos e comida.

O marisco recheado também não era nada de especial. Isso é mais do que uma decepção culinária. É um momento que mostra descompasso na nossa relação toda. Dom e eu devíamos nos entender. Nenhuma alma gêmea minha pode aceitar que uma palhaçada como sorvete de lagosta seja uma sobremesa legítima. Ainda estou tentando superar o Nickelback.

Escute a si mesma, Ever. Isso parece uma pessoa sã para você?

Então foco nas partes boas. *Há* magia. Enquanto caminhamos de volta para a pousada na Rua Principal, de mãos dadas, percebo que o ar está mais fresco. Que o mar brilha na escuridão como minúsculos diamantes pretos. Que o homem acariciando o meu pescoço parece um príncipe da Disney. E eu não estou falando do Kristoff ou do Príncipe Florian. Dom é gostoso como o Príncipe Eric ou o Príncipe Naveen.

Lembro a mim mesma de que Dom está me apresentando sua infância, sua família, o DNA da sua alma. Claro que ele ama frutos do mar, sabores questionáveis de sorvete e Nickleback. Cada uma dessas coisas tem um peso de nostalgia ligado a ela. Tento pensar como seria se Dom me dissesse que odeia as casas Painted Ladies de São Francisco, Oasis ou cereal de frutas. Eu o derrubaria no chão e lutaria até ele retirar o que disse.

E não é como se tudo no nosso jantar fosse horrível. Havia uma banda ao vivo, e Dom me convenceu a dançar em cima da mesa, o que foi a coisa mais libertadora que fiz desde colocar um piercing no meu septo. Em dado momento, seu irmão ligou, e Dom atendeu no viva-voz, dizendo: "Seph, diga para essa garota como sou louco por ela!" O homem no outro lado da linha soltou uma risada irônica e se recusou a cooperar, mas a cena provocou alguns assobios e palmas das outras pessoas que estavam no restaurante. Incluindo isso: "Case com ele agora, garota, senão eu é que vou casar!"

Quando estamos voltando para a pousada, Dom me segura de repente e atravessamos a rua para a praia. Tropeço, tentando me equilibrar.

— O que vai fazer? — pergunto.

— Nadar pelado — diz ele. — Esse aqui é o lugar mais isolado de todo Cape Cod, e não vou me perdoar se nós não criarmos uma lembrança nova aqui.

Meu coração acelera. O cenário e o cheiro me lembram Joe. Minhas emoções parecem carregadas, pesadas. Mas acompanho o plano de Dom. Só porque esse amor parece diferente não significa necessariamente que é menor do que eu tive com o Joe, certo?

Tiramos as roupas, ficamos só de roupa íntima e corremos para o mar de mãos dadas. Dou um grito agudo, enfrentando a água gelada do Cape em novembro. Não diminuo a velocidade, nem mesmo quando Dom mergulha até o fundo, me levando com ele.

Minha cabeça rompe a superfície da água primeiro. Dom segue de perto.

— Ai, meu deus. Está congelante! — Solto um gritinho. Não costumo soltar gritinhos. Mas imagino que Dom saia com mulheres que façam isso. Garotas delicadas, que são mais açúcar do que pimenta.

Desde quando estamos nos moldando ao que os caras querem que a gente seja?, ouço Pippa na minha cabeça. Ou talvez seja minha mãe. De qualquer maneira, elas não estão satisfeitas com o gritinho.

— Pobre Lynne, minha gatinha — lamenta Dom, seu corpo grudando no meu. Ficamos perto da beira. Aprendi minha lição da pior maneira na última vez em que entrei em uma grande massa de água no meio da noite. Dom curva seus dedos fortes em volta da minha bunda. Instintivamente, enlaço minhas pernas no seu torso. Nossos dentes batem quando nos beijamos. Meus mamilos estão contraídos no seu peito rígido. Ele já me viu nua antes, mas isso é diferente. *É mais.*

Eu não sinto mais o desejo doloroso e inexplicável de ser Virginia Woolf. De encher meus bolsos com pedras antes de entrar na água. E isso é uma grande vitória.

— Hora da confissão. — Ele captura meu lábio inferior com seus dentes. O contraste entre a água gelada nos nossos lábios e a nossa boca quente me provoca arrepios.

— Manda.

— Quando eu abri a porta pela primeira vez para você várias semanas atrás, você era tão legal, tão engraçada, tão bonita, que eu *estava*, na verdade, pronto para me declarar.

— Mas… por quê? — Não consigo me livrar da sensação de que eu não sou o que ele busca normalmente. Não é que eu não ache que eu não sou boa. É só que, à primeira vista, a gente não combina.

— Porque você é linda. — Ele beija o meu queixo, meu pescoço, a ponta do meu nariz. — E inspiradora. E doce. E carinhosa. Naquele dia na minha casa, não queria que você fosse embora. Ficava pensando que ainda bem que você não conseguia ler a minha mente, porque senão você *ia* achar que eu era doido. Então quando nos encontramos de novo, na noite em que eu perdi a minha paciente… a doce Anna… parecia que deus tinha me mandado um sinal. Eu simplesmente sabia. Sabia que nosso coração era feito do mesmo material. Ambos partidos nos mesmos lugares. Que eles batiam no mesmo ritmo.

Apoio minha testa na dele. Fecho os olhos, tremendo. Suas palavras são tão lindas. Quero acreditar em cada uma delas. Percebo que uma parte de mim acredita. Não posso negar o quanto minha vida mudou desde que Dom entrou nela. Nora está certa. Qual o problema de não gostarmos das mesmas músicas, ou dos mesmos filmes, ou se não tivermos os mesmos hobbies? Dom está se tornando rapidamente o meu melhor amigo. Meu melhor amigo *gostoso*.

— O que você pensou? — ele me pergunta, os dedos acariciando o ponto sensível atrás do meu joelho na água. — Da primeira vez que nos vimos.

Decido falar a verdade.

— Eu me senti uma pessoa dolorosamente comum, sabe, em comparação a você. — Isso provoca risadinhas nele. — Você é lindo, todo equilibrado e superintimidador. E também achei que não tínhamos nada em comum.

Ele inclina a cabeça, me examinando. Seus cílios — escuros e longos, e injustamente desperdiçados em um garoto — estão com pequenas gotas de água, como estrelas caídas.

— Espero que isso tenha mudado.

Eu o beijo com intensidade em resposta. Nós nos agarramos no mar. A fricção e as ondas batendo na minha pele me levam quase ao limite. Meus seios estão pesados e sensíveis contra o corpo dele. Ele abaixa a cabeça, pega meu mamilo gelado com os lábios e chupa com sua língua quente. Dou um gemido, vendo meus dedos desaparecendo dentro do seu cabelo grosso.

— Preciso entrar em você. — Ele roça os dentes ao longo do meu mamilo, deixando-o ainda mais sensível.

Seguro sua mão, e nós dois voltamos para a areia. Balanço o corpo tirando minha lingerie ensopada e ando para trás, curvando um dedo e o chamando para me seguir. Ele segue, mas não está mais parecendo o Príncipe Encantado. Agora ele parece o lobo mau.

— Lynne — diz Dom, com a voz intensa. Ele está se movendo na minha direção, me imprensando contra uma cerca de madeira. Eu me sinto tão viva. O oxigênio queima meus pulmões.

— Oi?

— Preciso de uma camisinha.

— Não necessariamente — digo. — Estou tomando pílula há um ano para controlar as cólicas e as espinhas no período menstrual.

— Então você gosta de conversas picantes, hein? — Ele estreita os olhos. — Você é boa nisso.

Solto uma gargalhada surpresa.

— Opa. Essa é a própria definição de informação desnecessária, não é?

Ele dá um passo à frente. Cambaleio para trás, gostando desse jogo. A caça.

— *Nada* que você me diga seria considerada informação desnecessária. Eu quero conhecer você melhor do que você se conhece.

Dom dá outro passo. A parte de baixo das minhas costas bate na cerca de madeira. Estou sem fôlego das risadas, e de nadar, e beijar. Positivamente zonza.

Ele me prende no lugar, colocando as mãos nos dois lados do meu corpo contra a cerca com uma precisão cirúrgica. Seu rosto está tão perto do meu que posso sentir o gosto da sua respiração na minha língua. Não há nada que eu queira mais no mundo do que fazer sexo com esse homem agora.

— Não tenho nenhuma IST — ele fala com a voz rouca.

— Eu também não.

— Você é…?

— Virgem? — Resisto à vontade de sorrir. — Desculpe desapontar, mas não.

— Só queria ter certeza. Não estou completamente confiante na minha habilidade em ser delicado agora. — Ele sorri com doçura. Estendo a mão e passo meu dedo indicador ao longo do seu membro, parando na ponta para provocá-lo.

— Hum, ora, que surpresa. Parece que você também gosta de mim — repito a frase dele durante nossa conversa na loja de bruxaria semanas atrás.

— Totalmente culpado. Eu gosto demais de você, isso é até perigoso para mim, Everlynne.

Dom me abaixa até uma duna de areia, sua boca se movendo por cima da minha mandíbula, descendo devagar. Sua língua faz uma linha quente entre meus seios e desce na direção do meu umbigo. Meus dedos se enterram no cabelo dele. Estamos molhados, com frio e mergulhados neste momento perfeito.

Ele me abre com a língua, me beijando onde mais desejo, onde anseio por ele. Minhas pernas se abrem. Empurro meu quadril para a frente, querendo mais. Ele não se apressa, lambe tranquilamente, até eu desmoronar, física e emocionalmente, agarrando seus ombros.

— Por favor, Dom.

Ele ergue o corpo e desliza para dentro de mim sem aviso. Sem uma barreira entre nós. Vários segundos se passam, mas ele não se move dentro de mim. Imagino que ele esteja me dando tempo para me ajustar. Mas então ele começa a beijar meu rosto, e percebo, para meu pavor, que estou chorando.

— Doce Lynne — sussurra ele, capturando outra lágrima entre seus lábios. — Sinto muito que os últimos anos tenham sido difíceis para você. Estou aqui para mudar isso. Você confia em mim?

Concordando em resposta, eu o beijo de volta.

Talvez Dom realmente me entenda, porque ele sabe que eu não quero parar. Em vez de recuar, ele começa a me penetrar mais rápido e com mais força. Levo alguns minutos para me controlar, mas depois de algumas estocadas, começo a me soltar. A gostar.

Eu me contorço embaixo dele e agarro seus antebraços quando uma segunda onda de prazer reverbera pelo meu corpo. Dom também chega ao clímax.

Ele cai em cima de mim. Eu afundo mais na areia, abraçando-o.

Ele beija o topo da minha cabeça.

— Obrigado. Sei que isso não tem sido fácil para você. Mas eu estou aqui para ficar. Você não vai se arrepender da decisão.

Ele faz uma pausa.

— Aliás, *eu sou* a decisão — acrescenta.

Abro um sorriso. Passei anos pensando que eu nunca ficaria bem, desperdiçando dias e meses com raiva do mundo, do Joe, de telefones celulares e de mim mesma.

Ao mesmo tempo, não consigo evitar desenhar paralelos entre a última vez em que eu fiz sexo e essa.

Nas duas vezes, com um cara de Massachusetts.

Nas duas vezes, na praia.

Nas duas, dando voltas no assunto camisinha de uma maneira esquisita antes de transar.

Porém, nem tudo foi parecido. Porque não importa o quanto eu goste de Dom, ele não me consome. Eu não estou desesperada por ele. Não sinto como se o mundo fosse terminar se *nós* terminássemos.

Dom parece seguro.

E isso é exatamente o que eu preciso.

*　　*　　*

Na manhã seguinte, vamos observar às baleias, jogar minigolfe e ter uma aula de mergulho em uma piscina rasa. Quando retornamos ao hotel, estou exausta. Amanhã, vamos voltar para casa e para a nossa realidade. Mas ainda temos esta noite, e estou com medo do meu namorado supermotivado (ele é meu namorado, certo?) querer pular de *bungee jump*, pedalar na ecopista e participar de uma fundação comunitária durante esse tempo.

Como se lesse a minha mente, Dom sai do banheiro, uma trilha de vapor atrás dele. Seu tórax está bronzeado e reluzente. Uma pequena toalha está enrolada na sua cintura.

— Gatinha, você quer sair? Tomar umas cervejas, talvez assistir a um show noturno?

Quero dizer sim. Afinal, esse é o lugar dele. A sua paixão. Mas a verdade é que eu sinto falta de ser Ever. Quero vegetar na frente de um bom livro e comer coisas com cores mais artificiais do que comida de verdade.

— Você se importaria muito se não saíssemos hoje? — pergunto do meu lugar no colchão.

Dom se senta na beira da cama, coçando a testa.

— Cansei você, não é?

— Um pouco. — Dou um sorriso.

Ele aperta o meu pé, que quer gritar de alívio. Todos os meus músculos estão moídos de andar o dia todo. Eu não sou tão atlética quanto ele.

— Desculpe. Às vezes eu me empolgo. Vamos ter uma noite Everlynne Lawson.

— Verdade? — Eu me animo.

Ele confirma.

— O que está no cardápio?

Pedimos comida no quarto e transamos enquanto esperamos chegar. O sexo é ótimo, e o tradicional hambúrguer com fritas está divino. Depois mando Dom lá embaixo para nos trazer as guloseimas mais comuns e pouco inspiradoras, enquanto zapeio os filmes que a pousada tem para oferecer em *pay-per-view*. Quando ele volta, caímos na cama *de novo*, porque não há nada mais sexy do que um homem que traz porcarias para a gente comer. Para o filme, sugiro escolhermos um clássico, mas Dom insiste para assistirmos ao que *eu* realmente assistiria se estivesse sozinha. Escolho *Parasita*, já que ganhou um monte de prêmios e porque eu amo assistir a filmes estrangeiros. É como ganhar uma viagem grátis a algum lugar.

O filme é ótimo. Cru e real. Mas posso ver Dom na minha visão periférica dando umas cochiladas. Quando o filme termina, Dom tenta soar empolgado, para me mostrar que ele também gostou.

— Caramba, isso foi uma viagem, hein? — Ele abre um saco de M&M's e coloca alguns na minha mão. — O final foi... uau.

— É. Foi bizarro. Eu gostei.

Seu sorriso some, e seus olhos voam para os meus lábios.

— E eu gosto de *você*, Lynne.

Eu me estico na cama do lado dele, beijando o seu ombro.

— Você também não é nada mal, moço.

— Na verdade... — Ele hesita. — Eu estou mentindo. Eu não gosto de você.

Eu me ajeito sentada, confusa. Nós nos encaramos. Ele parece triste. Um pouco pálido.

— Você... não gosta? — pergunto.

— Não. — Ele engole em seco, me olhando no olho. — Eu te amo.

— Ah.

— *Ah.* — Ele sorri.

O pânico explode no meu peito. Espalha-se pelo resto dos meus órgãos. Meu coração está batendo como louco. O silêncio é vasto demais, grande demais, barulhento demais, e a única maneira de resolver isso é com uma coisa tão potente quanto a declaração de Dom. Mas eu não consigo. Não posso mentir para esse homem, que tem sido absolutamente maravilhoso para mim. Ele merece mais do que papo furado. E eu não o amo. Estou *quase* lá, mas ainda não.

— Você me faz sentir de um jeito que ninguém mais faz, Dom — digo. Cada palavra é verdade. — Você é a esperança personificada.

Posso ver que Dom não ficou satisfeito com a minha resposta. Não é que eu tenha dito nada errado. É o que eu *não* falei. Que eu também o amo. Ele me puxa despenteando o meu cabelo como se fosse um irmão mais velho.

— Obrigado, gatinha. Agora, licença enquanto eu vou mascar tabaco e serrar uma lenha para recuperar minha masculinidade.

Desesperada para fazer tudo certo para Dom, e para Nora, e até um pouco para mim, pego as mãos dele.

— Quando eu estava na segunda série, tudo o que eu queria era ser namorada do Luke Kim.

Dom franze as sobrancelhas, confuso.

— E...?

— Escrevi um bilhete para ele, mas nunca entreguei. Não tive coragem.

Posso ver que Dom não está me acompanhando, então pulo da cama e peço para ele esperar ali. Não há nenhum bloco ou caneta no quarto. Esse é um lugar que não finge achar que você veio para cá trabalhar. Coloco meus chinelos, desço até a recepção e peço um pedaço de papel e uma caneta. Antes de sair, digo à recepcionista que preciso falar com Dana amanhã de manhã.

— Ela vai estar aqui por volta das seis.

Sem querer esquecer, pego meu telefone no bolso e boto o alarme para cinco e quarenta e cinco.

Escrevo o bilhete na recepção e volto para o quarto. Quando abro a porta, avisto Dom exatamente onde eu o deixei, parecendo confuso. Enfio o pedaço de papel na sua mão, depois corro para o banheiro para me esconder.

> Oi, Dom,
> É Everlynne. Não sei como dizer isso, mas eu gosto muito de você. Eu gostaria muito que você fosse o meu namorado. Prometo ser uma boa namorada e ser sempre legal com você e não te chatear por causa dos seus amigos. Por favor, me dê uma resposta e, por favor, não conte aos seus amigos. Obrigada.
> P.S.: Divido meu cereal de frutas com você se você disser que sim.
> Everlynne Lawson

É uma réplica do bilhete que escrevi para Luke, apenas com o nome de Dom. Um minuto se passa. Minhas costas estão coladas na porta do banheiro. A ansiedade começa a bater. E se o Dom achar que é esquisito e não bonitinho? E se ele não quiser estar com alguém que não o ama de volta? E se ele tiver ficado tão desanimado com a minha ideia de noite perfeita que esteja reconsiderando todo o nosso relacionamento?

Mas então ouço uma batida leve na porta. Sinto os ricochetes das pancadas nas minhas costas. O corpo de Dom desliza pela porta. Ele está sentado do outro lado, nossas costas pressionadas contra a madeira.

— Cereal de frutas, hein?

Fecho os olhos e sorrio, envergonhada.

— Isso é negociável, se você preferir donuts.

— Eu com certeza prefiro — responde ele.

— Então vou te alimentar com um donut com o glacê perfeito todos os dias. Que será mandado na porta da sua casa, faça sol ou faça chuva. — Pretendo manter essa promessa maluca de alguma maneira. Já é hora de eu começar alguma coisa e me comprometer com ela. E já que academia não é uma opção...

— Tenho outras condições — adverte ele. — Antes de eu aceitar sua oferta.

— Se fazendo de difícil, hein? — observo. — Diga.

— Não concordo com toda a parte de "não contar aos amigos". Quero gritar aos quatro ventos. Isso seria possível?

— Ah, deixe eu ver... — Finjo pensar. Fico feliz de escutar que ele parece estar rindo. — É. Acho que tudo bem.

— E tenho mais uma condição.

— Carrasco.

— Não prometa ser a namorada perfeita. Só prometa ser você mesma. Porque acho que posso ter tido um vislumbre da Lynne real hoje... e quero mais dela.

A esperança cresce no meu peito. Eu me sinto grata por ter encontrado Dom, por ele ter me encontrado, por ele ser tão paciente.

— Combinado? — pergunta ele.

— Combinado.

— Então agora é pra valer? — pergunta ele.

— Sim.

Nós nos levantamos ao mesmo tempo, abrimos a porta ao mesmo tempo e caímos um nos braços do outro ao mesmo tempo. Essa é a primeira vez que estamos em sintonia.

E parece *quase* perfeito.

*   *   *

Está amanhecendo. Dom está apagado, em um sono profundo. Vejo seu peito erguendo e baixando no ritmo das suas respirações. Seu rosto é perfeito, a não ser pelas sombras embaixo dos olhos, que indicam muito trabalho e pouco sono.

Desço para a recepção e procuro Dana. Eu lhe digo que gostaria de comprar o pequeno navio da mesa de cabeceira. Ela me diz que não está à venda, o que eu já sei. Ela acrescenta que um artista local fez o navio especialmente encomendado pela pousada.

— Tenho certeza de que a decoradora que arrumou o quarto não ia gostar.

— Pago qualquer coisa — digo, e estou falando sério. Eu gosto tanto do Dom, e quero que ele saiba disso. Também é mais do que isso. Quero fazer bem a alguém. E já que eu não sei por onde começar com a minha própria família, Dom parece um objetivo mais razoável a conquistar.

Dana diz que sente muito, mas não pode me ajudar. Eu me rebaixo a implorar. Conto a história que Dom me contou. Sobre seu irmão, e suas férias aqui, e como esse navio significa mais para ele do que para o próximo hóspede que vai vê-lo. Como Dom e Seph tentavam roubá-lo.

Finalmente, Dana suspira.

— Certo. Nem sei quanto cobrar por isso. Cada peça é feita à mão, sabe? O que você acha de quinhentos?

Acho que é uns quatrocentos dólares a mais do que estava querendo pagar, quero responder, mas, em vez disso, estendo o braço para apertar a mão dela.

— Negócio fechado.

DEZ

É A VÉSPERA DO DIA DE AÇÃO DE GRAÇAS E — SURPRESA, SURPRESA — estou sozinha.

Nora me convidou para passar o dia com a sua família. *Você sabe que o Colt vai também*, disse ela. *Minha mãe é louca por eventos de Ação de Graças imensos*. Eu lhe dei uma desculpa meia-boca de dor de barriga, e agora estou em paz.

Comemorações são outro grande "não" para mim. Alguma coisa sobre me colocar em uma situação positiva parece errada desde que minha mãe morreu.

Liguei para meu pai e Renn para desejar-lhes um bom feriado. Renn não atendeu, mas mandou uma mensagem sucinta. Meu pai atendeu, e soou como se preferisse falar com seu contador do que comigo.

Com Loki no colo, um pote meio-vazio de pipoca embaixo do braço e RuPaul's *Drag Race* passando na TV, digo a mim mesma que não sou a única que não está comemorando esta noite. Dom, por exemplo. Ele não foi ver seus pais em Dover e está fazendo plantão duplo no hospital.

Penso em todos os enfermeiros, médicos, motoristas de caminhão, policiais e bombeiros, em todos os trabalhadores essenciais, depois respiro fundo e me recomponho.

Ainda assim, não consigo me concentrar no programa. Mesmo quando Loki se levanta e me dá cabeçadas, exigindo carinho.

Esfregando seu nariz com um dedo, pego o telefone e rolo as últimas mensagens de texto que recebi.

Pippa: Feliz Dia de Ação de Graças, piranha (é, ainda estou aqui, esperando você parar com isso. Me liga.)

Pai: Mande um abraço para os pais da Nora por mim.

Quanto a isso. Não consegui contar a ele que eu ia passar o dia me lamentando sozinha. Então eu posso ter contado a ele uma mentirinha inocente.

Dom: Tudo bem no trabalho. Fizeram uma festa e alguns restaurantes deixaram guloseimas para os pacientes, o que é legal. E você, como está passando?

Dom: Nem preciso falar, mas tem uma coisa por que sou muito grato esse ano...

Ever: Que é...?

Dom: Seus donuts diários com cobertura, claro.

Eu peço em um app de delivery para entregarem um donut todos os dias, embora o doce custe menos do que a taxa de entrega. Há algo muito estimulante em fazer uma coisa legal para alguém. Posso ver como fazer caridade pode ser viciante.

Estou me levantando do sofá para colocar o pote de pipoca na pia quando ouço uma batida na porta. Como eu e Nora não temos campainha, os entregadores em geral deixam nossas correspondências na porta. Mas acho que ninguém está entregando nada às onze horas da noite na véspera do Dia de Ação de Graças, e minha mente começa a se encher de cenários sangrentos estrelando um assassino em série. Caçar mulheres solitárias no feriado de Ação de Graças é uma coisa baixa, até mesmo para psicopatas. Devia existir um limite em algum lugar, certo?

Antes de descobrir o que eu quero fazer, ouço outra batida na porta. Corro para a cozinha, coloco o pote na pia, pego uma faca e a enfio no cós do meu moletom.

Na ponta dos pés, ando até a porta.

— Quem é?

Um segundo de silêncio.

— Um assassino com um machado. Abra.

Dou um sorriso, meu corpo inteiro relaxando de alívio.

— Desculpe, senhor Matador, não tem ninguém em casa.

— Que droga. Nesse caso, só vou... — Ouço o farfalhar de sacolas de papel e percebo que ele talvez precise de ajuda. Abro a porta e encontro meu namorado parado com um número obsceno de pratos enrolados em papel alumínio. Ele ainda está com o uniforme do hospital, parecendo cansado e lindo ao mesmo tempo. Meu coração transborda.

— Surpresa. — Ele se inclina para me beijar. — Eu trouxe comida e meu ser com tesão. Vamos começar essa festa.

— Dom, isso daria para alimentar um exército. — Pego dois pratos enquanto o mando entrar. É aí que ele coloca tudo no chão. Ele pega a minha cintura. Acho que vai me puxar para me beijar, mas então ele cuidadosamente desliza para fora a faca que eu tinha enfiado no moletom e a segura entre nós.

— Gatinha. — Seus ombros balançam pelas gargalhadas. — Sua mente trabalha de uma maneira misteriosa e perturbadora.

— Eu não estava esperando ninguém! — Eu o empurro de leve.

— Quem está fugindo da polícia agora, hein?

— Eu não. — Pego a faca e a jogo na pia da cozinha. — Eu teria que ser megaburra para atacar policiais com uma faca de cozinha.

Nós atacamos a comida — peru assado, caçarola de vagem, batata doce caramelizada e purê de batatas. Restaurantes locais deixaram alguns pratos; o restante da comida foi levada por parentes dos pacientes. O molho é perfeito e o recheio é dos deuses. Abrimos uma garrafa de vinho barato e bebemos em copos de plástico, do tipo que amassa se não segurarmos com muito cuidado.

Quando estamos os dois em coma alimentar, nos arrastamos para o sofá e continuamos assistindo ao RuPaul. É uma surpresa agradável quando Dom me diz que assiste de vez em quando. Acho que afinal nós *temos* uma coisa em comum.

— Isso é bom — digo.

— Claro. — Ele engancha o braço no meu ombro, me puxando para perto, e beija minha cabeça. — Por que não seria?

— Porque eu não estou acostumada a ser feliz. A comemorar feriados. A...

— Viver? — ele termina para mim suavemente. — Tudo bem, Lynne. Estou aqui para te ensinar. E eu tenho todo o tempo do mundo.

Ninguém tem todo o tempo do mundo, penso.

Quando Dom se acomoda confortavelmente no sofá, eu aviso que está profundamente contaminado com os fluidos corporais de Colt e Nora.

— Isso é horrível — diz Dom, me abaixando nas almofadas e fazendo um caminho de beijos pelo meu pescoço. — Que todas as lembranças nesse sofá pertençam a Nora e Colt. E se fizermos novas? — sugere ele, puxando minha calça de moletom para baixo, seu sorriso torto, pálpebras pesadas e absolutamente lindo.

— Ora. Minha barriga parece de grávida de seis meses. — Dou uma batidinha no meu estômago.

— A minha também. — Ele faz o mesmo, a palma contra seu abdômen liso.

Minutos depois, estamos nos contorcendo no sofá, ofegantes e agitados, buscando nosso alívio. Agora eu entendi. Por que Nora e Colt transaram no sofá.

Quando você gosta de alguém, você quer deixar vestígios do seu tempo com a pessoa.

*   *   *

Alguns dias depois, quando estou dormindo na casa de Dom, acordo com um bilhete. Está preso no navio que eu comprei para ele, que ele deixa na sua mesa de cabeceira.

> *Tive plantão cedo.*
> *Fiz café para você. Seph me mandou uma mensagem dizendo que ele tem scones frescos.*
> *Segundo andar. Apartamento 294.*
> *(você está de folga da tarefa do donut hoje)*
> *Com amor, D*
> *Bj.*

Eu gosto que Dom não tenha medo de me lembrar que ele me ama, mesmo que eu ainda não tenha falado que também o amo. Gosto que ele me ponha em primeiro lugar. Que ele queira que eu coma scones frescos.

Depois de tirar o bilhete do navio, vou para o banheiro e uso a escova de dentes que ele comprou para mim. Ele a guarda em uma gaveta quando não estou aqui. Ainda estou usando uma camisa branca do Dom. Ela vai até quase a altura dos meus joelhos. Pego uma caneca da fila pendurada em cima da pia e me sirvo de café. Abro a geladeira para pegar creme e paro para checar as fotos nos ímãs, de eventos do hospital. Dom parece feliz em todas elas. Em uma, ele abraça uma mulher loura linda. Parece completamente inocente, mas é uma lembrança de que Dom não é só meu namorado; ele também é um homem maravilhoso e viril que está por aí no mundo.

Decido que agora seria uma ótima hora para conhecer o misterioso Seph.

Dom e eu estamos saindo há algumas semanas, e, com a exceção de eu tê-lo apresentado a Nora e Colt, estamos mantendo nossas vidas completamente separadas uma da outra. Bem, para mim, não existe escolha mesmo. Nora e

Colt são as únicas pessoas que eu conheço em Salém. Mas Dom tem todo um universo — um irmão, pais, amigos, tios, tias, colegas de faculdade e uma equipe de CrossFit que ele encontra toda semana. Digo a mim mesma que o fato de eu não os ter conhecido ainda é uma prova de que ele quer passar o tempo sozinho comigo mais do que qualquer outra coisa. Mas às vezes eu me questiono.

Deslizo minhas botas pelos meus pés e pego o elevador para descer até o segundo andar. Para minha surpresa, vejo que estou um pouco nervosa quando bato na porta de Seph. Tudo o que eu sei dele é pelas histórias do Dom, e é tudo bem intimidante. Ele é estivador. Sarcástico, irônico e não muito sociável. Uma vez perguntei a Dom se Seph tinha namorada e sua resposta foi: "Ele tem muitas. Mas nem sempre se lembra dos nomes."

Então, um encanto de pessoa, como se pode perceber.

Nenhuma resposta do outro lado. Bato de novo, porque, fala sério, scones frescos.

A porta abre, rangendo quando desliza poucos centímetros. Ouço batidas de pés com meias no piso de madeira atrás dela.

— Pode se servir. Estou correndo para o banho — uma voz rude instrui com frieza.

Está bem, então. Sentindo-me como uma intrusa, mas sem querer fugir do local, empurro a porta para abrir mais e me encaminho para a cozinha. Se casas tivessem personalidade, a do Dom seria Madre Teresa e a do Seph seria... Não sei, Gengis Khan?

A casa do Dom é arrumada, minimalista, organizada e limpa. Seph vive no caos. Guimbas de cigarro transbordam de um cinzeiro na mesa de centro instável e há uma lata aberta de feijões com a colher ainda dentro. Os poucos quadros no apartamento estão *apoiados* nas paredes, em vez de pendurados nelas. Há uma montanha de roupas para lavar perto do banheiro fechado.

Quando chego na cozinha, avisto outra pilha — dessa vez, de louça suja. Vejo também uma cesta cheia de scones. Intocados e convidativos, como se fossem um Photoshop nesse cenário de horror. Pego dois, enrolo em um papel toalha e fico lá parada, me sentindo uma peça inútil da mobília.

Estou esperando Seph sair para que eu possa me apresentar. A cada momento que passa, vou mudando de opinião. Depois de seis minutos, grito:

— Posso fazer café para você?

A resposta vem depois de um intervalo tenso.

— Você ainda está aí? Vai embora.

Vai embora? Que tipo de idiota fala assim com a namorada do irmão? Que ELE NEM CONHECE.

Engulo minha raiva, murmuro *Babaca* e saio fechando a porta.

Voltando para a casa de Dom, tento me livrar do sentimento de decepção. Seph não é nada como Dom. Ele é grosseiro, insolente e hostil. Não entendo como ele pode ser esse grande Casanova com uma falta de educação tão gigantesca. Mas eu nem devia me importar, lembro a mim mesma. Não é ele que eu estou namorando.

Uma mensagem me tira dessa linha de pensamentos.

> **Dom:** Você pegou os scones? Eles eram tudo que você estava esperando e ainda mais?

> **Ever:** Peguei. Eles valeram cada poema de amor já escrito. Obrigada. 😊

> **Dom:** E Seph não te causou nenhum problema, certo? Ele pode ser um pouco mal-humorado, principalmente de manhã.

Nem me ocorre falar a verdade para ele. Não quero criar qualquer tensão entre os irmãos. Eu sei como eles são próximos. Além disso, não tive a chance de conquistar a simpatia do Seph. Ainda pode acontecer, embora as chances estejam parecendo bem pequenas no momento.

> **Ever:** Foi tudo tranquilo.

Vago, mas passável como verdade.

> **Dom:** Ótimo. Um dia maravilhoso para você, gatinha.

> **Ever:** Para você também.

* * *

Noite de saída em casais com Nora e Colt.

Dom reservou um bar em Beverly. Ele disse que lá eles prometem uma experiência irlandesa total. Pegamos uma carona no Range Rover do Colt. No caminho, Nora pergunta em voz alta se uma experiência irlandesa inclui beber até cair depois da missa de domingo e trocar nossos nomes para Mary e Desmond. Colt fala que isso foi profundamente estereotipado. Ele aponta que Dom é irlandês.

Dom dá uma risada e diz:

— Meio-irlandês, meio-inglês. Além disso, também somos conhecidos por sermos poetas fantásticos e amantes generosos.

Nora faz barulhos de beijo no banco do passageiro, dando gritinhos animados. Colt finge estar envergonhado por causa dela enquanto casualmente escala a perna da namorada por baixo da saia. No banco de trás, Dom engancha um braço no meu ombro e me puxa para um abraço. Ele beija a ponta do meu nariz.

— Se importa de confirmar isso, Everlynne? — provoca Nora.

— Infelizmente, ainda não li a poesia de Dom. — Eu me esquivo da pergunta.

— Por você, posso até escrever uma mesmo. — Dom começa a dar beijocas descendo pelo meu pescoço. Eu me contorço para me livrar e pressiono um dedo na sua boca. Ele mexe as sobrancelhas e tenta mordê-lo.

— Isso não é justo — diz ele, meu dedo ainda pressionado nos seus lábios. — E se eu tiver alguma coisa importante para falar?

— Você já falou muito nessa viagem de carro.

Outra rodada de risadinhas surge nos bancos da frente.

— E isso foi antes até de beber. — Dom suspira.

Nora gargalha.

— Esse aí vale a pena, Ev. Espero que você saiba disso.

Acho que, se Colt e eu não existíssemos, ela namoraria Dom sem pestanejar. A maneira como ela olha para ele, como se ele fosse o único cara ali, às vezes me deixa pensativa.

— Tenho uma pergunta para você — murmura Dom entre meus dedos.

Tiro a mão da boca dele.

— O que é, senhor Graves?

— Você me daria a honra de me acompanhar às festas de Natal com a minha família, senhorita Lawson? — Ele me lança um sorriso sincero e genuíno. — Já é hora dos meus pais conhecerem a mulher que está na minha vida. Alguém precisa me falar que ela é muita areia para o meu caminhãozinho, e Brad Graves é o homem perfeito para esse serviço.

Minha reação automática é dizer que está cedo demais. Que isso é grande demais. Dom e eu estamos namorando há poucas semanas.

Por outro lado, essas semanas têm sido demais. Senti mais coisas durante essas semanas do que nos últimos seis anos. E eu estava roçando a linha da depressão por muito tempo.

Estou prestes a recusar seu convite com educação, a lhe dizer que prometi ao meu pai que iria para casa no Natal — e isso é verdade mesmo — quando Nora se intromete.

— Ela *adoraria*! Não é, Ever?

— Claro — concordo. — O problema é que eu disse para o meu pai...

— Droga! — Dom bate na testa. — Lógico. Seu pai. Eu não tinha pensado nisso. Você prometeu ir para casa no Natal. Não precisa falar mais nada. — Ele pega a minha mão e faz um carinho. Passamos o resto do caminho em silêncio.

*   *   *

No bar, percebo que alguma coisa com certeza está errada. Dom mal olha para mim. Ele não coloca os braços nas costas da minha cadeira como costuma fazer e não comenta sobre a minha roupa, a escolha da comida ou a existência em geral. Como meu empadão de carne e tento fingir que aquilo não está extremamente constrangedor. Pergunto a mim mesma se talvez eu não esteja sendo boa o suficiente para Dom. Ele se encaixa na minha vida de uma forma tão tranquila. Ele é ótimo com os meus amigos e me enche de presentes, atenção e orgasmos. Sim, o plano era passar o Natal em São Francisco, mas eu disse isso a Dom a semanas atrás; como ele ia se lembrar?

Além disso, meu pai não falou nada desde então. Nós nem tivemos uma conversa decente desde que eu me ofereci para viajar para lá. Não é como se ele se importasse.

E não é como se Dom tivesse ultrapassado o limite. Ele sabia que eu tinha planejado passar o Dia de Ação de Graças sozinha, antes de vir salvar o meu dia.

Em outras palavras, Dom tentou fazer alguma coisa legal, e não só eu rejeitei sua oferta, mas ele também vai ter que dizer aos pais que eu não vou.

Em algum momento, Nora vai ao banheiro e Colt atende uma ligação do lado de fora. Eu me viro para Dom e coloco a mão no joelho dele.

— Estou sentindo um clima estranho. Nós estamos bem?

Ele me dá um sorriso torto do tipo *Você está louca?*.

— Claro. Por quê?

— Não sei. Desde aquela conversa no carro... — Mudo de posição desconfortavelmente. — Parece que eu fiz alguma coisa errada.

— Não. Você está certa. Eu não pensei antes de falar. Fui eu que falei besteira.

Ficamos em silêncio até ele expirar.

— Bom, na verdade, sim, tem outra coisa. Mas não é sua culpa, e não quero te envolver nisso, então esqueça.

— Não, me diga.

Ele olha para um lado e para o outro, como se não quisesse ser ouvido.

— Esqueci de contar toda a história sobre a minha situação com o câncer. Quando eu tinha vinte e dois anos, levei outro susto. Alguns exames vieram com resultados terríveis. Números ruins. Tive que refazê-los e também fazer uma ressonância magnética.

Meu coração já está na garganta.

— Nessa época, eu estava com uma garota chamada Emily. Ela não era só uma garota. Ela era a *minha* garota. Primeira namorada, meu par na formatura, punheta...

— Sim. Entendi. Já está claro. — Fecho os olhos, abanando uma mão freneticamente.

Dom dá uma risada.

— Nós estávamos juntos desde o meio do ensino médio. Quando ela ficou sabendo dos exames, que não parecia bom para mim, que eu podia ter que começar quimioterapia de novo... — Ele esfrega a nuca. — Vamos simplesmente dizer que ela cancelou os planos do Natal que ela tinha com a minha família e terminou comigo no mesmo dia. Disse que era demais para ela. Que ela não podia viver com esse medo, essa nuvem pairando sobre a nossa cabeça. Minha mãe não aceitou aquilo numa boa. Agora, como eu disse, isso não tem *nada* a ver com você, mas a senhora G é sensível com o assunto Natal desde então. Principalmente quando se trata das minhas namoradas. Eu não levei nenhuma garota lá para as festas desde então. Aí quando eu contei para a minha mãe que eu tinha te convidado, ela ficou animada. Mas isso é culpa minha, Lynne. Não sua.

Embora ele esteja me garantindo que eu posso ir para São Francisco, entendo a situação difícil onde estamos metidos. Sem dúvida a reação da mãe dele se eu não for com ele vai ser injustificada, mas alguém uma vez me disse que as pessoas são meramente uma coleção das suas experiências. Não cabe a mim julgá-la se ela ficar chateada.

Pego a mão dele e pressiono suas articulações nos meus lábios.

— Eu vou.

— Lynne, por favor. — Ele me dá um sorriso envergonhado. Como se talvez não devesse ter falado nada.

— Não, de verdade. Meu pai... ele vai entender. — Na hora em que falo isso, uma onda de alívio passa pelo meu corpo. Percebo para minha vergonha que não foi preciso muito para eu cancelar meus planos de São Francisco. Escutar a angústia de Dom foi o empurrão que faltava, mas prefiro passar as festas com estranhos do que com a família que eu destruí sozinha. E quanto a meu pai e Renn, eles vão ficar melhor sem mim. Eu só ia estragar o Natal deles e deixar as coisas constrangedoras para todo mundo. — Vou dar um jeito nisso. Não se preocupe. Dom?

— Oi?

— Eu não sou a Emily — digo.

— Eu sei.

— Estou aqui para ficar.

— Parece que a sua previsão de noventa e nove vírgula noventa e nove por cento de não se casar agora está mais para noventa e um por cento. — Ele enfia uma mecha de cabelo atrás da minha orelha.

Eu me inclino para a frente, seguro o seu rosto e o beijo.

— E quer saber o que mais?

— Hum?

Tomando coragem, fecho os olhos e resolvo aliviar nossa situação.

— Eu também te amo.

* * *

No final, escolho a saída dos covardes.

Ligo para o meu pai quando sei que ele está no trabalho. Especificamente, quando ele está na reunião semanal dos sócios, e deixo uma mensagem de voz para ele, fingindo que tentei entrar em contato com ele.

Oi, pai, sou eu, Ever. Olhe... Não sei como dizer isso. Me desculpe, mas acho que não vou conseguir ir para casa no Natal. Aconteceu uma coisa. Um amigo me convidou para a casa dele e acho que é muito importante que eu vá. Desculpe mesmo. Vamos nos falar no telefone e arrumar uma data e eu vou logo. Logo em janeiro. Eu... espero que vocês se divirtam sem mim. Na verdade, eu *sei* que eles vão. Sei que o convite do meu pai e de Renn são puramente pela culpa. Eles deixaram claros os seus sentimentos em relação a mim depois do que aconteceu. *Eu... bem... me ligue de volta. Tchau.*

Um dia se passa. Depois mais dois. No terceiro dia, sei que ele não vai me ligar de volta. Uma parte de mim entende. Outra parte quer explodir, explicar que eu nunca mais me senti bem-vinda depois do que aconteceu com a minha mãe. Que a acusação estava escrita em termos óbvios na testa dele e na do Renn toda vez que olhavam para mim, o que não acontecia com muita frequência. Depois de eu largar a faculdade, depois de eu ir embora, eles não me ligaram. Não me escreveram. Nem quiseram a minha companhia. Só agora, alguns anos

112

depois, que eles estão começando a demonstrar sinais de interesse em mim. Mas e se for tarde demais?

Papai está me evitando como se eu fosse um encontro decepcionante de um aplicativo de namoro, escrevo para Renn.

Ele não responde. Nem mesmo com risadas.

Penso em escrever para Pippa para perguntar se ela pode ver como eles estão. Mas eu não respondo suas mensagens há tanto tempo; parece um gesto egoísta demais.

Em meio a todo esse sofrimento e essa confusão, Dom tece histórias felizes e faz planos para o nosso Natal que está chegando. Sobre árvores decoradas, aqueles suéteres horríveis clássicos, visco e cantigas natalinas antigas de porta em porta.

Absorvo tudo, pronta para me dedicar à minha repentina nova família.

ONZE

Acordei com uma batida na porta antes que o alarme tocasse.

Como é de manhã, em um dia de semana, não penso de cara que um assassino veio me matar com um machado. Eu me arrasto até a porta de casa, esbarrando sem querer no pote de água de Loki no caminho.

— Seja quem for, é bom que esteja trazendo doces.

Destranco a porta e não há ninguém lá. Dou uma espiada em volta, no corredor com papel de parede descascando e as tábuas soltas do chão, e noto uma pequena caixa quadrada aos meus pés. Reconheço, embora esteja coberta de etiquetas de correio. Não preciso olhar o remetente para saber que veio do lugar da minha infância.

Para: Everlynne Lawson
De: Martin Lawson
ABRA

É o vai-se-foder definitivo do meu pai. Ele sabe. Eu sei. Seu palpite é que eu não vou abrir a caixa. Que eu não tenho coragem de encarar o que há lá dentro. Ele estaria certo. Mas o fato de que ele está tentando me magoar é novo. Bem, missão cumprida, pai. Eu estou magoada. Uma mágoa do tipo punhalada-no-coração.

Por que ele faria isso comigo?

A contragosto, pego a maldita coisa e a levo para o meu quarto, dando o máximo de espaço que consigo entre nós. Loki está aos meus pés, sentindo a aflição crescente e querendo um lugar na primeira fila caso evolua para um colapso total.

A caixa está pesada. Mais pesada do que provavelmente devesse estar. Pesada de memórias. De arrependimentos. De todas as coisas que eu não falei e devia ter falado. Pesada com um momento de imprudência que tirou minha vida do eixo. Eu a enfio no armário, entre botas velhas e os vestidos embolados que eu sou preguiçosa demais para pendurar.

Minhas mãos ficam pousadas na superfície da caixa, que é de madeira entalhada. A ponta dos meus dedos formiga. Uma parte de mim quer abrir a caixa. Outra parte sabe como isso vai me afetar terrivelmente. Estou no momento reprimindo um monte de coisas para conseguir sobreviver, e abrir essa caixa libertaria todos os meus demônios de uma vez só.

Ouço o clique do botão da cafeteira sendo ligado do lado de fora do meu quarto. Colt emite um bocejo. Posso vê-lo pela minha porta entreaberta, se espreguiçando. A porta do meu quarto está meio fechada, então ele não pode me ver.

Nora aparece perto dele no corredor. Ela enrola os braços no tórax dele, pressionando a cabeça no seu peito. Ele bate na bunda dela, depois joga o cabelo da namorada para o lado com sua mão livre.

— E aí? — diz ele. — Pronto. Mortícia finalmente encontrou seu Gomez, e ele não parece um psicopata nem nada do tipo.

Espere aí, ele está falando de mim? Nora me defende imediatamente. Ela bate no peito do namorado.

— Pare de chamar ela assim, seu malvado.

— Ah, qual é, Nora. Você sabe que eu gosto dela. — Ele bate na bunda dela de novo enquanto anda em direção à cozinha. Ela o segue. Eu me pressiono contra a porta para ainda conseguir escutar. — Ela é uma garota ótima. Engraçada. Inteligente. Até gostosa, se você tirar toda a merda esquisita preta que ela usa. Eu só não concordo com a forma como você é superprotetora com ela.

Colt abre a geladeira. Não preciso estar lá para saber que ele está bebendo nosso leite direto da caixa.

— Eu não sou superprotetora com ela — protesta Nora.

— Não é? Ótimo. Vem morar comigo, então.

— Sabe que não posso fazer isso.

— Certo. Me lembre por que de novo?

— Ai. — Nora bate o pé. — Você não entende, não é? Ela não tem nenhum amigo aqui. Ela mal sai de casa se não for para trabalhar. Ela está solitária. Ela está triste. Ela está perdida. E... olhe. — Ela inspira o ar. Eu prendo a respiração. Não me importo por estar ouvindo atrás da porta. É de *mim* que eles estão falando. Preciso escutar. O que eles falam de mim quando sabem que eu não estou ouvindo. A verdade difícil que eles escondem.

— Tenho pena dela, tá? — Nora admite baixo. Fecho os olhos. A humilhação enterra seus dentes pontiagudos tão fundo em mim que fico surpresa de não rasgar a minha pele. — Ela não tem ninguém. Ela tem um emprego solitário em uma loja e outro lidando com turistas. Eu sou uma parte enorme da vida dela nesse momento.

— Você é uma parte enorme da *minha* vida — Colt lhe recorda, a voz dele mais branda agora. — O que isso significa para mim? Você vai morar com ela para sempre?

— Não. Não seja ridículo. — Nora solta uma gargalhada nervosa. — As coisas estão indo rápido entre ela e Dominic. Aposto que ele vai chamar ela para morar com ele nos próximos meses. Ele tem quase trinta anos, sabe. Ele quer sossegar.

— Então eu querer sossegar com a minha namorada depende do desejo de Dominic sossegar com a dele? — pergunta Colt, nervoso, o tom ligeiramente irônico. Detesto que ele tenha razão. Detesto que tudo o que ele está dizendo faça sentido.

— É — Nora responde simplesmente. Nesse momento, não sei se quero abraçá-la ou sacudi-la. Estou atravancando a felicidade dela com o namorado, mas ela está fazendo o que acha que é certo. — Basicamente isso.

— Vamos só torcer que ela não perca essa oportunidade. Esse Dom parece legal. — Colt suspira, sabendo que perdeu a batalha desta vez.

— Eles vão se casar. Escute o que eu digo — ronrona Nora.

— Nós vamos antes.

— Ahh. Colty!

A máquina apita, anunciando que o café está pronto. O som de beijos molhados e murmúrios amorosos enche a cozinha. É mais um dia no mundo.

Mais um dia que minha mãe não vai ver.

DOZE

A caminho de Dover, na manhã da véspera do Natal, Dom me diz que ele comprou um curso de culinária para nós que vai durar seis meses, e que ele me inscreveu em uma aula de caligrafia como presente de Natal adiantado.

— Sabe, porque você disse que costumava trabalhar com arte. — Um sorriso tímido brinca nos lábios dele.

Arte é um campo grande e vasto, e caligrafia definitivamente não é o que eu gosto.

Fico agradecida pela atenção dele, mas também me sinto um pouco sufocada. Entendo que ele viva em alta velocidade, mas eu vivo a passo de tartaruga. Sempre me sinto como se precisasse alcançá-lo.

— É muita atividade extracurricular — observo sem muita ênfase.

— Bom, não dá para você continuar fazendo o que está fazendo para sempre. Primeiro, porque você odeia. Depois, arte é mais divertido, mais gratificante, vai te oferecer mais perspectivas.

Eu não contei a Dom sobre desenhar lápides. Tenho quase certeza de que isso o faria dar no pé. Mantenho a questão suspensa, então não posso exatamente ficar chateada por ele ter entendido errado.

— É — digo. — Acho que posso tentar. Talvez seja o que eu gosto.

— Você tem falado com o seu pai? — pergunta Dom.

— Conversamos por telefone antes de você me pegar.

Sinceramente, eu não classificaria o que tivemos como uma conversa. Compartilhamos um "estou com saudade" vazio, completamente oco. Mas não abordamos o fato de que eu não estou na Califórnia agora, nem que ele me mandou uma caixa, nem que o abismo entre nós está aumentando a cada minuto todo dia.

— Espero que você tenha resolvido tudo. Se você for pra lá em janeiro, talvez eu possa ir junto. Tenho muitas férias para tirar — oferece Dom. Apenas pensar sobre isso me faz querer vomitar. Não falei do Dom para o meu pai. Estou com vergonha demais de admitir que posso estar feliz.

— O que eu posso esperar da sua família? — pergunto, para mudar de assunto. — Me prepare.

— Minha mãe é a melhor. Nenhuma preparação necessária. Ela é calorosa, doce e adora companhia. Ela vai te amar imediatamente, porque você ama o filho dela. — Ele deixa essa declaração pairando no ar por um segundo antes de continuar: — Quanto ao meu pai, ele é na dele a maior parte do tempo. Ele e Seph têm a mesma personalidade. Sombria, melancólica, no limite da grosseria. Contanto que você fique longe de política e do Red Sox, tenho certeza de que não vai haver nenhum problema em conquistar ele. E então Seph, você conheceu.

— Na verdade, não conheci — digo.

Dom e eu não conversamos sobre o dia do scone, mas, já que vou conhecer o Seph em cerca de uma hora, é hora de confessar. Dom ergue uma sobrancelha, surpreso.

— Achei que você tinha conhecido.

— Não, ele estava no banho. Eu só peguei alguns scones e saí.

— Seph é magnífico depois que você o conhece. Exterior duro, mas por dentro ele é um filhote de gato. Ele é metido a saber tudo, mas compensa com um coração tão grande quanto sua boca. Não sei o que eu teria feito sem ele.

— Por que ele não veio para Dover no nosso carro?

Dom balança a cabeça.

— Ele não gosta de casais melosos. Não suporta. Provavelmente queria garantir que não ia ficar preso em um festival de pegação.

— Ele não está feliz por você?

— Está, mas é complicado — diz Dom.

O telefone dele toca. Ele o coloca no silencioso. Fico pensando o que é tão complicado em ficar feliz pelo seu irmão mais velho e a namorada dele.

— Ele parece ser uma figura.

— Ele é, mas... — Ele sorri. — Não desista dele logo de cara, certo? Ele é um cara legal.

Uma hora e meia depois do início da viagem, Dom para o carro em frente a uma casa cinza estilo chalé em uma pitoresca rua sem saída. Com três vagas na garagem, grandes janelas salientes e roseiras bem cuidadas.

Dom desliga o motor e dá a volta no carro. Ele abre a porta para mim. Eu saio e ajeito meu suéter preto gigante, que serve como vestido por cima da minha legging preta. Por baixo, estou usando uma camisa branca com gola Peter Pan, para parecer mais patricinha do que gótica. Também prendi meu cabelo vermelho como fogo em uma trança e enfiei o piercing do septo para dentro do nariz para não ficar visível. Se Pippa me visse agora, ela me chamaria de vendida. Uma fraude. Ela não estaria enganada. Eu me sinto estranha na minha própria pele.

Dom tira nossa bagagem da mala do carro. A porta da casa se abre.

Uma mulher miúda com feições angulosas, mas agradáveis, corre em direção ao carro. Seu cabelo é curto e naturalmente grisalho. Seu sorriso faz seu rosto inteiro se iluminar. Ela está usando um vestido vermelho de gola alta.

Ela se lança sobre Dom e choraminga:

— Ah, querido. Eu estava com tanta saudade.

Alguma coisa dentro de mim se parte. Porque não há nada que eu queira mais no mundo do que abraçar a *minha* mãe, mas ela está a sete palmos debaixo da terra.

Dom beija a mãe, segura o rosto dela, e dá um passo para trás para observá-la. Eu adoro ver homens sendo afetuosos com suas mães. Adoro vê-los abraçarem com ternura a mulher que os fez, principalmente quando eles são bem mais altos do que elas.

— Você está ótima, mãe.

— Você parece cansado. E lindo. Mas principalmente cansado. — Ela ri. Percebo que ela acertou na mosca. Dom parece *exausto*. Eu normalmente não presto atenção porque… bem, porque ele é enfermeiro, e talvez seja assim que eles são.

— Deixe eu apresentar minha namorada, Lynne.

Eu não o corrijo dizendo que meu nome é Everlynne. Parece redundante a essa altura. Ele gosta do nome Lynne — fazer o quê?

Com um grande sorriso, estendo a mão para ela.

— Oi, senhora Graves. Muito obrigada por me receber.

— Me chame de Gemma, querida. Muito obrigada por vir! Dom fala tão bem de você. Estou feliz de finalmente te conhecer.

Ela pega a minha mala e a puxa para dentro. Tento protestar, mas ela balança a cabeça com veemência.

— Não, não, você é convidada. Agora, entre. Temos refrescos e tortas de aperitivo antes do jantar. Seu pai e Seph já estão discutindo por causa do Red Sox. Sua mediação vai ser muito bem-vinda.

— Que surpresa — bufa Dom. — Não se preocupe, vou fazer os dois se comportarem.

O interior da casa dos Graves é tão impressionante e magnífico quanto o exterior. O chão todo de madeira, candelabros, tapetes felpudos e sofás estofados. Como se sentindo minha insegurança, Dom pressiona a mão na parte de trás da minha cintura e dá um beijo no topo da minha cabeça.

— Você está indo muito bem, gatinha — sussurra ele enquanto seguimos sua mãe. — Ela te adorou.

Quando entramos na sala, vemos que está vazia. Gemma coloca os punhos fechados na cintura e franze a testa.

— Ora, eles estavam aqui um segundo atrás. Agora, para onde diabos esses dois foram?

Ela espia atrás de Dom e de mim, e então abre outro sorriso imenso.

— Ah, lá estão eles.

E então eu sinto. Uma tempestade está se formando. Os pelos nos meus braços se arrepiam, como se um raio estivesse prestes a cair. Quero desabar de joelhos e me inclinar para a frente, desviar para não ser eletrocutada.

Mas sei que é tarde demais. O trovão já me atingiu.

Tudo o que me resta é me virar.

Eu me viro. E então o vejo.

Seph Graves está parado na minha frente; só que eu não o conheço como Seph Graves.

Eu o conheço como Joe. Meu *Joe*.

Meu amor perdido e minha desgraça é o irmão mais novo do meu namorado.

O pedaço de mim do qual senti falta nesses últimos seis anos.

Ele está aqui. Em carne e osso.

E ele parece *arrasado* ao me ver.

*   *   *

Cada um dos membros da família Graves está me encarando no momento, mas não consigo fazer uma palavra sequer sair da minha boca. Estou atordoada, meu rosto provavelmente mais branco do que uma folha de papel.

Só o que eu consigo fazer é encarar Joe/Seph. O rosto dele parece ter uma máscara. Uma atitude fria, gélida como nunca vi nele antes. Faz com que ele não se pareça nada com o Joe, o que obviamente é uma coisa idiota de se pensar. Eu nem o *conheço*. Talvez essa seja sua expressão normal. Talvez ele sempre pareça como se estivesse querendo passar à força por uma multidão.

Ai, meu deus. Preciso vomitar.

— Gatinha? Está tudo bem? — Dom acaricia minhas costas em círculos suaves, franzindo a testa.

Concordo fracamente, me forçando a sair do torpor.

— Sim... sim! Desculpe, eu sou Everlynne. — Estendo o braço para apertar a mão do Sr. Graves primeiro. Não consigo processar como ele é. Alto, presumo, já que preciso esticar o pescoço para sorrir para ele. Vejo um bigode e um cardigã, também, por trás da nuvem turva de pânico se formando na frente dos meus olhos. A única coisa que parece estar em modo retrato, nítido e em alta resolução, é o rosto de Joe.

— Olá. — O Sr. Graves é sucinto. Nada a ver com sua esposa raio de sol.

— Sou Brad. Que bom que você veio.

Que bom que você criou e educou meu histórico de namoros inteiro.

Em seguida, eu me viro para Joe. Ele ainda está me olhando com alguma coisa entre pura indiferença e confusão. Meus joelhos estão fracos. De todos os cenários que criei na minha cabeça sobre o que aconteceria se nos encontrássemos de novo, essa situação nunca tinha surgido. Com razão. Isso é tortura. É material tirado direto de um pesadelo.

Estendo a mão para ele com hesitação. Estou tremendo. A palma da minha mão está úmida. Eu me sinto uma prisioneira que foi pega tentando escapar da cela. Nossa pele se toca. Eu quase dou um pulo para trás. Sua mão está quente e seca. É grande. Seus olhos estão fixos nos meus. Azuis, e frios, e completamente ilegíveis.

— *Lynne*, certo? — Joe-Seph fala devagar.

As primeiras palavras que saem da sua boca. A voz dele me atinge como uma chicotada. *Ele se lembra. Ai, meu deus.*

— E você é o *Seph*? — pergunto sugestivamente, recuperando o controle.

— É assim que a minha família me chama. — Ele é educado, mas de jeito nenhum o mesmo cara que me beijou há seis anos como se o mundo estivesse acabando. — A viagem foi boa?

— Muito.

Ele se vira para o pai, aparentemente encerrando nossa conversa.

— Vou pegar uma cerveja.

— Pegue duas, moleque. — Brad dá uma risada.

— Quer alguma coisa, D? — pergunta Joe-Seph, fazendo um gesto com o queixo na direção do irmão mais velho. Dom balança a cabeça, observando a nós dois em alerta. Ele deve ter captado algum clima esquisito entre nós. — Estou me guardando para o *eggnog*. E tentando convencer Lynne a tomar também.

— Não nessa encarnação, cara. — Abro um sorriso. Minhas bochechas parecem rígidas como argila.

— Por que todos nós não pegamos uma bebida? Tenho certeza de que Lynne vai querer um copo de alguma coisa também — Gemma conduz a todos para a cozinha.

Não consigo me conter desta vez.

— É Everlynne. Ou Ever. Dom é a única pessoa que me chama de Lynne, na verdade.

Não sei por que estou falando isso para eles. Não é como se isso fosse conquistar o Joe. E não é como se existisse alguma coisa para conquistar. Estou com o irmão dele agora. Caso encerrado.

E então percebo. Eu *dormi* com o irmão dele. Dormi com dois irmãos, com diferença de seis anos. Eles são sessenta e seis vírgula sessenta e sete por cento dos meus parceiros sexuais. Já que o único outro parceiro com quem dormi foi Sean.

Acho que dá para dizer que você é uma especialista em Graves agora, ouço Pippa rindo na minha mente. *Pippa*. Quero ligar para ela e contar o que acabei de descobrir. Preciso dos conselhos dela.

Não ajuda que Joe e eu podíamos tecnicamente estar juntos agora. Que eu interrompi tudo de repente, brutalmente. Depois de eu voltar da Espanha, trocamos mensagens todos os dias, o dia inteiro. A última troca de mensagens que tivemos foi despretensiosa. Ainda me lembro de cor:

Joe: Pensando em encurtar a minha viagem.

Ever: Interessante.

Joe: É?

Ever: Quer dizer, tenho certeza de que sua família está com saudades.

Joe: E eles vão ficar comigo por um dia e pouco. Depois vou viajar para o oeste.

Ever: Corrida do ouro?

Joe: Melhor que ouro. Olha, tem uma garota.

Ever: Tem sempre uma garota. Me conte mais.

Joe: Ela é gostosa, ela gosta de músicas radicais e ela me entende.

Ever: Ela tem nome?

Joe: Sim.

Joe: Padrão.

Ever: Kkk. Eu te odeio.

Joe: Já que estamos falando de sentimentos, bom, se segura na cadeira, porque eu preciso confessar uma coisa.

Ele começou a digitar mais, mas nunca vi o que ele escreveu. Nunca respondi.

Agora o dispositivo que eu usava para falar com ele está no fundo do Oceano Pacífico, juntando ferrugem e algas marinhas.

E eu estou sentada bem aqui, com uma família estranha, comemorando o que, sem dúvida, era o feriado preferido da minha mãe, mas longe de casa.

De volta à realidade, nos sentamos à mesa. Está repleta de batata-doce e tortas de frutas secas, assim como vinho e cerveja.

— Só para abrir o apetite antes do jantar. — A gargalhada ruidosa de Gemma ressoa na sala quente e decorada.

Opto por vinho e esvazio a primeira taça antes de as tortas serem cortadas. Dom silenciosamente me serve de mais uma, me lançando um olhar preocupado. Preciso me controlar. Mas toda vez que olho para Joe, ele está me encarando com o que estou começando a reconhecer como perplexidade e confusão, agarrado à sua garrafa de Guinness.

As lembranças devem estar voltando para ele agora. Como eu parei abruptamente de responder sem nenhuma razão e desapareci da face da terra.

Dom, Gemma e Brad estão distraídos, conversando amenidades. Sobre o trânsito ruim a caminho daqui, e coisas para fazer em Dover durante o Natal, e *Ah, você se lembra da vez em que a casa da senhora Pavel pegou fogo quando as crianças acenderam a lareira porque estavam com medo do Papai Noel?* Me desligar deles não é nada difícil.

Quanto mais encaro Joe, mais percebo como a minha memória não fez justiça a ele. Ele não tem nem metade da beleza de Dominic, ainda assim ele me atrai mais. Seu nariz acentuado demais e suas orelhas, que são um pouco pontudas, e a curva dos seus lábios, que estão sempre virados em um sorriso ligeiramente irônico. Ele é forte como um jogador de futebol americano. Musculoso, robusto e bronzeado de sol, dourado em todo lugar.

Não acredito que essa é a *terceira* vez que nos encontramos assim. Pelo destino. Por acaso. E que toda vez que nos encontramos, alguma coisa se coloca no caminho e nos impede de ficarmos juntos.

Existem tantas coisas que quero dizer para ele, tantas coisas que quero perguntar, *explicar*, mas agora não é a hora. Duvido que algum dia vá haver essa hora.

Observação: preciso contar ao Dom. Imediatamente. Droga. Que confusão.

— Então o que *seus* pais fazem, Everlynne? — pergunta Gemma. As palavras *professora* e *dono de construtora* voaram ao redor enquanto eu estava secando Joe.

— Meu pai é contador público certificado. E tem a própria empresa. E minha mãe... ela tinha uma galeria de arte.

Prendo a respiração, torcendo para eles não perceberem o tempo verbal no passado . Abrir a tragédia da minha família para discussão não é uma coisa que eu esteja com vontade de fazer. Principalmente não na frente de Joe. Por sorte, Gemma e Brad não insistem no assunto.

— Fui a São Francisco duas vezes, e nas duas fiquei impressionada em como tem neblina. Não é assim que imaginamos um lugar apelidado de "estado dourado", sabe? — diz Gemma.

Sorrindo, eu me forço para me concentrar na conversa, o que requer ignorar as vozes altas na minha cabeça que gritam É O JOE, e DOM VAI SURTAR, e VOCÊ PRECISA CONVERSAR COM OS DOIS.

— Sim. Venta muito em todas as cidades costeiras. San Diego é a mesma coisa. É no interior que encontramos as temperaturas dignas do inferno.

— Calor *horroroso*. — Dom bate no meu nariz, rindo. — Você é uma cidadã da Nova Inglaterra agora, lembra?

Forço uma risada, mas tudo o que eu quero é que essa parte da noite termine para que eu possa finalmente ficar sozinha com Dom e contar tudo para ele. Sem dúvida, total zoNA-TAL.

A noite se estende por minutos e horas, depois dias e finalmente anos. Em algum momento, eu luto para me lembrar de mim mesma *antes* de entrar nesta casa. Depois de tomar banho e me preparar para o jantar, Dom e eu somos expostos a uma refeição de sete pratos. Em seguida, bebemos coquetéis feitos em casa perto da lareira e abrimos a porta para pessoas cantando músicas de Natal (Dom está certo: eles *são* bons). Então todos nos reunimos e vamos ver as luzes de Natal no centro da cidade. Vamos a pé, e Dom segura minha mão para eu não deslizar na neve que está derretendo. Gemma insiste em tirar fotos de Dom e de mim abraçados na frente de uma gigantesca árvore de Natal, nos cegando com o flash da câmera.

Embora haja pessoas me cercando, nunca me senti tão sozinha. Fico imaginando o que meu pai e Renn estão fazendo agora. Eles estão sozinhos? Será que foram para a casa da Tia Mimi passar o Natal?

Fico admirada pelo fato de que toda família tem seu próprio DNA. Suas tradições únicas, piadas internas, esquisitice nata. Os Lawsons, por exemplo, são ótimos em comer um jantar natalino cedo, abrir *todos* os presentes antes da meia-noite e depois completar, com esforço de equipe, um quebra-cabeças de duas mil peças de manhã. Os Graves, aparentemente, gostam de entulhar cada tradição de Natal conhecida pela humanidade em um dia só.

Joe e eu cuidadosamente nos ignoramos durante toda a experiência interminável.

Quando voltamos, está perto de meia-noite. Gemma nos leva ao antigo quarto de Dom, tagarelando animada. É um quarto lindo, com uma cama *queen size*, uma parede de destaque azul, e cortinas em xadrez azul-marinho.

Eu não me permito imaginar como é o quarto de Joe.

Dom fecha a porta, mas não sem antes dar um beijo de boa-noite na mãe. Eu me sento na beira da cama e me preparo para a conversa mais estranha da minha vida.

Então, olhe que história engraçada. Sabe o seu irmão? É, o único que você tem. Bom, acontece que nós namoramos barra dormimos juntos barra eu fui tipo, meio que, loucamente apaixonada por ele.

É, não. Essa notícia com certeza precisa sofrer algumas alterações antes de eu falar.

Quando Dom começa a se despir e colocar o pijama, penso se eu deveria contar a ele sem consultar Joe primeiro. É um segredo dele também. Causar problemas entre irmãos é a última coisa que eu quero aqui. Seria a segunda família que eu destruiria. Esse é um talento oculto que eu não queria descobrir.

— E aí? O que você achou? — Dom desliza para baixo das cobertas. É minha vez de me levantar e me preparar para dormir.

— Foi ótimo. Sua família é um amor.

— Eu falei. — Dom apoia o queixo na mão enquanto me assiste tirando o sutiã. Seu olhar percorre a parte de cima do meu corpo, se demorando no meu peito. Ele joga o cobertor para o lado, e capto sua ereção com espasmos por baixo da calça do pijama. Ele quer sexo. Jogo meu sutiã no rosto dele, fingindo rir. — Pode tirar o cavalinho da chuva. Seus pais estão a duas portas daqui.

— Três — corrige ele, acariciando meu pescoço com o nariz. — Por aqui, só banheiros e quartos de hóspedes. O quarto do Seph é o mais perto, mas eu já ouvi ele transando com garotas através dessa parede vezes suficientes para confundir esse lugar com um bordel. O cara teve anos prolíficos na adolescência. É hora de dar o troco. O que você me diz? Me ajude a empatar o jogo.

A náusea toma conta de mim. Parece que ele deu um soco no meu estômago. Pensar em Joe com outras mulheres me magoa como se ainda estivéssemos

125

juntos. Como se os últimos seis anos não tivessem acontecido. Claro, impossível meu namorado atual saber disso.

Coloco um moletom preto com capuz e calça combinando, depois entro na cama. Dom coloca os braços em volta de mim imediatamente. Ele empurra o pau entre nós.

— Ele quer falar oi.

Forço uma risada vazia, beijando os lábios dele.

— A educação diz para eu retribuir o oi. Mas eu estou cansada e apenas tentando processar o dia de hoje. De uma maneira *boa*. — É minha primeira mentira desde que nos conhecemos. Até agora, eu só tinha selecionado que partes da verdade contar. — Podemos deixar para depois?

Ele examina meu rosto por uma fração de segundo, mas é o suficiente para me mostrar que ele sabe que tem alguma coisa errada. Prendo a respiração, esperando que ele diga alguma coisa.

— É claro. Boa noite, gatinha. Eu te amo.

Ele não me pediu explicações. *Ufa.*

— Também te amo.

Durante as cinco horas seguintes, rolo na cama, insone e atormentada, esperando um sinal, uma pista, *um suspiro* de Joe. Alguma coisa que me diga o que ele está pensando, sentindo.

Como todas as minhas orações, essa também não é atendida.

TREZE

A aurora rompe no meio da neblina cinza de Massachusetts por volta de sete e quinze da manhã, inundando o quarto da infância de Dom em tons frios de azul e rosa. A lua se esgueira por trás dos galhos das árvores, sem folhas por causa do inverno. Pela janela, passo longos minutos observando-a se retirar. Sabendo que dormir não vai ser possível, enfio os pés no chinelo de Dom e ando com cuidado até a janela saliente que dá para o jardim dos Graves.

Há muitos seixos, com vasos de flores e hortas em jardineiras de madeira. Há uma mesa redonda de ferro forjado perto da cerca, acompanhada de duas cadeiras, e, próximo a ela, está Joe, fumando um cigarro.

Fico um pouco sem ar ao avistá-lo. Os círculos escuros sob seus olhos me dizem que ele também não dormiu. Aquilo me faz sentir legitimada. Como se minha reação ao que está acontecendo aqui não estivesse sendo exagerada. Parecendo sentir que o estou observando, Joe ergue o olhar e me encara, soprando uma grossa coluna de fumaça de lado. Engulo em seco, esperando pelo seu próximo movimento.

Ele *não* se mexe.

Ele está me desafiando. Posso ver nos seus olhos.

O que você vai fazer com nosso probleminha, Ever?

Um de nós precisa mover a próxima peça no tabuleiro de xadrez. E já que fui eu que desapareci, é melhor que seja eu a tomar a iniciativa. Com cuidado, saio do quarto de Dom e vou para o jardim.

Uma onda de frio atinge o meu rosto quando deslizo pela porta aberta do jardim. Fico parada a uma distância segura dele, como se ele pudesse me morder. Joe abre o maço de cigarros, inclinando um na minha direção.

Balanço a cabeça.

— Eu não fumo.

E você sabe disso, não acrescento.

Ele encolhe os ombros, dando uma tragada no cigarro enquanto fita os últimos vestígios da lua antes de ela se esconder atrás das árvores.

— Então. Seph, hein? — pergunto.

Essa não é a melhor maneira de começar a colocar tudo em pratos limpos, mas eu não sou conhecida pela minha eloquência em tempos de crise.

— Minha família insiste em abreviar Joseph para Seph. — Ele fala de uma maneira prática. Sem ser amigável demais, mas sem ser seco comigo.

— Isso é estranho.

— Culpe meu avô. Esse era o apelido dele. Sou Joe para todas as outras pessoas. Qual a sua desculpa? — Ele se refere ao meu apelido.

— Sou Ever para todo mundo, mas suponho que, quando Dom comentou de mim, ele disse que meu nome era Lynne.

— Você está certa em sua suposição — diz Joe, ainda olhando para o ponto além dos pinheiros.

Decido chamá-lo de Joe. Sei como é ser chamada por um nome de que não se gosta muito.

— Ah. — Esfrego a testa, olhando em volta. — Preciso dizer, estou surtando em silêncio com o que está acontecendo aqui.

— Junte-se à porra do clube. Temos cerveja.

Eu queria que ele simplesmente se virasse e olhasse para mim. Ele está tentando manter distância, e suponho que seja por respeito ao irmão.

O silêncio paira entre nós.

— O que aconteceu com o livro? — pergunto, finalmente.

— Eu cresci, foi isso que aconteceu. — Um sorriso sarcástico se espalha em seus lábios. Seus olhos me varrem rapidamente, lançando um breve olhar antes de ele desviar de volta para a cerca marrom. — Estava na hora de ganhar um salário.

— Ganhar um salário e escrever não são mutuamente exclusivos. Você pode trabalhar e ainda publicar suas obras — digo.

Joe chicoteia a cabeça para o meu lado, sacudindo o cigarro em uma poça lamacenta de gelo derretido. Sai fumaça das suas narinas, e seus olhos se estreitam perigosamente.

— Me conte mais sobre ir atrás do seu sonho, senhorita Fazendo Tours Aleatórios em Salém com Adolescentes Entediados. Telhado de vidro, meu bem. — Ele deixa evidente que não tenho moral para julgá-lo.

Cambaleio para trás com o impacto das suas palavras. Não estou acostumada com essa versão dele. A cruel. Pensando bem, não estou acostumada com ele de maneira nenhuma.

— Como você sabe?

— Dom me contou. O que está fazendo em Salém, afinal?

— Eu não fui para Berkeley. — Ofereço essa informação como uma concessão. Para mostrar que não estou aqui para discutir. Que eu quero explicar.

— Por quê? — pergunta ele.

— Minha mãe morreu. Alguns dias depois de eu voltar da Espanha, na verdade.

Finalmente, ele deixa cair a máscara da indiferença e olha para mim. Olha para mim *pra valer*. Seus olhos estão cheios de coisas que eu quero esmiuçar e mergulhar. Por um segundo, acho que ele vai me abraçar. Mas então ele enfia os punhos no fundo dos bolsos de trás para se impedir de fazer isso, e meu coração se aperta no peito.

— Ah, merda. Sinto muito, Ever.

Ever. Escutar meu nome nos seus lábios de novo faz com que eu deseje me partir em mil pedaços. É a primeira vez que sinto que ele é quem eu me lembro que era. Um garoto que me fez sentir brilhante e magnífica como o sol.

— Obrigada.

— Como foi isso?

— Ela caiu embaixo de um trem. — Engulo em seco com força. — Para me salvar.

Joe fecha os olhos.

— *Merda* duas vezes.

Lágrimas queimam o fundo dos meus olhos. Eu não contei ao Dom como aconteceu. Nem à Nora. Eu não contei a ninguém. É tão íntimo... tão violento...

A determinação de Joe se esvai. A minha também. Nosso corpo explode junto em um abraço desesperado. Do tipo de quebrar os ossos. Dedos se agarrando às roupas, corpos se misturando. Tão forte e protetor que eu nunca mais quero sair dos seus braços. Estremeço ao seu toque. Eu o sinto trêmulo também. Ele afaga a minha nuca. Choro até não ter mais lágrimas. O tempo se evapora na atmosfera. Então eu me lembro de que seu ombro não é meu para chorar.

Afastando-me, eu o absorvo. Agora eu sei por que me senti atraída por Dom quando o vi pela primeira vez. Os dois irmãos têm os mesmos olhos. Azuis, cintilantes, com pontos cinza.

Nem eu nem ele mencionamos que parei de responder as suas mensagens e ligações. Que eu desapareci por completo. Imagino que ele vá somar dois mais dois.

— Estou feliz que você esteja bem. Vivo e a salvo. Eu ficava pensando nisso, sabe — falo com a voz rouca. O rosto dele se endurece de novo quando ele se lembra de como nós cortamos relações de repente. Ele dá um passo para trás, deixando um espaço entre nós. — Desculpe por…

— Não — diz ele, me interrompendo. — Tinha muita coisa acontecendo com você. E foi melhor assim. Nós éramos crianças. Deixamos nossos hormônios falarem mais alto. Você pulou fora primeiro. Não é culpa sua. Foi bem ruim na época, mas eu superei. Já sou bem grandinho.

A fala dele me parte ao meio, embora eu saiba que não deveria. A culpa me consome. Eu me sinto péssima que Joe tenha que ver seu irmão e a mim juntos. Mas também me sinto péssima que Dom, sem saber, tenha se metido nessa confusão.

— Eu estou feliz com Dom — falo baixinho. Talvez *feliz* não seja a palavra certa. Eu não sou feliz há muito tempo. Mas existir é menos doloroso quando Dom está por perto.

— Ótimo — ele diz, com naturalidade. — Isso é ótimo. Dom é um cara decente. Ele tem o coração bom e é responsável e, bem, é o mais bonito, vamos falar a verdade.

Minhas narinas se inflam. Por que ele tem que ser assim?

Assim como? Leal ao irmão e esteja se recusando a se atirar em você?

— Olhe, não é culpa de ninguém que as coisas aconteceram dessa maneira. — Eu não sei por que estou falando isso. Ele sabe. Ele sabe que tudo é uma terrível coincidência.

— Não. Agora que sei por que você desapareceu, não posso te culpar. Mas mesmo se você não tivesse uma boa razão, pouco me afetou. — Um sorriso torto e divertido surge nos lábios dele. Quero morrer. Sumir. — Foi uma surpresa, só isso. Mas vamos agir como adultos, para que ninguém se machuque.

— Bem. Acho que precisamos contar a ele o que aconteceu… — digo.

— Ah, Ever. Por favor. — Joe joga a cabeça para trás e ri. — Eu aprecio seus valores morais, mas não tem nada para contar. Nós *trepamos*.

A maneira como ele fala *trepamos* me faz querer dar um tapa nele. Não acredito que foi só isso que tenha rolado entre nós. Não acredito que *ele* acredite que foi só isso que tenha rolado entre nós. Mas quais são as minhas opções? Convencê-lo de que o que tivemos foi bom e real? Para quê? Não é como se pudéssemos voltar atrás. Não vai haver segunda chance para nós. Sem possibilidade de explicar. De consertar. De curar.

— Você não ia querer saber se estivesse no lugar dele? — pergunto.

Joe faz uma expressão *Você está brincando?*. A boa notícia é que alguma coisa finalmente penetrou na sua indiferença.

— Não. Eu ficaria puto se ele me contasse uma história dessas. Se eu estivesse apaixonado por alguém que Dom comeu um dia sob a lua cheia, e ele esfregasse isso na minha cara, eu quebraria o nariz dele. Duas vezes. A ignorância é uma benção.

A ignorância é uma benção é o anticristo do que ele me disse na noite em que estivemos juntos: *conhecimento é poder.* Joe obviamente teve uma virada de cento e oitenta graus no tempo em que ficamos afastados.

Escutá-lo falar isso é pura agonia. Não só porque ressalta como Dom gosta profundamente de mim, mas também porque me faz lembrar que Joe não sente mais *nada* por mim.

— É moralmente dúbio. — Cruzo os braços.

— *Tudo* nessa situação é moralmente fodida. Eu sei disso, você também sabe. Vamos simplesmente manter distância um do outro e fingir que a Espanha nunca aconteceu — ele fala com amargura. — Eu ainda preciso assimilar isso. Me prometa que não vai contar nada pra ele.

Eu me sinto em um dilema. Posso ver que Joe quer proteger o irmão. Eu também quero. Mas a mentira recai pesada no meu peito.

Joe examina meu rosto com insistência, implorando pela minha confirmação.

Eu cedo e aquiesço. Isso é o mínimo que eu posso fazer.

— Está bem. Sim. Eu prometo.

Ele se inclina para a frente e pressiona os lábios frios na minha testa. Fecho os olhos.

— Obrigado — sussurra ele.

Antes que eu possa responder, Joe dispara em direção à porta, a empurra para abrir e desaparece, me deixando em uma nuvem de fumaça de cigarro.

Pela primeira vez em seis anos, meu coração se rompe.

E deixa vazar toda aquela dor escura e pegajosa.

QUATORZE

O dia do Natal vem e vai sem percalços. Joe e eu somos impecáveis na arte de ignorar um ao outro, mas ainda assim nos olhamos intensamente ao longo do dia. Arrumamos algumas variedades de olhares até agora. O do tipo *Isso é tão doido, não é?*, assim como a encarada *O que nós fizemos para merecer isso?*. Quando ele me lança o olhar *Eu sei que ele não é o cara certo*; consigo ver no seu rosto, fico quase tentada a lhe retribuir com uma encarada *A propósito, seu irmão é muito bom de cama*.

Fico surpresa que ninguém comenta o quanto nós nos fitamos. Nenhum dos dois está se esforçando para esconder o que está acontecendo. E quando Gemma pergunta se Joe e eu podemos ajudar a arrumar a cozinha, enquanto todos os outros estão na tarefa da sala de jantar, eu lavo a louça e ele seca, só o que fazemos é sussurrar alto.

— Você está sendo óbvio — murmuro para ele.

— Esse não é o maior pecado de todos. Eu podia ser mau, amargo, estourado...

— Odeio que isso esteja acontecendo — resmungo, lhe entregando um prato pingando.

— Sabe... — Ele passa uma toalha no prato. — Por mais estranho que pareça, eu odiava mais quando *isso* não estava acontecendo.

Isso significa que ele está feliz em me ver? Que ele ainda se importa? Não ouso perguntar. É uma pergunta injusta para fazer a ele, e com consequências devastadoras para mim.

Na manhã seguinte, Dom e eu fazemos as malas, nos despedimos e saímos. No caminho de casa, penso na minha conversa com Joe e decido que ele não está errado. Contar a Dom o que aconteceu entre nós não traria nada além de mágoa. É provável que Dom não terminasse comigo, mas ele sempre saberia, e isso *sempre* o assombraria.

Ele nos imaginaria nos beijando, nos contorcendo, gemendo, nos agarrando.

Quando volto para casa, o apartamento está vazio. É melhor assim. Eu ainda tenho que digerir a conversa de Nora e Colt sobre mim. Preciso falar para eles que estou bem. Que eles podem ir morar juntos. Que ela pode *sair*. Eu não estou nada sozinha. Mas a verdade é que tudo o que tenho é Dom, e até mesmo isso parece um grande ponto de interrogação no momento.

O tempo demora a passar durante o dia todo. Dom está de plantão no hospital e eu me vejo caminhando de um lado para o outro no meu quarto. Meus pensamentos giram em torno de Joe, mas digo a mim mesma que é natural. É apenas o choque. Vai passar. Dom é a minha realidade. Ele é o homem que eu amo.

Quero provar que Joe está errado sobre mim, e nem sei por quê.

Acometida por um desejo inexplicável de fazer alguma coisa com as mãos, pego a caixa de "vai-se-foder" que meu pai me mandou e despejo o conteúdo no edredom. Lá está uma câmera velha, que minha mãe me deu quando eu era pré-adolescente e me interessei por fotografia, e os rascunhos das lápides que desenhei. Estão também fotos em polaroid da minha mãe e de mim na galeria dela. Fotos do nosso passeio em Alcatraz e tomando sorvete na Union Square, atravessando a Ponte Golden Gate de bicicleta, e andando de bonde. Minha mãe sempre dizia que era uma tristeza enorme que as pessoas da cidade grande nunca a viam com os olhos de turistas. Adorávamos fazer coisas bregas nos nossos fins de semana livres, quando Renn e meu pai estavam ocupados pegando onda.

Sinto tanta saudade da minha mãe que não consigo respirar. Desabo no edredom, perto de todas as lembranças dela, e choro. Uma vez que minhas lágrimas começam a transbordar, as lembranças também transbordam. Mas em toda essa dor, há também uma semente de esperança. Eu me lembro de quem eu sou, e mais importante — quem eu posso me tornar.

— Vou deixar você orgulhosa, Barbie Lawson — murmuro, enfiando meus pés nas botas. Desço correndo a escada e saio na chuva torrencial até a papelaria mais próxima, abro a porta com força, como uma mulher possuída. Compro um caderno de desenho, lápis — extrapolo com um kit de trinta e cinco peças, com carvão e giz pastel — e uma cortiça com algumas tachinhas. Em seguida, traço uma linha reta até em casa, preparo uma xícara de chá verde, como minha mãe e eu costumávamos beber, e pela primeira vez em seis anos, faço uma coisa que me deixa feliz.

Desenho uma lápide.

Para a minha mãe.

*　　*　　*

No dia seguinte, quando Nora chega em casa, eu conto todo o desastre "Joe é Seph".

— Peraí. Peraí, peraí, peraí, peraí, peraí. — Nora balança a mão freneticamente na frente do meu rosto. Estamos no sofá. Loki está no meu colo, ronronando como uma máquina de lavar quebrada. Tenho cinquenta e cinco por cento de certeza de que minha amiga ou está bêbada ou completamente de ressaca e não está em condições de digerir de jeito nenhum toda a informação que eu acabei de jogar em cima dela. Ela fica segurando a cabeça sem parar, provavelmente para impedir que exploda.

— Você está me dizendo que o misterioso irmão Graves, Seph, na verdade é o Joe? O *seu* Joe? E que ele morava em Salém esse tempo todo?

Confirmo com a cabeça, observando de perto sua reação.

— Droga, Ever! Você é tão azarada!

Não gosto da reação dela. E está tudo bem. Nora está autorizada a dizer o que passar na sua cabeça. Fui eu que lhe contei a história toda. Mas não consigo não sentir saudade de Pippa. Pippa tem um talento para sempre saber o que dizer. Ela saberia o que fazer. Ela assumiria o comando e me daria uma análise profunda, seguida por instruções passo a passo de como proceder. Mas eu cortei todos os laços com ela depois que minha mãe morreu. Não que ela tivesse qualquer coisa a ver com isso. Eu estava envergonhada demais, constrangida demais, indigna demais para manter contato com ela.

— Tudo bem, desculpe, isso foi totalmente insensível. — Nora dá tapinhas reconfortantes no meu ombro. — O que eu quis dizer é que, por mais que eu esteja impressionada pela maneira como vocês se encontraram depois de todos esses anos, tenho certeza de que você sabe que não pode ficar com ele, não é? Com o Joe, quero dizer.

Ela me olha fixamente para garantir que eu não estou tendo nenhuma ideia maluca.

Olho de soslaio para ela e dou uma risada.

— Claro que não. Você acha que eu sou doida?

— *Ufa.* — Nora limpa um suor imaginário da testa. — Porque você *precisa* ficar com o Dom. Quer dizer, qualquer garota seria sortuda de ter o Dom, mas vocês dois parecem combinar especialmente bem. Ele te entende. Vocês se completam.

O problema de escutar o conselho de Nora é que não tenho mais certeza se a intenção dela é melhorar a minha vida ou a dela própria. Eu sei como seria conveniente se Dom me chamasse para morar com ele amanhã de manhã. O que ele talvez faça, pela maneira como as coisas estão indo.

— É que... às vezes, eu fico pensando, sabe... — Jogo para fora, para o universo.

— Fica pensando no quê? — Ela inclina a cabeça.

— No Dom e em mim. Se realmente combinamos tão bem assim, ou se é só porque somos tão... — Desesperados para amar alguém. *Qualquer pessoa.* Preciso de Dom porque ele preenche a minha vida, então amá-lo é fácil. Ele é minha tábua de salvação. Quanto ao fato de ele ter me escolhido, ainda não tenho totalmente certeza do motivo.

— *Claro* que vocês combinam muito bem. Você acha que eu não penso em outros caras de vez em quando? É claro que eu penso. O tempo todo. Mas no fim das contas, Colt é tudo o que eu preciso.

Sim, quero dizer. *Mas este é o lance com os relacionamentos. As experiências podem variar.*

— Não sei se ele é a pessoa certa — digo, porque é a verdade genuína. Principalmente agora.

— Bom, você ama ele? — pergunta Nora.

— Sim, claro.

— E o sexo é bom?

— O sexo é *maravilhoso.*

— Você acha que ele vai ser um bom pai? — Nora dispara suas perguntas em velocidade incrível.

— Dom? Ele vai ser perfeito. O tipo de pai que é o técnico de beisebol do time do filho.

— Então pronto. Ele é a pessoa certa. Veredito final.

Eu não acho que seja tão simples, mas tenho a sensação de que Nora e eu vamos ficar em círculos para sempre se eu continuar questionando meus sentimentos. Ela está firme no Time Dover (Dom e Ever). Loki salta do meu colo, indo para seu pote. Nora suspira de forma sonhadora.

— O que foi? — Olho para ela mais de perto agora, percebendo pela primeira vez que ela não está bêbada ou de ressaca. Ela está *radiante.* Seu sorriso está grande o suficiente para caber uma banana. Horizontalmente.

— Nada. Nada mesmo. — Ela balança a mão no meu rosto de novo, pela sexta vez desde que passou pela porta, na verdade, e finalmente eu enxergo. O grande, brilhante, reluzente anel de diamante cintilando no seu dedo anelar.

Solto um grito de furar os tímpanos, e nós duas pulamos no sofá em sincronia, de mãos dadas. As palavras voam no ar como confete: *Ai, meu deus* e *Me mostre esse anel de novo* e *Você vai ser uma noiva perfeita* e *Como foi que ele fez o pedido?*

Ficamos dez minutos chorando, e nos abraçando, e suspirando com o diamante imenso que Colt escolheu para ela. Ela me conta que foi no Natal. Que ela começou a abrir todos os seus presentes e Colt disse para ela abrir o menor por último. Os pais dela filmaram tudo. E, como resultado, ela e Colt agora estão viralizando no TikTok. Então ela me mostra o vídeo de Colt se ajoelhando enquanto a mãe dela grita no fundo.

— Costas retas, Nora!

E eu choro e rio tudo de novo, porque estou feliz, tão feliz por ela, e porque quero esse tipo de estabilidade na minha vida também.

Uma vozinha me lembra que eu posso, de fato, ter. Posso escolher a perfeição. Tudo o que eu preciso fazer é virar as costas para uma noite na Espanha.

Hashtag Melhor Casal Do Mundo.

QUINZE

Dois dias depois, estou cozinhando para Dom na casa dele. Faço minha melhor (e única) receita. Macarrão com um molho pré-pronto de supermercado e coxas de galinha fritas cobertas com farinha de rosca. Dom deu muitos plantões duplos essa semana para cobrir umas pessoas que prolongaram o feriado do Natal. Como não fizemos sexo na casa dos pais dele naquele dia, faz uma semana desde que transamos. Sinceramente, eu não sei se *quero* transar com ele por agora. Ainda estou confusa com meus sentimentos.

Detesto esconder um segredo dele. É por isso que estou tentando compensar sendo a namorada que ele merece. E também, sei que o tempo está correndo e que Nora está a um suspiro de me dizer que está se mudando. Ela *deveria* se mudar. Já arruinei vidas o suficiente na minha curta existência.

Já fiz algumas contas, e consigo alugar o apartamento sozinha. Provavelmente é melhor que eu fique sozinha por pelo menos um ano. Não consigo me ver dando grandes passos com o Dom, com tudo o que está acontecendo.

— A comida está maravilhosa, gatinha — geme Dom enquanto morde uma coxa.

Minha mãe sempre dizia que dá para conhecer um homem muito bem pela maneira como ele come frango frito, e Dom é um selvagem nesse quesito. Ele lambe os dedos e separa a carne do osso, rasgando as partes meio duras com os dentes. Escorre óleo pelo seu queixo. Ele é assim durante o sexo também. Voraz, e bruto, e *real*. Contudo, em todas as outras áreas da vida, ele é doce, agradável, quase plácido; as suas duas versões coexistem, mas não consigo evitar de suspeitar que ele é mais uma do que a outra. O que me incomoda é que eu não sei qual parte é real e qual parte é só exibição.

Depois que Dom termina de comer, limpo a mesa, lavo a louça e massageio seus pés enquanto assistimos a um filme adaptado de um livro que ele esqueceu de ler para o seu clube do livro. Estamos na cama dele. Em algum momento, um brinco meu some, e me agacho para procurar no chão. Dom pausa o filme e me ajuda. Ele balança o cobertor e os travesseiros. Tateia o corredor, esquadrinhando o chão. Ele está no final do corredor quando meus dedos tocam em um colar fino de ouro embaixo da cama. Pego. Ele escorrega entre meus dedos, brilhando. Tem a letra S.

Sally?

Sonya?

Safada?

— Dom? — chamo, inclinando o a joia para um lado e para o outro, observando como brilha sob o feixe de luz de sol jorrando através das venezianas.

Ele caminha até o quarto.

— Oi, gatinha.

Em silêncio, levanto o colar de ouro entre nós, esperando uma explicação. Ele estende o braço e o pega entre os dedos, franzindo a testa.

— Opa.

— De fato — digo. — Pode explicar?

Meu coração está na garganta. Percebo que essa é minha saída. Se Dom me traiu, posso virar as costas. Ir embora. Sem me sentir culpada por isso… e depois? Ficar com o Joe? *Ah, oi, então, seu irmão e eu terminamos, e eu estava pensando se você quer recuperar o tempo perdido?*

Afinal que pensamentos são esses agora? Eu não *quero* terminar com Dom. Eu o amo. Ele é meu porto seguro.

Dom me devolve o colar, mexendo no seu cabelo perfeito.

— Foi antes de ficarmos juntos. Muito antes. O nome dela era Sierra. Foi um encontro. De aplicativo de namoro. Eu não costumo fazer isso, mas eu tinha perdido um paciente e estava me sentindo muito mal. Obviamente, fiz exames depois. Lavei os lençóis quinhentas vezes. *Fervi* eles. A faxineira não deve ter limpado embaixo da cama. Vou falar com ela amanhã.

Embora Dom não tenha feito nada errado (oficialmente, pelo menos), ainda me sinto um pouco desanimada pelo colar e pela explicação dele. Também sinto uma estranha sensação de decepção em saber que não foi uma traição. Isso significa que ele é perfeito, afinal. E a perfeição, como todos sabemos, é onde não há espaço para crescer.

— O que foi, não acredita em mim? — Ele parece chocado e magoado.

— Não, eu acredito. Claro que eu acredito. — Eu me vejo me desculpando. Agora eu me sinto mal. — Foi só… uma surpresa.

Dom tira o colar da minha mão, depois faz uma cena jogando-o na lata de lixo. Ele limpa as mãos em um movimento de se livrar daquilo.

— Pronto. Resolvido. Agora vamos seguir em frente, por favor. Isso foi antes de eu saber da sua existência. Antes de eu me tornar seu índice de setenta e seis por cento de chance de se casar. Você é um divisor de águas, Lynne.

— Por falar nisso. — Abro um sorriso, repetindo na cabeça *Está tudo bem, está tudo bem, está tudo bem.* — Supostamente estávamos contando as chances de nós *não* nos casarmos. Você mudou as regras.

Ele engancha o dedo em volta da gola da minha camisa e me puxa para um beijo selvagem.

— Talvez eu goste de um jogo sujo.

— Eu gosto de mente suja.

Esqueço totalmente meu brinco sumido, e o filme, e de repente os dentes dele estão roçando na lateral da minha mandíbula, mordiscando suavemente e descendo para os meus seios. Em seguida, ele para, se lembrando de uma coisa.

— Você ligou para as pessoas do curso de caligrafia?

Meu velho amigo, o medo, aparece para uma visita. Eu sinto como se tivesse uma lista de tarefas e que esteja falhando miseravelmente em executá-las.

— Não. Mas eu vou, em fevereiro. Janeiro é sempre um mês movimentado para mim. Tours todo dia. Inventário na loja. Eu não consegui encontrar tempo nem para entrar em um avião e ver minha família. — Essa é a minha versão da verdade, e é nebulosa. Tecnicamente, eu não fui convidada para ir lá depois do Natal. — E estou pegando mais turnos na loja, agora que Nora está noiva e pode se mudar a qualquer minuto.

Tudo isso e mais um pouco, ouço a voz da minha mãe rindo na minha cabeça. *Você deu a ele todos as desculpas no planeta Terra para não querer ir a esse curso, menos a verdade: que você não está nem um pouco interessada!*

— Você sabe que pode se mudar para cá a hora que quiser — diz ele. — Estou falando sério, Loki já deu a dica de que ficaria feliz.

— Obrigada pelo convite. Mas não quero que nenhum de nós se sinta pressionado.

— Eu não me sinto pressionado. *Você* se sente pressionada? — pergunta Dom.

Não sei como responder a essa pergunta. Quer dizer... sim? Não? Às vezes?

— Não — digo, finalmente, porque não é culpa dele que estou completamente confusa e obcecada pelo seu irmão mais novo.

— Está combinado, então. Quando Nora se mudar, você vem morar comigo.

— Vamos guardar essa conversa para depois — sugiro.

Dom abre uma gaveta imaginária.

— Tudo bem, mas eu não vou esquecer. Você não precisa mais ficar sozinha. Eu estou aqui para ajudar, gatinha.

Alguma coisa entre agradecimento e ansiedade se agita no meu peito. Eu me inclino para beijá-lo. Com sua mão pressionada contra a base da minha coluna, ele se deita e me puxa para cima dele na cama. Ele coloca minhas coxas em cada lado da sua cintura e me empurra para baixo, tomando controle. Eu não consigo mais adiar o inevitável. Ele estende a mão por baixo da minha saia e arrasta a calcinha para o lado, o polegar roçando na minha entrada. Estou completamente molhada. Mesmo que meu cérebro não esteja tão certo quanto a Dom, meu corpo não tem dúvidas. Estou envergonhada e perturbada e, acima de tudo, confusa.

Ele olha para mim languidamente, com os olhos entreabertos.

— Quero fazer amor com você — diz Dom.

E não posso negar isso a ele. É o que devíamos estar fazendo. Somos um casal jovem e feliz no auge do nosso relacionamento. Vou superar o Joe. Agora que ele não é mais uma lembrança romântica e esmaecida, mas uma pessoa real, sempre ao alcance, o brilho da sua potência vai diminuir.

— Eu... — começo a falar, mas ele já está dentro de mim. Ainda totalmente vestido, depois de puxar a calça de moletom para baixo.

Arfo de surpresa, enterrando meus dedos nos ombros dele e recuando. Dom agarra minha bunda e me empurra por cima da sua ereção, me preenchendo profundamente, por inteiro.

— Ahhhh. — Jogo a cabeça para trás, o prazer tão intenso, tão viciante.

É bom, mas também é diferente. Durante o tempo todo em que transamos, eu me sinto desconectada. Como se eu estivesse flutuando, pairando, sem estar presente na situação. Parece quase masturbação. Nós dois gozamos. Quando Dom cai do meu lado, exausto e suado, percebo que não nos beijamos durante todo o tempo em que estávamos fazendo sexo.

Ele pega uma mecha do meu cabelo e enrola no seu indicador.

— Ah, quase esqueci.

— Hum? — Dou um sorriso para ele, me sentindo uma boneca de porcelana. Preciosa, frágil e totalmente vazia. Posso sentir o eco de cada uma das batidas do meu coração.

— Seph sugeriu de almoçarmos juntos em algum momento essa semana. Aparentemente, ele está se sentindo mal por não ter dado muita atenção a você no Natal.

Eu me esqueço de respirar. Ou, pelo menos, de respirar corretamente. Estou arfando.

— O que acha? — pergunta ele.

Dom não tem como saber o que eu acho. Nem *eu* sei o que eu acho. Ainda assim seu ombro está tenso contra o meu, seu corpo inteiro se preparando para algum tipo de golpe.

Não consigo parar de pensar no seu irmão. Nunca parei de pensar nele. Odeio isso. Odeio que nunca consigo fazer uma boa escolha na minha vida.

Eu me inclino para pegar seu lábio inferior com os dentes, chupando-os na minha boca.

— Ele não tem que fazer isso. Eu não sou queijo quente. Nem todo mundo precisa gostar de mim.

— Você é totalmente queijo quente, Lynne. — Dom se afasta do nosso beijo, parecendo sério, determinado e... triste, talvez? Mas por quê? — Na verdade, você é um donut com glacê perfeito. Exatamente como o que você me manda todas as manhãs.

Quase todas as manhãs. Eu ainda mantenho minha Promessa de Namorada para ele.

— Então o que eu devo dizer a ele? — Dom me olha com curiosidade.

Ele está desconfiando de alguma coisa? De jeito nenhum. Ele diria alguma coisa, com certeza.

A resposta, definitivamente, é *Nem pensar.* Não confio em mim mesma perto do Joe. E o principal motivo é que não quero ficar sozinha com os dois irmãos, enfiada entre meu "quase para sempre" e "talvez futuro marido". Para falar a verdade, não sei por que Joe resolveu sugerir isso. Talvez ele queira provar alguma coisa, me mostrar que está comprometido com sua encenação de apoiar o irmão.

Ou talvez não seja uma encenação. Talvez ele *esteja* fazendo isso pelo Dom. Nesse caso, ele é certamente mais digno do que eu, porque não estou querendo me sujeitar a esse tipo de inferno emocional.

De qualquer modo, não sei qual é a resposta correta. Não sei se Dom quer que eu faça um esforço ou não. No momento, ele parece um pouco incerto sobre tudo. Então tento sondar.

— Vou olhar minha agenda dessa semana e falo com você, tá? — Passo a mão no peito dele.

Ele me fita por um tempo antes de segurar minha mão e beijá-la.

— Posso falar para ele isso que acabou de me dizer. Que você está tendo um mês movimentado. Ele vai entender.

Parece que Dom também não está ansioso para um encontro a três. De repente, me ocorre que talvez ele saiba mais do que está deixando transparecer.

Ele pode ter me visto com Joe no jardim. Quando caímos um nos braços do outro e o mundo inteiro se derreteu à nossa volta. A ideia de que ele saiba algo faz meu peito doer.

— Você é o máximo. — Ofereço a ele meu dedo mindinho. — Eu te digo quando meus horários estiverem um pouco mais tranquilos. Fechado?

Ele enrola seu dedo mindinho no meu.

— Fechado.

— Eu te amo, Dom.

— Eu também te amo, gatinha.

E ele deve amar mesmo, porque, embora nós não consigamos achar meu brinco, logo no dia seguinte, ele me surpreende no trabalho com um novo par de brincos. Diamantes solitários.

Perfeitos. Assim como ele.

*　　*　　*

Já faz uma semana desde a última vez em que vi Joe na casa dos pais dele. O Ano Novo chegou e foi embora em um turbilhão de uma festa em casa, um beijo apressado à meia-noite, uma promessa vazia do que vem esse ano.

A presença de Joe permanece, encharcando as calçadas, ensopando o ar. Salém de repente é exclusivamente território do Joe. É como saber que estamos hospedados no mesmo hotel que uma celebridade.

Eu me vejo captando um sopro do cheiro dele no elevador a caminho do apartamento de Dom. Avisto homens altos de cabelo escuro o tempo todo, imaginando que é ele. Joe preenche os meus dias, quando não consigo parar de pensar nele. E minhas noites também, quando ele desliza para dentro dos meus sonhos.

Continuo minha vida. Sorrio, faço compras, faço carinho na barriga do Loki e subo em palanques invisíveis na Essex Street em noites estreladas e geladas.

Noites como esta.

— Boa noite a todos e bem-vindos ao Tour Noturno de Salém. Meu nome é Everlynne e serei sua guia. Eu sei que pareço uma bruxa. E, bem… é porque eu sou. — Eu me curvo profundamente na minha capa preta, soltando meu texto ensaiado de sempre.

Câmeras de telefone pipocam. Adolescentes dão risadinhas. É deprimente. Como a rotina suga a magia de tudo. Até de um trabalho legal como o meu.

Endireito minha coluna, e então eu o vejo. Congelo. As palavras murcham e rolam de volta para dentro da minha boca.

Joe está parado bem na minha frente, a multidão de turistas como pano de fundo.

Calça jeans Levi's surrada. Sobretudo gasto que grita roqueiro britânico misterioso. Olhos celestiais que examinam minhas roupas, e minha pele, e toda a baboseira de bruxa. E aquele rosto. O rosto que parece meu lar.

O olhar dele é como uma flecha venenosa direto no meu coração. Todos os olhos estão em mim. Esperando. Avaliando. Estudando.

O que ele está fazendo? Mais especificamente, o que ele está fazendo *aqui*? Nós não decidimos não procurar um ao outro? Eu cumpri minha parte do acordo. Por que ele não cumpriu a dele? E por que há uma parte de mim — e não é uma parte pequena — que está feliz e aliviada ao vê-lo?

Dou um passo na direção dele. Meus joelhos estão fracos. Não confio na minha habilidade de completar uma simples frase de três palavras. Ainda assim, de alguma forma, eu completo.

— Somente com ingresso.

Eu não o quero aqui. Na minha esfera, no meu mundo, nos meus *ossos*.

Joe levanta um ingresso amassado, que eu reconheço como verdadeiro. Ele deve ter comprado on-line. Seu rosto é ilegível e impassível. Achei que ele quisesse ficar afastado.

— V-você comprou ingresso?

— Seria falta de educação entrar de penetra sem ingresso — confirma ele.

— Por quê?

— Porque você não deveria trabalhar de graça?

— Você sabe o que eu quero dizer — disparo.

Suas narinas se inflam, e ele desvia os olhos para seus tênis.

— Porque eu acho que estávamos em estado de choque para lidar com as coisas no Natal, e tem mais palavras para serem ditas.

É uma razão válida, mas não acredito nele. Eu *sei* que ele está aqui pelo mesmo motivo pelo qual eu não consigo suportar a ideia de passar um tempo com ele: a conexão entre nós dois é surreal.

— Podia ter tentado entrar em contato em vez de aparecer sem avisar — digo irritada.

Não confio em mim mesma para ter uma conversa em particular com ele.

— Você teria se esquivado — ele fala sem rodeios. — Eu te assusto, e nós dois sabemos disso.

— Vai se foder, Joe.

Ele não tem o direito de me desafiar.

Seus lábios esboçam um sorriso amargo.

— Já fiz isso. Foi isso que nos trouxe a essa bagunça toda.

Giro o pulso e checo as horas. Só se passaram cinco minutos desde o início do tour, faltam oitenta e cinco.

— Você está bem? — Uma mulher dá um passo à frente, colocando a mão no meu ombro. — Você parece pálida.

Lanço um sorriso para ela.

— Estou. Claro. Então... — Bato as mãos, voltando ao centro do grupo, determinada a sobreviver a esta noite. — Bom, meus queridos amigos mórbidos. Vamos cobrir uma parte da história de Salém, incluindo a histeria da caça às bruxas em 1692. Vamos falar de assassinatos, fantasmas, maldições, guerra civil. Toda essa coisa divertida!

Todos riem.

Todos menos *ele*.

*   *   *

A próxima hora e meia é pura tortura. Finjo que Joe não existe, embora o mundo pareça ter se redimensionado em volta dele. Estou totalmente ciente de tudo que sai da minha boca. Não me desvio do roteiro nem faço piadas. Estou em um caminho com campo minado, andando na ponta dos pés por segurança.

Finalmente, uma hora e meia se passa, mesmo parecendo seis dias. Faço um resumo do tour, como sempre.

— Duas garotas malcomportadas que foram mal diagnosticadas por um médico como estando sob o domínio do diabo começaram a ter reações de loucura. Dividiram uma comunidade. Plantaram sementes de ódio em cada coração nas colônias. Mas tenham certeza de uma coisa: não foi culpa das garotas. Ainda temos um longo caminho a percorrer no que diz respeito à união, e qual a melhor maneira de começar? Com nós mesmos e nossos próprios preconceitos.

As pessoas aplaudem. Eu fico para trás para responder algumas perguntas. Joe permanece por perto, apoiado em um poste, a luz da tela do seu telefone iluminando os ângulos esculpidos do seu rosto. Ele está me esperando, e uma mistura de animação, enjoo e medo me invade.

Ele é tão lindo, tão vivo, tão *real*, que sua mera presença aqui me tira do eixo.

Depois que os últimos turistas vão embora, caminho na direção dele. Ficamos parados um de frente para o outro como dois idiotas bêbados se preparando para um duelo.

Cruzo os braços.

— O que aconteceu com ficar longe um do outro?

Joe dá uma batidinha no fundo do seu maço de Lucky Strike. Um cigarro salta na abertura. Ele levanta o maço e coloca o cigarro entre os dentes, depois o acende despreocupado.

— Isso não é uma visita.

Por dentro, rio da minha versão jovem. Aquela que se apaixonou por ele. Ele é tão clichê de *garoto rebelde*. Só que eu sei que, no caso de Joe, ele é verdadeiro. Não há traços de personalidade escondidos, nem letras miúdas. Se eu tivesse que adivinhar como ele come frango frito, eu diria que ele o destroça, assim como todo o resto que ele toca. Ele é uma tempestade, e eu sou um raio, e sempre que nos encontramos, há caos.

— É. Estou ciente disso. Sobre o que você quer falar?

— Aqui não. — Ele balança a cabeça. — Na sua casa?

— Rá! Você não deveria nem sugerir isso…

— Bom, qual a alternativa? — Ele ergue uma sobrancelha. — Se formos para a minha, Dom pode nos pegar.

— Eu também não vou para a sua casa.

Pego a minha mochila e começo a me encaminhar para o meu carro. Ele me acompanha. Na verdade, ele anda tão rápido, suas pernas são tão compridas, que parece que eu o estou desacelerando.

— Se você quer falar sobre a ideia de nos encontrarmos, eu não consigo um almoço de nós três juntos, Joe. Tenho muito trabalho esse mês. Considere a questão resolvida, terminada e lide com isso. E vou respeitar sua vontade e não vou contar nada ao Dom sobre nós. Mas, por favor, não me faça brincar de sua amiguinha. — *Dói demais*, penso, mas não acrescento.

Cada palavra parece uma bala de revólver na minha boca. Posso sentir o gosto metálico roçando nas minhas gengivas. Abro a porta do motorista com vigor. Ele segura a porta por trás de mim e a fecha com força. Seu corpo está tão perto do meu que irradia calor. Eu me viro, estreitando os olhos para ele.

— Se afaste ou vou dar um chute no seu saco.

Devagar — me provocando — Joe dá um pequeno passo para trás, ainda perto o suficiente para eu senti-lo inteiro.

— Ever — ele fala com a voz rouca.

Fecho os olhos. Meu deus, eu estou tão ferrada. Só o meu nome nos seus lábios já me faz derreter por dentro. Estou tentando o máximo que consigo, mas é inútil.

— Não — respondo, sem escutar o resto.

Não posso fazer isso com o Dom. Não posso fazer isso comigo mesma. Já alcancei minha cota de culpa para essa existência.

Os dedos de Joe se curvam em volta da minha clavícula. Resisto à vontade de desabar no seu peito e chorar. A sensação é tão boa. É tão certo ser tocada por ele. Tento pensar se é apropriado ou não. O toque dele. Está em algum lugar entre um aperto no ombro e um carinho terno. Mas eu estou tão confusa que não consigo distinguir.

— Abra os olhos. Olhe para mim.

Abro. Nós nos encaramos.

— Relaxe. Eu não vou te beijar — ele me tranquiliza, demonstrando uma grande satisfação na voz, provavelmente por saber que pode. Ele sabe que eu não conseguiria afastá-lo.

— Eu não tenho medo de você. — Estreito os olhos.

— É mesmo? — Ele parece achar graça, da sua maneira sombria e impassível. — Talvez você devesse, baseado na sua reação a mim.

— Por que você *está* aqui? — pergunto pela milésima vez.

Ele joga o cigarro na calçada.

— Depois do Natal… não sei o que aconteceu. Não tenho certeza de *como* aconteceu. Mas, de repente, pela primeira vez em seis anos, eu comecei…

— A escrever. — Termino a frase para ele. Seus olhos se arregalam um pouco, mas ele se mantém em controle. Não é digno do grande Joe Graves demonstrar emoções.

Aquiesço, me sentindo ainda mais deprimida do que eu já estava.

— Eu comecei a desenhar depois de te encontrar. Pela primeira vez, também.

Parece que paramos de criar ao mesmo tempo. Como se, quando nos despedimos, tivéssemos tirado a inspiração um do outro, mantendo-a refém. Entendo o que é isso agora. Uma situação de permuta. *Me dê meu talento de volta e eu devolvo o seu.* Joe não me quer. Ele só quer o que eu posso lhe dar. Sua inspiração de volta.

— O que acha que isso significa? — ele resmunga, parecendo perturbado.

Encolho os ombros, tentando ignorar o fato de que a mão dele *ainda* está no meu pescoço.

— Não sei. Que inspiramos um ao outro?

— É mais do que isso — ele diz, lacônico.

— Que somos a musa inspiradora um do outro — corrijo.

— Sim. — Ele aquiesce, meio aliviado, meio furioso. — O que é uma merda.

— Isso não muda o fato. — Apoio um pé no carro. — Mas não importa. Precisamos pensar no Dom.

No lindo e doce Dom. Que me chamou para morar com ele. Meu maior apoiador. O homem que gostou de mim antes de eu mesma aprender a gostar de mim.

— O que você está sugerindo? Desistir da nossa arte? Virar as costas para a nossa chance de criar? — Joe parece horrorizado. Como se nós dois tivéssemos uma missão gigante que requer um sacrifício. Talvez seja isso mesmo. Quando eu parei de acreditar em mim mesma?

No dia em que minha mãe morreu. No dia em que você causou isso.

— Arte? — Solto uma bufada. — Está falando dos meus rabiscos?

Ele pinça com os dedos o alto do nariz, exasperado. Posso ver que ele está lutando com uma infinidade de emoções neste exato momento. Sua lealdade a Dom, seu desejo de criar. Está tudo confuso entre nós. Nem amigos, nem inimigos. Posso ver que Joe não guarda mais rancor de mim pelo que aconteceu entre nós, e, ao mesmo tempo, ele está bravo. Tão bravo quanto eu. Com o mundo. Com essa situação.

Ele coloca a mão no bolso da frente e tira alguma coisa. Um pacote amassado de lenços de papel. Pega um lenço e o balança entre nós.

— Vamos recomeçar.

— Eu não quero recomeçar.

Talvez se eu continuar repetindo isso, vire verdade.

— Você precisa. Levantei uma bandeira branca. Existem regras neste mundo, Ever. Uma bandeira branca simboliza um negociador desarmado que se aproxima.

Péssimo que a presença dele seja justamente a arma que eu mais temo.

— Olhe, não sei por que as coisas aconteceram da maneira que aconteceram. — Ele passa os dedos pelo cabelo escuro. — Pensei nisso a semana toda. Talvez eu tenha feito alguma merda muito grande na minha vida passada e essa seja a retribuição cármica.

Foi o que eu pensei também. Nenhuma surpresa até aí. Eu e ele somos parecidos demais.

— Ou talvez você e eu não devêssemos ficar juntos — continua ele. — Ou talvez essa seja apenas uma parte da aleatoriedade da vida. Seja como for, não muda um fato: eu não consegui escrever uma maldita palavra desde o dia em que você foi embora da Espanha, e nessa última semana, escrevi quatro páginas. — Ele respira fundo. — Frente *e* verso — acrescenta.

— Foi bom — admito, mordendo o lábio. — Criar de novo.

O olhar dele desce para os meus lábios.

— Posso fazer você se sentir ainda melhor.

Meus sentidos se elevam e minha temperatura sobe quando ele dá outro passo adiante. Ele se inclina para a frente, seus lábios tocando a concha da minha orelha.

— Fazendo você *desenhar*, não gozar.

Eu o empurro, quase com violência.

Ele ri em resposta.

— Vamos lá, Ever. Eu só estava tentando quebrar o gelo!

— O que está sugerindo? — pergunto com impaciência.

— Vamos nos encontrar. Passar um tempo juntos. Trocar ideias. Falar de livros, música, coisas gerais da vida. Vamos manter uma relação platônica. Você acende alguma coisa em mim, Ever. Não precisamos dar tudo um ao outro. Podemos só... estar lá um pelo outro. A faísca está lá...

— Você não percebe? — Ergo os braços, ignorando o soco verbal. — Esse é *exatamente* o motivo por que não podemos passar tempo juntos. Sabe o que acontece com faíscas?

— Elas viram fogo. — Resignado, ele deixa a cabeça cair, balançando-a. — Você sente também, né?

— Até os ossos — admito.

— E daí? Muitas pessoas querem transar uma com a outra e não podem. Nós não somos animais. Podemos falar merda sem trocar fluidos corporais. Podemos ser...

Ele não fala *amigos*, porque não podemos ser amigos.

Abro um sorriso triste.

— Ser o quê? Qualquer coisa que seja, seria como trair o Dom. Traição emocional ainda é traição.

Ele franze a testa, parecendo tempestuoso.

— Dom não vai se importar. Eu posso ser amigo da namorada dele.

— Vocês dois têm uma boa relação? — pergunto, me lembrando na Espanha como Joe estava ressentido com a sua família. Agora tudo faz sentido: Dom monopolizou todas as atenções, e Joe ficou na periferia da consciência dos pais. Estava lá, mas não de verdade.

— Claro. — Joe encolhe os ombros. — Perfeita.

— Não parece.

— Temos uma história. Todos os irmãos têm. E tenho alguns desentendimentos com ele, que não vou dividir com você. Mas eu amo o meu irmão. Demais da conta. Demais para fazer qualquer coisa de que a gente acabe se arrependendo, eu acho.

Sem saber o que falar, eu me deixo digerir em silêncio o que ele acabou de dizer.

— E aí? — Ele franze a testa. — O que me diz de nos ajudarmos?

— Me desculpe, Joe. Eu não consigo.

O olhar dele, de protesto e raiva, me queima. Minhas barreiras estão caindo uma a uma. Quero cair de joelhos e juntar os tijolos invisíveis. Colocá-los entre nós de novo.

148

— Ever — diz ele num sussurro. É uma súplica. *Por favor, me ajude.*

Balanço a cabeça, pressionando os lábios para abafar um soluço de choro.

Ele fecha os olhos.

— Odeio isso, porra.

Com um nó na garganta e o peso do mundo nos meus ombros, viro as costas para ele, deslizo para dentro do carro e saio dirigindo.

Deixando meus tijolos imaginários e meu coração de verdade para trás.

DEZESSEIS

Duas semanas depois de Joe me encurralar, Dom me surpreende com duas passagens para Porto Rico para um fim de semana prolongado. É repentino, mas não indesejado. Me matei de trabalhar ultimamente, sem dúvida para esquecer o aglomerado, que é como carinhosamente me refiro às vezes àquilo que se tornou a minha vida.

Com pai e irmão caçula totalmente afastados, sem ninguém da família para conversar (sem lançar culpa aqui), uma colega de apartamento com risco de fuga e um fantasma do passado com o potencial de arruinar a minha vida, eu tenho *muita* coisa do que fugir.

O universo, naturalmente, decide me mostrar um grande dedo do meio na forma de Joe nos levando ao Aeroporto Internacional Logan. Joe parece confortável levando seu irmão e sua ex-namorada para uma escapada romântica. Acomodado confortavelmente no seu banco, um dos braços cobrindo o volante como a estátua do deus do rio Nilo, de Michelangelo.

Dom está no banco do carona da caminhonete. Eu estou sentada atrás. Os irmãos parecem de bom humor. Eles falam sobre seu ódio mútuo pelos Yankees — estão se referindo a um jogo específico —, e posso ver, nesse momento, que eles são bem próximos. Mais do que Renn e eu jamais fomos. Eles têm essa camaradagem fácil, são cheios de piadas internas. Isso me confunde, ver como Joe parecia determinado a conseguir o que queria de mim apenas algumas semanas atrás com pouca consideração pelo irmão. Mas acho que relacionamentos são complexos, e Joe pode tanto detestar sua infância quanto amar o irmão que a fez insuportável. Assim como Dominic pode adorar Joe e ainda assim o invejar por ser o irmão "saudável".

— Babe Ruth me matou antes mesmo de eu nascer. Como isso pode ser justo? — pergunta Dom de brincadeira.

— Uma seca de oitenta e seis anos sem ganhar campeonato, cara. Devia ter nascido em Nova York.

Os dois se entreolham e riem.

— Nãããao — eles dizem em uníssono.

— Então… os Yankees são os culpados pela seca do Red Sox? — pergunto do banco de trás, oferecendo minha importante contribuição à conversa.

Joe balança a cabeça.

— Na verdade, não. Mas quem é de Boston nunca esquece.

— E, também, eu gostaria de observar que nós inventamos a ola. A lenda diz que a ola deve sua existência ao Fenway Park, porque os lugares para sentar eram tão grudados que, sempre que um torcedor queria levantar, todo mundo na fileira também tinha que levantar. E então as pessoas atrás ficavam irritadas porque não conseguiam ver nada, aí também se levantavam. E aquilo criou a ola humana — explica Dom, os olhos brilhando.

— História legal — comenta Joe.

— De um estádio não tão legal — Dom faz a piada, e os dois caem na gargalhada de novo.

Esse é meu lembrete importante de que eles são unha e carne, que eles se mudaram juntos para a mesma cidade, para o mesmo *prédio*. Eu sou a intrusa aqui.

A conversa acaba indo para o que Dom e eu vamos fazer em Porto Rico.

— Comer, dançar, tirar fotos… e, *você sabe*. — Dom solta uma risada, e meu estômago revira de enjoo. — E você? Ainda está saindo com aquela garota? Stacey? Tracy?

Droga. Droga, droga, droga, droga, droga. Eu não estava esperando essa reação de embrulho no estômago ao saber que Joe estava saindo com alguém. Agora não consigo parar de pensar nele fazendo sexo, suado e quente, com uma mulher sem rosto, no meu quarto, por alguma razão além da minha compreensão. Sorrindo devagar para mim, seu sorriso de meia-lua, enquanto mete dentro dela. É tão o estilo dele.

— Presley — Joe corrige com seu tom tranquilo e imperturbável.

— Cheguei perto, não foi, Lynne? — Dom encontra o meu olhar pelo espelho retrovisor.

— Uhum.

— Como ela está? — pergunta Dom.

Joe encolhe os ombros.

— Sei lá. Pergunta para ela.

Agora *nosso* olhar se encontra pelo espelho retrovisor. Eu sei o que ele está pensando.

Não vou lhe dar o prazer de saber o que está acontecendo na minha vida amorosa. Engula essa de não saber, meu bem. Nós dois sabemos que machuca mais do que qualquer verdade nua e crua.

— Ela parece ser uma garota incrível — Dom fala admirado. — Engraçada, legal, gosta de você, tem um trabalho ótimo. — Há um segundo cômico antes de ele acrescentar: — *Gostosa*. Desculpe, gatinha, isso tem que ser dito. A garota parece modelo ou coisa assim.

Faca, encontre o meu peito.

Joe sorri à toa, mas não fala nada. Eu me questiono se me machucaria tanto quanto se eu soubesse alguma coisa similar sobre Dom, mas aí me lembro que encontrei um colar no quarto dele e, embora tenha ficado um pouco chateada, não foi como se eu tivesse sido picada em pedacinhos e jogada aos jacarés.

Sei que não tenho direito de ficar com ciúmes. Não quando Dom acabou de declarar que vamos passar o fim de semana rolando na cama juntos. Mas o problema com os sentimentos é que eles não ligam para a lógica.

— Dê uma chance, mano. Sério. Só... saia com ela. — Dom está radiante, só energia positiva. *Tanta* energia positiva. Ele tem que ser sempre tão otimista?

— É. Talvez. — Joe para seu velho Jeep Cherokee.

Percebo que estamos no nosso portão no aeroporto. Joe desliza para fora do banco do motorista e tira nossas malas do carro. Observo seus braços musculosos se destacando por baixo da camiseta e me lembro da sensação de segurá-los enquanto ele entrava em mim. Quando fizemos sexo na praia.

Ele e Dom dão um abraço fraterno, batendo nas costas um do outro.

— Boa viagem, mano — diz Joe.

— Obrigado pela carona, cara.

Então Joe se vira para mim enquanto Dom se atrapalha com a mochila procurando os nossos passaportes. Ele pressiona a mão na parte de trás da minha cintura em um meio abraço silencioso, mas possessivo. Seus lábios desaparecem na minha juba de cabelo ruivo.

— A oferta continua de pé — sussurra ele. — Sem maldade. Só arte.

— Aproveite a Presley — sibilo de volta, incapaz de me conter.

— Muito gentil da sua parte se importar. — Ele dá um beijo rápido na minha bochecha, fingindo inocência. — Pode deixar que vou sim.

Antes que eu possa dizer qualquer coisa, antes que eu possa chutar e gritar *Como você ousa*, seu carro se afasta.

Dom envolve meu ombro com o braço.

— Vamos, gatinha?

*   *   *

Felicidade fabricada.

Era assim que minha mãe chamava o estilo de vida suburbano. Foi por isso que ela insistiu que ficássemos em São Francisco, mesmo quando todos os pais dos meus amigos seguiram para as cidades pequenas nos arredores. Lafayette, Orinda e Tiburon. Até mesmo Sunnyvale. Ela chamava de felicidade mentirosa. As pessoas acham que sua vida vai ficar melhor se elas morarem em uma casa maior, dirigirem um carro maior, tiverem uma horta. Mas riqueza não necessariamente equivale a felicidade. A cidade oferece luta, e a luta mantém as pessoas ávidas e no modo de sobrevivência.

No momento, estou me sentindo bem suburbana.

— Essa árvore não parece com o Chewbacca? — Aponto para uma árvore no centro antigo de San Juan no dia seguinte ao que Joe nos deu carona, indo embora com a minha alma no seu bolso.

Dom e eu acabamos de comer empanada de caranguejo e a bala de coco mais deliciosa que já comi, e agora estamos fazendo um passeio romântico nas estreitas ruas de paralelepípedos. Os prédios históricos são um caleidoscópio de tons pastel, e meu namorado nunca esteve tão lindo e atencioso.

— Um o quê? — Dom inclina a cabeça de lado, fitando a árvore barba de velho.

— Chewbacca! — exclamo.

— Não ria, mas essa referência cultural acabou de passar voando por mim na velocidade da luz. — Dom graceja.

— Você nunca assistiu a *Star Wars*? Sabe, *A Ameaça Fantasma*? *A Guerra dos Clones*?

— Não.

— Ah, meu deus, Dom! Como?

— Não sei! — Ele joga os braços para o ar, rindo. — Eu só... Acho que eu estava ocupado fazendo quimioterapia quando isso fazia sucesso com todos os garotos da minha idade?

Meu sorriso some imediatamente, e me sinto uma idiota por não pensar nisso. Dom percebe e se apressa em me abraçar.

— Não, gatinha. Não se sinta mal por isso. Mude isso. *Me* mude. — Ele beija meus lábios. Eu derreto nos seus braços. O cheiro dele é tão bom. *A sensação de tocá-lo é tão boa. Qual o problema com o subúrbio?*, penso. É tão popular por alguma razão. — Me mostre seus interesses. Me ensine a magia do Chewbanka.

— Chewbacca.

— Isso. Ela.

— *Ele* — falo rindo, puxando-o de volta para o hotel. — Venha, temos uma aula de história para você.

— Já que você está nessa, eu também repeti em anatomia na escola. Só para você saber...

Dou um tapa no peito dele, me sentindo leve e feliz de repente. Nora tem razão. Ele é a pessoa certa. Ele me faz rir. Ele me dá alegria. Ele não é complicado, indiferente e difícil como seu irmão caçula. Ele não é São Francisco. Suja e montanhosa, com um metrô — uma das piores invenções da história da humanidade (não tem absolutamente nada que me faça entrar em um metrô).

— Vou te ensinar biologia também — prometo.

— Valeu, *fessora*.

*   *   *

Nos dias que se seguem, Dom e eu comemos *mofongo*, vamos aos cassinos e fazemos muito, muito sexo. Quando entramos no avião de volta para casa, eu me sinto mais conectada com ele. Mais segura do nosso relacionamento. Sim, Joe foi uma reviravolta inesperada. Uma lembrança amarga do que poderia ter sido. Do passado. Perdi o equilíbrio quando nos reconectamos, mas reencontrei meu caminho. Não vou deixar que Joe bagunce minha felicidade de novo. Da próxima vez em que conversarmos, sou eu que vou encorajá-lo a namorar Presley. Talvez possamos até sair em casais. Acabar com todas as dúvidas de uma vez.

O universo conspira e, depois que pousamos, pegamos um táxi em vez de Joe nos buscar. Não pergunto por que Joe não foi nos pegar, mas Dom explica, mesmo assim.

— Amanhã é aniversário da minha mãe. Seis ponto zero. Joe foi para Dover no feriado. Eu sei que estou te jogando isso em cima da hora, mas você se importa muito se nós formos lá amanhã à noite para jantar? Eu sei que significa muito para ela.

— Claro que não! — Abro um sorriso para ele.

— Obrigado. — Ele pega a minha mão e beija os nós dos meus dedos.

Quando chegamos a Salém, peço que o motorista me deixe primeiro. Preciso me certificar de que Loki está bem. Em casa, encontro um bilhete de Nora na geladeira.

Fui dormir no Colt
Espero que você tenha se divertido em PR.
Te amo, beijo

Amasso o bilhete e jogo na lata de lixo enquanto vou procurar Loki. Nora tem sentido muito menos culpa em passar seu tempo com Colt. Estou feliz por eles. Para falar a verdade, não sinto mais como se estivesse me afogando. Provavelmente ficaria tudo bem se ela se mudasse no fim do mês. Preciso fazer uma nota mental para encorajá-la ativamente a fazer isso.

Encontro Loki esparramado na minha cama. Ele me olha com grande entusiasmo, o que, para um gato, significa que ele pisca uma vez para mim, para reconhecer minha presença no quarto. Quando estendo a mão para fazer carinho nele, ele vira a barriga para mim e inclina o queixo para cima para que eu possa coçar sua garganta da maneira que ele gosta.

— Sentiu saudade? — pergunto, com cansaço.

Ele revira os olhos, se levanta e sai do quarto.

Tomo um banho, coloco roupas para lavar, tento ligar para o meu pai (e cai na caixa postal. *De novo*), e faço uma refeição balanceada de cereal de bolinhas de chocolate. Ainda há desenhos de lápides pendurados na minha cortiça da semana seguinte à que encontrei o Joe. Dou uma olhada neles, e alguma coisa dentro de mim murcha, porque Joe estava certo. Quando não nos vemos, não criamos. E quando eu não crio, me sinto debaixo d'água.

É só quando volto para a sala para apagar as luzes antes de deslizar para cama que percebo uma coisa que eu não tinha visto antes: um monte de papel A4 que foi empurrado pela fresta embaixo da porta. Uma folha está até com uma marca de pisada da minha bota. Eu me ajoelho e pego. Não preciso adivinhar o que são. O que significam. Eu *sei*.

Seguro as folhas espalhadas. Elas estão fora de ordem. Claro que Joe não se preocuparia em grampeá-las. É tudo escrito à mão, um ciclone violento de tinta azul e preta. Ele deve ter gastado várias canetas.

Depois de pegar as páginas com mãos tremulas, começo a ler trechos.

... foi culpa de Kerouac, claro. Foi ele que disse que escritores precisam de experiências novas assim como as flores precisam do sol. Foi ele que fez o jovem Jack cair na estrada e dirigir além das fronteiras de estados, passando por campos de milho e arranha-céus. Passando por horizontes. E então, inevitavelmente, foi ele que impulsionou Jack a conhecê-la.

... algumas noites, depois que Jack perdeu seu carro e precisou pedir carona para seguir, ele se deitava em um pedaço de grama, fitando o céu. Sonhava em rasgar um buraco nele. Deslizar por ali. Desaparecer em outro universo, um melhor. Um universo onde as pessoas que deviam ficar juntas ficassem juntas. Ele tinha tomado banho em poças sujas e apanhado comida em latas de lixo. E, mesmo assim, seu momento mais

desesperado tinha ocorrido sob o céu da noite. Tão límpido, e puro, e estrelado. Ele fechou os olhos e a viu. Uma garota. Ou talvez ela fosse uma mulher a essa altura. Quem quer que ela fosse, ele pertencia a ela. Mas ela não pertencia mais a ele.

E então eu encontrei. A primeira página. Havia um bilhete amarelo grudado nela. Apenas duas palavras escritas com marcador permanente vermelho:

POR FAVOR.

As palavras parecem uma espada cravada no meu peito. Quero pegar o telefone e brigar com ele, mas não tenho o seu número. Quero encontrar suas contas nas redes sociais e mandar uma mensagem, mas ele não tem nenhuma, eu chequei. Quero… Quero ir até o seu prédio, o seu apartamento, e dizer o que está se passando na minha cabeça, mas ele está em Dover no momento, na casa dos pais.

Uma parte de mim quer ajudar o Joe, mas uma parte maior tem medo do que isso significaria.

Viro o bilhete e percebo que Joe escreveu o número do seu telefone atrás. Mais uma vez, ele se antecipou à minha reação. Digito uma mensagem para ele:

Ever: Como seria isso? Nós nos ajudando.

A resposta dele é imediata.

Joe: Não sei ainda.

Ever: Vai doer.

Joe: Estamos acostumados à dor.

Estou deitada no chão frio, encarando a tela. Isso parece errado. Como trair. Mas também certo. Como se talvez Joe fosse quem eu estivesse traindo. Estou tão confusa.

Ever: Não é justo. Achei que nunca mais fosse te ver. Eu não tinha como saber que você estava tão perto.

Alguns segundos se passam até ele responder.

Joe: Por que você está aqui, Ever? No meu estado. No meu território.

Ever: Não sei.

Joe: O que você sabe?

Ever: Que eu não quero que você fique com a Presley.

Ele digita, depois deleta. Digita, depois deleta. Meu coração está na garganta.

Joe: Eu também não quero ficar com a Presley.

Ever: É melhor apagarmos essa conversa.

Joe: Você pode fazer o que quiser. Eu não tenho nada a esconder.

Percebo que ele não me diz que não quer que eu fique com Dom.

Ever: Como pode falar isso, se foi você que me disse para não contar ao Dom?

Joe: Isso não é esconder. É omitir. Eu assumo se ele descobrir.

Joe: Olhe, eu amo o meu irmão. Mas isso não significa que não posso ter você. Ele pode ter o seu exterior. Eu posso ter o interior.

Ever: Acha que isso seria suficiente para ele?

Joe: Acho que ele não te entende, então não faz diferença para ele.

Ever: E você entende?

Joe: Você sabe que sim.

Fecho os olhos, inspirando. Eu sei. Eu sei, eu sei, eu sei.

Ever: E o que restaria para mim? Se ele ficar com o meu corpo e você ficar com... todo o resto?

Joe: Simples. Você fica com nós dois.

Joe: É tudo o que você quer mesmo, não é? Os dois irmãos.

Ele chegou bem perto, e sabe disso. Dom é a escolha inteligente. A escolha segura. E também é, no presente, minha única escolha. Joe... ele nem é uma possibilidade. Mesmo se fosse, seria confuso demais, doloroso demais...

Ever: Dom fica com tudo. Você fica com algumas saídas. Última oferta.

Eu cedo. Porque eu posso. Porque, pelo menos na teoria, é inocente. Porque eu irradio, e eu nunca irradio, e eu quero irradiar sempre que Joe e eu conversamos. Quero existir em cores. Quero escutar os antigos discos dos Smiths no chão do Joe enquanto desenho, enquanto ele escreve. Quero a sujeira da cidade, depois voltar ao subúrbio para passar a noite. Embora eu saiba que esse arranjo não vai ter um final feliz.

Joe: Sorte do Dom.

Ever: Isso é estritamente trabalho.

Joe: Nesse caso, vou arrumar um escritório para nós.

Ever: Vou fazer playlists.

Joe: Sem Blur.

Ever: Eu não sou nenhuma selvagem.

Joe: 😊

Meu coração dá um salto, porque Joe não é alguém que manda emojis. Sei disso mesmo sem conversar muito com ele por mensagens.

Ever: Ah, e vamos contar ao Dom.

Um segundo se passa antes de ele responder dessa vez:

Joe: Pode te custar caro.

Ever: Meu deus. Já estou me arrependendo disso.

Joe: Boas histórias são feitas a partir de arrependimentos.

DEZESSETE

A caminho de Dover, Dom está inquieto e disperso. Quando pergunto o que foi, ele me diz que está fazendo plantões extras para compensar o fim de semana prolongado em que viajamos, mas que está mantendo todos os seus outros compromissos.

— Quando foi a última vez que você dormiu? — pergunto. — Tipo, dormiu de verdade. Não só cochilos.

Agora que estou olhando melhor para ele, ele parece esgotado. Como se não dormisse há meio século.

Dom franze a testa, refletindo.

— Dois dias atrás. E no voo de volta também. De San Juan.

— Dormir não é pilates. Três vezes por semana não é suficiente — eu o repreendo.

— Vou melhorar nisso — ele me tranquiliza, esfregando as minhas costas.

São só palavras vazias. Sei que isso não vai acontecer. Dom é incapaz de diminuir o ritmo. Ele quer ter certeza de que vai engolir pedaços enormes e suculentos do mundo. Todo dia é um hambúrguer gorduroso. Ele não tem dias de salada no meio.

— Não, você não vai, não. — Balanço a cabeça. — Você precisa limpar sua agenda um pouco. CrossFit. Clube do livro. Os filmes. Você tem que abrir mão de alguma coisa.

— É fácil para você falar. Você não sabe como é. Olhar sua mortalidade dentro dos olhos todos os dias. Eu sei. Para mim, é difícil desistir das coisas.

Dessa vez, não mordo a isca.

— Primeiro de tudo, você não tem direitos exclusivos sobre a morte, mocinho. Eu também vou morrer um dia. Segundo, você ainda tem muito tempo para fazer tudo.

Ele olha para mim.

— Você não sabe disso, gatinha. Me desculpe, mas simplesmente não sabe.

— Você está esquisito. — Mordisco o canto do meu polegar.

— Desculpe. Eu não quero brigar. É só que... Está tudo sob controle. — Dom tira o olho da estrada, me oferecendo um sorriso tranquilizador. O carro desvia para a pista oposta, fazendo com que o caminhão na nossa frente buzine alto e dê uma guinada para o lado. Dom grita *Merda*, depois faz uma curva acentuada de volta à nossa pista. Solto uma lufada de ar, agarrando o apoio da porta do passageiro.

— Desculpe, desculpe — murmura Dom, soando sincero. — Ai, droga. Foi por pouco.

— Que diabos, cara? — Minha voz está estridente. Minhas mãos estão fechadas em punhos. Estou toda tremendo.

— Eu não estava prestando atenção. Já pedi desculpas.

— E isso faz ficar tudo bem?

— Dá um tempo, tá bom?

Alguma coisa está acontecendo com ele, e não sei o que é.

Se nós formos morar juntos, vou poder monitorar mais de perto. Não me sinto realmente pronta para dar esse passo com Dom. Principalmente por causa de toda a confusão com Joe. Mas estou desesperada para salvá-lo da maneira como ele me salvou. E no momento... ele parece estar precisando de ajuda.

Paramos na frente da casa dos pais dele alguns minutos depois. Dom abre a porta e se curva um pouco.

— Ei.

— Oi — digo tensa.

Ele pega a minha mão e beija o dorso dela.

— Esse sou eu. O cara com quem você tem noventa e nove por cento de chance de se casar. Me desculpe pelo que aconteceu. Você está certa. Não vou pegar no volante até estar mais descansado. Dê um sorriso, vai?

Ele volta a ser o Dom doce e divertido. Mas ainda estou preocupada. Sou eu que vou dirigir na volta. Pensar em tê-lo atrás do volante agora me assusta.

Ensaio um sorriso. Ele me agradece em silêncio.

O som de risadas e de um jogo de futebol vem da sala. Seguimos o barulho. Logo, fico cara a cara com Gemma, Brad e Joe, que está vestido descontraidamente, com jeans surrado e coturnos. Não como um homem que poderia devastar todo o mundo de uma garota. Que podia fazê-la perder a mãe, talvez seu namorado e certamente sua sanidade.

A cidade sempre te corrompe, minha mãe costumava dizer. *Mas ser corrompido é divertido demais!*

Nós nos encaramos como duas pessoas com grandes segredos guardados. Dinamite que podia explodir a sala inteira.

— Oi — digo, encarando Joe.

— E aí, tudo bem? — pergunta ele.

— Vocês estão bronzeados! Aproveitaram o feriado? — Gemma se levanta num pulo e para entre nós, quase como se ela pudesse pegar a tensão tangível.

Segue-se um tornado de beijos no ar e cumprimentos... Entrego a Gemma as flores e o presente que comprei para ela: uma variedade de velas e sabonetes feitos à mão, e ela o coloca de lado, junto com uma pilha de presentes embrulhados. Todos nós nos retiramos para a sala de jantar. Dom e Joe discutem acaloradamente sobre o novo equipamento de musculação que foi instalado no prédio deles. Brad pediu pizzas e asas de frango para Gemma não precisar cozinhar. Ele faz a piada obrigatória de pai sobre como ele trabalhou duro para preparar essa refeição. Todos damos graças a pedido de Gemma e atacamos.

Joe e eu trocamos olhares enquanto Gemma nos conta sobre a surpresa do seu sexagésimo aniversário. Brad a levou para assistir a um balé, que ele detesta, e a um restaurante em um clube náutico — que ele também detesta porque "ninguém deveria pagar noventa paus por uma lagosta em Massachussetts, pelo amor de deus".

Joe ri.

— Ninguém deveria pagar um dólar por uma lagosta.

— Mas talvez amar seja aguentar o gosto questionável e as más escolhas da outra pessoa para continuar com ela — Brad reflete em voz alta.

O pé de Joe roça no meu embaixo da mesa. Não sei se é acidental ou não, mas sei que eu *definitivamente* não deveria ter sentido um arrepio.

Dom pega a minha mão.

— O que isso diz de mim, que acho que o gosto da Lynne complementa o meu?

— Que você está cheio de tesão por ela? — pergunta Joe de forma irreverente.

— Olhe a boca! — rosna Gemma, mas ela está rindo.

— Esposa feliz, vida feliz. — Dom chacoalha as sobrancelhas.

— Colocando o carro na frente dos bois, estou vendo. — Joe rasga com os dentes sua asa de galinha. Como um selvagem. Bem como eu suspeitava. Minha mãe nunca errava. Que é o motivo pelo qual eu estranho a maneira como Dom come frango. Não combina com sua natureza doce e suave.

— Sou um boi agora. Maravilha — murmuro, sentindo a tensão se formando na mesa de jantar e tentando dissipá-la.

— Olha, cara. Eu te amo. Morro por você se for preciso. *Mas...* — Dom saúda Joe amavelmente com sua garrafa de cerveja — você só está com ciúmes porque eu estou fora do jogo e não preciso mais usar aplicativos de namoro.

— Você está certo em uma coisa. — Joe toma um gole da sua cerveja.

Eu me engasgo com minha bebida, murmuro um pedido de desculpas fraco e me tranco no banheiro para uma rápida sessão de agarrar a pia e hiperventilar. Eu me encaro no espelho, balançando a cabeça.

— Claro que isso ia acontecer com você, Ev. Claro.

Quando volto, Dom e Joe estão rindo, relembrando a época em que os dois se enrolaram em plástico bolha e pularam da casa da árvore, resultando em um braço quebrado para cada um deles. A relação deles é tão bipolar: percebo uma intensa energia de proteção e muito amor, mas também uma amargura e uma competição. Isso não parece uma coisa causada por uma garota. Acho que é mais profundo. Mais antigo do que a minha relação com os dois irmãos Graves.

Depois do jantar, voltamos para a sala de estar. Gemma começa a abrir seus presentes, com toda a cerimônia. Primeiro, ela abre o meu. Ela parece ficar encantada.

— Everlynne, que fantástico. Muito obrigada. Eu já estava querendo velas novas há um tempo!

Em seguida, é a vez do Joe. O presente dele está nadando em papel de seda elegante. Estico o pescoço para espiar dentro da caixa e ver o que é. Quando ela tira da caixa, lágrimas brotam nos seus olhos.

— Ah, Seph, meu amor. — Ela pega o item, levando-o ao peito. É um vestido cor de pêssego, com estilo dos anos sessenta. Gemma olha para Joe. — Mas... *como?*

Ele está esparramado em uma espreguiçadeira, tirando o rótulo da sua garrafa de cerveja.

— Pensei nisso durante o ano todo. Para onde ele poderia ter ido. No mês passado, fiz algumas ligações. Uma delas foi para a mulher que comprou nossa antiga casa em Church Creek. Perguntei a ela se eu podia dar uma olhada no sótão. Ela deixou. Passei boa parte do último fim de semana nesse projeto. Agora o sótão dela está organizado e limpo, e você tem seu vestido preferido de volta.

Dom se inclina na minha direção, apertando o meu joelho.

— É o vestido que minha mãe usou no primeiro encontro com o meu pai. Ela achou que nunca mais o encontraria.

Um nó se forma na minha garganta. Que gesto incrível. Gemma quase cai para a frente quando estende os braços para abraçar seu filho caçula. Dom passa para ela uma pequena caixa verde. Seu sorriso é de desculpas.

— Bem, esse definitivamente não é o tipo de presente que dispara o coração...

— Shh. Nem tudo é uma competição — diz ela.

As palavras deslizam suavemente da sua garganta. Como se ela tivesse falado aquilo centenas de vezes antes. *Eu sabia.* Esses dois têm uma relação complexa e cheia de camadas, e é melhor eu ficar de fora.

Ela desfaz o laço de cetim branco, sorrindo para o filho mais velho. Dom enrubesce, abaixando a cabeça. Gemma abre a caixa com um estalo e pega uma pulseira de pérolas com um cadeado. É linda. Elegante e discreta. Mas não é tão íntima nem tão pessoal quanto um vestido usado no dia em que se apaixonou, e Dom sabe disso.

— Desculpe não ser mais... — Ele coça a barba por fazer, sem jeito.

— Dominic! — arfa Gemma, colocando a pulseira. — Que bobagem. É maravilhosa. Você trabalha tanto, tantas horas, estou surpresa que tenha conseguido comprar alguma coisa para mim.

Ela se apressa para abraçá-lo. Enquanto eles se abraçam, os olhos de Joe encontram os meus. Ele me dá um sorriso conspiratório. De repente, fico morrendo de vontade de passar um tempo com ele. Sozinhos. Mesmo que me machuque. Mesmo que me mate.

— Mas acho que talvez eu consiga superar o presente do Joe, afinal. — Dom dá uma piscadinha para o irmão mais novo. — Porque eu tenho outro presente.

— Ora, ora, ora. — Brad se recosta. Ele cruza as pernas em cima da mesa de centro. — Só se lembre que eu levei você ao balé, Gem. Porque esses garotos estão tentando elevar a aposta, e tudo o que você vai encontrar no meu envelope é um cartão presente da Nordstorm.

— Na verdade, esse presente não é para a mamãe. — Dom se levanta. — Se bem que... algumas pessoas diriam que é, sim.

Meu coração se acelera. De repente, esqueço como se respira. *Não. Não. Não.* O pior é que eu entendo o que está acontecendo antes de qualquer um. Consigo antecipar o próximo movimento do Dom. Falo sua linguagem corporal fluentemente.

Ele se ajoelha na minha frente na sala dos seus pais.

Eu quero morrer.

Fecho os olhos, pensando em como meu pai vai reagir quando eu contar que estou noiva. Como minha mãe não vai estar no casamento. Como Pippa

164

vai saber disso, em algum momento, ao passar um dia e dizer: "Ela acabou se casando com um Ken? Pelo visto não conhecia ela tão bem quanto pensava". Penso no nosso futuro, no subúrbio. Nas caminhonetes Honda projetadas para colocar três cadeirinhas de bebê. Penso em encontros de casais com Joe e sua peguete da vez. Aulas de culinária, e caligrafia, e cerâmica.

Então eu me lembro que não preciso dizer "sim".

Mas eu *preciso*. Eu preciso dizer "sim" porque Dom me escolheu, em uma hora quando ninguém mais tinha escolhido. Preciso porque Dom faz as coisas darem certo. Porque ele viu meu ponto fraco, meu lado sombrio e minhas inseguranças, e ficou. E porque Dom não está bem, não mesmo. Ele precisa da minha ajuda para deixar para trás o que aconteceu com ele. Ele está no modo autodestruição. Não posso ignorar isso.

Mas todas essas coisas não se comparam ao real motivo pelo qual eu não posso dizer "não": porque a proposta é pública. Eu simplesmente não posso decepcioná-lo na frente da sua família.

— Lynne. — Ele pigarreia. — Eu sei que só nos conhecemos há poucos meses, mas nesses meses, eu senti mais coisas do que na minha vida toda. Eu me apaixonei, ganhei uma amiga, descobri quem é o Chewbacca, construí memórias ainda mais preciosas do que a nostalgia da minha infância em Cape, tudo com você.

Gemma solta uns gritinhos. Eu me forço a abrir os olhos. Tudo o que vejo é o Dom, e a esperança estampada no seu rosto.

Seja sincera, a voz da minha mãe soa na minha cabeça.

Seja forte, acrescenta Pippa.

Mas a voz delas está tão baixa que mal consigo ouvi-las.

— Everlynne Bellatrix Lawson. Nossa, eu amo esse nome! Tão único. — Dom ri. — Você me daria a honra de fazer o que me avisou que teria noventa e nove vírgula noventa e nove por cento de chance de não acontecer, e se casaria comigo? Porque, gatinha, eu sempre acreditei em milagres, e você é meu zero vírgula zero um por cento preferido.

O silêncio se estende por alguns momentos até eu finalmente soltar, engasgada:

— Sim.

É pequeno, é inseguro, é dolorido, mas está lá.

Eu não tenho escolha. Ele está me colocando contra a parede. Como eu poderia dizer não na frente da sua família inteira?

Tudo acontece rápido depois. Dom me tira do chão, me rodando no ar como se eu não pesasse nada. Nosso beijo é terno e rápido. Gemma e Brad correm para nos parabenizar.

— Bem-vinda à família. — Ela segura minhas bochechas e dá um beijo molhado em cada uma delas.

— Já tem um tempo que eu estava mesmo tentando encontrar uma desculpa para comprar um terno novo. — Brad dá uma piscadinha.

Procuro por Joe. Eu o avisto exatamente no mesmo lugar onde estava antes, na espreguiçadeira. Ele não se moveu um centímetro. Sua mandíbula está travada. Ele parece calmo, mas, por baixo da superfície, posso sentir que ele está arrasado. Eu também estou. Mas também estou feliz. E há uma parte de mim, horrível e egoísta, que está feliz porque Joe nunca mais vai ficar longe de mim. Logo vamos ficar ligados para sempre.

— Seph, venha parabenizar seu irmão — pede Gemma. Ela pega a mão de Joe e o puxa para nós. Ele não se mexe. Dom me envolve com o braço, inclinando a cabeça para o lado.

— Tudo bem, mano? — pergunta ele.

Joe acende o isqueiro e apaga, o polegar passando por cima da chama.

— Parabéns.

— Obrigado.

— Trate ela bem. — Ele diz isso de uma maneira que insinua que Dom não tratou até então, o que é totalmente falso. Dom tem sido ótimo. — Estou falando *sério*.

Dom abaixa um pouco a cabeça. Não entendo essa conversa, e isso me perturba.

O olhar de Joe se desvia para mim. Há algo dentro dos seus olhos. Alguma coisa que eu não consigo ler, mas que me diz que já foi o suficiente para ele. Que ele ama seu irmão profundamente, mas que essa farsa precisa acabar.

Por um momento, acho que vai tudo por água abaixo. Que Joe vai revelar o que aconteceu entre nós. Que eles vão me chutar para fora da casa deles, e vou precisar voltar andando para Salém. Mas então Joe se levanta, pega sua cerveja e sai.

— Vou lá fora fumar.

*　　*　　*

Uma hora depois, Dom e o pai vão arrumar a cozinha, enquanto Gemma atende a uma ligação no pátio. Dom pergunta se posso pegar seu equipamento de tênis no armário do seu quarto. Aparentemente, ele tem um jogo na semana que vem. Quero lhe dizer que ele não deveria jogar tênis quando mal tem tempo para dormir, mas me contenho. Vou discutir com ele até a morte, mas não na frente da sua família. O peso do anel de diamante no meu dedo traz uma autoridade nova. Pretendo me sentar com Dom quando voltarmos para Salém, olhar sua agenda e fazê-lo largar o excesso de atividades. Entendo que ele queira devorar o mundo, mas, neste momento, é o mundo que o está devorando.

Também pretendo deixar claro que nós não vamos nos casar esse ano. Seria injusto para nós dois.

Quando chego no corredor do segundo andar, passo pelo quarto de Joe. A porta está entreaberta. Posso vê-lo deitado na cama. Não consigo evitar. Empurro, abro a porta e espio lá dentro.

Sonhei com este momento todos os dias. Em alguns períodos da minha vida, todas as horas. Entrar no ambiente de Joe. Agora que finalmente estou aqui, uma satisfação agridoce me inunda. É exatamente como eu imaginei: uma parede preta em destaque, os pôsteres de banda (os Kinks, Oasis, Duran Duran), as estantes de livros (Kerouac, Ginsberg, Burroughs, Bukowski).

— Joe?

Nenhuma resposta.

— Você está me ignorando?

Ele claramente está, porque só consigo ver seus pés cobertos por um par de meias se movendo em um ritmo sem som na cama. Abro totalmente a porta, frustrada.

— Muito maduro, babaca. Estávamos literalmente na frente dos seus pais. O que você queria que eu…

É aí que eu vejo que ele está com fones de ouvido enfiados nas orelhas. Ele tira um. Seus olhos são duas frestas perigosamente irritadas. Fúria no ar. Mas ele não é o único que está irritado. Eu estou furiosa. Furiosa por ter dito sim por pressão das pessoas em volta. Furiosa por Dom, de alguma forma, conseguir o que queria de novo. Furiosa porque, se eu pelo menos sentisse por Dom uma fração do que sinto pelo seu irmão mais novo, nada disso seria um problema.

Furiosa com meu pai e com Renn, que estão sumidos de novo.

E comigo, por me aproveitar do coração bondoso de Nora e não lhe dizer para *se mudar* já.

— Irmão errado. A cama que você está procurando está no quarto ao lado.

— Pare. — Irrompo no quarto dele sem permissão.

— Parar o quê? — Seu tom de voz é frio. — Você não veio aqui atrás de mim, veio? Porque… — Ele salta da cama, depois pega sua chave na mesa e enfia no bolso. — Tenho um encontro agora. Decidi dar outra chance a Presley. Ela *chupa* bem.

Minhas lágrimas caem antes que eu possa impedi-las. Eu o socaria se ele merecesse. Mas ele não merece.

— *Joe* — falo com a voz rouca, me lembrando da maneira como ele tentou me atrair na noite em que foi me visitar no tour. *Ever*.

— Não me venha com *Joe*. Que merda é essa que você está fazendo? Me diga. — Ele chega perto do meu rosto, levantando meu queixo desafiadoramente. — Você mal conhece essa pessoa. Você não tem ideia de quem ele é. Você está com ele por... o quê, três, quatro meses?

Eu não necessariamente discordo dele. A evolução da minha relação com Dom tem sido... bem, *incomum*, alguns diriam. Além disso, mercúrio está retrógrado, por acaso? Desde quando o Joe grosseiro, irritado, insuportável é a voz da razão na minha vida?

— Olhe, eu fui posta contra a parede. — Passo a mão no rosto. — Não seja injusto.

— Ah, *sou eu* que estou sendo injusto? — Ele arqueia uma sobrancelha diabolicamente. — Isso é interessante. Fazemos promessas um para o outro. Mudo meus planos por você. Rearrumo minha maldita *vida* em torno de você. Você desaparece um dia sem nem um "Até mais". Certo. Você me contou o motivo; não vou jogar na sua cara. Você teve uma crise, não que eu soubesse. Então você volta na forma de noiva do meu irmão. Por favor, me conte mais sobre a porra dos seus problemas, Ever.

— Não seja babaca. Não é como se eu tivesse usado seu coração como uma bolinha antiestresse. E estávamos em público lá embaixo — sibilo. — O que eu podia dizer lá?

— *Não* — ele pronuncia suavemente, olhando para mim como se eu fosse uma idiota completa. — Conhece essa palavra? Começa com N e termina com O. As pessoas usam de tempos em tempos. Não.

— Eu usei. Usei com Dom antes de começarmos a namorar, porque eu ainda não tinha esquecido *você*! — Fecho as mãos em punhos, batendo-as contra o seu peito. — Seu babaca arrogante!

Mas Joe continua, sem nem ouvir as minhas palavras, e sem se mover um centímetro do contato físico.

— ... mas, falando sério, você parece ter um fraco quando se trata do pau dos Graves. Você sabe que meu pai é comprometido, não é?

Dou um tapa na sua bochecha direita. O som da palma da minha mão direto na carne dele ressoa no meu ouvido. Quando ele me olha de volta, assustado-ramente calmo, um sorriso terrível se espalha pelo seu rosto. É a primeira vez que vi Joe horrível. Ele me lembrou Rhett Butler naquela cena em que ele deixa

Scarlett O'Hara com um cavalo roubado, quase morto, e uma charrete cheia de gente para se defender sozinha. Esse é o problema com Joe. Eu nunca sei se ele me ama ou me odeia. Se ele é indiferente a mim ou se está só encenando porque não quer que seus sentimentos sejam destruídos.

— Você não devia ter feito isso. — Ele lambe os lábios, sorrindo diabolicamente. — Me bater.

Engulo em seco.

— Por quê?

— Porque agora sei como eu te atinjo bem no fundo. Igual à tatuagem que você teve tanto medo de fazer. Marcada para sempre. E não dá para tirar nem com laser.

Ele me segura pela garganta com um egoísmo assustador e me beija. Com força.

Meu corpo parece uma série de vulcões, explodindo um depois do outro. Minha coluna, uma fila interminável de dominós que caem peça por peça até minhas pernas cederem. Tudo está quente, desesperado e intenso. Os dedos dele se enrolam no meu pescoço, me puxando para mais perto. Meus lábios se chocam contra os dele com um gemido dolorido. A língua dele abre caminho — não pedindo, mas ordenando — para entrar. Como sou uma boba, eu me rendo. O corpo dele está inundado no meu. Eu o sinto em todo lugar. Até os dedos dos pés. Ele raspa a minha boca com os dentes, roçando a linha entre prazer e dor. Me marcando, deixando meus lábios deliberadamente inchados.

Nós nos beijamos com tanta paixão que sinto que estamos prestes a entrar em combustão. Mas o gosto dele é errado. Não é como aquela noite na Espanha. Parece raiva, vingança e ódio. Assim como o que eu sinto em relação a mim mesma por não ser proativa em começar a consertar essa bagunça que se tornou a minha vida.

Eu o afasto.

— Não!

Embora seja eu a dar o empurrão, também sou eu que cambaleio para trás com o impacto. Cubro a minha boca com a mão.

— Puta merda, o que nós fizemos?

Joe joga a cabeça para trás, o rosto inclinado para o teto. Ele parece farto, e não posso culpá-lo.

— Nos beijamos. Tenho certeza de que você sabe o que é isso.

— Pare de ser tão espertinho. Mas eu...

— Me deixe adivinhar, você se arrependeu? Estou percebendo um padrão aqui.

— Como consegue ser tão indiferente?

Ele passa a mão no cabelo, andando pelo quarto.

— Não se preocupe. Não vou contar ao seu precioso namorado. Desculpe, *noivo*. É só mais um segredo para enfiar na caixa de Pandora. Bem, bem. Esse casamento vai ter um começo bem turbulento. *Vou guardar todas as minhas preces por você.*

Outra referência que eu não deixo passar. Ele se lembra da música que eu mais amo no mundo. Dom não se lembra. Na verdade, Dom e eu nunca conversamos sobre música.

— Não seja hipócrita. Não fui eu que disse que nós não devíamos contar a ele o que aconteceu seis anos atrás.

Eu me odeio por cometer um erro atrás do outro quando se trata deste homem. Meu autocontrole vai para o ralo quando ele está envolvido.

Joe ri de uma forma sombria.

— Falou então, *Lynne*.

— Não me venha com *Lynne*. O que fizemos com Dom agora foi horrível.

— Pare com esse festival de culpa. — Joe enfia os pés nos tênis. Ele está indo ver a Presley. Não há nada que eu possa fazer para impedi-lo. — Ninguém está caindo nessa. E mesmo se eu caísse, *eu* não me sinto culpado por ter beijado você.

— Por que está com tanta raiva? — pergunto.

Ele não está sempre com raiva. Na maior parte do tempo, ele está resignado com o nosso destino.

— Porque — responde ele, calmo, tranquilo e entediado — nós nunca terminamos. Tecnicamente, Ever, você ainda é minha namorada.

Como se tivesse recebido um soco no rosto, eu cambaleio para trás.

— Você não pode estar falando sério.

— Eu posso, e eu estou, porra. Nenhuma conversa de término, nenhum término. — Ele enfia os cadarços dentro do tênis, em vez de amarrá-los.

— A maneira como terminamos foi horrível, mas nós terminamos, *sim*. Me desculpe por ter te magoado.

— Você também se magoou. Você escolheu o padrão.

Pessoas-padrão não são revolucionárias. Nada de bom vem delas. A média equivale a conforto.

Mas eu preciso de conforto. Preciso de segurança.

— Você deixou de ser uma opção no dia em que eu beijei o seu irmão — falo, ríspida. — Não podemos fazer isso com ele, e você sabe disso.

— Meu deus, você parece um disco arranhado. Sua moral me *entedia*. — Ele solta um pequeno bufo. Vejo sua frustração. Todas as coisas das quais ele desistiu ao longo dos anos por Dominic. A atenção. As noites sem dormir. A preocupação. Sempre embaixo na hierarquia. Até mesmo agora, Dom é o garoto de ouro. Aquele que foi para a faculdade, que tem um emprego bom, que vai se casar. — E a pior parte é que eu sou o único aspecto da sua vida em que você segue as regras, mesmo se não for a coisa *certa* a ser feita. Todo o resto nas suas relações, incluindo Dom, é uma merda porque você sempre pega a saída mais fácil.

Ele está certo. Ele está certo, e é hora de eu assumir meus erros. Principalmente o que deixei na Califórnia.

O ombro de Joe roça no meu quando ele se dirige para fora do quarto. E então ouço as palavras que acabam comigo, que me puxam como se eu fosse um antigo suéter puído, até não sobrar mais nada de mim além de um longo fio de dor:

— Eu te amei, Ever Lawson. Mas quero que saiba que você foi a pior coisa que já aconteceu na porra da minha vida.

DEZOITO

Dirijo de volta a Salém, sem permitir que Dom pegue o volante. Agora nós dois estamos recostados no carro, o silêncio entre nós tão palpável que posso senti-lo na minha língua. Já que não confio nele com um veículo no momento — nem sequer com uma máquina de café, aliás —, digo que vou com seu carro até a minha casa para buscar o Loki, e depois dirijo de volta para o apartamento dele. Dom não discute. Como sempre, ele é compreensivo e colaborativo. *Perfeito*. Ele beija o meu pescoço, me pressionando contra o seu carro esportivo, as mãos na minha cintura.

— Você se divertiu no aniversário da minha mãe? — ele murmura contra a minha pele.

— Claro. — Minha mente vagueia para Joe de modo involuntário. Penso nas suas palavras. *Naquele* beijo. Que ainda permanece nos meus lábios, um segredo inconfessável.

Preciso contar ao Dom. Não posso planejar um casamento com este homem sem deixar tudo às claras.

Preciso lhe dizer que é cedo demais, é coisa demais. Que não precisamos contar às pessoas, mas nosso noivado precisa esperar. Senão, só vamos machucar mais gente. E a nós mesmos.

Quando tento me afastar, Dom me abraça mais apertado e diz:

— Coloque Loki na caixa de transporte, pegue umas roupas e volte logo. Preciso estar dentro de você.

A prova do desejo dele por mim está aninhada entre as minhas pernas, através das nossas roupas. Se contorcendo contra a minha virilha, demandando atenção.

— Precisamos conversar primeiro — digo.

— Sobre o quê? — Ele se afasta, me examinando. — Você não está desistindo, não é?

Dou uma risada, me sentido ainda mais morta por dentro.

— Só precisamos resolver umas coisas.

Posso ver que ele não fica feliz com isso, mas concorda.

— Tudo bem. Eu espero.

— Talvez eu demore um pouco. Preciso comprar uns absorventes.

Na verdade, não preciso. Não estou menstruada. Mas de maneira nenhuma posso transar com o Dom, mesmo se tiver alguma chance de ele não se importar com o que aconteceu com Joe.

Dom dá um beijo na minha testa.

— Eu compro, enquanto você vai buscar suas coisas.

— É no caminho — protesto.

— A farmácia é ali do outro lado da rua. — Ele ri. — E você está com o meu carro, lembra? Então não é como se eu estivesse correndo perigo de bater em um muro ou alguma coisa assim.

Reviro os olhos.

— Nem brinque com isso. — E, depois, antes que eu me esqueça, digo: — Eu te amo.

— Eu também te amo.

Ele se despede com um tapinha na minha bunda. Dentro do carro, quando está silencioso, repasso a cena dessa noite com Joe na minha cabeça várias vezes.

Eu te amei.

Joe falou no pretérito, enquanto eu ainda estou aqui no presente, sofrendo por ele.

Então me ocorre que, depois que eu contar a Dom sobre o meu beijo no seu irmão hoje, é quase certo que ele vai terminar nosso noivado. O que me assusta ainda mais é o sentimento que acompanha isso. De alívio. Não porque eu não amo Dom, mas porque também estou apaixonada pelo seu irmão.

Talvez me afastar de toda a família Graves seja uma coisa boa. Eu poderia dizer a Nora para ir morar com Colt, de qualquer maneira. Morar sozinha por um tempo me faria bem.

Quando entro em casa meia hora depois, Nora não está lá. Não consigo me lembrar da última vez em que ela dormiu em casa. A esse ponto, ela está apenas pagando metade do meu aluguel. Tomo um banho rápido, empurro Loki para dentro da caixa de transporte e faço uma mala com algumas poucas coisas.

Já peguei o bloco de notas autoadesivas perto da geladeira, estou pronta para escrever um bilhete para Nora quando o meu telefone toca no bolso de trás. Eu o pego e vejo o nome de Joe na tela. Meu coração para de bater. Por um segundo, considero não atender. Ou, pelo menos, finjo considerar isso, porque é impossível que eu consiga resistir à vontade.

Arrasto o dedo na tela, suspirando.

— Olhe, eu sei que ainda temos coisas para conversar…

Ele me interrompe.

— Você precisa ir ao hospital.

— O quê? — pergunto.

— Hospital Geral de Salém. Você precisa ir para lá. *Agora*. Mesmo. Dom está em estado crítico.

Deixo cair o bloco de notas e a caneta no chão. Minhas pernas estão tremendo. Tento respirar, mas o ar fica preso na minha garganta.

— Do que está falando? Como? Por quê?

— Ever. Ever. Ever. — A voz de Joe está rouca, como se ele tivesse gritado. A falta da sua indiferença casual me joga para as profundezas da histeria. — Foi há meia hora. Ele atravessou a rua voltando da farmácia. Foi atropelado por um caminhão.

— Ai, meu deus! — grito. — O que houve? O motorista estava bêbado?

Preciso de alguém, ou alguma coisa, em que concentrar minha raiva. O ronco do motor e o som da chuva batendo no carro de Joe me dizem que ele também está a caminho. Entro no modo velocidade máxima, correndo pelo apartamento, colocando os sapatos.

— Eles não sabem — Joe fala finalmente. — Eles não sabem porra nenhuma, Ever. Eu só recebi a ligação dez minutos atrás. Umas duas testemunhas que estavam lá disseram que ele caiu bem na frente dos carros. No sinal vermelho.

— Tipo… desmaiou? — falo engasgada.

Outro segundo de silêncio. Dessa vez, percebo, Joe está tentando controlar suas emoções.

— Foi.

— Mas por quê? Por que alguém simplesmente desabaria assim? Não faz nenhum sentido.

Ele não responde.

— As pessoas simplesmente não caem no meio dos carros. Alguma coisa deve ter acontecido — continuo argumentando com ninguém em particular.

Não consigo pensar direito. Saio correndo pela porta antes de me lembrar que não estou com as chaves.

— Pegue um táxi — diz Joe. — Não dirija. Está chovendo pra cacete e você não está em condições.

Não tenho capacidade mental de discutir com ele agora, então apenas ignoro suas palavras.

— Onde estão Gemma e Brad?

— A caminho. Eu não devo levar mais do que vinte minutos. Acabei de sair da casa da Pres...

Da casa da Presley. Ou do quarto, mais especificamente. Ele não precisa dizer. Não tão surpreendentemente, entretanto, não dou a mínima no momento.

— Vou levar dez minutos — eu me ouço dizer. — Me ligue quando chegar lá.

Não sei como consigo fazer isso. As pequenas coisas cotidianas que normalmente não requerem esforço especial. Afivelar o cinto de segurança. Manobrar o volante. Esperar os sinais de trânsito. Principalmente enquanto eu deslizo para uma vaga de visitante na frente da emergência. Desligo o motor, enrolo os dedos no volante e solto um grito tão agudo que me deixa enjoada.

Em seguida, seco as lágrimas, saio do carro e ando até a recepção da emergência. A recepcionista me encaminha para outra ala. Aparentemente, Dom está em cirurgia. Estou em algum tipo de sala de espera, com cadeiras azuis deprimentes, uma área de recepção menor e grandes janelas com vista para o estacionamento.

Estou parada na frente de um conjunto de portas que dão para um corredor com *outro* conjunto de portas. Dom está em algum lugar no fundo, embora eu não tenha certeza de que tipo de cirurgia estejam fazendo nele. Não sei de nada, e isso está me enlouquecendo.

Eu não me permito pensar no fato de que sua última visita foi à farmácia para comprar absorventes para mim. Para a minha *falsa* menstruação. Não me detenho em como isso é estúpido. Como é sem sentido. Não posso fazer isso comigo mesma agora. Em vez disso, ando de um lado para o outro, brincando com meu anel de diamante no dedo. Ele não pode simplesmente morrer. As pessoas não ficam noivas e morrem no mesmo dia. Não é assim que o mundo funciona.

Uma mulher loura e baixa com uniforme azul de médico corre pelo corredor na direção da sala de espera. Ela está sem fôlego. Será que ela é uma das médicas que está fazendo a cirurgia? Será que ela pode me dizer alguma coisa? Estou prestes a perguntar, mas ela desvia de mim, batendo as mãos por cima da mesa da recepção.

— Belinda?

— Doutora Nelson! — A recepcionista se levanta e chega na bancada e lhe dá um abraço breve. — Sinto muito. Que pesadelo.

A mulher loura solta um gemido lento, se inclinando no ombro de Belinda.

— Chamei o doutor Hansley. Ele está realizando a cirurgia neste momento. É uma lesão cerebral aguda.

— Ele falou como está indo?

A loura meneia a cabeça.

Digo a mim mesma que elas podem não estar falando de Dom. É infantil pensar que só há uma cirurgia acontecendo neste hospital no momento. No entanto, paro de andar, escutando a conversa delas. É a única coisa que eu posso fazer agora.

A loura percebe minha presença pela primeira vez. Ela se vira para mim, o rosto aberto e amigável apesar da sua angústia óbvia.

— Com licença, você está esperando alguém?

— Estou. — Encontro minha voz... ou quase. — Ah... Dominic Graves.

— Você é amiga dele? Paciente? — A mulher loura se aproxima de mim. De perto, ela é linda, de uma maneira fria e graciosa. Então, antes que eu possa responder, ela me oferece a mão. — Sou a doutora Sarah Nelson.

— Sarah! — Aceito a mão dela e a cumprimento. Um alívio me percorre. Ela é a mulher do ímã de geladeira, claro. — Dom me falou de você.

Penso no momento em que ele comentou que uma médica chamada Sarah tinha lhe dito para checar na comunidade de anúncios gratuitos os posts de achados e perdidos quando Loki apareceu na casa dele.

Sarah me lança um sorriso triste.

— Ah. Obrigada.

— Você sabe alguma coisa sobre a... situação dele? — Umedeço os lábios. É tão gentil dela estar ali, verificar se ele está bem. Não estou surpresa, entretanto. Dominic é um cara incrível que abre seu caminho em muitos corações e permanece lá.

Sarah solta um suspiro.

— Bem, liguei para o neurocirurgião que está operando o Dom assim que me disseram que ele estava aqui. É uma cirurgia delicada no cérebro. Ele só disse que Dom fraturou o crânio, que há hemorragia em múltiplas áreas e alguma laceração do tecido encefálico.

Cubro o rosto com as mãos e choro. Deteste ser tão impotente. Que as coisas estejam fora do meu controle. Deteste como essa situação é desnecessária. Como é aleatória.

Sarah estende a mão, esfregando meu braço.

— Eu sei. É terrível.

Em vez de responder as suas palavras, eu só choro ainda mais. Ela me enlaça em um abraço. Não sei por que todos que eu amo acabam morrendo ou se ferindo com gravidade. Minha mãe. Dom. Talvez eu seja amaldiçoada. Talvez a melhor coisa que eu possa fazer pelo meu pai e por Renn seja ficar longe deles. Talvez eles saibam disso, e esse tenha sido o motivo pelo qual eles não me ligaram mais.

Não é de se espantar que você seja obcecada por lápides. Você tem a tendência de colocar as pessoas embaixo delas.

— Eu devia ligar para a família dele... — ouço Sarah murmurar no meu ouvido, pensando alto. — Ver se Gemma e Brad estão sabendo.

Eu me afasto dela, fungando. Finalmente, não me sinto uma completa inútil.

— Eles sabem. Estão a caminho.

Sarah franze a testa.

— Estão?

— Sim. Falei com o Joe... Quer dizer, Seph, há uns vinte minutos. Todo mundo está vindo.

Pela primeira vez desde que começamos a nos falar, Sarah dá um passo para trás, desenhando uma linha invisível entre nós. Ela olha para mim como se eu fosse uma pessoa diferente.

— Quem você disse que era mesmo?

— Eu não disse — dou um soluço, lhe oferecendo a minha mão. — Sou a Everlynne.

— Everlynne...? — Ela quer credenciais. Não pega a mão que eu estendo.

— A noiva dele. — Eu viro um pouco a mão, revelando um reluzente anel de diamante.

— Noiva dele? — repete ela.

— Sim.

— Interessante.

— Por quê?

A doutora Sarah não parece mais tão amigável.

— Porque eu sou a namorada dele.

DEZENOVE

O CHÃO NÃO SE DESPEDAÇA SOB MEUS PÉS. O MUNDO NÃO EXPLODE EM pedaços minúsculos. E, ainda assim, alguma coisa se rompe dentro de mim. É tão substancial que sei que eu nunca, *nunca mais*, vou ser a mesma pessoa que eu era até dois minutos atrás.

Dom tem uma namorada.

Dom está me chifrando.

As pistas começam a fazer sentido na minha cabeça. Ah, como elas pareciam pequenas, separadas umas das outras, aparentemente sem relação e inocentes.

Como Dom nunca, nunca me levou para sair em Salém.

Como ele trabalhava horas demais — mesmo para um enfermeiro — e não voltava para casa três ou quatro noites seguidas às vezes.

Como Joe disse que não se sentia culpado por me beijar. A maneira como ele sempre fazia alusão a Dom não ser o santo que eu imaginava que ele fosse.

O nojo que ele sentiu pelo meu relacionamento com o Dom — será que ele sabia que o Dom estava me traindo? Claro que sim. Se a Sarah conhece Gemma e Brad, ela conhece Joe também. E então a ficha cai...

O colar.

O colar.

O colar.

A letra S. *Sarah.*

Ela e eu ocupamos a mesma cama, rolamos nos mesmos lençóis, beijamos a mesma pele do mesmo homem todas essas semanas e esses meses. Agora que penso nisso, ela está por todo lugar da casa dele. Nos ímãs da geladeira. Na maneira como as canecas estão sempre cuidadosamente arrumadas por cor no armário da cozinha. O desodorante feminino que ele me deixou usar uma vez e disse que era da mãe dele...

— Não faço ideia de como responder ao que acabou de dizer — Sarah fala e, embora seu tom seja seco, posso ver que o queixo dela está tremendo. — Dom e eu estamos juntos há três anos.

— Sinto muito — digo, sentindo muito por *mim*, não por ela. — É verdade. Ele me pediu em casamento essa noite. No aniversário de sessenta anos da mãe dele.

Sarah fecha os olhos. Posso ver que a ficha caiu. Que ela acreditou no que eu disse. Quanto a mim, ainda estou lutando para absorver a nova realidade. Dom não pode ser um canalha traidor. Ele não é assim. Ele é o Salvador das Garotas Perdidas. O homem doce, leve e de covinhas que invadiu a cena e tornou tudo melhor.

— Há quanto tempo vocês estão juntos? — Ela limpa os olhos.

— Três meses. — Parece inadequado em comparação aos três anos que ela passou com ele. *Eu* me sinto inadequada. Ela é uma médica linda. Eu sou... Eu sou *eu*. O que Dom estava pensando? Por que ele começou alguma coisa comigo?

— Acho que foi por isso que ele parou de me convidar para a casa dos pais dele. — Uma risada frágil borbulha da garganta dela. — Achei que tinha sido por causa dos meus plantões noturnos e da agenda dele. Uau.

As portas duplas entre nós se abrem com força. Joe aparece como uma miragem, esbanjando energia sombria. Ele vê Sarah e a mim paradas uma na frente da outra e faz uma careta. É alguma coisa entre *Merda* e *Dom, seu idiota de merda*. É uma expressão bem típica de Joe.

— Seph — murmura Sarah. Seus ombros murcham. — Ai, meu deus.

Não sei se ela vai falar do acidente ou da gravidade da situação de Dom, da traição ou de tudo ao mesmo tempo.

— Sar, como você está?

Seph e Sar. Essa é toda a confirmação que eu precisava de que esses dois se conhecem.

— Péssima — diz ela.

Os olhos de Joe desviam para mim. Ele está checando o clima. Tentando avaliar o quanto eu estou furiosa.

Porque é fácil — e porque ele merece — assim que ele me alcança, para me dar um abraço, dou um tapa nele. Dessa vez, atinjo o lado esquerdo. Dois tapas em um mesmo dia é com certeza um tipo de recorde.

Ele esfrega a bochecha.

— Esse eu mereci.

— Seu cretino — sibilo.

— Culpado. Vamos voltar a esse assunto depois. — Ele se vira para Sarah. — Alguma notícia dele?

Sarah está se abraçando. Posso ver que ela está observando nossa interação de perto, e que está achando muito estranha. Ela balança a cabeça.

— Ainda não, mas eu estava indo tentar entrar na sala de cirurgia.

— Você devia fazer isso — diz ele com firmeza. — *Agora.*

Depois de lançar um olhar impotente para nós dois, Sarah sai caminhando pelo corredor. Joe e eu estamos sozinhos. Parece estúpido falar sobre a infidelidade de Dom quando ele pode nem sobreviver. Então, novamente, não há nada para se conversar. Nós não sabemos de nada. Por mais deplorável que seja, Sarah é exatamente a distração de que eu precisava para esquecer que meu noivo está neste momento lutando pela vida.

— Ele está me chifrando — digo, sem rodeios, depois que Sarah sai e ficamos só nós dois entre as paredes verde-menta. Percebo que a recepcionista Belinda está bem interessada no que está acontecendo na sua sala de espera. Ela está lendo a mesma página do seu livro há dez minutos.

Joe coça o queixo e desvia o olhar.

— Ele é meu irmão, Ever. O que eu devia fazer? Dedurar? — A mandíbula dele se contrai. — Tentei indicar para você de diversas maneiras que não era o fim do mundo se nós nos beijássemos.

— Um erro não justifica o outro! — disparo.

— A meu ver, se alguém é imbecil o suficiente para trair duas mulheres incríveis, então não é bom o suficiente para estar com nenhuma delas.

— Por que você não colocou juízo na cabeça dele?

— Acha que eu não tentei! — troveja Joe, atirando os braços para o ar, exasperado. — Fiz tudo o que eu podia para enfiar isso naquela cabeça dura dele. Milhares de vezes. Você acha que eu gostei de ver essa confusão acontecendo? Ainda mais quando você estava envolvida nela?

— É — eu me ouço dizendo, apesar de não ter certeza do que eu realmente acho. — Você devia sentir algum tipo de satisfação de saber que meu relacionamento estava condenado. Fadado ao fracasso. Que eu estava sendo feita de trouxa...

— Você não me conhece. — A voz dele é cortante quando interrompe minhas palavras. — Eu nunca iria querer participar dessa merda. Sabe por quê?

Estremeço em resposta, percebendo que ele está usando aquele sorriso amargo e horrível de um homem marcado pela dor.

— Porque eu sei como é ter o coração partido.

E é horrível. Mas, apesar de estar tão furiosa e assustada, ainda quero cair de joelhos e pedir... o quê? O amor dele? A aceitação? O perdão? O que eu quero deste homem?

— Por que Dom me pediu em casamento? — Mudo de assunto. — Por que ele me chamou para morar com ele se ele tem uma namorada estável? Por q...

— Sarah e Dom não estavam namorando firme esse ano — Joe me interrompe de novo. — Eles terminaram um milhão de vezes. Ela foi em uma missão dos Médicos sem Fronteiras por um tempo, voltou, quase aceitou um emprego em Portland... Eles ficaram indo e voltando um tempo. Foi por isso que meus pais te receberam de braços abertos. Eles tinham certeza de que as coisas com Sarah tinham terminado.

— Quando foi a última vez que ele levou ela para lá? — pergunto.

Joe passa a mão no cabelo.

— Não sei, na Páscoa?

Dom tem tanta sorte por estar na sala de cirurgia agora, porque era capaz de eu dar um soco nele não importa qual fosse seu estado físico no momento.

— Ele disse que não levava nenhuma mulher para a casa dos pais para o Natal desde Emily — ressalto com desprezo.

Por que isso é importante agora? Não sei. Talvez eu esteja tentando vilanizar o Dom agora que sua existência na minha vida está em questão. Até agora, não está funcionando.

Joe me olha como se eu fosse maluca.

— Quem é Emily?

Franzo a testa.

— Emily. Ex-namorada dele.

— Ele nunca namorou nenhuma Emily.

Meu corpo inteiro está tremendo. Parece que estou prestes a explodir. Emily era uma mentira. Ele me enganou e me manipulou. Aquele manipulador filho da...

— Então ele e Sarah não estavam firmes. — Tento manter minha voz calma. — Mas ainda assim ele me pediu em casamento quando tinha outra namorada.

— Ele era... *é* — corrige Joe —, olhe, Dom é uma pessoa difícil de entender. Eu não sei o que ele está pensando. Metade do tempo eu acho que nem *ele mesmo* sabe o que está pensando.

— Por que ele não terminou com ela na mesma hora? — demando, como se Joe fosse a causa da minha dor no momento, e não Dom. Como se fosse ele o culpado por toda essa confusão.

Ele me lança um olhar exausto, esfregando os nós dos dedos na mandíbula.

— Você quer a verdade?

— Por favor.

— Porque Dom estava acostumado a se safar de qualquer merda que ele tivesse feito desde muito novo, e ele achava que podia escolher duas coisas diferentes até o último minuto. Você não estava assegurada até ter uma aliança no dedo, e ele queria manter as opções abertas. Acho que uma parte dele sempre vai amar Sarah. Ela destruiu a vida dele quando se mudou para o Iêmen. Ele só precisava...

— De alguém sem uma carreira, uma agenda ocupada e uma grande vida. Alguém que ele pudesse moldar para ser a mulher que ele precisa — termino por ele, a amargura explodindo na minha boca.

Porque isso é exatamente o que eu tenho sido para Dom. Desde o início, eu fui essa garota isolada que ele conheceu em circunstâncias estranhas. Sem família, sem amigos, sem rumo. Não havia perigo de eu fugir. De fazer alguma coisa grande e não incluí-lo.

Ele te levou para uma aula de cerâmica, eu me provoco internamente. *Porque ele sabia que ia te moldar e te definir da maneira que ele queria que você fosse.*

Não há ar suficiente na sala. Na cidade. No universo.

— Assim que ele se ajoelhou na sala da casa dos meus pais, eu soube que ele tinha tomado uma decisão. — O pomo de Adão de Joe se move quando ele engole em seco. Ele parece tão devastado agora, que eu não consigo mais continuar brigando com ele. Na verdade, ele está certo. Ele não tem culpa. E daí se ele sabia? Eu também não deduraria Renn, não importa o que ele fizesse.

Sarah e eu estávamos competindo. A velha contra a nova. E agora eu percebo por que Sarah disse a Dom para entrar numa comunidade de anúncios gratuitos meses atrás quando Loki apareceu na varanda dele, porque ela estava bem ali, na casa dele, quando aquilo aconteceu.

Joe se vira para Belinda.

— Quando vamos receber alguma notícia do meu irmão?

Belinda enfia um marcador no livro.

— Vamos ter notícias quando um dos médicos responsáveis pela cirurgia sair, senhor Graves.

— Obrigado por nada — murmura Joe.

— Notícias ruins chegam rápido. — Esfrego a testa. — Ninguém estaria ocupado se ele estivesse morto.

A última palavra explode entre nós, e nós dois nos encaramos, de olhos arregalados.

Sarah volta correndo para a sala de espera usando um uniforme limpo, o rosto coberto por um *face shield* e todos os outros acessórios que os cirurgiões usam. Ela passa pelas portas duplas que levam à sala de cirurgia, sem nem sequer olhar para nós.

— Ele vai ficar bem, não é? — pergunto a Joe.

Ele pega a minha mão e a aperta, mudo. A resposta está no seu toque.

*   *   *

Gemma e Brad chegam ao hospital de pijamas e pantufas combinando. Dois policiais também aparecem. Os guardas nos dizem que o motorista do caminhão que atingiu Dominic, um homem de quarenta anos, pai de três crianças, morador de Boston, estava sóbrio e dirigindo dentro do limite. Que, de acordo com as testemunhas, Dom desabou da calçada para o meio-fio bem na hora em que o caminhão estava fazendo uma curva à direita. Infelizmente, ele não sofreu só o impacto da batida, mas também foi arrastado pelo asfalto até o caminhão completar a curva.

Sarah ainda não saiu da sala de cirurgia. Não há nenhuma notícia dos outros médicos que estão operando Dom. Parece que estamos presos em um dos círculos do inferno de Dante. Talvez no círculo da traição.

— Vou pegar um café para todo mundo — digo aos Graves e me retiro para a pequena cafeteria do outro lado do prédio. Estou nervosa e desconcentrada. Também quero ligar para o meu pai e para Renn e falar que eu os amo. Que dou valor a eles. Que quero pedir desculpas por eu ser tão horrível. Que vou ser menos horrível de agora em diante, porque é verdade. Não há nenhuma garantia de que qualquer um de nós vá estar aqui amanhã. Precisamos fazer o melhor do dia de hoje.

Enquanto espero quatro xícaras de café e uns doces que ninguém vai comer, mando uma mensagem rápida para Nora sobre o que aconteceu com Dom. Digo que, na pressa, deixei Loki preso na caixa de transporte. Pergunto se ela pode tirá-lo de lá e ver se a caixa de areia está limpa e se ele tem água e comida.

Ela me manda uma mensagem na mesma hora dizendo que sente muito e está em choque por mim, que ela e Colt estão a caminho do nosso apartamento e pede para avisar assim que eu tiver mais notícias.

A mulher que trabalha no café me dá uma bandeja para carregar os cafés e os doces. Volto devagar para a sala de espera. Não há sentido em correr. Parece que os cirurgiões nunca vão sair daquela sala. São cinco horas da manhã, e ainda não tivemos nenhuma notícia. Me assusta que estou ficando confortável com o estado de não saber. Que o limbo da incerteza é, para mim, preferível a saber que ele não vai resistir.

Quanto mais perto eu chego da sala de espera, mais é aparente a comoção que está lá. Se for Sarah causando uma cena por causa do noivado, vou gritar. Os Graves não merecem esse tipo de caos no momento. Mas, quando abro as portas com o ombro e vejo dois médicos com expressões exaustas, uma Sarah devastada e Joe e Brad inertes, eu sei.

Gemma está no chão desmoronada, chorando copiosamente.

A bandeja desliza das minhas mãos. O líquido quente respinga na minha canela, mas eu não sinto. Brad e Joe se viram para me olhar. Eles estão falando comigo, mas não consigo ouvir. Tudo fica branco e nebuloso. Cambaleio para trás. Para longe.

Não. Não. Não.

Tudo soa como se eu estivesse embaixo d'água. Não consigo ouvi-los, o que é melhor.

Eu me viro e começo a correr. Ou tento correr. Sou como um filhote de girafa dando seus primeiros passos. Minhas pernas tropeçam. Caio no chão. Outro corpo aterrissa em cima de mim vindo de trás. O peso parece tragicamente familiar. Os braços dele engolem toda a minha figura.

Os lábios dele roçam nas minhas orelhas.

— Shhh. Estou aqui. Bota para fora.

Eu desabo no chão. Chuto, choro, grito. Faço uma cena. Arranho meu próprio rosto. Não sei por quanto tempo eu faço isso. Mas depois de um tempo, minha energia acaba. Fico apática nos braços dele. Ele ainda está me segurando firme.

— Precisamos dar apoio a Gemma — murmuro, congestionada de lágrimas e catarro.

É sempre a mãe que sofre mais.

Joe se levanta e me oferece sua mão. Eu aceito, fungando.

Juntos, andamos para nossa nova realidade, sem Dom.

VINTE

Decidimos ficar juntos nas próximas horas em um torpor pós-apocalíptico.

Esse *nós* consiste de Joe, Brad, Gemma, Sarah e eu.

Sarah e eu não conversamos muito, mas, quando nos falamos, não é hostil. Estamos ambas exaustas e emanando desespero. Até mesmo traição e infidelidade são coisas pequenas no grande esquema da vida. E o que importa se Dom fez as duas de palhaças se ele nem está mais aqui para gritarmos com ele? A raiva é tão redundante e pequena em comparação à dor de perdê-lo.

Joe nos leva à casa de Dom, onde faço chá para todos, me movendo no automático. Sarah corta um comprimido de calmante com uma faca de manteiga e dá uma metade para Gemma e a outra para Brad. Ela oferece para Joe e para mim alguma coisa para nos acalmar, mas nós dois recusamos.

Joe se tranca no quarto de Dom e faz algumas ligações. Eu não sei o que sentir. Não sei o que pensar. Estou com medo de processar tudo o que está acontecendo aqui.

Gemma, Sarah e eu estamos na sala, tomando chá. Ao que parece, Dom simplesmente desabou na rua, bem na frente dos carros em movimento. Meu palpite é que ele estava exausto demais para ficar de pé. Eu sempre me preocupei de ele não estar dormindo tempo suficiente.

Sarah sente necessidade de preencher o silêncio, porque ela é médica e porque ela estava lá durante a última hora.

— Ele não sentiu. — Ela leva a xícara à boca, deixando a fumaça criar um bigode de condensação sobre seu lábio. — Nada. Ele sofreu um traumatismo com perfuração. O impacto forçou uma parte do seu crânio para dentro do cérebro. Ele estava totalmente inconsciente. Não soube o que estava acontecendo. Eu sei que não traz muito conforto, mas achei que vocês deveriam saber.

— Então por que levou horas? A cirurgia? — pergunto.

Ela olha para mim, surpresa por eu estar falando com ela. Seus olhos descem para o meu anel de noivado, e se enchem de lágrimas de novo. Enfio a mão embaixo da coxa, constrangida.

Ela pigarreia.

— Ele não morreu imediatamente. Eles tentaram conter a hemorragia e avaliar a lesão do tecido encefálico perfurado.

— Então, mesmo se ele tivesse sobrevivido... — Gemma pressiona um lenço de papel despedaçado no nariz. Pedaços do lenço grudam nas suas bochechas e nos lábios, mas ninguém fala nada.

— Sim — diz Sarah, delicadamente, estendendo o braço para tocar no joelho de Gemma. — A recuperação teria sido extremamente longa, e, apesar de não ser a minha área de especialidade, eu diria que a lesão no cérebro dele teria sido substancial. Ele não ia poder levar a vida que tinha antes.

— Obrigada... por explicar tudo isso — digo.

Porque, de certa maneira, é um pouco reconfortante. Saber que Dom foi poupado do destino de passar por um longo coma.

Gemma desaba completamente e pega as mãos de nós duas e diz:

— Eu sinto muito, meninas. Sei como deve ser difícil para vocês duas se sentarem juntas no mesmo cômodo. Mas só quero dizer que ver como as duas estão lidando com essa situação complexa apenas me mostra por que Dom estava com dificuldades de fazer uma escolha.

Sarah e eu trocamos olhares horrorizados. Tenho certeza de que ela também não gosta da ideia de ser tratada como uma calça jeans que veste bem. Eu aceitar Sarah não tem nada a ver com meu amor por Dom e tudo a ver com o fato de que *ela*, pessoalmente, não sabia da minha existência e, portanto, não fez nada de mal para mim.

— Está tudo bem — diz Sarah, seca. — Não importa. Todos nós amávamos Dominic.

Finalmente, Joe sai do quarto de Dom e informa aos pais sobre todos os tipos de coisas burocráticas. Ele coloca a mão no meu ombro.

— É melhor você ligar para alguém. Não vou deixar você sair daqui até eu saber que tem alguém para tomar conta de você.

Embora eu tenha pavor em pensar nessa ligação, também sei que ela é necessária. Pego meu telefone e me tranco no quarto de Dom. Uma nova onda de lágrimas me atinge quando sinto o cheiro dele. Da sua cama, da sua loção pós-barba, da sua roupa lavada, da sua *vida*. Parece tão surreal que eu não vá mais vê-lo. Que seu cheiro vá sumir, e suas coisas vão ser guardadas em algum lugar ou doadas. Que seu corpo não vai mais ser quente, forte e vital.

Ligo para o meu pai antes de Nora, achando que ele com certeza não vai atender o telefone. Por que atenderia? Eu não tenho sido nada além de uma filha de merda para ele nos últimos seis anos. Mas talvez pais tenham um sexto sentido, porque dessa vez não só ele atende, como faz isso no segundo toque. Antes que eu possa dizer a mim mesma que tudo bem desligar. Que eu tentei.

— Everlynne — ele fala logo.

Ao som da sua voz, eu desmorono. Eu me abandono sem me conter. Gemo de dor, sem nem reconhecer minha própria voz. Pareço mais um animal.

O tom dele muda imediatamente. Está suave agora.

— Ah... não... não chore. Eu... hum... Everlynne, por favor, me conte o que está acontecendo. Detesto ver você assim.

Isso, claro, só me faz chorar ainda mais. Porque desisti desse pai incrível. Que leu histórias para mim e aprendeu a dançar vendo vídeos do YouTube comigo, e sempre sustentou que eu era talentosa, e linda, e podia fazer qualquer coisa que eu quisesse se eu me esforçasse.

— O que houve? Me diga. — Ouço a porta do seu escritório se fechando.

— Pai, me desculpe. Me desculpe pela maneira como eu tenho me comportado...

Não consigo terminar a frase. Ele limpa a garganta, me acalmando de novo.

— Sou seu pai. Vou te apoiar sempre, mesmo se eu não concordar necessariamente com seu comportamento em alguns momentos. Agora, me diga o que aconteceu para eu poder te ajudar.

Mas ele não pode me ajudar. Ninguém pode. Eu perdi Dominic e ninguém pode trazê-lo de volta.

— E-e-eu tinha um noivo — falo entre soluços.

— Um noivo? — Ele soa chocado.

— S-sim.

— E... você terminou com ele? — Ele soa confuso. Cauteloso. Desalentado.

— N-n-não. — Cada palavra sai dos meus lábios como uma batata quente.
— E-Ele-ele-ele *morreu*.

Declarar isso em voz alta me faz desabar de novo. Como se ainda houvesse alguma coisa a perder.

— Seu noivo morreu? — pergunta meu pai.

Não consigo dizer se ele está perdido ou chocado.

— Sim.

Há uma pausa enquanto ele digere a informação. E, finalmente, ele fala:

— Como ele morreu? Quando?

— A-a-acidente de trânsito. Ontem. Algumas horas depois de ficarmos noivos. Não sei o que fazer.

Essa é a coisa mais verdadeira que eu já disse. Eu não sei, de fato, o que fazer. Não nos próximos dez minutos, nas próximas horas, nas próximas semanas. Não tenho ideia de como devo me comportar agora. Não existe protocolo para o que acontece a seguir.

Silêncio do outro lado da linha. Por um momento, acho que meu pai pode ter desligado. Não sei se posso culpá-lo, depois de tudo o que aconteceu.

— Vou pegar um avião, Ever. Espere aí mesmo. Estou indo te ver. Hoje.

— Ah. Você não precisa fazer isso...

— *Eu te amo.* — As palavras dele me atingem com a força de um caminhão. Ele fala com um gemido baixo. Com afinco. — Você escutou, Everlynne? Eu te amo.

Eu choro histericamente de novo, dessa vez de alívio. Ele me ama. Ele ainda me ama. Depois de tudo o que aconteceu, ele ainda quer me apoiar.

— O-obrigada.

— Seja forte. Estou indo.

A linha cai.

Pela primeira vez desde que Joe me ligou para falar de Dom, eu me lembro de como respirar.

*   *   *

O funeral será feito com o caixão aberto.

É a figura real de Dominic Graves e, apesar da lesão na cabeça, seu rosto permanece perfeito e sem cicatrizes.

Nora ficou a cargo da maquiagem. Ela perguntou antes se seria estranho para mim. Eu disse que não, embora eu não tivesse ideia de como eu estava me sentindo em relação a isso.

Nessa última semana, fiquei extremamente desconectada da realidade. A vida parece estar acontecendo à minha volta.

Eu não durmo, mas de vez em quando desmaio em locais aleatórios da casa. Meu pai e Renn estão aqui há uma semana. Eles estão hospedados em um bom hotel no centro e aparecem na minha porta de manhã cedo com café. Eles trouxeram donuts no primeiro dia, mas aquilo me lembrou a Promessa de Namorada e chorei na caixa, fazendo um escândalo, como se eles devessem saber.

Meu pai e Renn se dão muito bem com Nora e Colt. É tudo muito cordial no exterior. Parecemos qualquer outra família. Mas não somos, e todas as coisas não ditas estão empilhadas entre nós em uma pilha invisível de tristeza.

Renn está muito diferente agora. Tão alto e forte. Tão perdido e sem mãe. Meu pai também está diferente. Mas não necessariamente de uma maneira ruim. Ele parece ter perdido alguns quilos e ter cortado o cabelo em um profissional de verdade, agora que minha mãe não está aqui para aparar o cabelo dele.

Eles dois chegaram no dia em que eu liguei para o meu pai, como ele prometera. Embora o funeral esteja acontecendo uma semana depois, nenhum deles reclamou do tempo que estão faltando ao trabalho ou à faculdade.

Opto por não ver o corpo de Dom no caixão. Irônico, já que sou obcecada por lápides. Talvez eu seja uma fraude. Talvez seja por isso que Dom e eu nos demos tão bem. Afinal, ele também se mostrou uma fraude. Entretanto, esquisito demais, eu mal penso que ele me traiu e foco mais no fato de que o perdi.

Enquanto estamos sentados, escutando o sermão na fileira da frente de uma igreja de Dover, seguro a mão do meu pai com toda força. Renn empurra o ombro no meu de uma maneira amorosa.

Eu não me permito perguntar ao meu pai se ele está bravo comigo ou o que ele queria me contar nesses meses todos. Não abordo o assunto de como a nossa relação vai parecer depois que tudo isso acabar. Também não ouso perguntar a Nora como era a aparência do Dom quando ela trabalhou nele. Eu me sinto incapaz de manter uma conversa com qualquer pessoa. Tudo parece inchado e cru. As coisas que me incomodavam: a agenda frenética de Dom, *Lynne*, e *Gatinha*, e seu péssimo — *péssimo* — gosto musical, agora parecem tão pequenas e insignificantes. Eu pagaria com semanas, e meses, e anos da minha própria vida apenas para poder beijá-lo e tocá-lo de novo. Dizer que eu o amava. Explicar que eu realmente não precisava dos absorventes.

Eu. Não. Precisava. Dos. Absorventes.

Admiro a crueldade do mundo. Como ele deixou Dom sobreviver ao câncer, mas acabou tirando a sua vida prematuramente de qualquer maneira. E imagino quantas perdas uma pessoa pode experimentar antes de desistir da ideia de felicidade. Não sei onde estou no medidor de perdas. A felicidade parece um mito no momento.

Depois da cerimônia, as pessoas espiam dentro do caixão. Eu escapo da igreja e passo por Sarah, Gemma e Brad, que estão parados do lado da porta como uma única unidade familiar. Tento reunir forças para ter ciúmes, mas estou tão exausta mentalmente que nem isso eu consigo.

Quando circundo o pátio da igreja, noto Joe perto do lago de patos, apoiado no tronco de uma árvore, fumando. O sol dança em volta dele como uma aura, e meu coração se aperta, apesar de tudo, pela beleza dele. Ele parece cansado também. De repente, eu percebo. Por que ele fuma. Não é para parecer legal ou para viver no estilo de um escritor atormentado. É porque ele se sente culpado — ele sempre se sentiu culpado — por ele ser saudável. O irmão sem câncer.

Eu me aproximo, cambaleando um pouco nos meus sapatos chiques.

— Posso filar um? — pergunto quando chego perto.

Ele não demonstra nenhum estranhamento e me oferece o maço, mesmo sabendo que eu não fumo. Pego um cigarro e o coloco entre os lábios. Ele o acende para mim e enfia o isqueiro de volta no bolso da frente.

— Obrigada — digo.

— Acabou? — Com a cabeça, ele aponta a igreja atrás de mim, apertando os olhos.

— Sim.

— E você não ficou?

— Estão olhando para ele agora. Dentro do caixão. Parece realmente bárbaro. Por que alguém iria querer fazer isso? — pergunto. — Não parece respeitoso. Parece... o *oposto*.

— Você está censurando o cristianismo agora? — Ele parece achar um pouco de graça. Eu poderia supor que ele não está arrasado se eu não soubesse das coisas. Mas eu sei, e esse é o comportamento preferido de Joe: ele usa o sarcasmo como armadura. O oposto do seu doce irmão mais velho.

— Não — digo. — Eu só não entendo a ideia de olhar uma pessoa morta.

— Antes vós do que eu. — Joe atira o cigarro para o lado, soprando fumaça na direção oposta. — Seres humanos têm uma estranha fascinação com a morte. Você devia saber disso melhor do que ninguém.

Ele está se referindo aos desenhos dos túmulos. Do meu trabalho como guia de tour em Salém. Agora que penso nisso, eu me cerco bastante da morte.

Não toquei no caderno de desenhos desde o nosso beijo, e tenho certeza de que ele também não escreveu uma palavra. Qualquer chama que passou entre mim e Joe se extinguiu na noite em que Dom morreu.

— Como você está lidando com tudo isso? — pergunta ele.

Dou um trago no cigarro e tusso a fumaça. Isso é horrível. Por que alguém faria isso por livre e espontânea vontade? Algumas vezes por dia? Parece um beijo de língua em um cinzeiro.

— Não estou — admito. — Eu... Eu nem me sinto humana. Eu só existo. E você?

— Tenho minha mãe e meu pai para cuidar. Me mantém ocupado e seguindo. Quando você sente que as pessoas dependem de você, você tem uma razão para seguir em frente.

Finjo dar mais umas tragadas no cigarro, apenas para manter as aparências. Ele me fita, o divertimento dançando nos seus olhos.

— Você está fazendo isso errado.

— Você está se referindo à vida ou...?

— A fumar. Mas os dois, na verdade. Você precisa deixar a fumaça chegar no fundo dos pulmões. Se você mantiver na boca, pode ter câncer de boca.

— Porque câncer de pulmão é preferível? — Tusso de novo.

— Chega. — Ele arranca o cigarro dos meus lábios e o parte em dois. — *Você está se matando, cara.*

A maneira como ele imita Pippa é tão perfeita, com seu sotaque de patricinha tão certo, que me causa dor tanto pela minha melhor amiga quanto pelo tempo como era *antes*. Antes de Dom. Antes de Joe. Quando minha mãe estava viva, Pippa e eu éramos unha e carne e minha maior preocupação era se eu era assexual ou não.

— O que vai fazer agora? — pergunta Joe. Ele sente que é uma despedida porque *é* uma despedida. Não há nada para nos manter em contato agora. Dom se foi. Nossa única desculpa para nos vermos foi tirada de nós.

— Não sei — respondo. — E você?

Ele encolhe os ombros.

— Volto a trabalhar na segunda. O mundo não se importa se você perdeu seu melhor amigo. Seu irmão. Seu noivo. É uma benção e uma maldição. Você é forçado a voltar à roda da vida, quer esteja pronto ou não.

— Eu não estou pronta para ser humana de novo — digo.

— Mas logo vai estar. — Ele engole em seco, os olhos brilhando com lágrimas não derramadas enquanto estende a mão para tirar uma mecha de cabelo ruivo da minha testa. — Em algum momento. E quando estiver, espero que encontre o que está procurando, Ever.

E então eu percebo que esqueci de uma coisa. Puxo o anel de noivado do dedo e o entrego para ele. Sai bem fácil, já que mal comi a semana toda.

— Pode dar isso para Gemma? Por favor? Tenho certeza de que ela ia querer, e ela está ocupada...

— Com Sarah. — Joe se afasta do tronco da árvore e começa a caminhar de volta à igreja. Eu o sigo. — Não ligue muito para isso. Neste momento, você está imersa nos seus sentimentos. Sarah é médica. Ela é fria e pragmática. E é exatamente o que minha mãe e meu pai precisam.

— Não estou chateada. — Eu digo, mas estou, eu só sei que é indelicado da minha parte. — Pegue o anel — reitero.

— Por mais que eu adore ser o seu garoto de entregas, acho melhor você mesma dar para Gemma.

Ele sai pisando duro e vai se afastando da igreja. Aonde ele está indo?

— Estou indo embora — diz ele, como se estivesse lendo os meus pensamentos. — Não consigo fazer isso.

— Fazer o quê? — Eu o sigo, correndo atrás dele.

Joe destranca o carro e desliza para o banco do motorista.

— Não consigo ver eles baixando meu irmão na terra. É uma merda. E conhecendo Dom, ele também não ia querer que nenhum de nós visse. Venha comigo, Ever.

Ele para, me encarando com expectativa.

Estou diante do lado do motorista do carro dele. A porta está escancarada.

Viro o rosto para a igreja. As pessoas estão começando a sair.

— Meu pai e meu irmão estão lá.

— Eles vão entender — Joe diz com convicção.

— Para onde? — pergunto, perplexa.

— Minha casa.

— Não confio em mim mesma quando estou perto de você.

Meu deus, quão horrível eu sou por admitir isso em voz alta ao irmão do homem com quem eu deveria me casar enquanto ele está sendo *enterrado*? Será que o egoísmo humano conhece algum limite?

Um sorriso triste se forma nos lábios dele.

— Então somos dois.

Dou um passo para trás. Não quero fazer nada de que eu vá me arrepender, e acho que posso me arrepender muito se eu entrar no carro com o Joe agora. Sinto minha cabeça balançando.

Joe abaixa a cabeça, em seu movimento característico de flor murcha.

— Detesto isso. — Lágrimas brotam em meus olhos mais uma vez.

— Se despedir de novo?

Confirmo com a cabeça. Quantas vezes eu e ele podemos perder um ao outro?

— Me dá um abraço? — Encolho os ombros.

— Seria doloroso demais. Tenha uma boa vida, Ever. — Joe bate a porta do carro.

Ele dá a partida e se afasta, levando o que ainda restava da minha felicidade com ele.

VINTE E UM

Faz três semanas desde o enterro de Dom, e ainda estou na cama.

Três semanas desde que levei meu pai e Renn ao aeroporto.

Antes de eles embarcarem, meu pai me abraçou e disse:

— Minha porta vai estar sempre aberta, garota. Acho que você precisa de um tempo fora de Massachusetts.

Três semanas desde que meu coração disparou, porque eu sabia que ele estava falando sério.

Três semanas desde que Nora começou a morar o tempo inteiro na nossa casa porque ela está preocupada comigo.

Três semanas desde que Colt teve um ataque por isso, depois pediu desculpas a nós duas.

Três semanas desde que eu troquei meus lençóis e fui fazer compras e tomei banho.

Não estou sempre na cama. Às vezes eu me levanto para atender ao rapaz do delivery, como dá para ver pelas montanhas de embalagens espalhadas à minha volta. Às vezes vou ao banheiro. Dou água e comida religiosamente para Loki. Mas, em geral, fico na cama.

No dia seguinte ao enterro, peço demissão dos meus dois empregos sem aviso prévio. Jenine, minha chefe, parece compreender. Pensando bem, a opção de não ser compreensiva foi tirada dela. Eu perdi meu noivo. Mereço passe livre.

Nada mais me prende a Salém de verdade. Não tenho emprego ou amigos ou um vínculo com esse lugar. Salém está encharcada com a presença de Dom. A cidade, em si, é uma ferida aberta para mim. Uma prova disso é que não saio mais de casa.

Por outro lado, São Francisco é uma lembrança de que minha mãe morreu. Não consigo suportar nenhum dos dois lugares agora. Mas preciso existir *em algum lugar*. No momento, entretanto, a coisa mais fácil a fazer é... bem, é *não* fazer nada.

Como estou distraída demais para assistir à TV ou ler um livro, passo meu tempo principalmente revendo as redes sociais de Dom, me agarrando às lembranças dele. Não há muita coisa. Dom não era ativo nas redes sociais. Fico encarando suas três fotos no Instagram várias e várias vezes. Entro nos comentários. Checo os perfis de todas as pessoas que curtiram. É assim que encontro o perfil de Sarah. É público, mas escasso. Há uma foto dela e de Dom sorrindo um para o outro em uma boate. Percebo que Dom curtiu e comentou nas fotos dela até seu último dia vivo.

Dois dias antes de ele morrer, ele curtiu uma foto dela e comentou com uma fileira de corações. Provavelmente, ele já sabia que ia me pedir em casamento.

Estou tão brava com ele; às vezes eu queria poder ressuscitá-lo só para poder dar um tapa na cara dele. Outras vezes prometo a deus que, se ele o trouxer de volta para mim, não vou reclamar. Eu o perdoaria. Fingiria que isso nunca aconteceu.

Agora, ouço Colt e Nora discutindo na sala.

— ... disse que estávamos indo morar juntos. Estou cansado dessa merda, Nor. Já se passaram anos. Não meses. Anos — rosna Colt. Fico pensando se ele sabe como nossas paredes são finas enquanto olho fixamente para o teto em cima da cama.

— O que eu posso fazer, Colt? Ela acabou de perder o noivo!

— De um noivado de quatro horas! — Colt dispara de volta.

— Não seja nojento. — Nora soa chocada mais do que qualquer coisa. — Que coisa insensível de se dizer.

— Agora quem sabe quando ela vai se sentir melhor? Você vai ficar presa aqui para sempre. Eu não aguento mais isso. Simplesmente não aguento.

Eu concordo com Colt. Nora devia ir morar com o seu noivo. Ela não pode continuar sendo minha muleta. Eu me encho de energia, jogo o cobertor para o lado e cambaleio até a sala. Bato três vezes na parede para indicar minha presença.

Nora e Colt se viram para mim, surpresos.

— Você saiu da cama. — Nora arregala os olhos, sem acreditar.

— É. — Estou sorrindo. Machuca tanto as minhas bochechas que fico surpresa de não estar sangrando. — Só achei que vocês deviam saber que eu tenho planos para hoje à noite.

— Você *tem*? — As sobrancelhas de Nora alcançam o couro cabeludo.

— Tenho.

— Com quem? — pergunta ela.

— Joe — digo, naturalmente. Ele é a única pessoa que conheço nesta cidade além deles, então, é uma escolha fácil.

— Legal. — Colt cruza os braços. — Precisa de uma carona?

— Não. Eu só queria que vocês soubessem, então, se vocês quiserem sair para fazer alguma coisa, podem ir. Estou totalmente bem. E já que estamos no assunto. — Eu me viro para Nora, e respiro fundo. — Eu realmente agradeço tudo que você fez e ainda está fazendo por mim. Mas, por favor, não deixe que isso estrague a sua vida. Eu juro que estou bem. Pode se mudar. Vá viver a sua vida. Você vai continuar sendo minha amiga. Você pode ficar de olho em mim. Você é bem-vinda aqui a qualquer hora para ver como eu estou. Eu até deixo você ficar com suas chaves. Eu já arruinei muitas vidas, Nor. Não quero que a sua seja mais uma da lista. Vá morar com o Colt.

— Obrigado, meu deus. — Colt revira os olhos para o teto, juntando as mãos como se fosse rezar. — Só para constar, Ever, eu acho você incrível. Eu só... Não quero que fiquemos presos. Todos nós. Eu. Ela. *Você*.

— É, Colt. Claro. — Dou um sorriso doce para ele. — O fato de você ficar dizendo que eu sou incrível desculpa totalmente seu comportamento de babaca de primeira classe. Continue assim.

— Não seja assim! — Colt grita.

Nora olha para nós dois. Uma expressão de dor está marcando o seu rosto.

— Nós vamos te dar uma carona — diz ela.

— Não precisa...

— Precisa — insiste ela. — Não quero que você vá sozinha. Além disso, vai ser bom ver como o Joe está.

— Eu não sou criança, Nora.

— Eu sei disso — diz ela, alegremente, fingindo que está tudo excelente, e Colt e eu não acabamos de ter uma discussão. — Mas eu estou me preparando para ser uma mãe superprotetora, então, *lide* com isso.

Relutante, ligo para Joe para lhe dizer que de alguma forma o amarrei na minha mentira e agora temos que pelo menos fingir que vamos nos encontrar. Ele atende depois do terceiro toque, soando tanto surpreso quanto preocupado.

— Essa é a sua maneira de se convidar para a minha casa? — resmunga ele, embora eu possa ver que ele está feliz de ter notícias minhas. Por que não estaria? Não foi ele que não quis que passássemos um tempo juntos. Fui eu.

Com uma careta, explico:

— Eu falei para a Nora que eu tinha planos para mais tarde, para que ela pudesse finalmente sair de casa e fazer alguma coisa com o Colt, e já que você é a única pessoa que eu conheço nesta cidade...

— Você sabe *mesmo* como fazer um cara se sentir especial.

Solto uma risada rouca.

— Essa sou eu. Ever, cheia de lábia.

— Pode se tornar real se ela trouxer você até aqui, certo?

— Ah, tenho certeza de que você já tem planos... — Deixo o restante no ar.

— Por que você tem tanta certeza? Você tem muito pouca ideia de como está minha vida por esses dias. — Então, depois de uma pausa constrangedora, ele pergunta: — Você já comeu alguma coisa hoje?

Coloco a cabeça no travesseiro, surpreendentemente reconfortada pela voz de Joe.

— Na verdade, não. Nora acha que eu emagreci sete quilos.

— O que sobrou de você, então?

— Principalmente mau comportamento e pena de mim mesma. — Estou brincando, mas, na verdade, não acho que tenha sobrado alguma coisa em mim. Eu me sinto tão esgotada. — O que quer comer? — pergunto. — Posso levar alguma coisa.

— Não. Me dê uma hora e vou comprar uns bifes e umas batatas. E brócolis. Você precisa de brócolis.

— Você parece a mãe sensata de alguém.

— E Ever? — Ele me ignora.

— Sim?

— Traga sapatos confortáveis e um casaco. Vamos sair.

*   *   *

Uma hora e meia depois, estou na porta do prédio do Joe. Colt e Nora me espiam do Range Rover deles do outro lado da rua. Eu me sinto como uma criança que foi deixada na festa de aniversário de um coleguinha. Estou tão desorientada pelo ar fresco e pela própria sensação de sair de casa que não me atento ao fato de que esse também é o prédio de Dom.

Espero Joe abrir o portão eletrônico, mas ele me surpreende descendo. A princípio, ele me ignora, atravessando a rua para dar um oi para Nora. Prendo a respiração quando ele corre até o outro lado da rua. Por um segundo, confio tão pouco no universo que acho que ele também vai ser atingido por um carro. Mas Joe está bem quando apoia os cotovelos na janela do banco do passageiro de Nora. Exausto, e não tão musculoso quanto um mês atrás, mas ainda bem.

Depois de uma conversa rápida com minha amiga, ele aparece do meu lado.

— Tem hora para ir embora, garota?

— Eu só sou um ano mais nova que você — protesto.

— Isso não responde a minha pergunta.

Droga.

— Onze. Nora vem me buscar. Ela está agindo como a mãe superprotetora que eu nunca tive.

Joe dá uma risada e abre a porta. Em vez de tomar o elevador para o apartamento dele, descemos para a garagem. Embora não falemos, eu sei que aquele lugar pequeno e confinado lembra a ambos o Dom.

— Que bom que você está bem agasalhada — diz Joe.

E eu olho para ele, piscando, ainda atordoada.

— Para onde estamos indo?

— Você vai ver.

É estranho entrar no carro do Joe sem o Dom sentado lá, com seus comentários sobre o Red Sox e suas piadas simpáticas. Saímos de Salém, passando por cidades pequenas da Nova Inglaterra que eu não conheço e por pontos muito escuros. Não há estrelas no céu.

— Você é um assassino com um machado? — pergunto, para preencher o silêncio.

— Sou — Joe fala sem expressão, os olhos fixos na estrada.

Dou uma risada e um bocejo ao mesmo tempo.

— Não, sério. Olhe no banco de trás — ele me diz.

Eu viro a cabeça, e tem mesmo um machado no banco de trás. Parece velho, o cabo de madeira salpicado de tinta branca. Olho de volta para Joe e meu coração acelera.

— Por favor, me diga que você está me zoando.

Ele ri.

— Não vou te machucar.

— Vamos matar alguém?

Agora ele está gargalhando, e percebo que senti uma saudade terrível da sua voz. O som dela enche o meu peito.

— Não no momento.

— Então por que...

— Só confie em mim, está bem?

Decido que sim. Que eu *confio*. Joe nunca fez nada errado. Mesmo depois de toda a merda que fiz ele passar, ele sempre foi incrível comigo, mesmo que fosse da sua maneira irritada.

Finalmente, chegamos ao nosso destino. Um ferro-velho fora de Manchester-by-the-Sea. Joe estaciona, sai do carro e pega o machado. Eu o sigo em silêncio. Ele para perto da cerca no ferro-velho, me lançando um olhar de expectativa.

— Quer uma ajuda para subir? — Ele levanta o machado por cima do ombro musculoso.

— Nós vamos invadir um *ferro-velho*? — faço a pergunta superdevagar, para que ele possa apreciar completamente como isso parece insano.

— Parece que sim. — Ele encolhe os ombros.

— Tudo bem, então. — Vou até ele. Ele larga o machado, depois se agacha e entrelaça os dedos, um degrau humano. Olho para ele embaixo de mim, e meu deus, eu queria não… não poder… sentir todas essas coisas que estou sentindo agora.

— Eu sou pesada — digo.

— Você pode ser meio fodida. — Ele sorri de uma forma cansada. — Mas pesada, de jeito nenhum. Agora, pule.

Eu obedeço. Pulo a cerca e caio de bunda do outro lado de uma maneira um pouco desajeitada, o que me provoca um gemido ofegante. É a primeira vez em três semanas que mexo meu corpo. Joe salta por cima da cerca com facilidade, mas não sem antes jogar o machado para o outro lado. Juntos, caminhamos devagar adentrando o ferro-velho, nosso caminho iluminado pela luz fraca dos postes.

Paramos do lado da sucata de um carro vermelho sujo e sem rodas. Joe olha para mim.

— Esse é o meu lugar preferido desde que me mudei para Salém. Vim aqui na noite em que descobri sobre você e Dom. E na noite depois que Dom morreu. Eu venho aqui… com muito mais frequência do que deveria.

— O que você faz quando vem aqui? — pergunto.

Ele levanta o machado e bate na janela traseira do carro.

— Essa é por todos os jogos do Red Sox que eu não vou mais ver com o meu irmão.

O vidro se estilhaça com muito barulho. Eu dou um salto para trás, com um grito.

— E essa é por todas as coisas que eu não vou mais poder falar para ele.

Ele destrói o capô do carro, deixando um amassado gigante.

— Sua vez. — Ele me passa o machado.

Eu o deixo pairando entre nós por um segundo. Finalmente, eu o pego. É pesado. Sorrio por dentro. Essa foi uma piada constante por meses entre mim e Dominic. Finalmente, estou com um machado na mão… e ele nunca vai saber.

Fecho os olhos e inspiro fundo.

— Essa é por todos os beijos que eu não vou dar em você de novo, Dom.

Bato com o machado na janela frontal. Ela racha, mas não estilhaça. Joe está parado atrás de mim, absorvendo tudo. Ele está aquiescendo, soturno.

— E essa é por todos os beijos que você deu *nela*.

Dessa vez, eu quebro a janela. E é bom. Poderoso. Parece… *certo*.

— E essa é pela morte da minha mãe. — Miro a porta de trás e a amasso.

— E pela minha relação de merda com o meu pai e com o Renn. — Quebro os faróis.

— E por todas… — *Paf.* — As vezes… — *Bum.* — Que eu me senti inferior, esquisita, insuficiente e inadequada! — *Bam.*

Só depois que destruí o carro inteiro, arfando e suando como uma louca, que percebo que Joe está batendo palmas. O frio do inverno desliza pelos meus ossos embaixo do meu sobretudo. Viro na direção dele e lhe entrego o machado.

— Sua vez.

Eu mal consigo falar de tão sem fôlego. Esse é um treino cardio excelente. Assassinos que usam machado devem estar em excelente forma.

Joe balança a cabeça.

— Acho que já terminei.

— Vamos lá. Mais uma. — Dou um sorriso. Sim, eu realmente sorrio. E talvez seja porque eu faço um esforço, porque eu tento parecer normal, que ele faz a minha vontade e pega o machado.

Ele balança o machado e bate no capô, fazendo o carro inteiro desabar de vez no chão, demolindo-o.

— Essa é por me apaixonar pela garota certa na hora errada, e ainda continuar pagando por essa porra — diz ele baixo, olhando para mim.

Viro o rosto para o outro lado.

— Vamos para casa.

*　　*　　*

Depois de uma silenciosa volta para casa, pegamos o elevador para subir para o seu apartamento. Pergunto a Joe se dói ainda morar aqui.

— De algumas maneiras, sim. De outras, me faz sentir mais conectado a ele. Então não quero fazer nenhuma mudança repentina por enquanto.

Entramos no apartamento. Parece bem melhor do que no dia-do-scone. Mais arrumado, até mesmo meio agradável. Percebo que ele se organizou nos meses depois que descobriu que Dom e eu estávamos juntos.

Joe começa a fazer o jantar na cozinha enquanto eu me acomodo no sofá e encaro o teto. O cheiro de bifes grelhados, brócolis no vapor e batatas com ervas enchem as minhas narinas. Ele coloca a comida nos pratos, depois traz para a mesa de centro, e nós dois nos sentamos no chão na frente da TV.

— Romântico — brinco.

Joe passa por mim direto para a mesa.

— Pode ser sarcástica o quanto quiser. Você vai mudar de opinião quando vir o que está passando.

O que vamos ver é *Debi e Lóide*. É velho, mas é bom. É exatamente o que precisávamos. É engraçado, não requer que sigamos um enredo e nos dá um assunto para conversar enquanto mergulhamos na comida. Joe insiste que eu coma pelo menos três floretes de brócolis, e faço uma cena me contorcendo e gemendo enquanto como. Quando terminamos, retiro os pratos e lavo a louça. Isso é o mais normal que eu me sinto há um tempo.

— Tem alguma coisa para beber? — eu lhe pergunto enquanto passo um pano de prato na louça, secando os pratos antes de colocá-los de volta no lugar.

Joe abre a geladeira e espia lá dentro.

— Água, suco de laranja, refrigerante. Posso fazer café se você quiser. Mas não tenho açúcar. Essa merda é uma droga.

Disse o fumante.

— Eu estava pensando em alguma coisa mais forte.

Ele olha para cima, erguendo uma sobrancelha.

— Má ideia.

— Não bebo álcool nenhum há semanas. — Na verdade, desde o jantar de aniversário de sessenta anos de Gemma. — E acho que temos muita coisa para conversar. Preciso de coragem líquida.

— O que você precisa é de um bom e longo banho. Sem ofensa. — Os olhos dele deslizam para o emaranhado do meu cabelo. Está sebento, embaraçado e tão oleoso que está pesando de verdade no meu crânio.

— Não ofendeu. — Encolho os ombros. — Eu posso ganhar um pouco mais de energia se tomar uma bebida forte.

Joe fecha a geladeira. Ele apoia o quadril nela, cruzando os braços.

— Vamos fazer um acordo.

Olho para ele, com expectativa.

— Eu te dou álcool se você tomar banho.

Percebo que estou usando uma calça e um casaco de moletom que não são lavados há um mês. Provavelmente estou fedendo. Ainda escovo os dentes todo dia, mas meu corpo não vê um desodorante ou um hidratante há três semanas. E, no que eu vejo como um sinal encorajador, finalmente tenho consciência para sentir vergonha por isso.

— Você quer dizer com sabonete e tudo? — Faço um biquinho, tentando aliviar o clima.

— E tudo — confirma Joe. — Você tem sorte do meu shampoo também fazer bico de condicionador, sabonete líquido e microfone de chuveiro. Ele está prestes a se tornar seu melhor amigo.

— Ui. Garotos têm uma rotina de higiene tão básica.

— Com todo o respeito, agora não é hora de julgar, mocinha.

Sinto um sorriso se abrindo no meu rosto. Ele me encara, esperando a confirmação de que eu topo. De que vou tomar um banho. Reviro os olhos.

— Está bem. Mas sem espiar.

— Palavra de escoteiro. — Ele vai até um dos armários da cozinha e pega uma garrafa de tequila e dois copos de shot. — Agora vamos ficar doidões pra caralho.

Tomamos o primeiro shot na cozinha. Queima a minha garganta. O segundo e o terceiro descem mais suave. Joe pega a garrafa de tequila pelo gargalo e anda até a varanda. Eu o sigo. Nós nos sentamos em duas cadeiras de plástico com uma mesa redonda entre nós, observando a rua movimentada enquanto o inverno se transforma na primavera. As árvores não parecem mais tão nuas. Não posso acreditar que Dom não vai estar aqui para as flores das cerejeiras. Para o sorvete na praia. Para as férias em Cape Cod. O que me lembra…

— Espero que você tenha pegado o navio — digo a Joe. — Aquele que eu comprei para o Dom na pousada. Eu sei o quanto vocês dois gostavam dele.

— Acho difícil eu querer qualquer coisa do Dom por enquanto. — Joe acende um cigarro, e me pergunto se ele me inclui nos bens de Dom, antes de me lembrar que isso não importa. — E não me sinto no direito de ter nada. Perder meu irmão depois de tudo o que nós passamos parece… cruel demais.

Tomamos mais um shot.

— Então me diga o que aconteceu. Como você decidiu me dar um pé na bunda? Entendi que você não teve tempo para romance quando estava de luto pela sua mãe, mas talvez pelo menos um: "Ei, só para você saber, tenho coisas mais importantes para pensar. Boa sorte na sua vida" teria sido bom. — Ele joga o isqueiro na mesa.

O álcool solta a minha língua. Assim como a inesperada companhia agradável. Sem mencionar que hoje foi o primeiro dia em semanas que eu consumi comida de verdade.

Aperto os olhos fitando a rua pavimentada.

— Você lembra quando aconteceu?

— Quando o que aconteceu?

— O momento em que eu parei de responder.

Ele pensa sobre aquilo por um momento.

— Estávamos trocando mensagens sobre eu ir te ver em São Francisco.

Mastigo meu lábio inferior.

— Naquele dia, bem na hora que você começou a me escrever, eu estava esperando o metrô chegar. Parada na beira da plataforma com a minha mãe. Eu não estava prestando muita atenção nela. Você precisa entender que, naquela época, quando eu tinha acabado de voltar para casa, tudo o que eu queria era ficar sentada na frente do meu telefone, esperando você me mandar mensagem. Era realmente patético. Minha mãe tinha basicamente me arrastado pela porta para eu ajudar na galeria naquele dia.

Minha mãe foi inflexível, insistiu que eu tinha que sair de casa.

Estou entendendo que você se apaixonou e que o mundo agora está sem graça em comparação ao que você está sentindo, mas o Joe não vai aparecer na porta de casa nas próximas oito horas, então você precisa vir comigo.

Joe dá uma tragada no cigarro. A fumaça sai da sua boca e das suas narinas, fazendo com que ele pareça diabólico.

— Estou ouvindo.

— Você tinha acabado de começar a me mandar mensagem, e eu fiquei toda animada. Eu estava girando na beira da plataforma, esperando você escrever uma mensagem. Eu estava tão envolvida com você que esqueci onde estava. E... bem, eu caí nos trilhos.

Joe fecha os olhos. Ele balança a cabeça, se livrando daquela imagem mental.

— Você se machucou? — Ele engole em seco.

— Torci o tornozelo e bati a cabeça. Um trem estava se aproximando. Minha mãe tentou me puxar para cima. Ela era uma mulher pequena. Muito pequena, na verdade. Ela tentou, mas com o meu tornozelo ruim e a tontura, eu era um peso morto. Ninguém quis se meter lá para ajudar.

Respiro fundo, me sentindo trêmula. Joe se inclina para a frente e me serve de outra dose de tequila. Eu viro a bebida de uma vez só, fazendo uma careta enquanto continuo minha história.

— Finalmente, ela conseguiu me lançar de volta para a plataforma, mas caiu no trilho quando conseguiu me salvar. Cinco segundos depois, ela tinha sumido. O trem se aproximou. Eu tentei alcançá-la, eu tentei mesmo. Mas ela...

— Inspiro, sentindo lágrimas descendo pelas minhas bochechas. Ela disse: "Nem pense nisso". *Nem pense nisso.*

E então eu não pensei. Não pensei em viver, em seguir em frente, em me perdoar pelo que aconteceu.

Está tudo voltando agora. O momento em que eu tentei com todas as minhas forças não pensar nos últimos seis anos. Os olhares. O horror. A vergonha. A culpa. Os gritos. O silêncio estranho que se seguiu. A polícia. Os paramédicos. O pessoal do seguro. Gentis, mas firmes. Renn e meu pai chorando. Pippa fazendo muitas perguntas, *tantas* perguntas. Os policiais me questionando, uma, duas, três vezes, da maneira mais suave e delicada, para relatar os últimos minutos do ocorrido. E eu, sendo sincera, burra e assustada, contando para eles que eu estava dançando na beira da plataforma porque um garoto que eu gostava tinha me mandado mensagem.

Eu sabia que eles estavam me julgando. *Eu* me julguei.

— Nunca mais entrei no metrô — eu me ouço falar. Não sinto as palavras saindo da minha boca. Pelo contrário, eu as ouço. — E nunca mais vou entrar. Não posso ver um trem sem... sem...

Sem pensar naquilo. Sentir o cheiro. Repassar a cena inteira na minha cabeça.

— Ever — diz Joe suavemente. — Não foi culpa sua. Podia ter acontecido com qualquer um.

— Mas aconteceu comigo. — Dou um sorriso triste.

Eu quase não consigo vê-lo por trás da cortina de lágrimas. Aconteceu duas vezes comigo, na verdade.

Dom foi a segunda morte pela qual eu fui responsável.

— Eu me lembro, enquanto o policial falava comigo, enquanto meu pai e Renn tentavam desesperadamente entender o que tinha acontecido, que você seguia mandando mensagem atrás de mensagem. A tela se iluminava com uma luz verde. Até um dos policiais me pedir para guardar. Eu ainda estava com o telefone na mão. Não larguei, nem mesmo quando caí nos trilhos e bati a cabeça.

Há lágrimas nos olhos de Joe. Não me lembro de ver o Joe chorando. Nem mesmo quando o Dom morreu. Mas ele está chorando agora, e, quando estendo o braço para segurar sua mão, ele pega meus dedos como se eu fosse feita de açúcar. Com cuidado. Como se eu fosse derreter.

— Então você se culpou pela morte da sua mãe, e a mim por te fazer agir daquela maneira. — Joe apaga o cigarro no cinzeiro com sua mão livre.

Passo o polegar pelos nós dos dedos dele.

— Deixei acabar a bateria do telefone e joguei ele no mar alguns dias depois. Eu queria me jogar lá dentro também, mas não tive coragem. Achei que não devíamos ficar juntos depois do que aconteceu. Eu me senti culpada demais. Nosso relacionamento foi a razão por que ela morreu. Eu fiquei enojada de pensar que eu ia simplesmente continuar vivendo normalmente depois que ela morreu. Ter encontros, fazer sexo, rir, viver... todas essas coisas. Elas pareciam triviais demais depois do que aconteceu. E, sim, a faculdade era uma parte disso. Ir para a faculdade era uma maneira de melhorar meu futuro. Eu não merecia aquilo. Eu merecia ficar presa no lugar, assim como minha mãe ia ficar presa para sempre nos quarenta e três anos dela. Então eu abandonei a faculdade. Cortei todos os laços com a Pippa e todos os meus outros amigos.

— Para se castigar — observa Joe.

Engulo outra dose de tequila. Os cantos da minha visão começam a embaçar.

— Eu decidi me mudar para Boston. Em retrospecto, é fácil ver por quê. Eu queria cruzar com você, mesmo que inconscientemente. Eu me alimentei de uma história de merda. Que Boston oferecia um ótimo mercado de empregos. Que, se eu alguma hora resolvesse voltar a cursar a faculdade, havia várias na região. Também era distante o suficiente de casa para meu pai e Renn não poderem forçar uma intervenção. Eu estava livre para destruir minha vida sem interferência.

Joe não fala nada. Ele apenas escuta. E, meu deus, é tão bom falar com ele de novo. Seu olhar é como o sol. Me transmite calor e força.

— Mas logo percebi que a cidade era grande demais, cinza demais, difícil demais. Mais do que tudo, me lembrava você. E a dor de te perder, além de perder a minha mãe, era insuportável demais. Eu não consegui aguentar. Eu me mudei para Salém. Parecia um bom lugar para recuperar minha magia artística. Alerta de spoiler: nem Salém me ajudou. Minha arte morreu com a minha mãe.

— Eu não acho que a sua arte tenha morrido — Joe fala com cautela. — Acho que ainda está dentro de você, batendo na porta, esperando para sair. Você está trancando ela do lado de dentro, porque sua arte é uma maneira de seguir adiante. De realizar coisas.

Nós nos olhamos fixamente antes de eu servi-lo de outra dose.

— Sua vez de me dizer o que aconteceu com você nos últimos seis anos.

Um sorriso bem de leve toca os lábios dele.

— Bem, como você provavelmente já entendeu, eu fui para a Europa porque Dom tinha acabado de receber a resposta de que estava tudo bem depois de mais um susto do câncer.

Viro o polegar para cima. Depois do que aconteceu com Sarah, é difícil dizer o que era mentira e o que era verdade de todas as coisas que Dom me contou. No último mês, questionei cada detalhe do meu relacionamento com Dominic Graves. No final, até a raiva e a dor não podem anular o fato de que eu o amava de verdade. E de que, quando ele morreu, levou para o túmulo qualquer possibilidade de um desfecho que eu poderia ter.

— Eu quis fugir da "festa do Dom". Não porque eu não me importava, mas porque eu me importava demais e não sabia quando ia ser a próxima oportunidade de viver para mim mesmo. Eu queria viver a minha vida. Escrever, beber, transar. Levar uma vida solitária e independente. Me perder dentro de mim mesmo, descobrir quem eu era. — Joe afaga o queixo, imerso nos seus pensamentos. — Então eu te conheci, e você ferrou todos os meus planos. Eu não consegui escapar de você, por mais que eu tentasse. Eu só pensava em você. Escrevi cartas sobre você para o Dom e para os meus pais. Disse que tinha encontrado a pessoa certa. Eu não estava feliz com isso. Era mais como: "Dá para acreditar que conheci ela antes de dormir com quinze garotas? Antes de assinar o contrato de um livro? Antes de alugar minha própria casa?" Isso foi para o Dom, obviamente. Não para a minha mãe e o meu pai.

A confissão dele está me destroçando. Sinto como se ele estivesse abrindo com força todas as minhas feridas. Eu não tinha ideia de que ele estava tão envolvido assim.

— Comprei uma passagem de volta antes mesmo de falar com você — admite Joe, desviando o olhar para eu não ver a cor surgindo nas suas bochechas. — O plano era ir para casa, empacotar minhas coisas, me mudar para a Califórnia e torcer com todas as minhas forças para você não botar a cabeça no lugar rápido o suficiente e perceber que estava namorando um fracassado. Eu esperava que estar perto de você fosse me ajudar a dar um gás no meu manuscrito.

Aperto a mão dele, fechando os olhos. O passado é doloroso demais, porque nós estávamos a um suspiro de um final feliz. Da minha mãe estar viva e bem. De Joe me procurar.

— Mas aí eu parei de responder — termino por ele com a voz suave.

— Mas isso não quer dizer que eu parei de tentar. — Ele esfrega a nuca, franzindo a testa. — Eu continuei mandando mensagens. Depois e-mails com variações do seu nome. Eu não podia acreditar em como fui tão burro de não perguntar seu sobrenome. Everlynne é um nome tão raro. Eu teria te encontrado em um segundo.

Suspiro, porque eu me senti do mesmo jeito.

— E então eu decidi ir em frente e viajar para São Francisco de qualquer forma. — Joe abre um sorriso triste, fitando um ponto invisível no chão.

— Você foi? — Meu coração pula na garganta.

Ele pega a garrafa de tequila pelo gargalo e caminha para dentro. Eu o sigo. Ele está de costas para mim quando fala.

— Fiquei duas semanas lá. Rondando em lugares onde eu achei que podia esbarrar com você. O Museu Beat, cafés, lugares que você disse que curtia. Eu estava desesperado. Minha mãe ficou preocupada comigo. Ela queria me levar para a terapia.

— Você foi?

Ele balança a cabeça enquanto coloca a tequila de volta no armário.

— Não fazia sentido. Depois de São Francisco, percebi que não havia nada que eu pudesse fazer para ter você de volta. Parei de escrever. Comecei a pegar uns trabalhos estranhos. Um ano e meio depois, Dom recebeu uma oferta de emprego em Salém e me arrastou junto com ele. Disse que uma mudança de cenário me faria bem. E aqui estamos nós.

Ele se vira para mim, sorrindo sem humor.

— Aqui estamos nós — faço eco.

Por um momento, nós só absorvemos um ao outro.

Ele dispara primeiro.

— Hora de entrar no banho, fedida. Vou pegar uma toalha.

Joe esbarra em mim passando para o corredor. Estendo a mão para agarrar seu pulso. Ele para. O ar entre nós parece energizado. Fervendo de perigo, desespero e angústia.

Ele balança a mão e se desvencilha de mim. De um jeito delicado, mas firme.

— Não, obrigado. Eu não vou fazer parte da sua vida como mais um erro imprudente.

Ele está indo para o que eu presumo ser o seu quarto quando seguro a mão dele de novo. Neste momento, estou tão desesperada por ele que estou quase implorando.

— Vem — eu o chamo, me sentindo particularmente destrutiva. O mundo é fodido e injusto. É imprevisível e cruel, e botou nós dois na merda. Nada mais importa. Joe não é um escritor, e eu não sou uma artista, e Dom não está vivo. Todos os nossos sonhos explodiram em chamas e não restou nada pelo que lutar.

Joe se vira para mim, parecendo irritado.

— O que você tá fazendo, Ever? Acabei de contar como fiquei fodido depois que nós terminamos. Por acaso sou uma piada para você?

Não é. Ele é o garoto que eu nunca deixei de amar. O garoto que virou um homem, e eu o amo também. Então, hesitante, fico na ponta dos pés e pressiono um beijo seco e suave nos seus lábios.

Suas pálpebras se fecham, e ele solta um suspiro.

— Não faça isso.

— Não fazer o quê?

— Não me dê falsas esperanças.

Mas a esperança é a única coisa que está me impedindo de parar de respirar. Eu me ergo de novo, dessa vez beijando a ponta do seu queixo.

A cabeça de Joe cai no peito.

— Ever, *por favor.*

Beijo seu pescoço, passando minha língua quente pelo seu pomo de Adão.

— Porra. Lá vamos nós — ele geme.

Eu sei que é errado. Sei que é um desastre. Acima de tudo, sei que vou me arrepender. E ainda assim, beijo o ponto onde seu pescoço encontra o peito, arranhando com os dentes. Depois espero um segundo antes de rolar a língua em cima desse pedaço de pele e chupar, pressionando.

— Eu...

Eu o apalpo por cima da sua calça e sinto sua ereção imensa, pulsando contra a palma da minha mão. Se contorcendo. Me desafiando a aproveitar. Olho para ele e pisco inocente.

— Você estava dizendo?

É aí que ele desiste de qualquer resquício de autocontrole que ainda restava. Ele agarra a parte de trás do meu cabelo e me arrasta para trás até minhas costas baterem na parede. Ele me beija com tanta voracidade que eu acho que ele vai arrancar um pedaço do meu rosto. Somos só dentes e línguas enquanto tiramos desesperadamente as calças um do outro no corredor. Chutamos tudo de lado. Nenhum de nós dois faz um movimento para ir para o quarto. Nós dois sabemos como isso é frágil. Como facilmente um dos dois pode se afastar.

Estou fedendo e minhas pernas não estão raspadas. Eu sei que Joe não se importa. Estamos nus da cintura para baixo, mas ainda usando os casacos. A mão dele encontra o meu centro e eu seguro o pau dele. Eu começo a bombear enquanto ele brinca com meus fluidos. Eu estou tão excitada que deveria estar com vergonha, mas estou bêbada demais para me importar.

— Merda — ele sibila dentro da minha boca, me devorando. — Você está tão molhada. — Ele enterra dois dedos em mim, me abrindo, me preparando.

Esfrego o polegar na cabeça do seu pênis, esfregando uma gota de lubrificação ao seu redor.

— Olha quem fala.

— Ever? — Ele para, se afastando de mim e me olhando sério nos olhos.

— Oi? — pergunto, ofegante.

— Isso é muito importante.

— Tá bem.

— Posso te comer?

— Pode — digo, aliviada. Seguro o rosto dele e o beijo. — Sim, por favor. Por favor, me come.

Ele me prende contra a parede e se enterra em mim de uma vez. Sem nenhuma barreira. Ele me martela contra a parede, batendo forte dentro de mim como um animal. É inebriante. É bruto. E há lágrimas *por todos os lados*. Nós dois choramos em silêncio enquanto eu me agarro nele. A cabeça dele está na curva do meu pescoço. Não há nada sexy no que estamos fazendo. Somos duas pessoas ferradas tentando ser inteiras juntas, sabendo que é em vão. Que não vai adiantar.

— Presley — falo ofegante, enterrando as unhas na pele do seu pescoço.

— Você ainda está saindo com ela?

Ele geme, empurrando mais forte e mais profundamente dentro de mim. A vergonha me inunda. Meu prazer é tão tangível que posso sentir o gosto na boca. A pontada de prazer. Estou quase gozando, e sei exatamente o que estou fazendo.

Sim, estou bêbada. Mas não bêbada o suficiente para esquecer que estou transando com o irmão mais novo do meu noivo morto enquanto ainda estou com o anel de noivado no dedo.

— Me responde — mando.

— Você sabe muito bem que Presley nunca esteve no páreo. — Joe me cala com um beijo quente e agressivo. — Enquanto você respirar, ninguém mais tem nenhuma chance.

Eu me desmancho nos braços dele. Onda após onda de prazer atinge meu corpo, que se contrai ao redor dele. Então ele também goza. Sorrio para mim mesma, um sorriso doentio. O sorriso de uma mulher que acabou de fazer uma coisa horrível que ela nunca vai poder desfazer.

Nós dois cambaleamos para o chão, as pernas e os braços enroscados. Estamos suados e fedorentos. Ele desliza para fora de mim. Encaramos o teto. Imagino se estamos os dois pensando na mesma coisa. Se Dom está em algum lugar lá em cima, no céu, nos assistindo. Se ele está no momento balançando a cabeça, contando para seus novos colegas, *Estão vendo aqueles dois babacas? São a minha noiva e o meu irmão.*

— Eu sou o pior ser humano do mundo. — Fecho os olhos.

— Até parece. Esse título está guardado para mim.

— Não.

— Eu sou *irmão* dele.

— Eu ainda estou usando o anel de noivado.

Ele geme, esfregando o rosto com uma das mãos.

— Bom argumento. Vou ali matar um filhote de cachorro ou alguma coisa assim para ganhar o prêmio de Pior Ser Humano.

— Não é engraçado.

— Não fui eu que achei que isso era uma boa ideia — ele me lembra enquanto pega a calça e tira um maço de cigarros.

Olho o relógio. São onze e meia. À distância, escuto meu telefone tocando. Está onde eu o deixei, na sala. Aposto que é Nora. Aposto que ela está irritada. Não vou poder tomar banho aqui afinal.

— Você acha que ele teria nos perdoado por isso? — pergunto.

— Você acha que ele merece um pedido de desculpas depois do que fez com você? — rebate Joe, acendendo o cigarro.

Ele está tentando ser arrojado, mas posso ver o ligeiro tremor nos seus dedos. Ele não está completamente bem com o que acabou de acontecer.

Reflito sobre a pergunta dele.

— Não sei.

— Esse é o problema, Ev. Eu não tenho certeza se você carrega as mesmas expectativas e responsabilidades que uma noiva comum deve ter.

Em vez de responder, tento visualizar Dom entrando aqui e vendo o que acabamos de fazer. Não termina bem em nenhum cenário.

— O que está pensando? — pergunta Joe.

— Vou comprar uma passagem só de ida para São Francisco — eu me ouço dizendo. De repente, essa parece a melhor ideia que eu tive em anos. — É. Acho que está na hora.

— Você *vai embora*? — Ele se ergue, apoiado nos cotovelos, me encarando com uma tempestade surgindo nos olhos.

— Eu não tenho nada aqui — digo de uma forma impotente, me sentando também.

Só depois de as palavras saírem da minha boca percebo como elas soaram erradas. Como se Joe não fosse nada. Como se ele não valesse o meu tempo, a minha compaixão e a minha amizade. E isso não é tudo. Ele me pediu com todas as letras há alguns minutos para não brincar com o seu coração, e acabei de fazer isso. Eu o convenci a transar, e agora estou indo embora. Sou uma pessoa horrível. Duplamente-horrível. Triplamente-horrível. A pior do mundo.

Joe se levanta e entra no quarto. Ele bate a porta.

— Joe! — grito. — Ah, qual é!

Nenhuma resposta.

É a minha deixa para ir embora.

Pego minhas coisas e entro no elevador para descer, passando uma mão no rosto. O diamante do anel de noivado arranha minha bochecha. Está sangrando.

VINTE E DOIS

Toda cidade tem seu melhor ângulo. Em São Francisco, é a "vista de cima".

Fica linda do alto. O oceano. A Ponte Golden Gate. As colinas cheias de casas. A névoa espessa que cobre toda parte. Posso entender por que minha mãe era tão fascinada por essa cidade quando ela era viva.

O comandante anuncia que vai pousar em dez minutos. Loki mia como resposta dentro da caixa de transporte, cansado de ficar sentado no espaço confinado. Ele não ficou nada feliz durante o voo. O que não é nenhuma surpresa.

Meio entorpecida, enfio outro petisco na caixa para ele.

— Aguente firme. Vamos estar em casa em alguns minutos, meu amigo.

Uma parte de mim está com medo do que vou encontrar quando finalmente chegar em casa. Estou longe há mais de meia década. Meu pai e Renn disseram que tinham algo para me contar. Isso foi *meses* atrás. O que quer que seja, imagino que eles não quisessem abordar o assunto quando estiveram em Salém, o que significa que eu provavelmente vou ficar chateada com a questão.

Porém, há outra parte de mim. Aquela que está orgulhosa por eu finalmente dar esse passo e voltar para casa. Eu sei que a minha mãe ia querer que eu fizesse isso. E sei que Nora está aliviada, mesmo que ela jamais admita. Minha amiga disse que vai manter o aluguel do apartamento até eu decidir o que fazer da minha vida, mas aposto meus dois rins que, assim que ela e Colt me deixaram no aeroporto (seis horas depois de eu sair da casa de Joe), ela já estava empacotando suas coisas para se mudar para a casa do noivo.

Meu pai e Renn estão me esperando no aeroporto. Estão segurando balões e um cartaz de BEM-VINDA DE VOLTA PARA *CAZA* para me envergonhar de propósito. Eles arrancam risadinhas de outras pessoas na área de espera. Passo por eles empurrando a minha mala e o meu gato, fingindo que não os conheço. Renn corre na minha direção e arremessa os braços em volta dos meus ombros.

— Ei, pessoal, essa aqui é a minha irmã. Do meu próprio sangue! Irmã de sangue e tudo! — ele anuncia ao terminal inteiro.

Ele está cerca de quatro palmos mais alto do que eu, e só agora percebo isso.

— Você sabe como eu fico profundamente ofendida com qualquer erro de ortografia.

Eu o afasto, escondendo meu sorriso, ainda profundamente envergonhada por ter sido preciso uma tragédia completa para me fazer voltar para cá.

— Está bem, acho que o cartaz foi demais. Mas, confessa, foi engraçado. — Renn cai na gargalhada. Eu me viro e o abraço, de repente me sentido muito exausta e muito feliz por estar de volta. A Califórnia é a minha casa.

Meu pai bate no meu ombro de uma maneira amigável. Ele está muito mais reservado do que Renn. Ainda está resguardando seu coração, sem ter certeza de como essa coisa toda vai se desenrolar. Renn tira o transporte de Loki dos meus dedos. Ele espia lá dentro.

— E aí, bola de pelo? Como você é com os ratos? Não tem almoço grátis na casa dos Lawson.

Eu só posso imaginar o olhar de *vá se foder* que Loki está lançando para o meu irmão neste momento.

— É bom ter você de volta — meu pai fala tranquilamente.

— Me desculpe por ficar longe tanto tempo. — Estremeço, inalando o cheiro familiar da sua loção pós-barba, a mesma que minha mãe costumava dar para ele no Natal e no aniversário dele para nunca faltar.

Seguimos desajeitadamente até o carro do meu pai, mas é Renn que assume o volante. Isso me lembra de que ele dirige agora. Estive tão envolvida na minha própria tristeza nos últimos anos que não testemunhei o incrível desabrochar de Renn Lawson, de criança para um homem muito bonito e muito pateta.

O segredo que eles estão guardando de mim está pairando sobre nossa cabeça como uma guilhotina. Ou talvez só sobre a minha. Quero perguntar, mas não quero estragar o clima, que está agradável no momento.

— Então, eu vou descobrir que você transformou a casa em um bordel? Só quero saber com o que estou lidando antes de abrir a porta.

— Ela descobriu a surpresa, pai — diz Renn, sério. — Eu te falei que estava óbvio. Devíamos ter escolhido um tema de circo.

Meu pai cutuca Renn com o cotovelo.

— A casa está exatamente como você deixou. Vamos discutir as mudanças na nossa vida depois que você estiver instalada.

A ansiedade me tira o fôlego por um instante.

Meu pai pergunta o que eu quero fazer quando chegar em casa. Já que é final da manhã, sugiro deixarmos Loki em casa para lhe dar a chance de explorar o ambiente e sairmos para comer alguma coisa. Meu pai diz que é uma boa ideia, e, quando pergunto a Renn se ele está com fome, ele me diz que está sempre com fome, o que eu acho que faz sentido quando se tem quase um metro e noventa e passa o dia todo surfando.

Assim que chegamos em casa — que, graças a deus, *não* é um bordel —, abro o transporte de Loki e encho dois potes com água e comida para ele. Arrumo uma caixa de areia limpa na lavanderia, embora eu tenha quase certeza de que ele vai passar o primeiro dia, ou mais, escondido embaixo do sofá.

Quando termino, olho em volta. A casa parece quase idêntica a quando eu a deixei. *Quase.* Mas não inteiramente. Não sei explicar, mas não parece mais triste. As coisas da minha mãe ainda estão lá — os quadros, as fotos e sua manta favorita. Mas o lugar foi recém-pintado, incluindo uma parede de destaque roxa. Há alguns quadros que não estavam lá antes, e flores frescas na bancada.

— Pronta para ir?

Meu pai coloca a mão no meu ombro. É tão estranho, mas tão afetuoso que ele esteja tentando. Confirmo com a cabeça. Voltamos ao carro. Dessa vez, eu dirijo. É importante para mim pegar no volante, principalmente depois do que aconteceu com Dom. Eu podia me ver desistindo de dirigir devido ao trauma. Evitei minha cidade natal pelo mesmo motivo. Eu nunca vou conseguir entrar em um metrô de novo. Algumas lembranças são simplesmente dolorosas demais.

— Para onde? — pergunto.

— Cheesecake na Union Square? — Os olhos de Renn se iluminam. — Eu posso detonar dois couverts de lá enquanto espero as entradas.

— Muito cheio e turístico. — Faço um som de desprezo para Renn, olhando pelo espelho retrovisor.

Por um momento, voltamos a ser adolescentes normais brigando só por brigar.

— Você escolhe, Ever — diz meu pai, sentado do meu lado.

— Ah, mas as escolhas dela são sempre horríveis — reclama Renn.

— Como você sabe? — pergunta meu pai. — Faz anos que ela não vem aqui.

Eee eu quero vomitar de novo.

Decido me manter na zona de conforto e dirijo até um restaurante a que a família inteira costumava ir aos domingos. Fica em Chinatown. Chama-se *George's Greasy Spoon.* Do lado de fora, é um desastre de proporções épicas.

Localizado em um prédio decadente de quatro andares, com roupas lavadas penduradas num varal, escondendo a maior parte do letreiro.

Entramos, e o velho George nos recebe na porta, embora o lugar esteja lotado. Fico tão desconcertada que quase caio.

— Martin. Renn. Ever! Caramba, esse é um rosto que eu não vejo por aqui faz um tempo.

Ele corre para nos mostrar nossa mesa, me perguntando tudo sobre Boston. *Chove muito? É linda? É tão cara quanto aqui?* É como se eu nunca tivesse ido embora. Como se eu tivesse voltado para o meu antigo bairro. Apesar de estar arrasada por dentro, sinto o primeiro broto verde de esperança surgindo no meio das cinzas dentro de mim.

Isso se chama esperança, piranha. E sempre esteve aí. Você só precisava dar uma cutucadinha, recrimina a voz de Pippa na minha cabeça.

Ainda estou em transe quando George anota nosso pedido. Como me sinto incapaz de ler o cardápio no momento sem desatar a chorar (obrigada, Dom), peço o básico de domingo da minha infância: sanduíche de batatas *hash brown*. Não fico surpresa por Renn e meu pai também pedirem seus pratos preferidos. Renn vai no cheeseburguer duplo com batata frita ondulada, e meu pai pede uma salada Cobb grande com bacon extra. Sem interrupções, meu pai acrescenta:

— E o de sempre para a minha madame.

— Ela gosta das panquecas de abóbora picante. — George não anota nada no seu bloco, ele lembra tudo de cabeça.

— Você está pedindo para a *mamãe*? — Desvio o olhar para meu pai, perturbada e estranhamente comovida pelo gesto.

Ele encolhe os ombros.

— Todo domingo. É uma tradição de família, lembra?

Sim. Eu me lembro de que vínhamos aqui todo domingo quando ela era viva. Não achei que eles ainda fizessem isso.

— Você e Renn ainda vêm aqui toda semana? — Ouço a surpresa na minha voz. E também a mágoa. Não tenho direito de me ofender. Eles estiveram aqui o tempo todo, implorando para eu me juntar a eles.

— Sim. — Renn suga o canudo do seu refrigerante de um jeito barulhento.

— E o que você faz com as panquecas de abóbora depois? — Olho para os dois, curiosa.

Renn suspira, os olhos escurecendo.

— Olhe em volta, Ev. Aqui é São Francisco. Tem sempre alguém que vai ficar feliz de receber uma refeição de graça.

Nossa comida chega rápido, quente e fresca, junto com pão de milho e manteiga amarela e grossa que derrete na língua. A manteiga me traz recordações. Da minha mãe espalhando-a na ponta do meu nariz e fazendo uma careta, me fazendo rir.

Fico surpresa em descobrir que a lembrança me causa mais alegria do que sofrimento ou dor.

Nós três comemos e passamos para uma conversa amena. Tenho a sensação de que meu pai está ansioso — quase deslumbrado — por me ver aqui, em carne e osso. Agora entendo que é possível que eu tenha confundido sua frieza e falta de receptividade com falta de interesse, quando, na realidade, ele está apenas sofrendo profundamente pela minha ausência.

Tento parecer animada, embora seja desgastante. Acho que estou tentando me provar para eles. Que mereço o amor deles, mesmo depois do que aconteceu.

Meu pai paga a comida, e voltamos para casa. Quando entramos, notamos que Loki já batizou sua pequena caixa de areia nova com cocô. Ele nem se deu ao trabalho de cobrir. Está simplesmente lá, em plena vista, esperando ser notado.

— Então vai ser assim, hein, malandro? — Renn olha de esguelha para o meu gato, depois sobe a escada de dois em dois degraus para o quarto dele. — Ei, Ever, se você quiser me passar a tarefa da caixa de areia, aviso logo, você vai ficar responsável por *toda* a minha roupa suja.

— Como se o cheiro fosse muito melhor do que o cocô do Loki! — grito de volta para ele, segurando o corrimão.

Meu pai pergunta se quero tomar uma xícara de chá com ele no pátio. Eu digo que sim. Eu sei o que está a caminho. Ele vai me atualizar sobre o grande segredo que eles estão omitindo de mim. Eu o ajudo a preparar o chá, e nós dois o levamos para o jardim.

O jardim dos meus pais é a minha parte preferida da casa. É todo cheio de canteiros de flores, muitas verduras e frutas, uma estufa onde minha mãe costumava plantar berinjelas, alface e outras coisas. O jardim é pequeno, entulhado, charmoso e tem vista para o Oceano Pacífico. Meu coração bate mais rápido quando percebo que o jardim está lindo. Não fazia ideia de que meu pai levava jeito para jardinagem.

Nós nos sentamos em duas cadeiras de jardim e olhamos o mar que aparece por trás da cerca marrom.

Meu pai respira fundo.

— Você não vem aqui há anos. Muita coisa mudou. Eu sei que você mudou como pessoa. E... bem, nós também mudamos.

Tomo um gole do meu chá de hortelã. Até agora, ele não está falando nada que eu não saiba, mas tenho a sensação de que isso é só para preparar o terreno.

— Sim — digo. — Trauma e tragédia mudam as pessoas. Eu não estava esperando voltar e encontrar vocês dois no mesmo estado em que eu deixei.

— Você estava planejando voltar em algum momento? — pergunta ele.

— Claro.

— Então por que você foi embora? — pergunta ele, em vez de seguir para sua novidade misteriosa.

— Por quê? — repito de um jeito meio estúpido.

Eu estive tão focada na morte de Dom, e depois na confusão que criei com Joe, que mal consegui pensar no fato de que minha família ia querer respostas. Eu os abandonei. Eles merecem uma explicação.

Eu me recosto na cadeira.

— Acho que eu não consegui suportar a culpa. Toda vez que eu via você e Renn, vocês pareciam arrasados. Eu sabia que eu era a pessoa que tinha causado todo esse sofrimento. E... bem, eu queria melhorar as coisas para vocês. Toda vez que vocês me olhavam, eu podia ver nos seus olhos que eu tinha causado essa dor. Eu estava envergonhada e humilhada pelo que eu tinha feito. Achei que eu estava fazendo um favor imenso me retirando de cena.

— Envergonhada — repete ele. — Você achou que estivéssemos te culpando?

— Eu sabia que estavam. — Mudo de posição, enfiando os pés embaixo da bunda. — Estava escrito claramente na cara de vocês.

Ele fecha os olhos, balançando a cabeça.

— Sim. Não. Talvez. Eu estava muito chateado. Posso ter olhado para você de uma maneira diferente, mas não porque achei que tivesse culpa, mas só porque eu não sabia o que fazer com você e com o seu irmão, como consolar vocês. Eu não percebi na época que você pudesse perceber. *Eu* mesmo não percebi a mudança. Me desculpe.

— Eu que devia pedir desculpas, pai. E estou pedindo. Você só seguiu o seu coração. Quer dizer, você não estava errado. *Eu* causei aquilo. Tudo por causa de um garoto idiota.

Meu pai toma um gole do seu chá.

— Mas ele era mesmo?

— Era o quê? — pergunto, confusa.

— Idiota. Porque, quando sua mãe me contou, eu me lembro de ela dizer que você estava caída de amores por ele. Que ele era inteligente, artístico e que fazia você rir. Isso não soa muito idiota para mim.

Engulo em seco.

— Não — digo, finalmente. — Ele não era nada idiota. Ele era o melhor. — O melhor, mesmo. — Eu encontrei com ele em Salém depois. Sem querer, claro. Um golpe do destino.

Meu pai aquiesce devagar, olhos fixos nos meus.

— Seph, eu presumo.

— Como você sabia?

Meus olhos se enchem de lágrimas. Só de pensar na família Graves me faz ter vontade de me encolher como uma bola e chorar. Também fico surpresa por ele não ter dito que era Dom. Era com ele que eu deveria me casar, afinal de contas.

Meu pai mergulha o saquinho de chá na sua caneca com um movimento suave.

— Eu vi a maneira como vocês dois estavam se olhando quando conversavam na igreja. Embaixo daquela árvore, quando achavam que ninguém podia ver vocês. Como se você fosse a única coisa que importava para ele, e ele fosse a única pessoa no mundo para você. Tinha alguma coisa muito protetora na maneira como ele te tratava. Ele me lembrou de mim mesmo quando sua mãe morreu. Tudo o que eu queria era proteger você e Renn do mundo.

Fui pega em flagrante. Culpada. Mas eu me sinto estranhamente aliviada de poder conversar sobre isso com alguém.

— Bem, obviamente, eu não posso manter contato com o Joe. Seria confuso demais.

— Acho que essa é a questão, Everlynne. O que você não entende... O que a sua geração não entende, eu acho, é que as coisas são naturalmente confusas. Que sempre foram confusas. A perfeição não existe. Constrangimento e vergonha são um pacote. São partes da vida. Você não pode tirar esses departamentos da sua existência. Você precisa encarar seus desafios com coragem. Quando sua mãe morreu, ela levou uma parte de mim com ela para o túmulo. Mas perder você além de tudo? Sem poder te abraçar, conversar com você, chorar no seu ombro e deixar você chorar no meu? Isso tornou as coisas insuportáveis. Alguns dias, eu me perguntava até por que eu saía da cama. Mas então eu ouvia seu irmão roncando no quarto ao lado no corredor e me lembrava: *sempre* há alguém por quem lutar.

Penso na infidelidade de Dom. Nas palavras duras de Joe antes de me beijar no dia em que eu e Dom ficamos noivos. Fecho os olhos.

— É difícil perdoar as pessoas. Incluindo a mim mesma.

— Vou te dizer o que a sua mãe sempre me dizia. É uma boa lição. "Seja grato por aqueles que te ajudaram quando você estava na pior, e seja grato por aqueles que não ajudaram. Os primeiros, porque vale a pena manter por perto, e os últimos, porque te ajudaram a perceber isso."

Caio no choro pela milionésima vez essa semana, enterrando o rosto nas mãos. Meu pai segue falando.

— Não. Shh. Não se sinta mal. Mesmo que achasse que nós estávamos com raiva, você devia ter ficado. Devia ter lutado por essa família. Renn e eu estamos batalhando na tentativa de voltarmos a ser o que éramos seis anos atrás, e seria bom ter mais alguém para ajudar.

Coloco minha xícara de chá de lado e me lanço para ele, chorando no seu peito. Ele me envolve com os braços, hesitante. Estático primeiro, e depois, quando sente meu corpo tremendo contra o dele, com mais força. Ele deixa o chá cair no chão no processo. A xícara quebra aos nossos pés. Ele segura a parte de trás da minha cabeça.

— Meu deus, Ever. Achei que tivéssemos te perdido para sempre.

— Eu achei que eu tivesse te perdido para sempre — digo fungando e soluçando. — Achei que você me detestava.

— Eu nunca detestei você. — Finalmente, sua voz falha. Finalmente, posso ouvir emoção nela. — Eu só detestava a situação, e desejava que sua mãe estivesse aqui, para que ela pudesse me dizer o que fazer para trazer você de volta.

Está claro demais para mim agora que era *disso* que eu precisava nesse tempo todo: um abraço do meu pai, a confirmação de que ele ainda me ama apesar de tudo. Salém foi a minha capa, eu me escondi do mundo, porque achei que o mundo não me queria.

Ele se afasta de mim, segurando meus braços.

— Ei. Esqueci de comentar a melhor parte.

— Q-q-que parte? — Fungo e soluço e pareço uma bagunça total.

— Que a guerra que Renn e eu estávamos lutando? Nós vencemos. Ainda somos uma família. Nós rimos. Nós vamos aos lugares. Nós temos férias, feriados e jantares. Contamos piadas internas. Só o que precisávamos era que você voltasse para nós. E agora que você voltou, vai ficar tudo bem.

Pela primeira vez em muito tempo, eu acredito em algo bom.

Acredito na minha família.

*   *   *

Usando o chinelo do meu pai, limpo a louça quebrada no quintal. Varro o chão enquanto ele rega os canteiros de flores. De vez em quando, olho para cima para olhar para ele. Ele está fazendo um ótimo trabalho, molhando cada pimentão. Eu não tenho ideia de como ele manteve o jardim vivo por tanto tempo.

Eu me sinto mais leve depois da nossa conversa. Mas também cansada do longo dia e do voo. Não sei como vou me sentir amanhã, mas sei que hoje está suportável, e que esse é um bom começo. O mundo não acabou quando saí de Massachussetts. Meu pai e Renn não mudaram as fechaduras e me mandaram dar o fora. E embora eu ainda me sinta culpada pelo que fiz com Joe — como eu deixei as coisas —, sei que ele provavelmente não quer ter notícias minhas.

— Você tem certeza de que sabe o que está fazendo? — pergunto, depois de alguns minutos assistindo ao meu pai preenchendo o regador pela décima quinta vez. Zero chance de ter sido assim que ele manteve esse jardim lindo. E também não há como ele pagar a conta de água se ele estiver regando as plantas desse jeito.

Meu pai larga o regador vazio aos seus pés, passando uma das mãos pelo cabelo. Ele ri.

— Fui pego, não é?

— Achei estranho que o jardim sobrevivesse sem a mamãe. — Encolho os ombros. — Quem está cuidando do jardim então? Lawrence?

Lawrence era o nosso jardineiro desde que eu tinha três anos. Ele e minha mãe passavam muito tempo juntos, plantando, podando e rindo.

Meu pai balança a cabeça.

— Não. Ele precisou se aposentar há três anos. Fez uma cirurgia no joelho, e depois a filha precisava dele para olhar os netos enquanto ela está no trabalho… ficou difícil para ele.

Meu pai sobe os três degraus para o pátio. Apoio a vassoura na parede, tirando o pó das mãos.

— Não me diga que *Renn* está mantendo esse jardim vivo?

— Renn? — Ele solta uma risada aguda e nervosa. — Eu não encarregaria seu irmão nem de lavar a louça.

— Você contratou um jardineiro novo? — franzo a testa, confusa.

Ele balança a cabeça.

— Parece errado deixar um estranho tocar em todas as coisas que Barbie criou.

— Então quem está cuidando do jardim agora?

— Ever… — Ele coloca as mãos no meu ombro. — A coisa que eu estava tentando te falar… a razão por que eu queria que você viesse no Dia de Ação de Graças no ano passado, é porque eu estou saindo com uma pessoa.

O silêncio nos engole. Não tenho ideia de como me sentir com o que ele acabou de me contar. Uma parte de mim está com raiva. Como ele ousa superar a minha mãe? Como ele ousa namorar? Ele está fazendo *sexo* com outra mulher? Que diabos? Isso está errado. Essa é a casa da minha mãe, com as coisas da minha mãe. Parece profundamente injusto que outra pessoa esteja tomando conta do seu jardim. Da sua *família*.

Mas então eu também não consigo evitar uma forte sensação de alívio. Porque ele não estava sozinho esse tempo todo. Porque ele teve um ombro onde chorar, mesmo que não fosse o meu. Porque é preciso muita coragem para seguir em frente depois de perder o amor da sua vida. E porque, afinal de contas, eu quero que ele seja feliz. *Minha mãe* ia querer que ele fosse feliz.

Também é difícil para mim julgar outras pessoas na minha situação. Transei com Joe enquanto ainda estava usando o anel de noivado do Dom.

— Por favor, diga alguma coisa. — Meu pai se encolhe de verdade, dando um passo para trás. — Qualquer coisa.

— Eu... eu não sei como me sinto em relação a isso — admito. — Ela dorme na cama da mamãe?

O rosto dele diz tudo. Ela dorme. Ela dorme na cama da minha mãe. Tudo bem. *Tudo bem*. Inspiro profundamente. Conto até dez na minha cabeça. Lembro a mim mesma de que perfeição não existe. Que eu, eu mesma, dormi com Joe e depois o abandonei. Que seres humanos são criaturas profundamente falhas. Que talvez o que importe é que não sejamos maus. Que não *queiramos* magoar os outros. Eu sei que meu pai não seguiu em frente porque queria me magoar.

— Você está feliz com ela? — pergunto baixo.

Ele olha para os sapatos, refletindo.

— Fico menos infeliz quando estou com ela — diz ele, finalmente.

E, é claro, era exatamente assim que eu me sentia em relação ao Dom. A ideia reconfortante de que existe alguém que tira a dor. Será que a namorada do meu pai é como o Dom? Será que o amor dele por ela é reservado, confortável, sem colorir fora das linhas? Eu não ouso perguntar.

— Ela é...? — Estou tentando pensar no que eu quero perguntar. Bonita? Legal? Engraçada? Artística? Excêntrica? Estilo-mãe? Uma explosão só? Completa com um sotaque do norte da Inglaterra e uma coleção de CDs do Oasis e dos Smiths?

Meu pai continua a me encarar como se eu estivesse guardando os segredos do universo na palma da mão e ele realmente, *realmente*, precisasse deles para salvar o mundo neste momento.

— Complete a frase... — ele pede com firmeza.

— Acho que o que eu estou tentando perguntar é... eu vou gostar dela? — Engulo em seco.

Um sorriso lento se espalha no rosto dele.

— Acho que sim. Acho que é impossível não gostar dela. Renn *adora* ela.

Tenho certeza de que ele diz isso como uma maneira de me tranquilizar, mas só o que eu sinto é uma raiva muda pelo meu irmão ter aceitado que outra pessoa entrasse na nossa família sem brigar. Ela era tão esquecível assim?

— Eu estou feliz — digo, finalmente. E então, em uma voz mais alta: — Eu estou. Muito. Sim. Com certeza.

Pode não ser toda a verdade, mas vou chegar lá. Vou me livrar dessa sensação estranha e aceitar. Preciso fazer isso.

— É mesmo? Você não acha que é cedo demais? — Os olhos dele se iluminam.

— Bem, depende de quando você conheceu ela — respondo, falando com franqueza.

— Oito meses atrás. — Ele *cora* de verdade. Meu pai, a pessoa que menos se emociona no planeta Terra.

— É, está tudo bem para mim. — Pego a vassoura de novo e varro, só para fazer alguma coisa com as mãos. — Me conte sobre ela.

Ele me conta que o nome dela é Donna. Que ela tem a idade dele. Viúva, com dois filhos, da minha idade e um pouco mais velho. Que ela na verdade costumava ser jogadora profissional de tênis antes de ser professora. E que Renn se dá muito bem tanto com ela quanto com seus dois filhos, Dylan e Ashton.

Prometo conhecê-la em breve. Ele confirma com a cabeça, parecendo acanhado.

— O quê? — pergunto.

Mas então tudo faz sentido. De repente fico apreensiva. Ah, não. Eu realmente estive fora por uma eternidade e meia.

— Ela está morando aqui agora, não está? É por isso que a casa está tão bonita. Por isso tem flores frescas na bancada da cozinha e o jardim está frondoso.

Meu pai parece se desculpar. Ele retorce os dedos no colo como uma garotinha de castigo.

— As coisas se encaminharam rápido. Ela se mudou em dezembro. Era por isso que eu queria falar com você com tanta urgência em novembro. Eu não queria que você fosse pega de surpresa.

Eu mereço isso. Essa sensação de ser hóspede na vida de alguém, mesmo esse alguém sendo o meu pai.

— Só me diga uma coisa — eu peço.

Ele me encara ansioso.

— Quem faz as melhores panquecas? Mamãe ou ela?

— Ah, Donna não faz panquecas embaixo desse teto. Essa é a regra. Nós dois decidimos que era melhor assim desde o início. Isso traria recordações demais. — Ele balança a mão no ar. — Se quisermos comer panquecas, nós saímos.

Dou um sorriso.

— Então acho que estamos bem. Vou lá para cima tirar uma soneca.

VINTE E TRÊS

A resposta para a minha pergunta — como eu estaria me sentindo na manhã seguinte — se apresenta no outro dia.

E a resposta é: na merda. Estou na merda.

Estou superconsciente do fato de que perdi três das pessoas de que eu mais gostava: minha mãe, Dom e agora, possivelmente, *provavelmente*, Joe. Verdade, Joe não está morto, graças a deus, mas, com o tipo de sorte que vem junto com as pessoas de que eu gosto, é melhor deixá-lo longe em vez de procurar qualquer tipo de conexão com ele.

Além disso, preciso confessar: embora eu esteja feliz pelo meu pai, também estou destruída com a ideia de que ele esteja apaixonado por outra mulher.

Passo as duas semanas seguintes enfurnada no meu quarto. Lado positivo: dessa vez, não estou em uma situação tão deplorável quanto no mês que se seguiu à morte de Dom.

Não, agora sou oficialmente um desastre altamente funcional. Tomo banho todos os dias. Preciso. Renn e meu pai se revezam batendo na porta do meu quarto quando permaneço lá. Fiquei encarregada de cozinhar às terças e sextas. E eles são sempre irredutíveis com a proposta de que eu faça coisas saudáveis. Com lentilha e legumes. *Qualquer coisa congelada do supermercado não vale*, dizem eles. O resto do tempo, fico na cama. Lendo, chorando, processando.

Não tenho notícias de Joe, e não deveria esperar ter mesmo. Dormi com ele, depois me mudei para o outro lado do país. *De novo*. Só que agora ele tem que encarar o fato de que nós dois traímos Dominic. Sozinho.

E ainda assim eu me dou uma folga e permito que eu me cure.

Enquanto isso, escuto cuidadosamente os sinais reveladores de vida feliz que sobem do andar de baixo, se infiltrando pelas frestas do assoalho. Donna vem aqui em casa todos os dias. Renn comentou que ela está dormindo na casa do Dylan, para me dar espaço, o que, eu tenho que admitir, foi bem legal da parte dela.

Ainda não a conheci. Eu me certifico de sempre ficar no meu quarto quando ela está aqui. Mas eu a ouço fazendo comida para o meu pai e para o Renn sempre que eles consideram a minha comida intragável (o que acontece com muita frequência). Eu a ouço assobiando e cantarolando músicas antigas dos anos oitenta (Duran Duran, Air Supply, Tina Turner) enquanto cuida do jardim. Ela sempre pergunta a Renn se ele precisa de alguma coisa do mercado.

Posso ver que ela pelo menos não é a madrasta má da Branca de Neve. Acho que consumir pequenas doses de Donna sem interagir com ela de verdade está me ajudando a aceitar a sua presença na nossa vida. Mas ainda estou preocupada que isso tudo seja fachada. Que ela esteja atuando porque sabe que eu estou ouvindo.

Há outros sons felizes. O som de Renn e seus amigos rindo, jogando vídeo games ou bebendo cerveja no quintal. O som do meu pai gargalhando quando assiste às reprises de *The Office* todos os dias depois do trabalho, mesmo que ele repita as piadas icônicas junto com Michael Scott. Loki conversando com quem quer que esteja lá embaixo, tentando convencê-los a jogar um ou dois pedaços de pastrami para ele.

E, em algum momento, duas semanas depois de me trancar no meu quarto, a ideia de encontrar pessoas não parece tão terrível quanto antes. O gatilho é, como sempre, comida.

É um sábado ensolarado. Donna, meu pai e Renn estão lá embaixo, tomando café da manhã. O cheiro de pão de fermentação natural, manteiga, bacon e feijão flutua pela casa, me deixando com água na boca. Normalmente, espero até todos saírem para eu comer as sobras. Mas hoje não me parece o fim do mundo conhecer a mulher por quem meu pai se apaixonou se isso significar comer bacon gorduroso e suco de laranja recém-espremido.

Saio do meu quarto com meu macacão de Cookie Monster, determinada a deixar qualquer expectativa sobre mim bem baixa. A escada range quando desço, e o medo toma conta de mim quando penso em todos os olhares que estou prestes a receber.

Mas, quando chego no patamar, vejo os três sentados em volta da mesa de jantar, conversando animados. Eles não me veem logo de cara. Ou talvez estejam me dando alguns minutos para eu me acalmar. Donna é magra e ruiva — como minha mãe —, com um rosto estreito e um espaço entre os dentes da frente. Ela não é tão linda quanto a falecida Barbie Lawson, o que é reconfortante de uma forma estranha e mesquinha, mas as duas têm a mesma qualidade de mulheres que parecem genuinamente legais ao mesmo tempo que irradiam um astral de "não mexa comigo".

Meu pai é o primeiro a me ver. Ele deixa o garfo cair no prato, piscando, como se estivesse vendo um fantasma. Dá para ver que ele não tem ideia do que dizer. Donna segue o olhar dele para ver o que o fez congelar. O rosto dela se ilumina quando me vê.

— Amei seu macacão — diz ela, jogando casualmente um pedaço de bacon na boca. — Onde você comprou?

Você parece estar querendo um monte de coisas que as mulheres Lawson têm, alguma coisa dentro de mim quer disparar. Mas então lembro que preciso ser legal, pelo meu pai e por Renn.

— Minha amiga Nora comprou para mim. Em alguma loja on-line, não sei.

Ela se levanta. Ela está usando... um macacão de cachorro-quente? Será possível? Com ketchup, e mostarda, e tudo. Um sorriso surge nos meus lábios, mas eu o reprimo rápido. Eu não sou Renn. Não vou trair a minha mãe por causa de um simples macacão.

— Onde você comprou o seu? — pergunto, não exatamente com frieza, mas definitivamente não de uma maneira sociável.

Meu pai e Renn trocam olhares silenciosos. Eles estão sorrindo.

— Renn me deu no Natal. Acho que é de uma loja chamada *Rad and Bad*.

— É mesmo? — Eu me viro para olhar para Renn enfaticamente, ainda em pé. — Estranho que ele conseguiu comprar uma coisa legal para você, porque eu só ganhei dele calendários de gatinhos e sais de banho perfumados nos últimos quatro anos.

E eu nem tinha banheira em casa em Salém.

Renn aponta para mim com o garfo, que está cheio de ovo mexido e bacon.

— Isso é porque eu só me esforço com as pessoas próximas, e você estava ausente.

— Nós costumávamos ser próximos — digo, mas não sinto a tristeza avassaladora que vem toda vez que eu penso em como tudo mudou na última meia década. Em vez disso, estou com esperança de que talvez nós possamos mudar isso.

— Certo. E agora você precisa trabalhar muito para cair nas minhas graças de novo. — Renn toma um copo inteiro de suco de laranja e depois o bate na mesa. — Pode começar massageando meus pés toda noite.

Donna empurra a cadeira em frente a ela com o pé.

— Sente, Ever. Tem um prato para você na mesa. O pão ainda está fresco.

— Você que fez? — Franzo o nariz, sem me mover.

Ela revira os olhos.

— Você acha que eu tenho todo o tempo do mundo?

Eu me sento. Devoro uma quantidade obscena de comida, engolindo tudo com suco de laranja. Não falo muito. Donna, Renn e meu pai conversam entre eles. De vez em quando, eles me perguntam o que eu acho sobre o que estão falando, mas eu não sinto nenhum tipo de pressão para entrar na conversa. Eles não me bombardeiam com perguntas. Mais do que qualquer coisa, estou surpresa como esses três parecem e se sentem como uma unidade familiar. É tão dolorosamente óbvio que eu sou a que está de fora. Donna chama Renn de "Ruin", e Renn a chama de "Danny". Ela e meu pai são voluntários no centro comunitário local juntos. Está claro para mim que, vindo aqui, entrei em algo que já está inteiro e funcional. Então, apesar de não estar totalmente bem com isso, e ainda estranhando o fato de que agora há uma completa estranha morando na casa onde cresci, digo a Donna que ela não precisa ficar na casa do Dylan por minha causa e que ela pode se mudar de volta.

— Não fique longe por minha causa. Como pode ver, eu fico a maior parte do tempo no meu quarto — dou de ombros, tentando mostrar que não me importo.

Donna sorri.

— Estamos todos torcendo para te ver mais fora do quarto.

— Ah, ela já está tentando me consertar. — Mando um sorriso venenoso para o meu pai. — Que partidão.

— Que amarga! — Renn me chuta por baixo da mesa. — Sério, qual é o seu problema? Ela só está sendo gentil.

— Ever, isso foi totalmente gratuito — meu pai fala sem alterar o tom. Espero Donna encenar toda a história de fada madrinha e falar *Ah, por favor, não, eu entendo*. Em vez disso, ela arqueia uma sobrancelha na minha direção e diz:

— Sabe, só uma pessoa vai perder se você desistir da sua vida e ficar no seu quarto pela eternidade. E essa pessoa com certeza não vou ser eu.

Você acabou de levar um puta tapa verbal, Pippa ri na minha cabeça. *E foi épico. Momento Kodak, cara.*

Esfrego o rosto, me sentindo exausta de repente.

— Desculpe. Desculpe por ser... — Insuportável. Grossa. Nojenta. Podemos continuar? — Difícil.

— Você acabou de perder seu noivo — Donna diz suavemente. — E acredite ou não, como alguém que já passou por isso, você não está indo tão mal quanto acha que está.

— Não tenho nenhum ponto de referência. Eu fugi rápido quando o papai perdeu a mamãe, então não pude ver sua destruição completa — murmuro, brincando com as sobras no meu prato.

— Fiquei devastado. Perder o amor da sua vida é a coisa mais difícil que alguém pode ter que superar — diz meu pai. — Mas a boa notícia é que… você *supera*.

Ele chamou minha mãe de *amor da vida dele*. Na frente da Donna. E ela ainda não enfiou um garfo nele. Isso me faz sentir como se uma pedra imensa tivesse rolado para fora do meu coração.

— Que assunto divertido. — Renn interrompe com um sorriso. — Mas eu voto em mudar. Como você está se sentindo, Ev?

Reflito de verdade sobre a pergunta.

— Melhor… eu acho.

E é sério. Ainda dói. Eu ainda penso no Dom o tempo todo, mas não me sinto mais como se eu não tivesse controle sobre as minhas emoções. Como se eu não tivesse ideia da condição em que vou acordar amanhã. A raiva que eu sentia dele quase passou. Agora foi substituída por uma aceitação silenciosa de que Dom estava longe de ser o cara perfeito que imaginei, e tudo bem. Que eu nunca vou colocar um ponto-final nessa história com ele já que nunca vou poder perguntar o que se passava na cabeça dele quando ele fez o que fez; e tudo bem também.

— Melhor ou bem? — pergunta Renn.

— Melhor. — Arrasto um pedaço de pão na manteiga e depois o jogo na boca. — E talvez um *pouco* bem, agora que carboidratos simples estão envolvidos.

— Bem o suficiente para ir surfar com a gente? Eu e os caras vamos pegar umas ondas em meia hora. O mar vai estar *flat*, perfeito para surfistas ruins como você.

Mostro o dedo do meio para ele, que ri.

— Eles estão querendo dizer oi. — Renn encolhe os ombros.

— Você sabe que eu vou ser estraga-prazeres.

— Não sei bem como te dizer isso… — Renn finge inspirar profundamente. — Mas você *sempre* foi estraga-prazeres. Agora você só tem uma razão válida para isso.

Jogo um pedaço de pão nele, que pega com a boca e mastiga.

— Viu com o que eu tenho que lidar? — pergunto a Donna, apontando na direção de Renn com o polegar.

Ela sorri.

— Ele tentou fazer uma guerra de puns comigo outro dia. Acho que é o jeito dele de mostrar afeto.

E é aí que eu não aguento. Caio na gargalhada. Isso é tão típico do Renn.

— Você é nojento! — Empurro o ombro do Renn.

— E você está enrolando. E aí? Você vem ou tem um encontro quente com um disco do Marilyn Manson e seu travesseiro?

Eu adoro os amigos do Renn. Quando eram mais novos, eles costumavam seguir Pippa e a mim de uma maneira ridícula, disputando migalhas da nossa atenção. Nós éramos mais velhas, mais espertas e tínhamos um cheiro melhor do que o de cabras e meias. O que, naturalmente, nos dava o brilho de estrelas de rock.

— Tenho certeza de que a Ever podia aproveitar um pouco de tempo para relaxar — meu pai diz com firmeza. — Não que tenha alguma coisa errada com seus amigos que fumam maconha, pegam onda e evitam trabalho.

Na verdade, escutá-lo listar todas as razões por que Renn é amigo desses caras fracassados me lembra como eu costumava gostar de sair com eles. O grupo de Renn era formado pelas pessoas menos preconceituosas que eu já conheci. Eles provavelmente levariam numa boa se eu decidisse realizar uma cerimônia satânica no meio do surfe. E, sim, existe uma chance de eu começar a chorar espontaneamente — tenho feito muito isso ultimamente —, mas acho que não os assustaria. Além disso, eu podia aproveitar a oportunidade para esticar as pernas. Ver se eu realmente surfo mal depois de anos sem praticar.

— Eu vou surfar. — Surpreendo tanto Renn quanto a mim mesma ao dizer isso.

Renn esconde seu sorriso com uma lata de refrigerante que ele abre.

— Droga, pai. Bom trabalho.

— Posso pegar emprestada uma das suas pranchas? — pergunto.

— Não precisa. Eu guardei sua antiga em perfeitas condições. — Renn dá uma piscadinha.

Meu coração dispara.

— Guardou?

Ele confirma.

— É isso o que bons irmãos fazem. Claro, você não saberia.

— Isso vai funcionar perfeitamente. Enquanto vocês estiverem fora, eu posso trazer algumas das minhas coisas de volta — diz Donna. — Seu pai e eu queremos assar umas coisas para o jantar. O que acham?

Parece perfeito.

Não, perfeito não, eu lembro a mim mesma. Perfeito não existe.

Parece *ótimo*.

*   *   *

Vamos a Ocean Beach, o local preferido de Renn. As ondas podem chegar a mais de quatro metros no inverno, e os ventos são instáveis. Não é a perfeição do sul da Califórnia. A água se movendo sob a Ponte Golden Gate agita os bancos de areia, e às vezes fica nebuloso para caramba. Mas Renn diz que há alguma coisa entediante e óbvia em surfar as ondas perfeitas de Malibu, e tendo a concordar.

Renn dirige seu Wrangler vermelho, as nossas duas pranchas presas no rack do capô. As janelas estão abertas. Seus cachos louro-avermelhados balançam na testa. A maresia, o sal e o cheiro de bolo recém-feitos de dar água na boca me levam de volta à infância. Penso em Joe. O que ele está fazendo agora? Com quem ele está? Às vezes fico tentada a lhe escrever. Mas aí me lembro de como eu o magoei e reconsidero.

— Você está saindo com alguém agora? — pergunto a Renn. Já é hora de eu mostrar interesse na vida amorosa do meu irmão mais novo. Principalmente porque ele não é mais um bebê. Da última vez que nos falamos no telefone, ele estava na cama com uma mulher que parecia bem mais velha.

— Estou saindo com muitas pessoas — diz ele, fugindo da pergunta.

— Então você não tem namorada?

Ele coça o queixo.

— Namorada? Não.

— Mas deve haver alguém — insisto. — Você está se fazendo de malandro agora. Se a resposta fosse simples, você teria dito só não.

Renn revira os olhos.

— Tem uma pessoa. Mas não é sério.

— Por que não é sério?

— Essa pergunta você devia fazer ao marido dela.

— Ai, Renn — Engulo em seco.

Não sou puritana, mas isso é bem chocante. Renn dormindo com uma mulher casada. Antes de ter idade para beber. Ele é um bom garoto, esperto, inteligente. Por que se colocaria em uma situação tão tóxica?

— Viu? É por isso que eu não queria te contar. — Ele entra no estacionamento perto da praia. — Eu sabia que você ia tirar conclusões totalmente precipitadas. Não é tão ruim quanto parece.

— Me explique, então. — Cruzo os braços.

— Ela não enche o saco, nem exige nada. Não é carente, nem quer que eu saia em encontros com casais de amigos chatos. Ela é… mais madura?

— O que é mais madura? — pergunto. — Cronologicamente falando. Me dê uma idade.

— Trinta…

— Trinta!

— … e dois.

— Renn! — Bato no braço dele.

Ele ri.

— Não me venha com *Renn*, mana. O marido estava traindo ela. Ele que começou! Ele é um figurão analista financeiro qualquer. Sempre longe. Sempre transando com a assistente.

— Como vocês se conheceram?

— Ela veio fazer aulas de surfe no verão passado. A terapeuta dela disse que ter um hobby na natureza faria bem para ela, já que ela não está pronta para confrontar o marido. Da maneira que eu vejo, se ele não é fiel, por que ela deveria ser?

— Não. A maneira que você deveria ver: por que *você* está se metendo no meio desse bando explosivo?

— Eu não estou em bando nenhum. — Ele estaciona o Jeep, depois abre a porta. — É só uma diversão inofensiva.

— *Ofensiva* — rebato. — Para todos os envolvidos. Para você inclusive.

Renn estala a língua.

— Chegamos.

Ele me entrega a minha prancha e pega a dele, depois vira de costas para mim. Entendo que a conversa acabou por ora. Acato e faço uma nota mental de retomar esse assunto quando ele menos esperar. Avançamos com nossas roupas de borracha para a beira da água, onde nos juntamos aos amigos de Renn: Ryland, Tim e Clayton.

Estão todos carregando pranchas, prontos para enfrentar as ondas. Todos parecem *imensos* em comparação à última vez em que os vi.

— Puta merda, cara, você ficou gostosa! — exclama Clayton enquanto bate no meu ombro.

— Ei! Cala a boca. Estou bem aqui. — Renn o empurra fazendo cara feia.

— É, Ever. Você está ótima. A tragédia realmente te fez bem. — Tim abre um riso sarcástico.

Renn dá um soco no braço dele. Com força.

— Pare com isso, seu merda.

Ryland suspira.

— Perdoa esses caras. Eles não sabem se comportar adequadamente como seres humanos.

Faço um gesto para ele não ligar.

— Não me ofendi.

— Não, mas sério, sinto muito pelo seu noivo. — Clayton faz uma careta.

Imagino como esses caras reagiriam se soubessem o que Dom fez. Se soubessem a história toda.

Abro um sorriso.

— Na verdade, estou começando a me sentir melhor.

— Bom, mas nós vamos te deixar com o rabo entre as pernas — diz Clayton amavelmente. — Tenho certeza de que você está um pouco enferrujada.

— Vou deixar vocês no chinelo — digo alegremente. — Mas se falar de rabo faz você se sentir melhor, vamos lá.

Clayton dá uma cotovelada em Renn.

— Por que você disse que ela estava deprimida? Ela parece a espertinha de sempre para mim.

Eles não estão cheios de dedos comigo, e gosto disso.

Um minuto depois, avançamos todos em direção às ondas. Nossos pés batem na areia molhada enquanto pegamos impulso. Estamos cortando o ar. Sou uma tartaruga bebê que acabou de sair do ovo, correndo para o mar para elevar minhas chances de sobreviver aos predadores. Meus pulmões se abrem. Meus membros se soltam. A memória muscular me lembra de quem eu era, quem eu sou, quem eu devo ser. Meu corpo bate na água fria e, de repente, estou alerta. Estou lúcida.

Estou *viva*.

Um rugido escapa da minha boca. A euforia corre pelas minhas veias. A alegria simples e intensa de estar viva, saudável e bem, nesse oceano sem fim, em uma das melhores cidades do mundo, rouba meu fôlego.

Você está em casa agora, sussurra minha mãe em algum lugar dentro de mim. *Relaxe. Sorria. Aproveite.*

Deslizo o corpo na prancha de surfe. Fecho os olhos com força. Os garotos estão gritando sem parar perto de mim.

— Não roube a minha onda, babaca.

— Você está todo errado e fora de forma.

— Ei, cara, sua irmã está bem?

Nesse exato momento, estou mais do que bem. Eu acredito de verdade que *vai* ficar tudo bem. Que eu vou superar a perda da minha mãe e a perda de Dom.

Mas talvez eu não precise perder todas as pessoas que ainda estão aqui na Terra. Talvez eu não seja tão horrível e amaldiçoada.

É assim que tomo a decisão de que é hora de me desculpar com Joe.

*   *   *

Na volta para casa, Renn abre duas latas de água com gás e me entrega uma. Nós dois estamos molhados e trêmulos, apesar de não estarmos com frio. A adrenalina zumbe nas minhas veias. Meu corpo precisava dessa lembrança de que ainda está funcionando. De que é capaz.

Renn não fala nada. Eu sei que ele não quer reabrir o assunto sobre sua não-namorada, mas não consigo me impedir de falar. Pigarreio antes de contar a ele o que não contei a ninguém além de Joe. Nem mesmo a Nora.

— Dom... ele tinha uma namorada.

— O quê? — Renn bufa uma risada. — Tipo, você roubou ele de alguém?

Balanço a cabeça.

— Ele estava traindo as duas. Eu não sabia dela. Eles estavam juntos já fazia três anos.

— Que babaca — Renn solta, estrondoso. — Como você descobriu?

— No hospital, quando eu corri para ver como ele estava. Ela também estava lá.

— Que palhaçada! — exclama ele. Estou feliz que ele esteja bravo. Porque estou prestes a virar a situação para ele em meio segundo.

— O que você faria se ele tivesse sobrevivido? Ainda ficaria com ele? — pergunta Renn.

Eu me fiz essa pergunta um milhão de vezes nas últimas semanas, mas a resposta é sempre diferente.

— Não, acho que eu não ficaria. Quer dizer, eu teria ficado por perto para cuidar dele, para ajudar na saúde dele. Mas não como sua namorada.

— Bom, você é mais caridosa do que eu, com certeza. Como pôde ficar de luto por ele depois dessa palhaçada? — Renn levanta a voz. — Que situação *fodida*.

— Só porque ele se mostrou uma pessoa questionável, não quer dizer que eu deva ser também. — Giro o anel de noivado no dedo. Sim, ainda estou usando. Não, eu não tenho ideia do motivo. — Mas, olhe, está vendo por que eu não quero isso para você?

Renn geme, depois fecha os olhos quando chegamos a um sinal de trânsito vermelho.

— Não é a mesma coisa.

— Eu não quero você nessa situação. Não quero isso na sua consciência, ou no seu carma. Essa situação pode voltar para cobrar a conta quando você menos esperar.

— É realmente casual. Só estamos curtindo.

— Curta com mulheres solteiras. Vou ser a primeira a torcer por você. Prometo.

— Mulheres solteiras querem mais.

— Nem todas — aponto. — Sabe, algumas pessoas *não* vão te achar irresistível. Não todas, mas algumas.

Finalmente, Renn joga os braços para o ar.

— Está bem. Está bem. Vou terminar. Meu deus, você é um saco. Volte para Salém.

— Acho que vou ficar por aqui mais um tempo.

Renn se vira para mim e sorri.

— Na verdade, fico *muito* feliz de ouvir isso. Sabe quem mais vai ficar feliz de saber?

Eu me viro para olhar para ele.

— Pippa.

*   *   *

Mais tarde nessa noite, depois que o meu pai e Donna nos serviram um verdadeiro banquete e abriram uma garrafa de vinho, vou no meu quarto de novo.

Loki está no meu colo. Ele está tentando se acostumar a morar aqui. Ele certamente gosta de ter um quintal seguro, onde pode se bronzear e coletar presentes para nós na forma de beija-flores e ratos mortos.

Decido que não há sentido em adiar o inevitável. Devo desculpas a Joe. Mas ligar parece tão... indelicado. Quase uma invasão. E se ele não quiser ouvir a minha voz depois de tudo o que aconteceu?

Decido lhe mandar várias mensagens de texto. Isso vai dar a ele tempo de digerir, se recompor e decidir o que escrever de volta. Se isso acontecer.

Ever: Eu só queria mandar um sinal de vida, já que eu fui notoriamente péssima em fazer isso ao longo da nossa história. Estou bem. Estou em São Francisco. Estou com meu pai e com Renn, e a namorada do meu pai, Donna, que tem um macacão de cachorro-quente, o que diz exatamente o tipo de pessoa que ela é.

Ever: Como você está? Ainda trabalhando nas docas? Como estão Gemma e Brad? Você está conseguindo lidar bem com as coisas?

Ever: Está bem. Eu menti. Eu não queria dizer como eu estava. É egoísta achar que você ainda se importaria. O que eu queria dizer é me desculpe. Mil desculpas. Eu sei que sexo não estava nos seus planos. Sei que você se arrepende. Sei que vai ter que viver com o que fizemos pelo resto da vida. E me desculpe por te colocar nessa situação. É tudo culpa minha. Eu te seduzi (se é que podemos chamar aquilo de sedução). Pedi para beber. Me certifiquei de que estivéssemos os dois bastante bêbados.

Ever: Eu peço mil desculpas mesmo. Saudades.

Solto o ar e espero.

Encaro a tela por um minuto. Depois mais dez. Depois vinte. E depois uma hora. Em algum momento, caio no sono, largando o telefone no meu rosto. Estou tão exausta que nem consigo tirar ele dali.

Domingo de manhã, tenho apenas uma mísera mensagem me esperando. Três palavras, e ainda assim cada uma delas pesa uma tonelada.

Joe: Eu te perdoo.

VINTE E QUATRO

Na segunda, abro as mensagens de Pippa. Estou prestes a escrever para ela, depois penso melhor e ligo. Diferente de Joe, sei que Pippa está esperando que eu pegue o telefone e ligue. Ela merece bajulação e uma boa dose de vergonha vinda de mim. Ela esperou tempo demais.

Pippa atende no quarto toque, bocejando no meu ouvido.

— Lawson. É tão óbvio que, sempre que você decide ligar, é na minha folga, quando eu posso dormir até mais tarde.

— Desculpe. — São nove e quarenta e cinco, olho no relógio enquanto caminho de um lado para o outro no minúsculo quarto da minha infância. — Posso ligar mais tarde. Ou esperar você me ligar. O que for melhor.

— Meu deus do céu — ela bufa. — *Tão* sensível. Pelo menos isso não mudou. O que manda?

Estou toda desnorteada tentando encontrar as palavras certas. Também suspeito que estou chorando de novo. Não consigo evitar. Ela não está me dando a mínima. Não está me perguntando onde eu estive nos últimos seis anos. Não está tornando essa situação em algo difícil, constrangedor ou horrível.

Inspiro profundamente e tento soar tão casual quanto ela.

— Estou em São Francisco.

— Ah, dã. — Ela boceja.

— Você sabia? — pergunto, surpresa.

— Renn me contou.

— Vocês dois se falam? — Tento esconder meu choque com uma tosse falsa. Pippa gargalha.

— Bom saber que ainda faz aquela coisa de tossir quando fica nervosa.

— Eu não estou nervosa — minto.

— É mesmo? Então por que você não tira as unhas da boca, madame?

Percebo que estou roendo as unhas e faço o que ela fala, depois enxugo a mão na camisa. Estou admirada por ter conseguido passar tanto tempo sem conversar com a Pippa. Ela é a coisa mais perto de mãe que eu tenho. Ela conhece cada pedacinho de mim. Até os ruins. *Principalmente* esses.

— Tentamos nos encontrar uma vez por mês para um café, Renn e eu — explica ela.

— Nenhum de vocês dois toma café — digo de forma neutra.

— Eu falei café? Quis dizer cerveja.

— Ele ainda não tem vinte e um anos.

— Não é isso que diz a identidade falsa dele. — Ela ri.

Meu humor melhora instantaneamente, mesmo que Joe tenha me dispensado e basicamente me mandado me ferrar na última mensagem, embora não em tantas palavras.

Eu te perdoo é um código para *Não se preocupe comigo. Só fique do seu lado do continente e me deixe em paz.*

Vai contra o que eu quero fazer, mas preciso respeitar os desejos dele.

Há um breve silêncio entre Pippa e mim antes de ela suspirar.

— Certo. Você pode me levar para tomar alguma coisa e almoçar.

Dou uma risada.

— Obrigada. Aonde você quer ir? Você escolhe.

Mas eu já sei. Temos um lugar e é o melhor restaurante em toda São Francisco.

— Wayfare Tavern. E vou pedir drinques. *Muitos* drinques. Me veja estourando a conta.

— Vai fundo. Quando? — pergunto.

— Meio-dia. Não se atrase.

Ela desliga.

Saio cambaleando do quarto. É segunda-feira, e Renn está na faculdade e meu pai no trabalho. Donna está sentada na cozinha, lendo o jornal e escutando o rádio como se estivéssemos nos anos noventa ou algo assim. Ela ri de alguma coisa que o locutor do rádio diz. Ela está bem encantadora, de uma maneira "ainda-assim-você-não-é-a-minha-mãe".

Ela olha por cima do aro dos seus óculos de leitura e sorri.

— Olá, Ever. Aceita uma xícara de café? Ou talvez uma omelete?

Balanço a cabeça e me sento do lado dela. Ela abaixa o jornal e se recosta.

— Você parece... *pensativa.*

— Estou com muita coisa na cabeça — digo, ainda sem saber como me sentir em relação a ela. Meu coração quer desesperadamente rejeitá-la, mas cada outra parte de mim percebe que ela está sendo legal e acolhedora, e que ela não precisa ser. Eu não sou uma adolescente rabugenta. Estou à beira dos vinte e cinco anos.

Ela dá um tapinha na mesa entre nós.

— Despeje um pouco aqui. Sou uma boa ouvinte.

Mordisco o canto da unha do polegar, decidindo que me abrir com ela é melhor do que não me abrir com ninguém.

— Eu acabei de ligar para a minha melhor amiga, depois de ter sumido seis anos atrás. Vou encontrar com ela ao meio-dia. No nosso restaurante preferido. Eu nem sei como ela está hoje em dia. Não sei com o que ela trabalha. Se ela está casada.

— Ótimo. Vocês vão ter muita coisa para conversar, então não vai ter nenhum silêncio constrangedor. — Donna levanta a xícara de café em um movimento de brinde.

— Ela tentou muito manter contato comigo. E se ela ficar decepcionada? E se ela perceber que eu não sou tudo isso? E se *ela* decidir parar de andar comigo?

Donna sorri.

— Isso é muito improvável, mas, se acontecer, você vai sobreviver. Assim como sobreviveu a tudo que a vida jogou para você até agora.

É uma resposta surpreendentemente boa. Honesta, mas ainda assim animadora.

— Agora, que tal irmos ao shopping e comprarmos umas roupas novas para você? Assim, quando vocês se encontrarem, você vai estar um arraso? — Donna mexe os ombros.

— Qual o problema da minha roupa? — pergunto, fingindo inocência. Estou um horror. Estou usando uma das camisetas de Renn com legging rasgada.

Ela não morde a isca e não corre para se desculpar.

— Você parece não sair da cama há quase dois meses. O que, é bom deixar claro, é exatamente o que aconteceu. Vamos.

— Não, obrigada. Você não é minha mãe de verdade. — Reviro os olhos, brincando.

— E não pretendo ser. Eu tenho meus próprios filhos, e eles me mantêm *muito* ocupada. Agora vamos. — Ela se levanta e leva a xícara de café até a pia.

— Posso ir de macacão? — Eu me viro para olhar para ela.

— Só se eu puder ir com o meu. — Donna enxágua a xícara com uma encolhida de ombros.

— É um desafio? — Minhas sobrancelhas se erguem.

Donna me dá um olhar inocente.

238

— Criei dois garotos. Você não vai querer jogar esse jogo comigo. Eu topo. Volto em um segundo.

— Se você usar o seu macacão no shopping, o café é por minha conta — digo.

— Se *você* usar o seu macacão no shopping, as compras são por minha conta — ela rebate. — Mas o limite são trezentos dólares. Lá é muito caro — ela acrescenta, depois de uma pausa.

Apertamos as mãos. Nós duas colocamos nossos macacões.

Aposto corrida com ela até o carro.

Eu ganho.

*   *   *

Uma visita ao shopping e uma mudança no visual depois, Pippa está sentada na minha frente no restaurante. É surreal. Ela está ainda mais deslumbrante do que eu me lembrava. Está usando um vestido de verão verde-acinzentado. Seu cabelo cai em cascata até a bunda. Ela não tem um anel de noivado, mas tem uma bolsa Gucci verdadeira, que sempre foi sua ambição.

— Você está perfeita — falo, engasgada.

— Você parece uma estranha, imbecil. — Ela pega a minha mão e pede dois drinques. Aposto que ela vai pegar o metrô e não vai precisar dirigir. Eu vim de Uber até aqui, mas acho que vou voltar andando para casa. Não parece estar nos planos dela parar em dois ou três drinques, e uma garota precisa guardar *algum* dinheiro. Entrar no metrô não é uma opção.

Pippa me conta que é web designer em um site de brechó de estilistas, o que explica a bolsa Gucci. Ela mora com o namorado, Quinn, em Haight-Ashbury. Quando eu a parabenizo, ela me diz que, antes, também morou com Bryan, Jason e Dan, então talvez eu não devesse ficar tão animada.

— Não é sério, então? — pergunto, achando engraçado.

— É tão sério quanto pode ser nessa época do ano. Acho que eu tenho… doze, talvez quinze, almas gêmeas. Mas até agora eu só conheci sete. — Pippa dá uma risadinha. — Eu soube que Quinn era uma delas quando trouxe ele aqui e nós dois pedimos torre de marisco e champagne. Eu olhei para ele e pensei: esse homem não pode sustentar esse tipo de vida sem ser rico. É melhor eu ficar com ele.

— E ele é? — Dou uma risada. — Rico, quero dizer.

— Está no processo para ficar. — Sinto segurança em sua voz.

— O que ele faz?

A comida chega. Pippa ataca sua galinha frita orgânica, e eu dou uma mordida hesitante no meu hambúrguer.

— Ele tem uma boate em Tenderloin.

— Você não fica preocupada? Ele está o tempo todo cercado de mulheres lindas e quase bêbadas.

Ela abana a mão para mim.

— Eu sei que ele nunca me trairia. Confio nele com a nossa relação. Que diabos, eu confio nele até para dar a minha senha da Netflix!

Balanço a cabeça e digo:

— Nunca dá para saber essas coisas. Acredite em mim, falo por experiência própria.

Ela me olha com pena.

— Sinto muito que alguém tenha sido infiel com você, Ever, mas isso só significa que você não conhecia a pessoa com quem estava. Se você conhecer, conhecer de verdade, atravessando todas as camadas, se chegar lá no fundo, você vai saber. Não me diga que isso não é verdade. Porque nós duas sabemos que, quando foi embora da Espanha, e aquele Joe ficou lá, você não pensou nem por um segundo que ele te trairia.

Estou ridiculamente perto de desabar e chorar. Ela acertou em um ponto sensível, e agora minha ferida mais recente e aguda está totalmente aberta e sangrando.

Ela está certa. Talvez o problema seja que eu nunca descasquei de verdade todas as camadas de Dom. Porque eu sabia *de verdade* que o Joe nunca faria isso comigo. Eu só presumi que o Dom não faria. Dom sempre foi um pouco misterioso para mim: *O que ele viu em mim? O que nos fazia funcionar como casal?* Enquanto com Joe, tudo simplesmente parecia certo.

— Talvez você esteja certa — murmuro.

— Não existe *talvez* nessa questão. Estou sempre certa.

Pego uma batata frita. Pippa segura minha mão e aperta.

— Espere aí. Você está *noiva*? Piranha, detalhes. Todos. Agora!

Talvez Renn não tenha contado tudo nas conversas deles.

Conto sobre Dom. Como nos conhecemos. Como ele morreu. Como foi minha culpa de novo. Dos absorventes idiotas. Da culpa que não vai embora. E tudo que aconteceu no meio-tempo. Sobre Joe, e como nós somos a inspiração um do outro, mas não estamos nos falando, porque não podemos confiar que vamos nos manter vestidos quando estamos juntos, e também porque eu secretamente não quero que ele morra, e todo mundo que eu amo morre. O rosto de

240

Pippa muda de expressão cerca de vinte vezes por minuto quando relato meus últimos cinco meses.

Quando ela está totalmente envolvida, ela sinaliza para o garçom nos trazer mais drinques e alguns shots por precaução.

— Tudo isso aconteceu e você não pegou o telefone para consultar sua pessoa preferida? Que diabos eu fiz para você?

— Sobre isso...

Engolindo em seco, falo a verdade: que eu estava envergonhada demais para ligar. Sem jeito. Que eu desapareci porque ela tinha feito perguntas demais. E também que ela tinha me oferecido amor e apoio que eu não sentia que merecia.

— Salém foi uma punição para mim. Tudo o que eu queria era sumir e meramente existir. Eu trabalhava. Comia. Tomava banho. E repetia. Esse tempo todo, eu achei que só estava me punindo. Não percebi que também estava punindo todos que gostavam de mim. Desculpe. Me desculpe, Pip. Eu acho que preciso passar a próxima década me desculpando com as pessoas pela maneira como eu me comportei.

Pippa faz um biquinho, checando as unhas.

— Uma década? Não. Um mês rastejando deve ser suficiente. E as bebidas são por sua conta. De qualquer forma, não é totalmente culpa sua. Quando eu soube o que tinha acontecido com sua mãe, eu não tinha ideia de como me comportar, do que dizer para você. Eu me senti totalmente despreparada. Achei que, se eu te bombardeasse com perguntas e mensagens, você veria que eu me importava. Eu não pensei em como seria estar no seu lugar. Esse devia ter sido meu primeiro pensamento.

— Nós duas éramos muito novas — digo.

Pippa pega a minha mão por cima da mesa. O garçom nos traz drinques novos.

— Você ainda é nova, Ev. E sinto muito que tenha perdido o Dom, de verdade, mas você ainda tem muita coisa pelo que viver.

Lágrimas rolam pelo rosto de nós duas.

— Ai, piranha. — Pippa enxuga o canto dos olhos rápido. — Você está estragando a minha maquiagem.

Dou uma risada.

— Desde o Natal, quando eu descobri que Joe e Dom eram irmãos, tudo o que eu queria era pegar o telefone e contar para você. Eu sabia que você me diria o que fazer. Como consertar as coisas.

— Você devia ter ligado. Eu examinaria toda essa situação. Essa merda parece coisa de novela.

Uma risada me escapa em meio às lágrimas que estão caindo de novo.

— O que você teria me dito?

— Eu teria dito a verdade: que Joe é seu para sempre. *Forever, para sempre,* se preferir. — Ela sorri. — Dom era um reserva. Portanto, você era a reserva *dele.* Você devia ter lutado por Joe. Devia ter seguido o seu coração, não seus medos.

— Ele não quer mais nada comigo. — Puxo uma respiração entrecortada.

— Você tentou conversar com ele?

Confirmo com a cabeça.

— Ele foi breve na melhor das hipóteses, desinteressado na pior.

— Ele pode mudar de ideia.

— Ele pode não mudar.

— O tempo cura a dor mais profunda.

Ela está certa, claro.

Ela está certa, e agora eu penso no tipo de vida que nós teríamos tido, se eu tivesse ligado para Pippa no dia seguinte ao Natal e contado tudo para ela.

A única razão pela qual Dom me queria, eu suspeito, é *porque* eu era muito diferente de Sarah. Eu era o exato oposto dela. Eu não corria o risco de me mudar para lugar nenhum, de fazer nada importante. Eu era a zona de conforto dele, e ele era a minha. A única coisa que me dava tranquilidade e segurança na nossa relação, como nós estávamos seguros um com o outro, acabou sendo nossa ruína.

Eu teria terminado com Dom. Ele teria ficado com a Sarah.

Ele não teria ido comprar absorventes naquele dia.

Ele estaria bem.

Em algum lugar, em um universo paralelo, Dom e Sarah, e Joe e eu, saímos em casais. Passamos os feriados juntos. Amamos quem devemos amar.

— Eu sei por que você está aqui. — Pippa suga o canudo. — Você está errada. Não foi culpa sua. Nossos destinos são traçados. Você não escreveu as histórias de Dom e Barbie.

Eu queria conseguir acreditar nisso. Mas não consigo.

*   *   *

Aos poucos o inverno se transforma em primavera. Não fico mais enclausurada no meu quarto, embora eu me reserve o direito de me agradar com surtos de autopiedade de vez em quando.

Primeiro, saio do quarto porque Donna me dá responsabilidades na casa. Lavar roupa, ir ao mercado, tomar conta do jardim. Quando protesto e digo que ela só me dá trabalho, ela me apelida de Cinderela.

— Nesse caso, então, você é a madrasta má — rebato, certo dia, bufando alto, enquanto dobro as cuecas mais do que velhas e gastas do meu pai.

— Você acha? — os olhos de Donna se arregalam comicamente. — Isso é ótimo. Os personagens bonzinhos são sempre chatos.

Meu pai me diz que eu devia pensar nos próximos passos. Estou com quase vinte e cinco anos e agora não pago aluguel, faço tarefas em casa como uma pré-adolescente. Mas a ideia de sair e descobrir quem eu realmente sou ainda é aterrorizante demais para mim.

A pessoa que eu vou me tornar, seja qual for, vai ser praticamente uma estranha para a minha mãe, e me tornar essa pessoa séria, de uma certa forma, será finalmente deixá-la ir embora de verdade.

Isso, aliás, é uma coisa que eu compartilho com minha nova terapeuta, Lina, a quem estou indo duas vezes por semana. Porque: questões.

Vejo Pippa pelo menos uma vez por semana. Saio com Renn e seus amigos sempre que eles estão por perto. Ligo para Nora para atualizações semanais. Ela agora mora com Colt. Eles estão planejando o casamento e, outro dia, ela me perguntou se eu iria.

— Você está brincando? Preciso te recompensar muito depois de tudo que você passou por minha causa. Claro que eu vou — respondo.

Quando pergunto se ela mantém contato com o Joe, ela responde:

— Não. Ele não atendeu nenhuma das minhas ligações. Colt também tentou. Duvido que ele queira saber de qualquer um de nós, Ev. Mas eu *vi* ele outro dia, descendo a rua.

— Quando? Onde? Com quem? — interrogo.

Há um silêncio constrangedor do outro lado da linha antes de ela dizer:

— Eu não devia...

— Me diga, Nora — eu quase rosno para ela.

Ela suspira.

— Eu vi o Joe perto do mercado. Com uma mulher. Uma morena. Ele estava com o braço em volta do ombro dela.

Dói tanto que passo o resto do dia segurando o peito para impedir meu coração de sair. Joe está tentando seguir em frente. Por que ele não deveria fazer isso? Nós não podemos ficar juntos. Eu estava com o irmão dele. Além disso, eu o magoei da última vez em que nos vimos. Depois, finalmente, fui embora. *De novo.*

No meu aniversário de vinte e cinco anos, minha família faz uma festa no tema Halloween para mim, embora seja junho. Donna convida Dylan e Ashton, que já encontrei inúmeras vezes a essa altura. Renn me dá de presente uma prancha de surfe Malibu. Feita à mão e com desenhos góticos.

— Porque você é péssima, precisa de uma prancha para iniciantes, e porque eu te amo o suficiente para te falar a verdade.

É o primeiro presente personalizado que ele me dá em seis anos, e fico tão emocionada que não dou um tapa nele pela implicância.

Donna me dá uma coleção de capa dura dos clássicos da Jane Austen.

Meu pai me dá dois ingressos para ver uma banda que parei de escutar quando eu tinha dezesseis anos, mas pelo menos ele tentou.

Espero uma mensagem do Joe o dia inteiro. Como ela não chega, decido escrever para ele. Não consigo me controlar. Estou com tanta saudade... Não parece estar melhorando. Como a lembrança de Dom, ou até mesmo da minha mãe.

E não é só sobre mim. Eu também estou preocupada com ele. Sim, ele é autossuficiente — foi a vida inteira —, mas acabou de perder o irmão, e eu não melhorei muito as coisas.

> **Ever:** É meu vigésimo quinto aniversário hoje. Como você lida com comemorações depois do Dom?

Quando ele não responde, mando outra mensagem, sabendo que estou no limite da loucura.

> **Ever:** Às vezes, penso tanto em você que não consigo dormir à noite. Por favor, me diga que está bem.

Ele responde depois de um segundo:

> **Joe:** Estou bem. Feliz Aniversário, E.

Meu coração bate tão rápido que eu me sinto prestes a vomitar. Ele respondeu. Não é muito, mas já serve.

Ele também está abraçando morenas por toda Salém e não quer saber de você ou dos seus amigos, lembro a mim mesma imediatamente.

> **Ever:** Você está escrevendo?

Joe: Você sabe a resposta para essa pergunta.

Ever: Está se sentindo melhor?

Joe: Veja a última resposta.

Ever: Quando é o seu aniversário? Você nunca me disse.

Ele vai fazer vinte e seis anos em breve. Eu me lembro que ele é quase exatamente um ano mais velho do que eu.

Joe: 10 de agosto.

Ever: O que posso te dar de presente?

Joe: A porra da coragem para si mesma.

Inacreditavelmente, fico estimulada pelo que leio, em vez de horrorizada pela alfinetada.

Ever: Acho que coragem não ia ajudar. Imaginei que você não queria nada comigo, considerando tudo o que passamos.

Joe: Sua lógica funciona de maneira misteriosa. O que Dom queria ou não queria não importa agora. Ele não está aqui, então não podemos machucar ele.

Joe: Eu falei. Eu avisei. Não parta meu coração de novo. Mas você partiu.

Começo a escrever Você não me ama, você me amava, e eu fui embora justamente PORQUE eu ainda te amo. Mas é carente demais, sincero demais, então eu deleto. Depois escrevo Até parece. Você já está desfilando com outras mulheres pela cidade. Mas então apago essa, de novo, pois não quero parecer uma *stalker*. Finalmente, fico com uma genérica:

Ever: Bem, eu vou estar sempre aqui se você precisar de mim.

Espero outro comentário sarcástico, mas tudo o que eu recebo é um emoji genérico de polegar para cima.

Essa é a última notícia que tenho dele por um tempo.

*   *   *

Durante a primeira semana de agosto, passo pelos portões de um pequeno cemitério em Half Moon Bay.

São Francisco baniu enterros em suas terras em 1900, com base na ideia de que a cidade é densa para caramba. No que deve ser um dos casos de ironia mais impressionantes conhecidos pela humanidade, a cidade de São Francisco considerava enterros riscos para a saúde. Absorva isso por um momento.

Portanto, nós enterramos nossos entes queridos em volta da cidade, não dentro dela.

Bárbara "Barbie" Lawson amava a Half Moon Bay. Uma cidadezinha na Bay Area que ainda mantém sua beleza costeira selvagem. É essencialmente uma faixa de praias cercada por despenhadeiros. Meu pai escolheu enterrá-la ali porque achou que ela gostaria da vista.

Vou sozinha. É dia de semana. Meu pai está no trabalho, e Renn está na faculdade fazendo curso de verão. Mesmo que eles estivessem disponíveis, eu preciso fazer isso sozinha.

Eu não consegui ir ao funeral da minha mãe. Eu estava ocupada demais arremessando meu telefone de um penhasco e me odiando para prestar-lhe as últimas homenagens. E também, eu não ia conseguir lidar com os olhares de todo mundo que estaria lá. Todos eles sabiam como ela morreu.

Então aqui estou eu agora.

Levo vinte e cinco minutos para achar seu túmulo. Em parte porque estou muito nervosa, mas principalmente porque cemitérios são assim: difíceis de se localizar. A lápide dela é comum. Uma única pedra de granito vertical com um vaso combinando. Levanto um buquê de flores que eu trouxe e os enfio no vaso.

— Oi, mãe. Desculpe por eu ter demorado um pouco. Ou... sabe, seis anos.

O silêncio é tão esperado, mas ainda assim dói. Eu não me sento. Não me permito ficar à vontade.

— Sei que já passou muito tempo, e sei que eu não estava aqui para o seu enterro... e, sim, sei que eu fui péssima com Renn e papai. E Pippa também. Sei de todas essas coisas. Então não pense que eu não sei. É só que... — Pisco para a lápide dela, pensando: *Já passou tanto tempo*, mas também: *Eu me lembro dela como se fosse ontem.*

Na minha cabeça, eu posso ouvi-la dizer: *Está tudo bem, querida. Apenas fale. Estou escutando.*

Inspiro fundo.

— É só que eu precisava de alguns momentos para me recompor depois do que aconteceu. E, veja, esses momentos viraram alguns anos. Eu só queria te agradecer por me salvar. Por ser a melhor mãe que uma garota podia ter. Me desculpe pela minha culpa ter me impedido de fazer a coisa certa. Eu prometo, agora acabou. Vou ser boa para todo mundo que ainda está vivo e eu amo. Todo mundo.

E estou falando sério. *Todo mundo.*

A lápide olha de volta para mim. Eu ainda acho que a morte da minha mãe podia ter sido evitada, mas não acho mais que eu devia pagar por ela com minha própria vida meramente existindo. Não faz sentido. Sei que minha mãe não teria nenhum prazer em saber que eu estou arrasada. Sei que ela teria desejado que eu fosse para Berkeley. Que estivesse com Joe. Que fosse atrás do meu sonho. Aquele que me deixava tão insegura, e ela tão orgulhosa.

Mais do que tudo, sei que minha mãe teria desejado que eu criasse sua lápide. Ela sempre brincava com isso quando estava viva, obviamente pensando que aconteceria em muitas e muitas décadas.

É tarde demais agora.

— Não posso consertar o que aconteceu. Eu queria poder. Queria ter guardado o telefone naquele dia. Prestado mais atenção em você. Mas, já que não posso voltar atrás para mudar o passado, vou fazer a única coisa que eu tenho a certeza de que você iria querer que eu fizesse. Você acha que o papai e Renn se importariam?

A lápide continua completamente em silêncio, claro, o que é ótimo. A alternativa seria aterrorizante. Eu sei que meu pai e Renn apoiariam essa decisão. Então eu me sento na frente da lápide da minha mãe, pego o caderno de desenhos e um lápis e começo a desenhar.

*   *   *

Quando volto para casa, ligo para Gemma Graves. Ela fica surpresa, mas feliz por ter notícias minhas. Pergunto como ela e Brad estão indo.

Ser boa com quem ainda está vivo. Eu fiz uma promessa. Vou cumprir.

— É difícil responder a essa pergunta — diz ela. — Alguns dias são suportáveis. Outros, não. A única coisa que os dois dias têm em comum é que não podemos controlá-los.

Digo a ela que já há algum tempo quero entrar em contato, e me desculpo por não ter ligado antes.

— Estou tentando melhorar isso de manter contato — explico.

— Pequenos passos são os melhores. Aprendemos muito com eles — vem a resposta dela, segura e positiva, como era de se esperar vindo dela.

Conversamos por dez minutos. Brinco com o anel de noivado que *ainda* está no meu dedo esse tempo todo. Ele me tranquiliza e me faz lembrar que Dom estava aqui não muito tempo atrás.

Gemma me conta de uma homenagem linda que a escola fundamental de Dominic prestou a ele antes das férias de verão. Parece que ele patrocinava um aluno lá e pagou o almoço da criança por dois semestres, e ele também era voluntário para dar às crianças um curso rápido de primeiros socorros. Nós duas choramos, mas é um choro de purificação. São lágrimas de "ele era um ser humano tão bom".

E ele era. Não o tempo todo, claro. E não para todos. Mas ele era.

Por favor, não me chame de perfeito, ele me pediu no Cape. Ninguém é perfeito.

Pergunto se ela pode me dar o e-mail do Joe. Explico que não quero sobrecarregá-lo, mas que quero lhe mostrar uma coisa. Ela me dá e suspira.

— Dom sempre foi tão doce e amoroso. Seph é tão irritadiço… Mas isso só me faz amá-lo ainda mais, sabe?

Sim, senhora, fico tentada a responder. *Na verdade, eu sei, sim*. Cada osso do meu corpo sabe.

Prometo visitar a ela e Brad quando voltar a Massachussetts, e desligamos.

Escaneio meu desenho inicial para a lápide da minha mãe e o mando para Joe, junto com a playlist que eu estava escutando enquanto trabalhava no desenho. Só com bandas inglesas que eu acho que ele curtiria.

Querido Joe,

Acho que está na hora de convocarmos nossas inspirações.
Você não acha?

E.

A resposta para a minha pergunta é, aparentemente, não. Joe nunca se preocupa em responder. Nem mesmo quando encontro um jeito de enviar para ele, no seu aniversário, um delivery de *toad-in-the-hole*, um prato inglês com massa e salsicha, que eu achei que ele ia gostar, já que somos ambos admiradores da Inglaterra.

No dia seguinte, mando outro e-mail. Dessa vez, com desenhos antigos que eu fiz há muito tempo. Os que meu pai me mandou na caixa meses atrás. A caixa que eu agora sei que tinha a intenção de me induzir a vir para casa, não me insultar por todos os meus pecados.

Acrescento algumas citações que sei que teriam valor para ele. Frases sobre criatividade e inspiração. Frases de William S. Burroughs, Stephen King e Maya Angelou. Dessa vez, não escrevo nada mais.

Não estou contando que ele entre em contato comigo porque sente saudades. Nós dois já mostramos um autocontrole admirável nesse departamento. Estou contando que ele faça isso porque quer sua magia criativa de volta.

Depois do terceiro e-mail que mando para ele, começo a me sentir uma vigarista que tenta convencê-lo de que sou um príncipe africano cuja família foi tragicamente morta em um acidente de helicóptero e *precisa* que ele me passe as informações da sua conta bancária para que eu possa transferir todos os meus milhões para ele; mas, ainda assim, continuo insistindo.

Não tenho notícias do Joe no terceiro dia nem no quarto. Continuo lhe mandando amostras do que estou fazendo, coisas em que estou trabalhando. Música. Letras de músicas. Desenhos. É difícil e frustrante. É possível que ele não cheque o e-mail com muita frequência. Ou que meus e-mails estejam indo direto para a caixa de spam. É como pisar fundo no acelerador com o carro em ponto morto. Mas é melhor do que não fazer nada, e não consigo parar de pensar no que eu prometi à minha mãe. Preciso melhorar na maneira de tratar as pessoas que eu amo e ainda estão aqui.

E então, um dia, duas semanas depois do aniversário de Joe, entro no meu e-mail e encontro uma mensagem dele. Seu nome está em negrito. **Joseph Graves**. Meus dedos estão trêmulos. Muita coisa depende da sua resposta.

Por favor, pare de me importunar antes que eu peça uma ordem de restrição contra você é uma possibilidade.

Mas também, *tá bem, vamos brincar. Quer que cada um se comprometa com o outro? Eu vou escrever um pouco todos os dias, você desenha.*

Quando abro o e-mail, não encontro nada.

Absolutamente nenhum texto. Apenas um documento em Word anexado. Com palavras. Quatro mil trezentas e duas para ser exata.

Abro o arquivo e engulo as palavras como um homem sedento que encontrou água no deserto. Joe continuou de onde ele tinha parado no seu manuscrito. Seu personagem, uma espécie de Holden Caulfield, ainda está na estrada, tentando encontrar o sentido da vida em Nova Orleans. Embora no último capítulo ele decida se mudar para Raleigh para se afastar das drogas. Eu amo. É bruto. É sombrio. Me lembra das coisas com as quais eu cresci.

Escrevo um e-mail de volta para ele. Uma palavra só:

De: Ever Lawson
Para: Joseph Graves
Mais.

Dessa vez, ele leva menos de cinco minutos para responder. Ele está esperando esse tempo todo para eu ler? E se eu não tivesse visto na hora? A adrenalina está correndo pelas minhas veias.

De: Joseph Graves
Para: Ever Lawson
Você acha que está muito o estilo de Kerouac?

De: Ever Lawson
Para: Joseph Graves
Eu acho que todos os escritores usam a voz do seu herói literário até encontrar a própria. Continue.

De: Joseph Graves
Para: Ever Lawson
Isso é puramente trabalho, Ever. Não quero te encontrar. Toda vez que nos encontramos, você vai embora.

Ele está certo. Ele está certo e isso me mata. Ele está certo, e eu mereço isso. Ele está certo, e eu não quero que ele esteja certo, porque eu sei, bem no fundo, que sempre foi ele que eu quis.

De: Ever Lawson
Para: Joseph Graves
Eu entendo.

De: Joseph Graves
Para: Ever Lawson
Sabe como eu passei meu aniversário?

De: Ever Lawson
Para: Joseph Graves
?

De: Joseph Graves
Para: Ever Lawson
Um *ménage à trois*. Elas foram ótimas. Não pensei em você.
Nem por um minuto.

Engulo um grito. Quero derrubar as paredes. Quebrar tudo ao meu alcance. Quero sair cambaleando pela rua, como uma louca, pegar um cara aleatório e trepar com ele em um beco como vingança. Mas não consigo. Porque *ele* teve que me ver viajar em um feriado romântico para Porto Rico com seu irmão. Porque eu ainda estou usando o anel de noivado de Dom.

De: Ever Lawson
Para: Joseph Graves
Bom saber que você está se divertindo.

De: Joseph Graves
Para: Ever Lawson
Seu desenho está ótimo. Continue me mandando.

De: Ever Lawson
Para: Joseph Graves
É. Você também.

VINTE E CINCO

Semanas se passam.

Joe e eu entramos em uma rotina. Mandamos e-mail um para o outro. Eu desenho. Ele escreve. Eu analiso. Ele faz sugestões úteis. Mantemos tudo estritamente profissional. Quase como colegas de trabalho. Não mencionamos Dom. Não falamos sobre *nós dois*.

Resolvemos não arriscar. Evitando qualquer coisa explosiva. No fim de setembro, ele escreveu não menos do que sessenta mil palavras do seu livro, *Ventos da liberdade*, e eu terminei de desenhar a lápide da minha mãe e alguns outros rascunhos para o meu portfólio.

À noite, mando um e-mail para Joe dizendo que vou perguntar ao meu pai se podemos atualizar a lápide da minha mãe.

> Obviamente, eu não quero perturbá-la. Descobri uma maneira de instalar uma nova em cima da antiga. As dimensões devem funcionar. O que você acha?

Ele não responde.

Em vez disso, ele *liga*.

Ver o nome dele na tela do meu telefone me tira do eixo. Essa é uma quebra do nosso acordo tácito, e não sei o que fazer. Fomos tão cuidadosos nessas últimas semanas. Nós nos desviamos de qualquer coisa que pudesse reacender nossos sentimentos em relação ao outro, apesar de que, no meu caso, esses sentimentos nunca tenham desaparecido. Uma empolgação me invade. Não percebo como estou desesperada para ouvir a voz dele até passar o dedo na tela e perceber que estou tremendo.

— Você acha que é uma má ideia. — Tento manter a voz estável.

— Não — diz ele, parecendo sem fôlego e tão animado quanto eu. Meu coração se derrete em uma piscina no fundo do meu estômago — É uma ideia fantástica, e nós dois sabemos disso. Estou prestes a terminar o meu livro, e preciso agradecer a você por isso. É hora de eu fazer alguma coisa por você. Se lembra quando eu te salvei?

— Claro que eu me lembro. — Eu me debruço no parapeito, olhando a rua. Loki pula para o meu colo na mesma hora, sempre feliz de me usar como móvel. Eu me lembro tão bem daquela noite; ainda está pintada na minha memória em pinceladas vívidas. — Você disse que eu te devia uma, e você sempre cobra suas dívidas. — Solto uma risada envergonhada. Não tenho o direito de me lembrar de coisas que ele me falou há sete anos. — Bem, considere a minha dívida paga, agora que você está prestes a terminar o livro graças à minha determinação. Ou necessidade, dependendo de como você olha.

— Não se precipite. Sua dívida não foi totalmente paga. — A voz dele fica baixa e ameaçadora de repente.

— O que quer dizer? — Seguro meu telefone com tanta força que ele quase quebra.

— Salvei sua vida. Você não vai se livrar dessa dívida fazendo *brainstorm* comigo. Eu ajudo a sua inspiração tanto quanto você ajuda a minha.

— O que mais você quer?

Você, eu quero que ele me responda. *Eu quero você*.

— Você ainda precisa entrar no metrô — diz ele, na verdade.

Porque ele não me quer mais. Ele disse que estava tudo acabado.

— Perdão?

— Está perdoada. Ainda assim, essa é a última coisa da sua lista "a fazer" antes de eu considerar a dívida paga.

Há um breve silêncio, que eu uso para rearranjar meus pensamentos embaralhados.

— Acho que preciso achar um trabalho e um apartamento primeiro — digo com cautela.

— Não, isso seria inaceitável. — Posso praticamente visualizá-lo balançando uma mão desdenhosa para mim. — Vá à mesma estação onde aconteceu. Entre naquele trem. Encare seus demônios.

— Joe — digo baixinho —, você sabe que não consigo.

— Consegue, sim. Você foi até o túmulo dela. Como isso pode ser diferente?

— Eu vi ela *morrendo* lá — sibilo, sentindo meu pescoço pinicando de calor. Por que ele está fazendo isso? É tão desnecessariamente cruel. — Foi bem gráfico também.

— Você não pode desistir de metrôs. Não pode nunca mais entrar em um metrô.

— Quem disse? — falo devagar. — Faço isso há sete anos. A maioria das cidades nem tem um sistema de trens embaixo da terra. Por que isso importa?

— Importa porque você está deixando o medo vencer. Você não está vendo um padrão aqui? O medo é o motivo por que você ficou com Dom. O medo é o motivo por que você fugiu de mim nas duas vezes. O medo é o motivo que te impede de entrar no metrô.

— O medo pode vencer. Não é uma competição.

— Ever — diz ele, seco —, você me perguntou o que eu queria de aniversário.

— Sim. — Pressiono a testa contra o vidro frio da janela, fechando os olhos. — Eu meio que esperava que você fosse querer... meias?

Ele solta uma risada rouca. Meu deus, é horrível estar apaixonada pelo irmão do seu noivo morto. É a pior coisa que existe. É principalmente trágico quando você sabe como é beijá-lo, fazer amor com ele, estar no centro do mundo dele, mesmo que só por uma noite.

— Fique com as meias. Eu quero que você entre naquele trem.

— Mas, Joe, vai ser tão horrível para mim.

— Você vai sobreviver. E viver para contar a história.

Nós dois ficamos mudos por um momento. Estou tentando pensar em mais desculpas que eu possa usar para não fazer isso.

— Eu quero fotos quando você for. Como prova. — Ele está se precipitando. Imagino se é porque ele sabe que eu cortaria meu braço direito se isso fosse satisfazê-lo.

— Nossa, cara. Onde está a confiança?

— No fundo do Oceano Pacífico, junto com seu celular antigo? — ele sugere cordialmente. *Touché.* — Nós não temos o melhor histórico para confiança.

Afago Loki no meu colo.

— Eu te abandonei duas vezes. Não vai haver uma terceira.

Eu o ouço acendendo um cigarro.

— Me chame de cético e superirritado para caralho, amor.

Amor. Apenas a palavra na sua língua me faz estremecer. Mas, claro, é um carinho casual, não uma declaração.

Sim, quero deixar Joe orgulhoso, mas não é só isso. Ele está certo. Enquanto eu tiver medo do metrô, enquanto eu optar por andar em vez de pegar o trem porque estou assustada demais para encarar a lembrança que me esforcei tanto para enfiar dentro de uma gaveta no meu cérebro, não vou conseguir ser completamente livre para construir uma vida para mim.

A verdade é que eu crio. Saio do quarto. Vejo pessoas. Mas ainda não escolhi um caminho. Uma direção. Ainda não decidi o que eu vou fazer da vida. Se eu volto para Salém ou fico aqui. Droga, ainda estou pagando metade do aluguel por aquela espelunca horrível. Tudo porque estou com medo demais de tomar uma decisão. Não quero fechar a porta em Salém. Mas minhas economias estão indo embora rápido, e não posso mais fazer isso.

— Está certo. Eu vou.

— Quando? — ele dispara.

— Você quer um dia específico?

— Sempre.

— Essa quarta. Ao meio-dia. Não deve estar tão cheio — eu me ouço dizer.

— Tire uma foto sua com uma placa da Montgomery Street ao fundo.

— Tá, tá. Acho que eu deveria pedir alguma coisa para você tão desagradável quanto isso para ficarmos quites — resmungo, me afastando da janela. Loki salta para fora do meu colo em um clássico movimento felino de "eu queria me levantar antes de você".

— Você pode e deve. Estou sempre à sua disposição.

— Nem sempre — aponto, me lembrando de todas as semanas que ele passou me ignorando.

— Não — diz ele, de uma maneira pensativa, após um segundo. — Às vezes eu consigo me controlar e te negar. Mas nem sempre. Tenha uma boa-noite, Ev.

— Espere! — grito.

Ele fica na linha, mas não fala nada. Sei que vou estragar tudo, mas não consigo me controlar. Nunca consigo me controlar com este homem.

— Você fez mesmo um *ménage*?

O silêncio se prolonga antes de ele responder.

— Sim.

Todo esse tempo, eu naturalmente presumi que ele tinha dito aquilo para me magoar. Nada disso. Talvez Joe *tenha* seguido em frente. Eu sei que ele tentou lutar com força quando Dom estava em cena.

— É só isso? — pergunta ele.

— É — falo engasgada.

Ele desliga.

Abaixo o telefone, pego um travesseiro da cama da minha infância e berro com a cara enfiada nele. Quando termino, desço com cuidado. Eu me sinto vazia. Como se, se eu fosse correr, meus órgãos internos fossem chocalhar no meu corpo como moedas.

Meu pai e Donna estão sentados no quintal. A porta de correr está aberta. Eles estão bebendo chá gelado e planejando umas férias de última hora. México, eles acham. Voo mais curto do que para o Havaí, e menos caro.

— Além disso — ouço meu pai dizer no finalzinho da conversa —, se Ever precisar de nós, podemos chegar aqui mais rápido.

E meu coração destruído e reconstruído se parte de novo.

Pigarreio para anunciar minha chegada.

— Ela está atrás de mim, não está? — meu pai se contrai.

Donna vira a cabeça, me dando um sorriso fácil.

— Está.

— Eu estou encrencado? — Ele se vira para mim.

Balanço a cabeça, avançando na direção deles.

— Não, mas *eu* devia estar por toda a merda que fiz você passar.

— Às vezes eu queria poder botar você de castigo. Era um poder que eu não gostava de exercer com tanta frequência quanto eu devia no passado. — Meu pai coça o queixo, pensativo.

— Eu fui uma criança ótima. — Cutuco o ombro dele, depois me inclino para beijar sua bochecha.

— Verdade. E infelizmente, pais e filhos não estão em pé de igualdade. Você pode se safar muito mais do que eu.

Eu me sento na frente dele. Donna deve ver a trepidação escrita no meu rosto, porque ela se levanta e se espreguiça.

— Acho que vou experimentar aqueles novos sais de banho que Dylan me deu. Tenham uma boa-noite, vocês dois.

Somos só meu pai e eu agora e, embora eu imaginasse que pudesse perder a coragem, descubro que posso encará-lo de cabeça erguida. Este é o momento da verdade.

— Há uma coisa na qual eu estou trabalhando nos últimos dois meses. Em parte para me curar, para superar o que aconteceu com a mamãe. Mas é também uma homenagem a ela, já que ela acreditava no que eu fazia.

Ele me dá uma pequena confirmação com a cabeça.

— Fiz um desenho para uma nova lápide para ela. Sei que ela já tem uma. Sei que eu não estava lá para escolher a que já existe, e isso é culpa minha. Mas eu achei que talvez… se você me deixar…

Meu pai se recosta, entrelaçando os dedos, batendo nos lábios.

— Se eu te deixar…?

Ele não vai facilitar para mim. Por alguma razão, isso parece muito bom. Ele não está mais me tratando como uma porcelana frágil. Isso significa que eu estou mais forte, certo?

— Eu estava me perguntando se você me deixaria substituir a que está lá. Vou cuidar de tudo. Vou contratar um artista. Eu pago. E vou colocar em cima da que já existe, então nada vai ser retirado ou perturbado.

— Você acha que ela ia querer? — ele pergunta com cuidado. Ele não pega leve. Afinal, é da sua esposa morta que estamos falando. E eles eram loucos um pelo outro.

— Acho. — Roo meu esmalte. — Ela sempre achou que meus desenhos de lápides eram incríveis. Ela costumava mostrar meus desenhos para clientes e curadores. Acho que ela ficaria feliz com a homenagem. Não. — Franzo a testa. — Eu não acho. Eu *sei*. Ela me disse que queria que eu fizesse isso quando ela morresse.

Ainda assim, ele não está me dando o que eu quero. Acho que talvez eu tenha encontrado o limite máximo do meu pai: sua mulher falecida.

Ele parece imerso em pensamentos.

— Vou precisar ver primeiro. Renn vai querer aprovar também.

— Isso não é um problema — digo calmamente. — Eu mostro. E estarei aberta a sugestões.

Ele concorda de leve com a cabeça.

— Só isso?

— Só.

Ele se levanta. Espalma a mão no meu ombro.

— Estou orgulhoso de você, Ever. Você está se mostrando muito mais forte do que eu achei que fosse. Definitivamente filha da sua mãe.

*   *   *

É quarta-feira, onze e quarenta e cinco da manhã, e quero ir para casa.

Estou parada na entrada da Estação Montgomery Street, do lado da escada que desce para os trens.

Isso é um erro. Não consigo descer lá. Uma parte de mim — a que claramente precisa ser internada com uma camisa de força — teme que eu vá andar direto para a mesma cena sangrenta que deixei para trás há anos. O sangue. Os gritos. A fita da polícia. O trem que me encarava de volta, me desafiando a fazer alguma coisa.

Cambaleio até uma lata de lixo perto e vomito o café da manhã. Enxugo a testa, que tem linhas de suor frio. Um casal passa por mim. A mulher estreita os olhos para mim. Posso ouvi-la dizer:

— Ela não *parece* uma pessoa em situação de rua, mas acho que são tantos agora que é difícil dizer.

Estou desorientada demais para me importar com o que as pessoas pensam de mim. Estou tremendo. Não consigo fazer isso. *Preciso* fazer isso.

Checo meu relógio. São onze e cinquenta e três. O tempo não tem nenhum significado para mim. Nada me impede de entrar na estação de trem nesse momento. Ou às doze e trinta, aliás. Mas eu não quero sair do roteiro. Cada mudança mínima é uma ameaça.

Andando de um lado para o outro, penso no jantar de ontem, quando mostrei o desenho da lápide ao meu pai, ao Renn e à Donna. Eles pareceram gostar. Hoje de manhã, dei alguns telefonemas e me informei sobre escultores que trabalham com granito. Isso vai fazer um rombo enorme nas minhas economias, mas vai valer a pena.

Onze e cinquenta e cinco, e é hora de enfrentar a situação.

Agarro o corrimão enquanto desço as escadas. A grande massa de pessoas passa esbarrando em mim, sem saber do meu sofrimento e sem interesse nele. Assim que entro, me inclino contra uma coluna. Inspiro profundamente o ar cheio de suor, xixi e poeira de freio do trem de aço.

Estou aqui.

Estou embaixo da terra.

A apenas alguns centímetros de onde aconteceu.

Esse é o lugar que me tornou quem eu sou. Meu ponto de ruptura. Isso, bem aqui, é o motivo de eu carregar toda a culpa. Todo o ódio por mim mesma. Essa inerente sensação de descrença. De que nada vai ficar bem. De que as coisas não vão melhorar de verdade. De que o tempo não cura. Ele só nos faz parecer presos em um ciclo.

Esse é o lugar onde eu tirei uma vida.

Bem, uma delas. Sou responsável pela perda da vida de Dom também.

Estou enjoada de novo, mas por sorte já esvaziei meu estômago e não tenho mais nada para vomitar. A plataforma está fervilhando de gente. A placa eletrônica em cima da minha cabeça diz que o próximo trem chega em dois minutos.

Pego o telefone, faço um ângulo da região do peito para enquadrar tanto meu rosto quanto a placa da Montgomery Street atrás de mim e tiro uma foto para Joe. Estou pálida como um fantasma e pareço fisicamente mal. Não exatamente como eu gostaria que Joe me visse, mas pelo menos ele não vai poder sentir o fedor de vômito saindo da minha boca.

Espio os trilhos. Parecem tão normais. Tão despretensiosos. Apenas um monte de aço laminado a quente. Não há manchas de sangue nem restos humanos, nenhuma grande placa ALGUÉM MORREU AQUI. Minha tragédia foi devidamente apagada. Ela só vive na minha cabeça agora. O rangido alto do trem se aproximando perfura os meus ouvidos. Abraço a coluna, fechando os olhos. A lembrança me atinge de uma só vez, com um forte impulso. É a primeira vez que eu me permito me lembrar totalmente. Voltar e reviver aquela cena.

Querida, pegue a minha mão. Pegue.

Eu não consigo, mãe. Dói. Meu tornozelo está doendo muito.

Por favor. Deixe eu te ajudar. Estou ouvindo o trem chegando.

Em seguida, ser arremessada de volta para a segurança. Voando pela plataforma. Apenas para olhar em volta e perceber que ela não estava lá.

Estou chorando quando o trem chega. Meus ombros tremem e meus joelhos se dobram. As pessoas estão olhando. O trem para na minha frente. As portas deslizam e se abrem. Não consigo fazer isso. Não consigo entrar. Eu me viro, em direção à escada, em direção ao mundo acima. Vou para casa. Não consigo fazer isso.

— Ever. — Ouço uma voz.

Olho para cima, enxugando as lágrimas.

E ali, na minha frente, no trem bem na minha frente, Joe está parado. Com sua calça Levi's surrada. Com seus cachos escuros despenteados que emolduram meu rosto favorito no mundo. Com um cigarro enfiado atrás da orelha. Lindo, e maravilhoso, e *vivo*. Ele me oferece a mão.

— O que está fazendo a-aqui? — gaguejo.

— Você não vai descobrir a não ser que entre nesse trem, vamos ver... — Ele torce o pulso para checar um relógio invisível. — *Agora.*

E pulo no trem um segundo antes de as portas se fecharem. Caio nos braços abertos dele. Ele me segura e me enfia embaixo dos seus braços, como um irmão mais velho protetor. Ele olha para baixo para mim.

— Oi, estranha.

— Você veio aqui para me ver entrar em um trem?

Ele revira os olhos.

— Não aja como se houvesse alguma coisa boa passando na TV hoje em dia. Não é lá grande coisa.

— Até que você tem razão. — Decido minimizar tudo aquilo, poupá-lo de qualquer constrangimento.

Enrolo meus dedos na sua camisa, me segurando nele. O trem começa a se mover. Estamos seguros dentro dele. Não penso no que aconteceu da última vez em que estive aqui, e isso é uma coisa imensa.

— Descobri que consigo terminar o livro em uma semana se eu me trancar em um quarto de hotel e escrever o dia inteiro. Tirei uma folga no trabalho.

— Folga de verdade no trabalho? — Arqueio uma sobrancelha. — Minha nossa, mas eu achei que escrever não fosse uma coisa que adultos fazem?

Ele tenta esconder o sorriso, e dá de ombros.

— Me chame de Peter Pan.

— Você devia estar no hotel, trabalhando. — Continuo falando para me distrair do fato de que estou *em* um trem no momento. E ele está se movendo rápido, se aproximando de outra estação, onde alguém pode estar embaixo dos trilhos. Estou hiperconsciente de cada respiração entrando e saindo do meu corpo.

— Porque eu preciso de novas experiências para escrever, e considerando até onde essa está indo, vai ser bem inesquecível mesmo.

Respiro fundo.

— Devo estar com bafo de vômito.

— Querida. — Ele enfia uma mecha do meu cabelo atrás da orelha. — Nada fede tanto quanto você na noite em que fomos ao ferro-velho.

Bato no peito dele e rio. Ele beija o topo da minha cabeça (limpa e lavada com shampoo).

— Senti saudades, garota.

Sentiu saudades de mim como o quê? Amiga? Musa inspiradora? Futura cunhada? O amor da sua vida? Não tenho ideia do que represento para ele, e não quero destruir a frágil paz que temos.

Enterro o rosto no peito dele. Inalo seu cheiro. Meu deus, senti saudades dele. Seu cheiro é exatamente o mesmo de tantos anos atrás. Maresia, homem e escuridão. Uma sugestão de doçura. *O cara que eu amo.*

— Posso te mostrar a cidade — murmuro na sua camisa. — Sabe… para fins de pesquisa.

— Tudo bem. — Ele me lança um sorriso lento e provocante, cheio de promessas. — Para fins de pesquisa.

VINTE E SEIS

Levo alguns minutos para me recompor e pensar aonde quero levar Joe. Decido que não é no cais. Joe trabalha nas docas. A visão do oceano, por mais extenso e azul que seja, é o equivalente a uma tela de notebook ou uma agenda para as outras pessoas. É o *trabalho* dele. Eu o levaria a um museu ou à Ponte Golden Gate, mas não só ele já foi às atrações turísticas como também essa não é a maneira como ele e eu fazemos as coisas. Nós sempre vamos pelos caminhos incomuns.

E, então, decido que nossa primeira parada vai ser a minha casa.

— Você vai me fazer conhecer seus *pais*. — Ele enfia as mãos nos bolsos da frente, analisando minha rua com olhos semicerrados. — Esse é o pior encontro que eu ainda não tive.

A lembrança de que isso não é nem nunca vai ser um encontro machuca. A verdade é que eu não tenho ideia do que somos agora. Amigos? Companheiros de luta? Enlutados? Conhecidos? Ele obviamente não está mais a fim de mim — ele fez um *ménage à trois*. Talvez uma das mulheres fosse namorada dele. Acrescente a isso o fato de que, depois da última vez que transamos, ele não quis saber de mim...

Estamos andando ombro a ombro. Bem, mais como meu ombro na cintura dele, ele é tão alto.

— Você não vai encontrar ninguém. Fique aqui. — Eu o afasto do pequeno portão que leva à entrada da minha casa.

Destranco a porta e depois a fecho batendo antes que ele consiga espiar lá dentro. Corro para pegar um pack de seis cervejas que pertence ao Renn — ele vai me matar quando descobrir — e alguns petiscos na despensa. Enfio tudo dentro de uma das sacolas reutilizáveis de mercado da Donna. Quando saio, Joe está exatamente onde o deixei. Ele está até com a mesma expressão "entediado com a sua merda". Meu coração bate forte.

— Consigo ver as cervejas daqui. — Ele aponta para a sacola com a mão que segura um cigarro. — Você está me achando com cara de aceitar um encontro barato?

— Como você disse, não é um encontro. E preciso de um carro para o lugar em que quero te levar. — Contorno o antigo Buick "só para emergências" do meu pai, que está estacionado na rua. Enfio a minha versão de piquenique na mala do carro.

Há uma nuvem em forma de Dom sobre nossa cabeça, mas nenhum de nós admite. Acho que nós dois estamos nos fazendo as mesmas perguntas, o que ele pensaria dessa cena se estivesse vivo? Ele detestaria que estivéssemos juntos, mesmo como amigos? O que estamos fazendo é errado? Mau? Imoral? Deveríamos nos importar?

Joe se importa de qualquer maneira. Ele se importa, porque, de algum modo, ele sempre vai ser o ombro para o irmão mais velho se apoiar. O forte. Aquele que desiste das coisas para que Dom possa tê-las.

Joe joga fora seu cigarro meio-fumado.

— Eu sei o que está pensando. Não tem nada de errado com o que estamos fazendo agora.

Meu olhar se volta para ele devagar, e aposto que meus olhos estão totalmente chocados.

— Eu só não quero que você se arrependa disso.

Deslizo para o banco do motorista. Ele se senta no banco do passageiro e afivela o cinto de segurança.

— Eu nunca vou me arrepender de você.

— Como você está lidando com as coisas? — pergunto, limpando a garganta.

— Alguns dias são melhores do que outros. Mas os dias ruins estão ficando esporádicos e esparsos. Estou fazendo terapia porque… bem, por que não? Todo mundo que é legal está fazendo agora. E estou vivendo a minha vida da maneira como eu acho que Dom ia querer que eu vivesse. Acho que isso é a melhor coisa que podemos fazer nessas circunstâncias: não permitir que a morte possa ditar a vida de quem está vivo. E você?

Sinalizo para sair da vaga e deslizo o carro para o tráfego.

— É. Eu estou tentando levar a minha vida da maneira como minha mãe queria. Ou, pelo menos, estou chegando lá. Ainda penso em Dom o tempo todo, mas não parece mais que alguém está esfaqueando meus pulmões toda vez que eu tento respirar. — Eu me sinto um pouco culpada admitindo isso. — Você tem algum contato com Sarah?

Joe pressiona os lábios em uma linha fina. Ele olha para fora da janela.

— Um pouco. Ela está namorando um cara. Rich. Um consultor médico. E por que não? Como se o Dom fosse fiel. Ela não precisa bancar a namorada dedicada. Ela tem passe livre.

Sem saber se essa regra se aplica apenas a Sarah ou a mim também, faço simplesmente *hum*.

E eu?, quero gritar.

Chegamos a Twin Peaks cerca de trinta minutos depois. O par de colinas inabitadas com quase trezentos metros oferece a melhor vista de São Francisco. Pego a sacola reutilizável e a coloco em cima da mala do carro, abrindo uma cerveja para ele e outra para mim. São Francisco se esparrama diante de nós como uma garota de calendário. Uma mistura de arranha-céus médios aninhados entre bairros pacatos, todos construídos em ruas irregulares e íngremes.

Joe bate sua cerveja na minha.

— Um brinde a estarmos menos fodidos hoje do que no início do ano.

— E a ajudar nossos terapeutas a financiarem as férias deles nos Hamptons.

Nós dois tomamos um gole das nossas cervejas.

— Por que você escolheu esse lugar? — pergunta Joe, olhando em volta.

— Os Twin Peaks são os únicos morros em São Francisco que não têm construções. Achei que você ia se amarrar em ir a um lugar completamente inabitado.

— Eu sempre fui um apreciador de pessoas. — Ele dá um sorrisinho.

— Eles também são um pouco sujos, como a sua mente. Os espanhóis se referiam aos Twin Peaks carinhosamente como *Los Pechos de la Chola*. Os Peitos da Donzela Indígena, se você preferir.

— Então eu estou basicamente sentado em um gigantesco par de peitos. — Joe aquiesce, processando. Em seguida, ele levanta a cerveja de novo. — Acho que vale beber a isso.

— Você acha que vale beber a praticamente qualquer coisa, não é? — provoco.

Ele ri.

— Eu gosto de cerveja, mas ando prestando atenção ultimamente em quanto álcool estou consumindo. Não quero que isso se torne um problema, agora que estou oficialmente de luto por um parente.

Joe me diz que vai ficar em São Francisco por uma semana exata, e que ele pretende realmente escrever o dia inteiro, todos os dias, mas que podemos nos encontrar à noite. Faço as contas na minha cabeça. Isso são sete encontros com um homem por quem eu estou irremediavelmente apaixonada e que está determinado a não estar comigo. Só uma idiota aceitaria esse tipo de arranjo.

Mas, diferentemente de Joe, eu não estou atenta ao meu consumo de álcool semanal. Sou o equivalente a uma verdadeira viciada à solta, buscando o próximo barato. Então aceito a oferta.

— Claro, vou te mostrar a cidade se você se comportar.

— Eu nunca me comporto. — Ele faz uma careta adorável.

— Isso sempre foi um problema. — Dou um sorriso para ele, sentindo um calor se espalhar por mim. Seu olhar é como um cobertor pesado, eu juro.

— Então o que mais você tem de novidades? — pergunta ele.

Levanto um ombro, abrindo minha segunda cerveja. Não é que eu queira ficar bêbada de novo. É que eu quero garantir que nós não saiamos daqui nas próximas horas. Joe não vai me fazer pegar o volante depois de eu beber.

— Eu me sinto como se estivesse à beira de alguma coisa. Só não sei bem o que é.

Mas estou começando a perceber o que quero fazer da vida.

— Você está ficando melhor. Mais forte. Eu gosto disso.

— E você? — Inclino o queixo na direção dele.

— Eu trabalho, eu como, eu escrevo, então faço tudo de novo. — Ele toma um gole da cerveja.

— Você está namorando? — A pergunta rola para fora da minha boca antes que eu possa impedir. Esse é o problema com Joe. Ele faz a minha boca e o meu cérebro se desconectarem um do outro sempre que está por perto.

Ele dá um sorriso de boca fechada, depois faz uma mímica de fechar os lábios e jogar a chave na montanha. Ele aprecia o meu incômodo.

Solto uma risada nervosa.

— Tanto faz, Joe. Eu sinceramente não me importo. Sou eu que sempre acabo indo embora, lembra?

Isso não é verdade, e também é autodepreciativo, mas é como eu às vezes me sinto.

— Entendo por que você parou de me responder depois da Espanha. E entendo por que saiu de Salém também. — Joe coloca uma das mãos no meu ombro. — Eu só estou em um ponto em que não posso ter meu coração partido de novo, não importa a razão.

É aí que as coisas ficam pesadas, tristes e erradas. Eu me arrependo de lhe perguntar sobre outras mulheres. Nunca recebo a resposta que eu quero. E pior de tudo, eu nem posso culpá-lo. Ele não deveria mesmo ficar à espera enquanto eu estiver ignorando o que está em volta.

— Sobre a sua pergunta. — Ele esfrega o meu braço com um sorriso fácil. — Eu não estou saindo com ninguém.

— Algumas pessoas argumentariam que você sai bastante com a mulher com quem fez um *ménage*. — Ótimo, ótimo, ótimo. Sou a obcecada rejeitada perseguidora agora. Que imagem incrível.

Ele faz um gesto de desdém com a mão.

— Aquela era uma colega de escola que foi para Salém visitar. Ela me ligou e saímos para tomar alguma coisa. Foi bem perto do meu aniversário, e ela queria comemorar. Uma coisa levou à outra.

— Mas isso é só uma mulher. Como virou um *ménage*? — Eu me recuso a deixar o assunto de lado.

Espero que a CIA esteja recrutando logo. Eu podia arrumar um emprego.

— A *bartender*. — Ele sorri como que se desculpando.

— Você devia parar de fumar. — Mudo de assunto.

— Por quê? — Ele pega o maço de Lucky Strike e enfia um cigarro no canto da boca, só para implicar.

— Câncer.

— Se eu morrer, é problema meu.

— Que coisa egoísta de se dizer. — Faço uma careta. — Se morrer, você deixa todas as outras pessoas para lidar com isso e sofrer. Seus pais já passaram por coisa demais.

— Pode ser, depois de eu terminar o livro.

— Isso é daqui a uma semana — minha voz soa alegre.

Ele dá uma risada.

— *Depois* das revisões.

— Isso pode levar anos!

— É. Eu posso trabalhar com esse prazo.

Conversamos por horas depois disso. Sobre livros, música, filmes a que assistimos recentemente. Sobre a correspondência que ele teve com dois agentes literários que estão interessados em *Ventos da liberdade*.

— Um deles *até* disse que eu devia tratar esse título só como provisório. — Joe franze a testa. — Disse que soa como se alguém tivesse soltado um pum e agora sentisse alívio.

Caio na gargalhada.

— Nunca vou conseguir esquecer o que acabou de dizer. Você não pode usar *Ventos da liberdade*, cara.

Ele dá uma cotovelada na minha costela.

— Em vez de criticar, me ajude.

— *Perdido em Nova Orleans*? — pergunto.

— Genérico — ele estala a língua.

— *A cidade da festança?* — tento novamente.

— Ever. — Os olhos dele se arregalam. — Uau. Isso é *horrível*.

— Pelo menos o meu não soa como um arroto de bunda.

— Você é muito poética. Alguém já te disse isso?

— Acho que você disse, uma vez. E isso foi *depois* de transarmos.

Nós dois rimos.

Depois que o álcool sai do meu organismo, levo Joe para um hotel charmoso em Tenderloin. Digo a ele que é um bairro perigoso e que ele deve ficar atento a isso.

— Eles deviam ficar com medo de mim. Eu sou de Boston. — Ele estufa o peito de uma maneira exagerada que me faz rir.

— Só preste atenção, valentão.

Ele beija meu rosto antes de ir embora. Eu o observo se afastar e depois aguardo mais alguns minutos encarando ansiosa a porta do hotel, esperando que ele… o quê? Perceba que se esqueceu de declarar seu amor eterno por mim e corra de volta para o carro?

Pois é. Eu estou um verdadeiro caos.

Mas como Joe não está, a porta não abre e ele não volta para me dizer que devíamos ficar juntos.

A caminho de casa, ligo para Pippa e relato tudo o que aconteceu hoje. Finalmente, não preciso invocá-la na minha memória. Falar com ela regularmente de novo me tranquiliza.

— Então ele faz um gesto romântico gigantesco, mas ainda quer que você saiba que está transando com outras pessoas? — ela brinca. Eu posso ouvi-la mastigando cenouras baby, seu lanche preferido. — Me parece que ele está em profunda negação. Agora, quem isso me lembra… — Ela bate a unha em cima de uma superfície dura do outro lado da linha. — Ah, já sei: *Você*.

— Negação sobre o quê? — disparo. Estou tão amigável quanto uma pedra de estimação agora. Pippa está na ponta receptora do meu massacre emocional residual. Isso deve significar que voltamos a ser melhores amigas. Você só despeja sua confusão emocional em pessoas próximas.

— Seus sentimentos em relação a Joe.

— Eu não estou em negação. Eu sei muito bem que estou apaixonada por aquele cretino! — Soco o volante, acidentalmente buzinando para o carro na minha frente. O motorista começa a se mover automaticamente antes de perceber que o sinal ainda está vermelho. *Ops.*

Pippa ri, encantada.

— Eu só queria que você se escutasse dizendo isso. Agora só falta dizer isso para ele.

— Acho que não é recíproco. — Mexo no meu lábio inferior.

— Eu não acho que é seu papel determinar isso — ela dispara de volta alegremente.

— Enfim, o que importa? Eu não tenho coragem de ficar com ele.

O que os pais dele pensariam? O que o mundo pensaria? O irmão e a noiva, encontrando conforto um nos braços do outro. Essa não é a verdade, claro. Mas as pessoas nunca querem a verdade. Apenas a narrativa mais facilmente digerível e saborosa oferecida para elas.

— Ah, viver como uma covarde. Funcionou tão bem para você antes, não é? — provoca Pippa. — Não tem escapatória, Ever. Se você quiser ser feliz, precisa arriscar. Tem que se abrir à possibilidade de se machucar.

— Estou com medo de fazer uma escolha. — Minha voz falha enquanto faço a volta com o carro no meu bairro.

— Sabe o que dá mais medo? — pergunta ela. — Não fazer absolutamente nenhuma escolha.

* * *

Joe e eu nos mantemos firmes na nossa promessa de nos concentrarmos no trabalho durante os dias da semana.

Ele não sai do seu quarto de hotel. Escreve sem parar. Eu encontro um artista para fazer a lápide da minha mãe e começo a pesquisar universidades tanto na Califórnia quanto em Massachusetts. Favorito elas on-line e mando para meu pai e Donna.

Passo as noites com Joe. Vamos assistir a uma banda ao vivo, comemos frutos do mar e assistimos a um filme. Há uma coisa estranhamente oculta entre nós, mas nenhum dos dois a aponta. Ele me trata como se eu fosse sua irmã caçula. Eu o trato como se ele fosse um turista rabugento. A semana passa voando. Rápido demais. Uma parte de mim sofre pela última noite com Joe. Outra parte está aliviada. Estou cansada de esperar o relógio bater sete horas todos os dias. Cansada de contar as horas, e os minutos, e os segundos para vê-lo. Estou exausta. De amá-lo em segredo. De fingir estar bem com o que nós somos. Com o que nós não somos.

E me ocorre, a caminho do hotel de Joe. O que estou fazendo? Não faz sentido me inscrever em faculdades em Massachusetts. Se eu ficar em contato com ele, ele vai detonar o que ainda resta do meu coração em milhões de pedaços microscópicos.

É a última noite do Joe. Amanhã de manhã, ele embarca em um avião de volta para Boston. Nós dois decidimos que vamos pedir serviço de quarto e não sair. Quando chego no seu quarto, a comida já está lá, coberta com *cloches* prateados. Joe está incrivelmente bonito. Ele está barbeado, o cabelo ainda molhado do chuveiro.

O lugar está uma bagunça enorme, igual ao seu apartamento. Eu gosto disso. Do caos. De como ele prospera nele. Largo minha mochila na sua cama desfeita e coloco as mãos na cintura.

— O quarto nunca vai se recuperar da sua visita. Você tem um talento para arruinar tudo o que toca.

— O mesmo pode ser dito sobre você — diz ele impassível. — Senta.

Ele abre uma garrafa de vinho, depois serve taças para nós dois.

— Vinho? — Sinto minhas sobrancelhas se erguendo. — Quem é você, e o que você fez com o Joe?

— Sou seu gêmeo mau, e ele está no momento amarrado e amordaçado no porão — responde ele imediatamente.

— Ah, bem. — Encolho os ombros. — O que não te mata...

Ele ri.

— Me dei conta de que não temos mais dezoito anos. É melhor agirmos de acordo com a nossa idade.

— Ah, não. Normal é tão chato — respondo.

Ele me entrega uma das taças. É vinho branco. Tem cheiro frutado e amadeirado. Tento toda a coisa de balançar e cheirar a bebida, mas começo a rir no meio do caminho. Joe também. Nossos olhos se encontram.

— Normal é chato — reflete ele. — Você está certa. Nunca vamos ser velhos pretensiosos.

Aquiesço.

— Temos um acordo.

— Tem certeza de que vamos ficar bêbados juntos? — pergunto e me sento na frente da pequena mesa para dois. Só estou brincando. Se essa semana provou alguma coisa, é que ele não tem um pingo de interesse em mim. E está tudo bem. Ótimo. Eu não *quero* que ele tenha. Toda vez que eu e Joe ficamos juntos, o mundo em volta de nós desaba. E se ele não é mais uma opção... bem, pelo menos eu não vou me detestar tanto por não agir de acordo com meus sentimentos em relação a ele.

Ele ainda está de pé. Está olhando em torno do quarto, como se houvesse alguma coisa que quisesse me mostrar, mas não soubesse como abordar o assunto.

— Ever? — ele me chama.

— Esse é o meu nome.

— Terminei o livro.

— Você... o quê?

Ele se agacha no nível dos meus olhos. Seus olhos estão brilhando.

— Está pronto. Escrevi *Fim*. Até usei uma fonte diferente, para ficar elegante e toda essa merda.

— Não foi Times New Roman, espero — digo, o que é uma coisa idiota de se dizer, mas também tão *nós*. Dom nunca teria entendido. Mas Joe entende.

Ele sorri.

— Cambria.

Eu me levanto de um impulso e jogo meus braços em volta dele, gritando. O vinho espirra na camisa dele. Nós dois ignoramos. Essa é a melhor notícia. Esse livro vem sendo escrito há sete anos. Ele terminou em algumas semanas. Não consigo nem começar a imaginar como ele deve estar se sentindo. Mesmo que não seja publicado. Mesmo que fique na prateleira juntando poeira. *Mesmo assim ele conseguiu.*

Mas, por outro lado, eu sei exatamente como ele se sente. Porque eu desenhei a lápide da minha mãe. Eu finalmente criei.

Joe bate na minha lombar, em um gesto de chega. Eu me desconecto dele, me sentindo constrangida de repente. Tocar não era parte do acordo. Não desde que ele veio para São Francisco.

— É só um primeiro rascunho. — As mãos dele se mantêm em volta da minha cintura, mas ele não me abraça. — Vou passar as próximas semanas refinando.

— Não importa. Agora você tem alguma coisa para refinar. Estou muito orgulhosa de você.

— Eu não teria conseguido sem você.

Eu sei que ele fala com sinceridade, e isso torna a ocasião muito mais doce.

Nós dois nos sentamos na frente da mesa de novo. Joe pediu hambúrguer e batata frita. Minha Comida de Sempre. Essa é a loucura de nós dois. Não preciso dizer para ele o que eu gosto. Ele sabe, porque nós amamos as mesmas coisas. O mesmo tipo de música, a mesma comida, os mesmos livros. Talvez faça sentido que a gente sempre acabe encontrando o caminho para ir em direção ao outro. Nós somos praticamente a mesma pessoa.

— Você já decidiu se vai ficar aqui ou voltar para Salém? — Ele dá uma mordida suculenta no seu hambúrguer.

— Não. — Reviro na minha cadeira desconfortavelmente. — Mas quanto mais eu penso nisso, mais eu percebo que talvez seja melhor ficar aqui. Eu não tenho muita coisa lá e, mesmo se eu me mudar de volta para Massachusetts, eu iria para a faculdade, que não vai ser em Salém.

— Você tem a Nora — Joe observa, enfiando sua batata frita em um oceano de ketchup e maionese. — E você tem a mim.

Dou um sorriso triste.

— Sem querer ofender, mas não vou me mudar para o outro lado do país para escutar sobre suas ficadas aleatórias e o seu dia carregando e descarregando caixotes nas docas.

— Não aja como se você pudesse ficar longe de todas as histórias das docas. E eu vou ser discreto sobre as minhas ficadas — rebate ele, me oferecendo um sorriso malicioso. — Vou me comportar.

— Se comportar não é da sua natureza. Você mesmo disse. — Balanço a cabeça. — Além disso, isso só me faria me sentir mais patética.

— Patética? — Ele franze a testa. — Por quê?

Porque eu sou apaixonada por você, mas estou assustada demais para ficar com você. Assustada demais até para te dizer. É a mesma coisa de quando eu tinha dezoito anos, tudo igual. Só que agora eu já perdi tanto; eu nem posso começar a imaginar como seria perder você também.

Coloco a minha comida de lado. Eu não devia estar aqui. Entender isso me atinge como um raio. Não devia manter contato com Joe. Sou apaixonada por ele, e nós não podemos ficar juntos.

Eu me levanto.

— Isso foi um erro.

— O quê? — Ele fica de pé, derrubando a cadeira atrás dele. — Do que você está falando?

— Não posso mais fazer isso, Joe. Não posso fingir que sou sua amiga. Dói demais. Eu gosto de você. — *Eu te amo.* — E sei que não podemos ficar juntos. Respeito isso. Sinceramente, eu nem sei se é certo para nós. Ser um casal depois de tudo o que aconteceu. Mas eu sei que se eu mantiver contato, vai continuar doendo, e eu nunca vou esquecer você. Nunca vou seguir em frente. Nunca vou ter um marido, filhos, uma cerca branca e um para sempre. Neste momento, você está com a minha felicidade nas mãos. Preciso virar de costas para essa felicidade e achar outra.

Começo a me encaminhar para a porta e me viro no meio do caminho para pegar minha mochila. Preciso sair daqui. Não consigo respirar. Joe agarra meu pulso, me puxando de volta. Viro a cabeça bruscamente.

— Me deixe ir embora.

— Não posso — sibila ele. Seus lábios mal se mexem. Ele parece tenso. O conflito está estampado por todo o seu rosto. Essa é a primeira vez durante a viagem inteira para São Francisco que ele não pareceu relaxado ou se divertindo. Essa é a primeira vez que consigo sentir a intensidade que costumava pulsar entre nós toda vez que estávamos no mesmo cômodo. A raiva. O fogo. O desespero no nosso toque. Nós dois tentamos apagá-lo. Não deu certo.

— Por quê? — rosno.

Ele passa os dedos no cabelo, olhando para baixo, parecendo *transtornado*.

— Porque...

— Porque...?

— Ah, porra. — Ele joga os braços no ar. — Porque eu sou apaixonado por você, Ever Lawson. Eu não *gosto* de você. Eu te amo. Nunca deixei de te amar. Nem por um milésimo de segundo.

Meu coração para de bater. Minha boca fica seca. Ele *o quê*?

Joe me solta. Ele começa a caminhar pelo quarto, um tigre enjaulado que acabou de ser capturado. Ele balança os ombros, quebrando suas amarras imaginárias. Parece que ele quer rasgar a pele do próprio corpo. Como se fosse alérgico a esse sentimento novo e desconhecido.

— Você acha que eu gosto de ser seu amigo? — ele esbraveja. — É uma tortura! Mas eu não sei o que fazer além disso. Você não está pronta para um relacionamento e, mesmo que estivesse, não tenho ideia de como um relacionamento entre a gente pareceria. Você não sabe nem em que estado quer morar, pelo amor de deus. Você nem tirou o maldito anel de noivado que ele te deu. Toda vez que eu olho para ele, eu me lembro da sua escolha. Alerta de spoiler: não fui eu.

— Você nem era uma opção da segunda vez. — Fico surpresa pelas minhas próprias palavras. — Nós dois escolhemos ele para me proteger.

— Sim. — Ele solta o ar. — Nós escolhemos. Ele sempre veio em primeiro lugar. Mas eu te desejava todo santo dia, Ever.

O olhar dele cai para o anel. Eu instintivamente o envolvo com meus dedos. O anel é uma lembrança de quando Dom estava vivo, e de que ele me amava. Não importa o que ele fez comigo — que terminou de maneira tão ruim —, ele ainda me ensinou como viver. Como um bebê dando os primeiros passos, cambaleei para a vida, e não importa quanto eu me ressinta pela maneira como ele se comportou, não posso esquecer como ele foi bom para mim.

— Ele te *traiu* — Joe fala rispidamente. — E eu tive que ficar lá sentado e assistir a você se apaixonar por ele, sabendo que ele estava trepando com outra mulher sem você saber.

— Pare. — Pego a barra da camisa dele, tentando puxá-lo para mim. Ele me afasta. — Pare de falar, Joe.

Ele se vira, mantendo uma distância segura de mim.

— Você já pensou por que ele ficou com você? Foi pelo mesmo motivo que ele fazia todas as coisas: o medo de perder. Dom era fodido nesse nível. Ele tinha mais medo de ficar sozinho do que de estar com a pessoa errada.

— Joe — aviso. — Joe, pare.

— Não ache que eu não consigo viver sem você, Ever. Eu consigo. Eu só não quero.

— Mentira! — eu grito.

— Juro por deus — ele dispara de volta.

— Então por que você cortou todo o contato comigo? — Meus olhos se enchem de lágrimas. Foi tão difícil passar meses da minha vida sem falar com ele.

Joe fecha os olhos e segura a base do nariz.

— Porque eu não queria ser seu recurso de enfrentamento. Seu reserva. Seu erro proclamado depois de passar por uma coisa traumática. A razão pela qual eu fiquei tão puto com você quando foi embora depois de transarmos não foi porque eu tinha um problema com o que fizemos para o Dom. De certa forma, acho que fizemos um favor para ele. Dom era apaixonado pela Sarah. Tanto é que ele não tinha coragem de terminar de vez com ela e seguir em frente. A única razão pela qual ele ficou com você foi porque você era o plano B dele. Era revoltante assistir a vocês dois fazendo uma escolha terrível e não poder me intrometer e impedir. E então ele morreu, e no meio de toda a dor e a culpa de estar vivo, de sobreviver, de não ser capaz de parar tudo de alguma maneira, o único ponto positivo era que vocês dois tinham sido poupados de ter um casamento horrível. Depois que dormimos juntos, eu me senti usado por você. Um prêmio de consolação. Como se você tivesse trepado comigo só para provar um argumento para si mesma. De que você ainda podia.

Balanço a cabeça.

— Eu dormi com você porque eu pensava em você toda noite, desde o Natal — digo, engasgando nas palavras. — Porque eu te amo. Meu deus, Joe, eu te amo tanto.

Os ombros de Joe cedem de alívio. Ele balança a cabeça. Ainda há uma barreira invisível entre nós. Fico feliz que ela esteja ali, zumbindo, nos impedindo de nos aproximarmos.

— Tá bem. Bom. Isso é bom. Então você me ama e eu te amo. Caso encerrado. Volte para Massachusetts, e vamos continuar de onde paramos na Espanha. Não precisa ser complicado — diz ele.

Esfrego a testa e circulo o olhar pelo quarto.

— O que as pessoas vão pensar?

— Que formamos um belo casal? — ele pronuncia com frieza.

— Ninguém vai nos aceitar como casal. — Fico nervosa. — Eu queria que as coisas fossem mais fáceis. Se pelo menos o Dom soubesse que eu era a sua Everlynne…

— Na verdade, eu pensei sobre isso — diz Joe, me interrompendo. — No avião vindo para cá. Tenho quase certeza de que ele sabia.

— Sabia? Como assim?

Ele pega a minha mão e me puxa para a ponta da cama. Caímos sentados. Seus olhos estão aguçados e alertas. Talvez até um pouco enlouquecidos.

— Dom tinha uma memória de elefante. Minha mãe sempre brincava com isso. Ele se lembrava de *tudo* — conta Joe. — Aniversários, datas históricas, pessoas aleatórias com quem nós fomos para a escola. E eu falei *muito* de você.

— Você está dizendo que ele sabia quem eu era quando nos conhecemos e decidiu ir atrás de mim assim mesmo? Para te provocar? — A suspeita escorre na minha voz. Dom não era nem um pouco santo, mas ele também não era propositalmente mau.

Joe balança a cabeça.

— Não. Não para me provocar. Eu acho que ele percebeu *depois* de toda a situação que você era a Everlynne. *A minha* Everlynne. Ele juntou dois e dois logo depois de nos encontrarmos na noite de Natal.

— Por que acha isso?

— Pequenas coisas que aconteceram depois do Natal. Quando eu disse que queria tomar um brunch com você e te conhecer melhor, ele me disse que iria junto para você não se sentir encurralada. Ele quase não falava mais de você perto de mim, quando antes ele falava o tempo todo. Acho que o noivado foi uma maneira de fechar o negócio. Não era do feitio de Dom apressar as coisas.

Processo tudo o que Joe está contando. Agora que penso no assunto, ele tem razão. Dom pareceu um pouco desanimado no geral após voltarmos das festas de Natal na casa de seus pais. E o pedido de casamente realmente surgiu de surpresa.

Ah, meu deus. Será que Dom descobriu?

— Mas… por quê? — sussurro, me sentindo murcha e exausta. Isso não faz sentido. Nenhum sentido. — Por que ele faria isso com a gente?

— Porque o medo que ele tinha de perder alguma coisa era maior do que seu compromisso em fazer a coisa certa; o mesmo motivo por que ele namorava tanto a Sarah quanto você. — Ele se levanta e caminha até a janela. — E porque eu acho que ele tentava dizer a si mesmo que estava nos fazendo um favor. Ele viu como fiquei obcecado por você durante anos. Ele sempre dizia que eu era maluco de não tentar seguir adiante. Cada namorada, cada garota com quem eu saía, eu comparava com você. E nenhuma estava à sua altura. Ele queria que eu tivesse um recomeço. Pelo menos isso eu sei. E Dom sempre achou que sabia mais do que qualquer outra pessoa.

Joe tensiona e relaxa a mandíbula, enquanto fita a rua pensativo.

— Pelo amor de deus, Dom!

Joe agarra o telefone fixo do hotel na mesinha de cabeceira, o desconecta e o arremessa para o outro lado do quarto. O aparelho explode em três pedaços contra a parede, aterrissando no chão. Começo a chorar. Nunca fui tão magoada por alguém, e não posso nem confrontar o Dom. Não posso dizer que ele é um canalha, um babaca e um falso. Ele seria a pior coisa a acontecer comigo se ele não tivesse trazido Joe de volta para a minha vida.

Estou deitada na cama, enterrando o rosto nos braços, chorando agora. A voz rouca de Joe flutua em algum lugar sobre a minha cabeça.

— Achei que vocês dois fossem próximos. Que vocês se dessem bem. — Minha voz sai abafada, meu rosto contra o lençol industrial duro da cama do hotel.

— Nós éramos tudo isso. Mas, afinal de contas, não importava. Embora Dom fosse o menino de ouro, o superbem-sucedido, o rei do baile, eu tinha uma coisa que ele nunca teve. Eu era o saudável. Eu era o filho com quem meus pais não precisavam se preocupar. Eu nem dava valor à minha saúde. *Fumava* na frente dele. Bebia demais. Nós nos amávamos muito. Tínhamos aquele tipo de proximidade que só acontece quando você sabe que pode perder alguém. Acampávamos juntos, íamos a jogos, nos tornamos vizinhos e nos encontrávamos pelo menos algumas vezes por semana. Mas, no fim das contas, ele ainda achava que merecia você mais do que eu. No entendimento dele, ele tinha pagado suas dívidas. Ele andava por aí com um relógio interno que estava sempre marcando o tempo, lembrando-o de que sua existência na Terra era limitada.

A cama afunda, e sei que Joe está do meu lado. Não parece tão imoral quanto parecia a um segundo atrás. Dane-se o Dom. Que ele vá para o inferno. Esse tempo todo eu me senti culpada por causa dele, quando eu deveria ter sentido alegria por beijar seu irmão no dia em que ele me pediu em casamento.

— Você é um cara muito bom — suspiro, esfregando o rosto.

— Por que está dizendo isso? — pergunta ele suavemente.

— Porque você saiu do caminho. Com relutância, mas saiu.

— Acontece que os caras bons *realmente* se dão mal. — Joe enfia uma mecha de cabelo atrás da minha orelha, balançando a cabeça. Ele parece destruído. Eu odeio o que isso está fazendo com ele. — Eu devia simplesmente ter feito.

— Devia ter feito o quê? — Coloco a mão em cima da dele para que ele não a afaste do meu rosto.

— Devia ter simplesmente andado até você e te beijado loucamente na véspera do Natal. Foi a minha reação automática quando vi seu rosto de novo. Escolhi ser civilizado. Pensando bem, foda-se a civilização.

Uma risada escapa de mim. Pressiono a testa contra a dele e fecho os olhos. Nossos dedos se entrelaçam. Ele ignora o grande diamante no meu dedo anelar. Pela primeira vez em meses, eu também ignoro.

— Vem para Boston comigo — ele fala com a voz rouca.

Uma coisa quente passa pelo meu estômago. Eu quero. Quero muito. Mas é isso que me assusta. Joe está certo. Eu estou morrendo de medo de amá-lo. Ele significa tanto para mim; a ideia de tentar e não dar certo com ele é... paralisante.

— Não é uma boa ideia — digo.

— Por quê?

— Porque eu ainda não decidi o que eu quero fazer da vida. Minha família espera resoluções firmes de mim. Eles querem saber o que eu vou fazer. Não posso simplesmente ir embora de novo.

Meu pai vai me matar se eu me transformar em outra Ever versão 2015. Quando eu simplesmente fui para Boston e nunca mais olhei para trás.

— Só por uns dias. — Ele segura o meu rosto, dando um beijo leve nos meus lábios. Doce. O fraco roçar de um toque. Meu corpo inteiro se arrepia. Ele se lembra. Ele se lembra da Espanha, e se lembra do corredor de Joe. Há um álbum de memórias de todas as vezes em que nos tocamos guardado bem fundo dentro de mim.

Eu o afasto de mim.

— Não podemos fazer sexo.

— Não é sexo. — Ele beija o meu nariz. — Não chega nem *perto* de sexo. — Seus lábios roçam minha clavícula. — Sexo não tem nada a ver com isso. Só vai comigo por alguns dias. Por favor.

— Tá bem, vou falar com o meu pai. Vou amanhã ou depois de amanhã.

— Não dá tempo. — Ele segura a minha mão e me puxa para o seu corpo. Eu me deixo aproveitar seu calor. Sua firmeza. — Amanhã de manhã. Vamos pegar sua mala. Você nem precisa levar bolsa. Por minha conta.

Beijo a lateral do seu pescoço.

— Está certo, Bill Gates. Chega. Preciso voltar para casa. Meu pai e Donna estão indo para o México amanhã.

— Não vamos mesmo fazer sexo, né? — O rosto do Joe murcha. Sua mão está pressionando a parte de trás da minha cintura. Sua ereção está pressionando minha barriga. Eu estou excitada. Eu *quero* transar. Mas eu sinto que nós dois fizemos um imenso progresso, e eu só quero saber que não estamos agindo por impulso por causa do que descobrimos sobre Dom.

— Nem um pouquinho.

— Ever. — Ele enterra a cabeça no meu ombro, rindo. — Você está me matando.

— Tá, vamos combinar que um membro da família Graves *nunca* pode falar isso para mim, nem mesmo brincando. — Esfrego as costas dele.

Isso o faz rir mais.

— Nós somos pessoas sombrias.

— É por isso que somos sempre atraídos um para o outro.

— Mas o vinho é horrível. — Ele se afasta, fazendo uma cara de nojo.

— O vinho é horroroso! — Dou uma risada. — Aposto que Damon Albarn bebe vinho de qualidade. Nós somos Oasis. Cerveja barata e batatas chips até o fim.

— Batatas chips com vinagre.

— Consigo achar uma mais nojenta. — Finjo que vou vomitar. — Chips de coquetel de camarão.

Ele está me encarando agora, da maneira como costumava fazer, na Espanha. Abertamente e sem constrangimento.

— Essa foi a primeira semana em anos em que me senti realmente feliz.

Dou um sorriso.

— Eu também.

— Você se sente culpada? — pergunta ele.

— Um pouco — admito. — E você?

— Não.

Eu não falo o que estou pensando. Que nós dois acabamos de descobrir que Dom tentou arruinar nossa vida… mas que ainda assim o perdoamos.

Porque a ferida está fechada, e é hora de seguir em frente.

VINTE E SETE

Digo ao meu pai e a Donna que tenho coisas para resolver em Salém.

Não é uma mentira propriamente dita. Eu *realmente* tenho coisas para resolver em Salém.

Preciso notificar o meu locador que Nora e eu vamos cancelar o aluguel. Para me mudar oficialmente da espelunca também conhecida como minha casa e retirar o que resta dos móveis que deixei lá e também preciso devolver o anel de noivado para os Graves.

Não comento que vou passar um tempo com o Joe. Não preciso. Eles sabem que ele esteve em São Francisco essa última semana inteira e podem juntar os pontos sozinhos.

— Só não deixe que o tempo lá turve seu juízo. — Meu pai está parado na porta, segurando a alça da mala, sua expressão é de preocupação. Essa é a sua maneira de dizer *Por favor, não vire as costas para nós de novo por causa de um homem*. Eu o ouço alto e claro.

— O que ele quer dizer é para você não se sentir pressionada a tomar uma decisão para um lado ou para o outro. — Donna faz a policial boa, cutucando meu pai de brincadeira. — Estamos felizes que você está escolhendo voltar para a faculdade, não importa onde você estiver.

Renn bate o ombro no meu, caminhando até a porta.

— Tá bem. Chega de conversa. Pai, Donna, vão. Eu levo a Ever ao aeroporto. Divirtam-se. Tragam presentes. Caros. Tchau.

Ele bate a porta na cara deles.

— Grosso! — Meu pai destaca do outro lado da porta, e nós rimos.

Renn se vira para mim, todo sério.

— Tudo pronto, mana?

Confirmo com a cabeça, dando um tapa na bolsa que estou segurando. O voo do meu pai e de Donna sai do Aeroporto Internacional Oakland, então não podemos ir juntos.

— Finalmente. Vou ter a casa só para mim. Obrigada, Meu Pai. — Renn dá uma piscadinha e aponta o teto.

— Acha que ter a casa só para você precisou de intervenção divina? — Ergo uma sobrancelha.

Renn suspira.

— Tem sido muito ruim, Ev. Essas pessoas têm, tipo, absolutamente nenhuma vida. Estão sempre por perto.

— Existe uma solução para isso — observo.

— Já pensei nisso. — Renn balança a cabeça. — Eu amo eles demais para matar os dois e fazer parecer um pacto de suicídio.

Dou uma risada.

— Quero dizer alugar um apartamento, seu babaca.

— O quê? — tosse Renn, fingindo choque. — Aqui é São Francisco. Eu não consigo alugar nem um depósito.

No carro, a caminho do aeroporto, eu pergunto:

— Você terminou com aquela mulher mais velha?

— Terminei, na verdade.

— Como ela reagiu?

— Bem demais para meu pequeno e frágil ego. — Ele move um palito de dentes na boca. — Acho que foi um alerta para ela. Ela me disse: *Ai, meu deus, meu brinquedinho está me dando um fora. Eu realmente cheguei no fundo do poço.*

— Ela parece esperta — digo, com toda honestidade. — Esperta demais para perder seu tempo com um pirralho como você.

Ele dá uma risada.

— Por causa disso, ela decidiu confrontar o marido. Eles tiveram uma briga enorme, e agora estão tentando salvar o casamento. Ela parou as aulas de surfe porque o marido não estava confortável por ela ter um professor que sabe exatamente como é enfiar o pau em todos os buracos do corpo dela.

— Claro, você podia ter me contado essa história sem a última informação nojenta.

— Com certeza — Renn concorda. — Mas onde estaria a graça? A boa notícia é que o marido concordou em terminar com a secretária que ele estava comendo. Em outro universo, essa secretária e eu ficamos. Será que ela é gostosa? — Ele franze a testa.

— Talvez. Mas nesse universo, você vai ficar com garotas da sua idade. Você sabe. — Olho de soslaio para ele. — Quando eu morava em Salém, eu costumava me preocupar que seu fluxo interminável de namoradas era por causa das questões maternas decorrentes da perda da mamãe quando você era supernovo.

— E o que acha agora, Freud? — Renn cospe o palito pela janela, dando um sorrisinho.

— Agora eu só acho que você é um bostinha imaturo.

— Está vendo? Foi uma ótima ideia retomarmos o contato. — Ele dá um soco falso no meu braço. — Agora você sabe que eu sou galinha e eu sei que você ainda é uma garota melancólica que pensa demais em tudo e tem o paladar de uma criança de cinco anos de idade.

Nós sorrimos um para o outro enquanto ele reduz a velocidade do carro em um engarrafamento no caminho para o aeroporto.

— Mas sério. — Renn coça a barba por fazer. — O que acha que vai fazer depois que a lápide nova da mamãe estiver pronta?

— Estudar — digo com determinação.

Porque essa é a única coisa que eu *decidi*. Não sei onde eu quero morar, mas eu quero estudar artes e meios de comunicação. Quero ir atrás dos meus sonhos.

— Dã. Mas onde? — pergunta ele.

— Não sei ainda.

Por um lado, a Califórnia é onde está a minha família. Tenho uma rede humana de apoio aqui, se as coisas derem errado. Por outro lado, eu amo Massachussetts. A Nova Inglaterra parece o meu lugar. E também oferece uma gama de programas de arte realmente ótimos. A Nova Inglaterra também é onde o Joe está. Onde está a droga que eu mais desejo.

Renn para o carro na frente do terminal. Ele não precisa sair do carro. Eu só tenho uma bolsa de viagem. Vou ficar fora poucos dias.

— Cuide do Loki. — Balanço um dedo no rosto dele.

— Aquele cretino se acha; ele que precisa tomar conta de mim!

— Cuidem um do outro, então. — Dou uma beijoca no rosto dele.

— Tente não ficar noiva nos poucos dias que vai passar lá! — Renn grita para as minhas costas enquanto caminho na direção da porta giratória. — *De novo*.

Mostro o dedo do meio para ele e desapareço dentro do aeroporto.

*   *   *

Minha primeira parada depois de pousar no Aeroporto Logan é a casa de Gemma e Brad.

Faz sentido para mim visitá-los primeiro, porque é a parte que eu mais temo e quero me livrar logo dela. Ostento pegando um táxi até a casa deles. Mandei uma mensagem para Gemma do avião e perguntei se era uma boa hora para nos encontrarmos.

Gemma: É sempre uma boa hora para te ver, Lynne! Claro. Venha aqui.

Quando o táxi para na frente da casa, estou explodindo de apreensão. Encontrei os Graves algumas vezes depois que Dom morreu, mas sempre com proteção. Sarah, Joe, meu pai, Renn, Nora e Colt. Eles estavam todos aqui para assumir o controle quando a conversa empacava. Agora preciso encarar Gemma e Brad sozinha.

Dou uma gorjeta para o motorista e saio insegura do banco de trás, segurando minha bolsa contra o peito. Bato na porta duas vezes e rezo de uma maneira ridícula para que não abram. Gemma contribui para minha esperança irracional demorando um tempo antes de atender. Mas então lá está ela, mais magra do que eu me lembrava. Sua pele envolve seus ossos como uma teia de aranha, e ela parece cansada, mas mesmo assim está sorrindo.

— Lynne! Olá. Você parece bem, minha querida.

Ela me envolve e me puxa para um abraço. Eu caio nos seus braços e me surpreendo por não chorar. Acho que não tenho mais lágrimas e sofrimento. Também estou aliviada de me despedir do anel de noivado de Dom. Sim, eu o amava. E talvez ele me amasse. Mas aquele anel não significava o que deveria significar. Para nenhum de nós dois.

— Entrando. Entrando.

Brad manobra para chegar até a porta, e é aí que eu percebo que a entrada deles está cheia de caixas. Ele me alcança para me dar um abraço, e eu o aperto com um sorriso. Brad abraçando é um progresso, algo novo e bem-vindo. Me pergunto se ele está um pouco menos reservado, agora que foi lembrado da fragilidade da nossa existência.

— O que está acontecendo? Vocês estão de mudança? — Dou um passo para dentro, seguindo Gemma até a cozinha.

Ela faz um gesto com a mão.

— Não, não. Joe trouxe as coisas da casa do Dominic. Eu ainda preciso desembalar.

— Eu adoraria ajudar — ofereço sinceramente. Vai ser horrível, mas não tão difícil quando será para Gemma e Brad fazerem isso sozinhos.

— Imagina. — Ela liga a cafeteira assim que chegamos na cozinha. — Isso vai nos dar alguma coisa para fazer. E... sabe, é bom recordar.

Os olhos dela brilham com lágrimas, mas ela não as deixa cair. Eu estendo o braço sobre a mesa da copa onde ela está recostada e seguro sua mão.

— Eu sei — digo.

— Joe me disse que você o ajudou em São Francisco. Ele estava tão feliz de escrever de novo. Foi muito gentil da sua parte. — Ela enxuga os olhos rapidamente.

Brad anda em direção à cozinha e silenciosamente enfia sacos de chá em canecas.

— Ah, ele também salvou minha vida — digo. Eu também quero dizer literalmente.

Gemma parece estar prestes a dizer mais alguma coisa, mas então balança a cabeça, como se estivesse se livrando de um pensamento desagradável.

— Fiz biscoitos de creme de limão. — Ela se afasta da copa, abre um pote de plástico e arruma os biscoitos em um prato decorativo. — Você toma chá com uma colher de açúcar, correto?

Aquiesço e me sento. Gemma e Brad se aproximam de mim com chá e biscoitos, sorrisos nervosos no rosto. Pego um biscoito e começo a mastigar, surpresa por conseguir sentir o gosto. Eu não consigo sentir o gosto das coisas desde que Dom morreu.

— Nós queríamos nos desculpar de novo — diz Gemma — por todo o tormento com Sarah. Deve ter sido humilhante para vocês duas. Posso imaginar como ficou ainda mais complexa uma situação que já era impossível.

— Está tudo bem — digo, e é sério. Essa última semana, senti a dor passar raspando em mim, em vez de me atravessar. É como ser empurrada por um estranho enquanto corro para pegar um trem. Não é como ser atropelada por um.

— Não está — retruca Brad, brincando com o biscoito no prato, mas sem comê-lo. — Mas não há nada que a gente possa fazer a respeito, infelizmente.

— Realmente, não importa agora — afirmo. Então, me lembrando por que estou aqui, me apresso em tirar o anel de noivado do dedo. Eu o deslizo pela mesa.

— Aqui. Quero que você fique com isso.

— Não faz sentido, Lynne. Ele deu para você — diz Gemma, mas seus olhos brilham quando pousam no anel. Outra coisa que seu filho deixou para trás.

— É Ever — eu a corrijo. É bom recuperar meu nome. Minha identidade. — E embora eu sempre vá ter carinho pelo dia em que Dom me pediu em casamento, preciso seguir em frente. E a verdade é que eu acho que ele pertence mais a você do que a mim. É uma canção de amor para você. Ele queria te fazer feliz.

Gemma olha para baixo, em seguida começa a chorar. Percebo que não é o mesmo choro triste e desesperado que rasgava seu corpo meses atrás. É um choro agradecido e purificante. Ela sorri e bate no meu ombro antes de enxugar as lágrimas.

— Obrigada, minha querida. Eu agradeço.

— Você devia colocar.

Ela hesita por um momento antes de fazer isso. Cabe perfeitamente no seu dedo do meio ossudo. Ela o admira, inclinando a mão para um lado e para o outro, observando o diamante capturar os últimos raios de sol da tarde que deslizam pelas grandes janelas.

— É lindo mesmo — diz ela.

— Ficou perfeito no seu dedo.

Ela olha para cima.

— Está tudo bem de verdade com você?

Anuindo, percebo que sim. As coisas ainda estão longe do ideal, mas eu não estou mais infeliz.

Gemma esfrega a bochecha distraidamente. Posso ver que alguma coisa a está perturbando, mas ela não sabe como abordar o assunto. Ela lança um olhar para Brad. Ele inclina o queixo uma vez, o movimento quase imperceptível, para lhe dizer para seguir em frente. O que diabos está acontecendo?

— Ly... *Ever*? — corrige ela, ruborizando ligeiramente. — Tenho um pedido incomum.

— Incomum é minha especialidade. Pode mandar.

— Você pode vir comigo ao sótão um segundo? Quero mostrar uma coisa lá.

Eu a sigo pelas escadas até o segundo andar e observo enquanto ela abre o alçapão. Ela puxa a escada e nós duas subimos. É a primeira vez que vou ao sótão. É uma surpresa ver como é amplo e não é uma surpresa ver como é forrado de madeira. Tem cheiro de poeira e naftalina. Está abarrotado até em cima com caixas e caixotes. E está tudo etiquetado. Absorvo aquilo tudo. O lado direito do sótão está cheio de coisas com o nome *Dominic* escrito em cada caixa, e o lado esquerdo pertence a Seph.

Acho irônico que até os pertences dos irmãos pareçam estar em um confronto. E aqui estou eu, de novo, parada no meio, entre os dois.

— Seus filhos com certeza têm muita coisa. — Tento quebrar o clima tenso com uma piada, que imediatamente cai entre nós. Gemma me lança um olhar inseguro. Qualquer que seja o motivo pelo qual ela me trouxe aqui, a está deixando ansiosa.

Engulo em seco com força.

— Gemma? Por que estamos aqui?

Ela inclina a cabeça em direção à pilha de caixas de Seph. Eu sigo seus passos. Ela pega uma caixa de sapatos que está em cima de uma grande caixa de papelão e a segura afastado do corpo, como se pudesse mordê-la.

— Tenho feito muitas arrumações ultimamente. Principalmente no sótão. Foi uma combinação de coisas. Eu precisava de alguma coisa para tirar minha mente de Dominic e também fui inspirada pela maneira como Seph encontrou o vestido do meu primeiro encontro no nosso antigo sótão. Eu queria ver que tesouros eu podia encontrar que me levassem a lembranças de Dominic.

Espero Gemma continuar. Não tenho certeza do que ela está segurando, mas, como tem o nome de Joe escrito, posso seguramente presumir que não tem nada a ver comigo. Nós não trocamos nada na Espanha. Além de fluidos corporais e números de telefones, e isso não conta.

Gemma sorri com tristeza.

— Dominic sempre foi uma criança tão doce. Com uma orientação moral firme e muita compaixão em relação aos outros. Ele sempre tratava de animais machucados no nosso jardim e era o primeiro a se aproximar de uma criança nova que se mudava para o nosso bairro. Isso de alguma forma mudou depois que ele foi diagnosticado com câncer. Ele se tornou compreensivelmente zangado. E então ele venceu o câncer e voltou a ser o Dominic que amávamos e adorávamos. Então ele achou que tinha câncer de novo, quando estava com vinte e poucos anos.

Eu me lembro de Dom me contar sobre isso. Eu me lembro de ficar horrorizada por ele. Eu me lembro de tudo como se fosse ontem.

— E? — pergunto baixo, para encorajá-la a continuar falando.

Ela abre a caixa de sapatos — finalmente — e tira uma coisa que parece um pedaço de papel.

— Na semana passada, quando Seph estava em São Francisco para terminar o livro, comecei a olhar as coisas dele, porque eu tinha terminado com o lado de Dominic do sótão, e eu me deparei com isso.

Ela me entrega um pequeno pedaço de papel. Só que não é um papel. É uma foto. A foto Polaroid que Joe tirou de mim na praia na Espanha. Fico atônita. Minha respiração está presa dentro da garganta, como um osso atravessado. Meus lábios estão inchados e meu cabelo, uma bagunça, e olho para a câmera — para *ele* — com tanta emoção que me faz engasgar. O amor que eu sinto por ele é intenso. A intimidade é palpável. Eu consigo *sentir* essa foto se imprimindo no meu DNA.

Ele guardou. Todos esses anos. Ele não jogou fora. Não queimou em uma fogueira pequena e controlada como eu achei que faria.

— O interessante dessa foto — começa Gemma — é que no fundo dá para ver *Neptuno de Melenara*, a estátua famosa, então eu soube que foi tirada nas Ilhas Canárias, e por Seph. Mas a foto... — Ela inspira. — Parecia familiar, e eu percebi por quê. Eu já tinha visto, no Natal. Dom estava segurando ela depois que ele subiu no sótão para pegar seu equipamento esportivo.

Balanço a cabeça, as lágrimas rolando pela minha bochecha.

— Eu não fazia ideia, Gemma, juro. Eu não tinha ideia de que eles eram irmãos antes do Natal. E Dom também não tinha. Ele deve ter descoberto aí.

— Eu imaginei isso. — Ela envolve os dedos em volta dos meus braços, me puxando para um abraço. — Me escute bem, Ever. Você precisa me escutar. — Ela se afasta, segurando minhas bochechas com as mãos. Nós piscamos uma para a outra. — A vida é muito curta. Curta demais. Se você ama Seph... se Seph te ama...

Ela não completa a frase. Ela não consegue. Qualquer coisa que ela diga seria uma traição a um dos seus filhos. Ela está destruída. Eu, nem tanto. Não sinto mais nenhuma obrigação em relação ao Dominic. Só não sei se Joe e eu somos o destino um do outro. Toda vez que ficamos juntos, alguma coisa horrível acontece. Não quero mais mortes nesse nosso jogo de gato e rato. Nosso amor parece ser do tipo sangrento e espinhoso. Uma coisa me ocorre, então.

— Gemma...

— Sim?

— Lembra do barco de madeira que eu comprei para o Dom? — Tenho certeza de que ela lembra. Ela me ajudou a guardar as coisas do quarto dele depois que ele morreu.

Gemma anui, franzindo a testa.

— O que tem ele?

— Onde ele está?

Ela aperta os lábios, os olhos cabisbaixos. Como se ela não devesse me dizer.

— O Joe levou — diz ela, finalmente.

— Obrigada, Gemma.

— Não, obrigada a você. Por amar meus dois filhos... e, embora em diferentes períodos de tempo, fazer os dois felizes.

*   *   *

A viagem para Salém é um borrão. Quando chego no meu antigo apartamento, Joe está me esperando do lado de fora, as mangas dobradas até os ombros. Caixas de papelão desmontadas estão enfiadas embaixo do seu braço. Meu coração pula quando meus olhos veem seu rosto lindo. Não consigo olhar para ele e deixar de pensar no fato de ele ter guardado aquela foto. De ele ter aguentado tanta coisa de Dom, de sua família, de *mim*.

— Você não precisava vir. — Saio do táxi e dou um abraço nele.

— Nada pode ser melhor do que você se mudando dessa espelunca. — Ele levanta minha mão esquerda e a examina. Ele percebe a mudança na hora, o que significa que é a primeira coisa que ele olha toda vez que me vê. Ele a segura e vira de um lado para o outro. — Sem anel.

Eu apoio minha testa no ombro dele.

— Sem anel.

Há expectativa no ar. Acho que é minha hora de falar alguma coisa profunda. Mas não tenho nada a dizer. Não tenho certeza de onde minha mente está nesse momento.

— Você vai procurar faculdades enquanto está por aqui? — pergunta ele, o tom cauteloso dessa vez. Nós dois fomos tão machucados.

— Na verdade, só vou ficar aqui alguns dias.

— Hum. — Ele esfrega o queixo. — Entendi.

Estou considerando as universidades de Boston, Tufts e Northeastern.

Meu coração me manda lhe dizer que a única razão pela qual ainda não decidi é porque estou com medo. Com tanto, tanto medo de finalmente tê-lo. De *perdê*-lo.

Meu coração diz para eu me ajoelhar e implorar para ele me ajudar a tomar uma decisão. O que seria certo? O que seria menos doloroso? Se pelo menos alguém pudesse me dizer que, se estivéssemos juntos amanhã, ninguém mais perderia a vida. Ninguém mais sofreria.

Contudo, meu coração não está mais no comando. Não consigo tirar uma palavra da boca. Não consigo nem começar a pensar no que falar.

— Certo. — Joe se afasta e vira a cabeça para olhar a porta de entrada. — Vamos?

Nós dois entramos. O lugar parece familiar e ainda assim estranho. Nora tirou todas as coisas dela a esta altura, o fato de ela ainda pagar metade do aluguel é insano para mim. Ali só estão as minhas coisas e o sofá amaldiçoado que compramos juntas em um mercado de pulgas.

— Eu ataco o quarto; você empacota a cozinha. Vai tudo para doação. Menos comida fora da validade. Essa vai para o lixo. — Bato uma mão na outra.

— Sem querer ofender, Ev, mas esse lugar está fedendo.

— Não me ofendi. — Sorrio. — E faz sentido. Ninguém vem aqui há meses.

Oito meses, para ser exata. Já passou quase um ano desde que o Dom morreu?

Joe liga o Bluetooth do telefone. Os Smiths explodem na caixa de som.

— Morrissey! — Levanto o punho no ar.

— Eu tatuaria o nome dele na bunda se ele me pedisse. De verdade. — Joe já está dentro da cozinha, enfiando coisas em um imenso saco preto.

É patético como eu tenho poucas coisas. Joe e eu levamos três horas para enfiar tudo em caixas, etiquetadas e prontas para serem entregues à filial mais próxima do Exército da Salvação. Estamos suados e ofegantes parados na sala vazia, a não ser pelo maldito sofá.

— Quando você disse que seu amigo vem pegar? — Aponto o sofá com o queixo.

— Dale? — Joe vê a hora no telefone. — Ainda temos umas duas horas. Ele trabalha nas docas comigo. Sai às seis.

Cruzando os braços, olho para o sofá.

— Eu costumava ficar tão brava com Nora e Colt sempre que eles transavam nessa coisa. Eu me sentia assediada sexualmente. Isso é estranho?

Joe dá uma risada.

— Depende. Você estava *no* sofá enquanto eles trepavam?

— Ai, não.

— Nesse caso, nada de assédio. Inveja, talvez.

— Você é um homem mau, Joseph Graves.

— E você ama isso, Everlynne Lawson.

Nós dois olhamos um para o outro, sorrindo maliciosamente. Sou a primeira a quebrar a barreira invisível entre nós. Estendo o meu mindinho para pegar o dele. É só um roçar, mas funciona. Arrepios rolam pela minha pele. A bochecha dele ruboriza.

— Obrigada por estar do meu lado — sussurro.

Ele sorri, mas não fala nada. Seu mindinho enlaça o meu. Inspiro com força. Ficamos parados assim, mal nos tocando, a música reverberando nas paredes vazias. *This Charming Man*. Uma música tão subestimada. Joe aperta o mindinho no meu e me puxa para ele. Solto um arquejo, meu corpo colidindo no dele. Sua boca está na minha. Suas mãos estão no meu cabelo. Estamos nos beijando como duas pessoas loucas no meio de uma sala vazia, ofegantes e gemendo. Ele me envolve com as mãos, me faz andar de costas até o sofá e me derruba em cima dele.

— O que você está fazendo? — pergunto, alcançando seu cinto.

— Me certificando que o Dale vai pegar um sofá com uma história de vida interessante.

VINTE E OITO

Dale aparece para pegar o sofá. Ele parece ter sete anos de idade. Tá, tudo bem, tá mais para dezessete. Mas ainda um bebê. Ele e Joe dão um abraço de camaradas e aperto de mãos elaborado.

— Por onde você andou, cara? — pergunta Dale.

Joe lhe entrega um cigarro, depois despenteia o cabelo dele.

— Dei um pulo na Califórnia.

— O que você perdeu por lá? — Dale franze a testa.

Joe balança o polegar para mim.

— Essa espertinha. Dale, essa é a Ever. Ever, esse é o Dale.

Apertamos as mãos. Eu sorrio. É surpreendentemente fácil sorrir depois de sentir o peso do corpo de Joe contra o meu.

— Ever é seu nome de verdade? — pergunta Dale.

— Não. Eu só gosto de ouvir essa pergunta mil vezes.

Tanto Dale quanto Joe riem. Voltei a ser petulante. Isso é uma grande coisa. Eu não era mais petulante havia muito tempo.

Dale fareja o ar.

— Sou só eu ou o sofá está com um cheiro estranho?

Joe e eu abafamos nossas risadas com tosse. Quando Dale percebe, ele dá um tapa em Joe.

— Que nojento, cara. Agora não vou mesmo pagar por isso.

— Você não ia pagar de qualquer maneira. — Joe coloca duas notas de vinte na mão do amigo. — Vá comprar alguma coisa bonita para aquela sua bebê fofa e diga que foi do Tio Joey.

O bebê Dale tem um bebê?

Dale revira os olhos.

— Ela tem quatro meses. As únicas coisas de que ela gosta são cores brilhantes e os peitos da minha namorada. Que, sinceramente, são duas coisas incríveis.

Voltamos para o apartamento de Joe em seguida. Eu lhe digo que ele é ótimo por cuidar de Dale. Sua preocupação com o garoto transparece.

— Ele é um bom garoto. E responsável também. Gosto quando as pessoas não somem e assumem a responsabilidade por suas merdas.

— Superioridade moral nem sempre foi parte do seu charme. — Dou um sorriso. — Se lembra quando você descobriu uma brecha no meu problema da camisinha na Espanha?

— Minha solução de verdade podia ter feito você me achar bobo. Eu queria demais estar naquela camisinha hipotética.

— Então somos dois.

— Sério? — Ele dá um sorriso malicioso. — Você também queria entrar naquela camisinha?

Nós dois rimos.

— Sinto como se estivéssemos em um limbo — ele me diz enquanto passamos pelo cenário familiar a que eu nunca prestei muita atenção antes. Eu vivia no piloto automático, esperando a vida começar quando ela já estava acontecendo.

— Nós *estamos* em uma espécie de limbo — admito.

— De quem é a culpa?

Minha. É tudo culpa minha. E, por causa disso, fico em silêncio. Diferente de Dale, eu sumi e não assumi nada quando se trata de Joe. Faz pouco tempo desde que comecei a fazer isso com a minha família. Pequenos passos, certo?

As narinas de Joe se inflam.

— Acho que eu posso ser um rato.

— O quê? — Viro a cabeça para olhar para ele.

— Um rato. Acho que eu sou.

— Desculpe, mas você vai ter que elaborar um pouco mais isso.

— Nos anos cinquenta, um cara chamado Curt Richter fez uma série de experiências com ratos. Os testes mostraram resiliência e poder de esperança. Basicamente, ele jogava ratos em um balde cheio de água e os observava se afogarem. Um grupo, ele deixou morrer. Alguns levaram minutos. Outros levaram dias. Mas, para outros, ele ofereceu ajuda e apoio. Na hora em que ele sentia que os ratos estavam prestes a desistir e se entregar, ele os puxava para cima, dando esperança, depois jogava de novo no balde. Ele descobriu que sua hipótese estava certa. Dando um vislumbre de esperança, os ratos decidiam lutar. Eles nadavam, reunindo qualquer energia que restasse neles para tentar sobreviver. Eu me sinto como um rato. Você me mostra uma brecha de esperança, e eu me jogo nela. Mas cansei de me jogar.

Eu o observo calada, sem saber o que falar.

— Eu não vou esperar você para sempre. — Ele acelera, ultrapassando três carros que estavam na frente. — Em algum momento, eu vou simplesmente afundar.

— Eu sei.

* * *

Pedimos comida chinesa e comemos no sofá, os pés em cima da mesa de centro. Jogamos *Jenga*, e ele vence. Duas vezes. Transamos na bancada da cozinha, no sofá e no chuveiro. Conversamos sobre os melhores filmes de terror já feitos e estamos em total acordo que *Corra!*, apesar de ser bem novo, é o mais assustador que já vimos. Depois assistimos a esse filme juntos, apenas para ter certeza de que não queremos mudar de ideia. Não queremos.

Quando vamos para a cama, enrugo o nariz e pergunto:

— Quantas mulheres você já... hum, divertiu no seu quarto?

Ele olha para cima, fingindo estar contando com os dedos. *Uma... duas... três...*

— Por volta de quarenta e cinco — ele fala de forma inexpressiva. — Diverti mais umas do que outras, mas quase todas tentaram comprar um ingresso para o próximo show.

— Galinha. — Faço uma cara de enjoo.

— Prefiro *indivíduo sexualmente livre*. — Ele me puxa para ele, dando um beijo nos meus lábios. — Não faça biquinho. Sexo é uma ótima distração. É uma maneira infalível de esquecer os problemas.

— Que tantos problemas você tem? — Brinco com o elástico da calça de moletom dele. Ele está sem camisa. Nós dois meio que desistimos da ideia de roupas no apartamento dele. Elas não servem para nada, já que estamos fazendo sexo de hora em hora.

— *Você* — diz ele, batendo a mão sobre a minha e me impedindo de abaixar sua calça. — Essa coisa toda parece uma despedida, e eu não gosto disso.

Passo a língua pelos lábios.

— Ainda não me decidi. Continuo procurando faculdades em Boston.

— O que está te impedindo de se mudar de volta para cá?

— O que está te impedindo de se mudar para São Francisco? — contra-ataco.

— Nada — diz ele com naturalidade, me surpreendendo. — São Francisco também tem docas, então eu teria um trabalho diurno. E tem editoras. Tem você. Mas ninguém me convidou. Esse é o meu empecilho.

Essa é minha deixa. Minha chance de lhe dizer que eu o quero do meu lado. Mas o medo é paralisante. Estou com medo no que nosso relacionamento amaldiçoado possa resultar. E se ele também morrer? Eu não vou sobreviver. Não vou. E agora que minha mãe está morta, e Dom está morto, eu simplesmente não quero perdê-lo. Tenho um pavor irracional de que alguma coisa aconteça com Joe. Talvez por saber que ele é minha única chance de felicidade, não suporto que alguma coisa aconteça com ele. Nunca. Mesmo se — ilogicamente — desistir dele signifique que eu nunca vou ser feliz.

E talvez seja a felicidade em si que me assusta. A ideia de que eu poderia rir de novo, com frequência, todos os dias. De que eu poderia sorrir. De que eu poderia esquecer o passado triste que deixei para trás.

Esse é o momento da verdade, e nesse momento da verdade, descubro que há uma parte de mim que ainda é covarde. Que ainda quer fugir e se esconder em uma existência cheia de solidão, séries e um gato que pode muito bem me odiar. Uma vida acomodada e entediante onde nada morre, mas nada realmente cresce também.

— Tudo bem. — Passo um dedo no seu tórax, estampando um falso sorriso. — Vou pensar no que escrever no convite. — Coloco a mão em volta da sua ereção. Está rígida e preenche a minha mão. Mas quando tento beijar seu pescoço, ele se afasta com um sorriso frio.

— Faça isso, Ever. Vou te dar um tempo para escrever.

Ele briga com uma camiseta para vesti-la, pega sua chave e sai.

*　　　*　　　*

Não sei a hora que Joe volta, mas é em algum momento no meio da noite. Quando ele entra, o cheiro do quarto fica como se tivesse sido encharcado de whisky e cigarros. Ele cai do meu lado no colchão e começa a roncar. Eu fico lá deitada, imóvel e acordada, meu coração batendo selvagemente.

Quero convidá-lo para São Francisco.

Quero estar com ele.

É idiotice, sem contar absurdo, ser destruída por uma coisa tão louca quanto pensar que somos amaldiçoados. Tão irracional que eu nem consigo articular isso para ele sem soar idiota.

Eu me reviro na cama a noite inteira. Meu voo de volta para São Francisco é hoje à noite, e eu ainda não sei o que vou fazer. Joe espera por uma resposta de onde estamos.

Vejo o raiar do dia. Eu me levanto e ando até a janela, olhando para fora. O quarto de Joe dá para os fundos de um mercado. Os cheiros do peixe do dia, ervas, temperos e comida sendo preparada sobem da rua.

Dou meia-volta e avanço em direção ao quarto. Pressiono a palma da mão na bochecha de Joe. Ele está lindo, quente e vivo. Meu coração se aperta com a imagem dele. Sempre foi assim. Eu nunca consegui resistir à magia de Joseph Graves. E me ocorre, de uma maneira deprimente, que realmente, eu não tenho nada a oferecer para esse cara. Ele é talentoso, lindo e completamente fantástico. Ele está totalmente pronto, com sua própria personalidade, características, ideias e desejos. Já eu, mal consigo descobrir o que eu quero fazer da minha vida. Eu só vou atrapalhá-lo. E ele deixaria. Porque esse é o tipo de cara que Joe é.

Estou fazendo um desserviço dormindo com ele, confundindo o que restou a ele do seu falecido irmão, as memórias preciosas que eles têm juntos.

E mesmo se eu conseguisse dominar todas as minhas inseguranças — que, vamos admitir, são excessivas —, ainda assim fico com um fato desconfortável: acho que alguma coisa ruim vai acontecer se nós nos tornarmos um casal.

O universo rejeitou a ideia de *nós* várias e várias vezes. Quem sou eu para desafiar?

Sem fazer barulho, e com o coração pesado, apanho minha bolsa de viagem e começo a juntar minhas coisas. Paro apenas para olhar o barco de madeira que ele pegou de Dom. Eu sei que Joe não pegou porque ele sentia saudades daquelas férias de verão. Ele pegou por minha causa. E pensar em partir seu coração pela segunda vez faz meu estômago se revirar.

Quando termino, pego uma caneta e um bloco na cozinha e escrevo um bilhete.

> Querido Joe,
> Me desculpe por eu ser o balde de água da nossa relação. Me desculpe por você ser o rato. E mais do que tudo, me desculpe por eu ter ido com a Pippa para aquela festa na praia tantos anos atrás. Porque isso resultou em tanto sofrimento para todo mundo que conhecemos, e duas vidas perdidas.
> Eu te amo, e é por isso que eu estou te deixando.
> Sua, mesmo de longe,
> Ever.

Fecho a porta atrás de mim. Desço a escada. Esperar o elevador parece tão mundano, tão trivial depois do que acabei de fazer. Cortei a corda. Tomei uma decisão. E me sinto uma merda por isso.

Quando estou do lado de fora, pego um Uber até a cafeteria no fim da rua. Preciso colocar alguma distância entre mim e Joe . Percorro o caminho todo tremendo. Estou enjoada. Quero parar um estranho andando na rua e contar o que eu fiz.

Entro na cafeteria e peço um café com leite e abóbora picante. Eu nem gosto dessa bebida. O Uber chega e me leva para a casa do Colt. O motorista me dirige um olhar engraçado pelo espelho retrovisor e pergunta se está tudo bem.

— Sim — digo. — Tudo bem. Por quê?

— Porque você está chorando…?

Toco no meu rosto. Eu *estou* chorando.

— Desculpe. — Enxugo os olhos rápido.

Quando chego na casa do Colt, toco o interfone do seu prédio elegante. São sete horas da manhã. Ele atende depois do quarto toque.

— Porra. Vou chamar a polícia, moleque.

— Oi para você também — falo devagar. Há uma pausa do outro lado. Até no meu pior momento, sempre estou a fim de uma zoação com o Colt.

— *Ever?* — ele pergunta sem acreditar.

— Quem mais ia aparecer na sua porta como uma doida chorosa antes dos passarinhos acordarem?

Ele abre o portão eletrônico. Sem fazer perguntas. Subo no elevador e bato na porta com a bolsa de viagem e os olhos inchados. Colt abre a porta e me deixa entrar. Ele está usando pijama de flanela e franzindo a testa.

— Nor está dormindo. Entre. — Ele faz um sinal com a cabeça. Eu o sigo para dentro. Ele liga a cafeteira. Ah, droga. Eu nem me preocupei em pegar o café na cafeteria. Não consigo pensar direito.

Colt dá uma boa olhada em mim e entende o que eu estou pensando.

— É melhor eu acordar a Nor. Espere aqui.

Ele sai apressado para o quarto. Nesse meio-tempo, olho em volta, admirando a vida nova de Nora. É um lindo apartamento, todo montado com eletrodomésticos de aço inox, armários planejados e um terraço. É o mais longe possível do nosso pardieiro. E ela negou tudo isso por tanto tempo só porque eu estava lá.

Nora aparece no corredor, esfregando os olhos.

— Ei, querida! Achei que tivéssemos um brunch às dez horas.

Inspiro com força.

— Terminei com o Joe.

— Ah, meu bem!

A cachoeira começa de novo, e Colt, que tinha acabado de voltar do quarto, estremece e diz:

— Essa é minha deixa para ir comprar café da manhã. Esperem aqui, madames.

Ele desce de calça de flanela e um casaco de capuz, tudo para evitar o chororô.

Nora me aninha nos braços e beija minha têmpora.

— Eu nem sabia que vocês estavam juntos. Por que fez isso? Você é louca por aquele babaca.

— Ele está melhor sem mim.

— Que coisa idiota de se dizer.

Eu me afasto.

— Não. Nora, eu estou falando sério. Nossa relação é amaldiçoada. Toda vez que ficamos juntos, alguma coisa acontece. Minha mãe. Dom. E se alguma coisa acontecer com ele? Eu nunca vou conseguir me perdoar.

Ela olha para mim, estupefata.

— Você só pode estar brincando. Isso não faz o menor sentido.

Porque eu não quero ser desmancha-prazeres e porque, de verdade, não há nada mais a dizer, eu forço um sorriso e falo:

— Amei este apartamento.

O rosto dela se ilumina logo em seguida.

— Não é incrível? — Ela também olha em volta, tentando ver pelos meus olhos.

— Sim. Quando é o casamento?

— Abril. Temporada das flores de cerejeira. Vai ser o máximo, querida.

— Como eu posso ajudar? — pergunto, porque, sinceramente, é isso o que se deve fazer quando uma das suas melhores amigas diz que vai se casar em alguns meses.

— Bem, na verdade, estamos pensando em fazer uma coisa um pouco especial nos convites, e eu sei que você tem talento para desenhar e tal... — Ela sorri, a cor voltando às suas bochechas.

Fico um tempo sem palavras até ganhar eloquência de novo e falar:

— Ai, meu deus, sim. Claro. Vai ser um prazer. Uma honra! — Eu me corrijo.

Ela bate palmas animada.

— Obrigada.

— Vai ser quinhentos dólares o design.

O sorriso dela some. Solto uma gargalhada e dou um empurrão nela. Ela me empurra para trás.

— Babaca.

A porta abre, e Colt entra com uma sacola de papel cheia de alguma coisa frita e gordurosa pelo cheiro.

— Madames, cheguei.

Ele para quando nos vê de mãos dadas. Nós estamos eufóricas e animadas. Ele se vira para Nora, perplexo.

— Como você fez isso?

— Como eu fiz o quê? — pergunta ela.

— Deixá-la feliz e... não sei, sem chorar mais?

Dou uma risada.

— Ela contratou meus serviços de artista. Vou fazer os convites de casamento de vocês. Está com medo?

— Só se você colocar crânios e lápides neles. — Colt faz uma careta. Em seguida, quando não recebe nenhuma resposta de minha parte, acrescenta: — Por favor, não coloque crânios nem lápides neles.

— Lá se vai minha liberdade criativa. — Suspiro.

— Qual é o rombo? — Ele se vira para ela.

— Esse é por conta da casa — digo. — É o mínimo que eu posso fazer depois de todo o dinheiro que Nora gastou com aluguel.

Passo o resto do dia com Nora e Colt, e eles me levam para o aeroporto na hora do meu voo. Passar o tempo com eles foi a melhor coisa que eu podia fazer, porque me distraiu de Joe. Mas agora que estou no aeroporto, fazendo o check-in, olho para o telefone e percebo que Joe não ligou. Também não mandou mensagem. Mas todos as outras pessoas da minha vida mandaram.

> **Pai:** Renn vai buscar você no aeroporto. Me ligue quando pousar.

> **Donna:** Espero que tenha corrido tudo bem. Nos avise se precisar de alguma coisa.

> **Renn:** Diga ao piloto para não se atrasar. Hoje é noite de pizza e pôquer no Clayton.

Respondo aos três e ando pelo terminal. Ainda não passei pela segurança. Alguma coisa me impede. Sei exatamente o que é essa coisa: Joe.

Uma parte de mim ainda espera por outra virada no nosso destino. Rezo por um momento perfeito de filme em que Joe vai atrás de mim no aeroporto e me declara seu amor. Quando fecho os olhos, quase posso vê-lo. Correndo desesperadamente, me pegando nos braços, se ajoelhando...

Você não é um peso, Ever. E eu não me importo que você ainda não saiba o que fazer da vida. Eu te amo do jeito que você é. Nós não somos amaldiçoados. Vamos fazer isso funcionar, você está me escutando?

Mas não estou em um filme e isso não acontece. Nem deveria. Não entendo a minha própria hipocrisia. Desde o início, do tempo que passamos na Espanha, foi Joe que me salvou, que cuidou de mim, que me cortejou, que nunca desistiu de mim. Foi ele que quis que trabalhássemos juntos. Criássemos juntos. Foi ele que foi até São Francisco. De algumas maneiras, eu também me tornei um pouco rato. Viciada na próxima dose. Ser desejada e assegurada de que ele ainda estava lá, indo atrás de mim, me amando, lutando por mim.

Joe merece mais. Ele merece alguém que esteja querendo lutar por ele, porque ele é alguém por quem vale a pena lutar. Mais do que qualquer coisa, ele merece uma garota que não deixaria um medo ilógico e paralisante de ser amaldiçoada atrapalhar tudo.

E essa garota não sou eu.

Porque acredito piamente que eu sou amaldiçoada.

*　　*　　*

É só quando eu passo pela segurança que começo a perceber a magnitude do meu erro. De ir embora da maneira como eu fui. Sem conversar. *De novo*.

Pego o telefone e digito uma mensagem para ele.

Ever: Acho que cometi um erro terrível.

Um minuto se passa. Depois dois. Depois vinte. Ele não responde. Suas palavras de ontem me atingem em um lugar profundo.

Em algum momento, eu vou simplesmente afundar.

Talvez a morte final no nosso caso seja a esperança de Joe.

— Senhora? Poderia colocar seu telefone no cesto?

A solicitação me traz de volta à realidade. Tiro os sapatos e passo pelo detector de metais. Reúno as minhas coisas. Vou para o portão em transe. Quando chego lá, eu me sento e encaro o telefone. Começo a digitar de novo. Não consigo parar.

Ever: Alerta de spoiler: estou prestes a soar como uma covarde de primeira.

Ever: Achei que você fosse vir atrás de mim no aeroporto.

Ever: Sabe? Como nos filmes?

Ever: Essa é sempre a melhor parte nas comédias românticas. *Casablanca*. *A Primeira Noite de um Homem*. *Harry e Sally*. *Quase Famosos*.

Ever: (Sim, estou listando cronologicamente porque sei que você vai gostar.)

Ever: (E, sim, sei que deixei *Simplesmente Amor* de fora, não tenho certeza se você assistiu. Tem tantas coisas que eu não sei sobre você.)

Ever: Eu só precisava de uma garantia que nossa relação não é amaldiçoada.

Ever: Porque a verdade é que eu me sinto tão despreparada para ficar com você. E estou morrendo de medo de que alguma coisa ruim aconteça se ficarmos juntos de novo. Esse parece ser o padrão.

Ever: Terminei agora. Faça o que quiser com esse monte de spam de merda que eu mandei.

Ever: Na verdade, tenho mais uma coisa a dizer: Me desculpe. Por tudo.

Quando chega a hora de eu entrar no avião, ele ainda não respondeu.

VINTE E NOVE

Se eu tivesse que descrever o voo de volta para São Francisco em uma palavra, é bem provável que escolhesse *excruciante*. Se eu tivesse que escolher três: *excruciante pra caralho*. De todas as decisões corretas que tomei esse ano, incluindo, mas não apenas, me mudar de volta para São Francisco, me reconectar com meu pai e com Renn, decidir voltar a estudar, devolver o anel de noivado para Gemma, a única decisão que importava, a mais importante de todas, foi a que eu pisei na bola.

— Dez minutos para pousar — anuncia o comandante. Um torpor toma conta de mim. O caráter definitivo da minha decisão me atinge com força total.

Nenhuma notícia de Joe. Ele disse que tinha cansado de ir atrás de mim e lutar. Ele estava falando sério.

— É verdade. — Pressiono a testa na janela fria, fechando os olhos. — Cometi um erro terrível.

— Você acha? — O cara sentado do meu lado arrota. — Para mim, parece que você fez a escolha certa quando não comeu aquela comida de avião suspeita. Estou começando a me arrepender do sanduíche de atum.

Eu me viro para olhar para ele, que parece ter cerca de cinquenta anos, um início de calvície, está de terno e tem um sorriso fácil.

— Caramba. Tinha maionese?

— Acho que sim.

— As próximas quarenta e oito horas serão desafiadoras.

Ele concorda com a cabeça.

— Esse é o meu arrependimento. E o seu? Por que você cometeu um erro terrível?

— Terminei com o amor da minha vida por causa das minhas inseguranças. Não é a primeira vez que eu me afasto dele. Estou sentindo que essa foi a gota d'água. Ou melhor, esse é o momento em que o rato se afogou. — A analogia de Joe surge na minha cabeça.

O cara estala a língua.

— Roedores são bem difíceis.

— Esse aí principalmente. — Afundo no meu assento, ficando mais ansiosa a cada minuto.

— Você ama esse rato?

— Amo.

— Você acha que esse rato também te ama?

Não mais, considerando meu comportamento nos últimos sete anos.

— Espero que sim.

— Só tem uma maneira de descobrir se ele realmente se afogou. Aceite isso de um advogado de divórcios que já viu de quase tudo nessa vida. Existe um plano infalível para descobrir se o seu namorado quer você ou não.

— Qual? — pergunto, ansiosa.

— Pergunte para ele.

— Mas… mas… — Não consigo acreditar nas palavras que estão prestes a sair da minha boca. — Eu sou amaldiçoada, sabe? Minha mãe morreu tentando me salvar de ser atropelada por um trem. E então meu noivo morreu comprando absorventes para mim, mesmo eu não *precisando* de absorventes. Desculpe, desculpe. — Abano as mãos, nervosa. — Informação demais. A questão é que qualquer um que chega perto de mim sofre.

— Qualquer um? — O homem ergue as sobrancelhas, claramente cético. — Acho que devem ter mais pessoas à sua volta do que só eles dois. E o seu pai? Irmãos? Amigos? Os amigos *deles*?

— Bom…

— Seus colegas de trabalho? Família estendida? E seu namorado de colégio? E o que veio depois dele? E esse avião? Está prestes a pousar em segurança, não está? Não sei não, moça. Acho que você está se atribuindo superpoderes que não pode garantir de verdade.

Ele está certo. Para cada minha mãe e Dom, há meu pai e Donna e Joe e Renn vivendo a vida deles da melhor maneira possível. Quem sou eu para me considerar uma maldição triste e horrível?

E talvez houvesse uma maldição triste e horrível, mas não foi necessariamente o que aconteceu com minha mãe e Dom. Talvez a maldição seja a maneira como eu encaro tudo. Através de vidros escuros de desgraça e melancolia. Talvez a maldição seja a maneira como eu vejo o mundo. Meu medo da felicidade.

O que aconteceu com minha mãe foi horrível, sim. Mas foi um acidente. E Dom estava vivendo no limite havia muito tempo, com ou sem mim.

E olhe todo o resto. Achei que meu pai e Renn me odiassem por anos, quando na verdade eles queriam ter uma relação comigo. Achei que Dom fosse uma boa ideia. Que eu não merecia Joe.

— E aí? — O homem do meu lado arrota de novo. — Você vai perguntar para esse rato se ele gosta de você ou não?

— Vou — eu me ouço dizendo. — Vou. Agora mesmo.

*   *   *

A ficha cai bem na hora em que as rodas do avião batem na pista do aeroporto de São Francisco.

A Califórnia tem a minha alma, mas Massachusetts tem o meu coração.

E eu não posso mais ignorar os desejos do meu coração.

Eu entendo Joe. Ele está cansado. Cansado de ir atrás de mim. Cansado de se arriscar comigo. Cansado de entrar em aviões por mim. Pela primeira vez, o fato de que ele está desistindo de mim penetra no meu corpo. Penetra *de verdade*, e junto com ele, uma epifania: eu não posso viver sem ele.

Uma vez ele me disse que pode viver sem mim, só não quer. Mas eu não posso continuar a vida sem vê-lo. Sem beijá-lo. Sem saber o que ele pensa sobre as coisas mais banais que acontecem conosco no mundo.

Eu entendi tudo errado. Não era ele que devia ter ido atrás de mim no aeroporto. Eu que devia ter ido atrás dele.

Nós não somos amaldiçoados. Essa não é a maneira como eu devia olhar para tudo. Pelo contrário. Apesar de tudo o que aconteceu, nós sempre encontramos um caminho em direção ao outro. No mínimo, somos um milagre. Nós *devíamos* ficar juntos. Quantas pessoas no mundo têm uma segunda, terceira e quarta chances?

O universo não está nos separando. Está nos juntando. De novo, e de novo, e, meu deus, de novo.

Preciso ir até ele.

Preciso dizer a ele como eu me sinto.

Não, ele já sabe como eu me sinto. Preciso dizer que ele está fora da prisão. Que o rato foi puxado do balde de água e está salvo.

Fiz uma escolha.

Eu o escolhi.

As portas do avião se abrem, e as pessoas rastejam para a saída. Abro caminho no meio da longa fila de passageiros. Empurrando ao passar pelas pessoas tentando pegar suas malas nos bagageiros.

— Passando. Com pressa. Por favor, saiam do caminho.

No geral, a epifania acontece *antes* de você entrar no avião. Às vezes, dentro do avião, se você quiser ser superoriginal. Mas nem uma vez vi um filme ou uma série onde a mocinha imbecil vai até o seu destino, sai do avião, depois volta para o guichê da companhia aérea.

Sim, aqui estou eu, batendo na bancada, ofegante e suada.

— Preciso de um bilhete só de ida para o Aeroporto Logan. O mais cedo que você tiver. Não posso perder tempo.

A mulher atrás do guichê obviamente discorda. Ela olha para mim através do seu cobertor de cílios falsos, ergue uma sobrancelha bem desenhada e sem pressa nenhuma digita alguma coisa enquanto olha para a tela. Ela parece demorar de propósito. É assim que as pessoas se transformam em assassinos? Dizendo a alguém que uma coisa é urgente e então vendo a pessoa em questão molengando?

— A senhora disse Aeroporto Internacional Logan?

— Hum.

Hum? Que tipo de resposta é essa?

Tento apelar ao coração dela.

— Por favor. É urgente. Preciso chegar lá rápido.

— Mas ninguém precisa tirar o pai da forca, senhora — diz ela impaciente. — Todos nós temos coisas para fazer. Por favor, tenha paciência.

Ela leva mais alguns minutos — *claro* que o sistema no computador dela escolhe esse exato momento para cair — antes de anunciar.

— Tem um voo saindo amanhã de manhã. Às seis horas.

— Não, não. — Balanço a cabeça, desesperada. — Preciso de alguma coisa antes.

— A senhora está sem sorte. Não tenho nada.

— *Por favor* — falo, engasgada. Sou capaz de implorar. — Eu realmente não quero virar as costas e sair desse aeroporto. Eu preciso voltar.

Ela revira os olhos, depois digita alguma coisa no teclado. Ela aquiesce para a tela, como se estivesse falando com ela.

— Tem um voo embarcando em quarenta minutos. Mas eu só tenho um assento livre.

— Sim! Eu quero! Eu sou só uma!

— ... na classe executiva. Dois mil e quinhentos dólares.

— Ah. — Hesito antes de elevar os ombros. — Sim. Eu quero.

Sem problemas. É só um mês de trabalho para mim. Em um emprego que eu não tenho mais. Entrego o cartão de crédito para a moça do guichê de passagens e rezo a deus para o pagamento não ser recusado. Prendo a respiração enquanto ela espera a confirmação para seguir em frente. Depois relaxo de alívio quando a passagem começa a ser impressa.

Ela a entrega para mim, ainda com uma expressão blasé.

— É melhor correr, ou o avião vai sair sem a senhora.

Corro como se minha bunda estivesse pegando fogo. Até eu chegar na segurança, onde furo a fila e explico a situação, desesperada e tagarelando, para as pessoas que reclamam. Então corro para o portão. Em seguida, corro para *dentro* do avião. E, pronto, estou em outro voo de cinco horas para Boston.

Só que desta vez, não fico remoendo todas as coisas que fiz de errado. Penso em maneiras de consertá-las.

E, também, vamos combinar como é trágico que a primeira e provavelmente única vez que vou andar de classe executiva eu esteja distraída demais até mesmo para olhar em volta?

Junto minha família rapidamente criando um grupo. Consistindo de Donna, Renn, meu pai e eu.

Ever: Estou em um avião voltando para Boston.

Renn: Por quê? Esqueceu o carregador lá?

Renn: Tô brincando. Que porra é essa?

Pai: Repito a pergunta do seu irmão (só que menos eloquente).

Ever: Preciso fazer uma coisa.

Donna: Você pode ser um pouco menos enigmática?

Ever: Preciso reconquistar o Joe.

Donna: Estamos muito orgulhosos de você! (e um pouco preocupados...)

Pai: Avise quando pousar.

Renn: Amor jovem é uma droga mesmo. Por isso não quero nada disso.

*   *   *

Pouso no Aeroporto Internacional Logan de manhã cedo. Fracos raios de sol furam as nuvens, fazendo-as parecerem almofadas fofas de alfinetes. Eu me sinto como se não dormisse há anos. Meus músculos estão doendo. Meu coração bate devagar. Ainda assim, nunca estive tão pronta para fazer alguma coisa na vida.

Sigo para a fila de táxis. Em algum lugar nas últimas vinte e quatro horas eu perdi minha bolsa de viagem, mas eu nem me importo. Tenho a carteira comigo, e é tudo de que eu preciso. Quando entro no táxi, dou o endereço de Joe para a mulher. São cinco horas da manhã, e acho que consigo pegá-lo antes do trabalho se a motorista dirigir além do limite de velocidade.

— Salém, hein? É uma estrada — diz ela.

— Pago em dobro se você correr — digo a ela do banco de trás, mais uma vez canalizando meu Bill Gates interno. Estou me sentindo ousada com minha conta bancária hoje.

A mulher de meia-idade me olha com curiosidade por cima do ombro.

— Vou te dizer uma coisa: que tal eu não matar nós duas e você respirar fundo para se acalmar?

— Que seja — murmuro. Meg Ryan teria feito um charme até ela concordar, mas tanto faz.

O trânsito do aeroporto está dolorosamente lento. Então entramos em Salém, e a estrada principal está em obras. Chego ao prédio de Joe meia hora depois do que eu esperava. Toco o interfone, mas ninguém responde. Tenho quase certeza de que ele não quer me ver mesmo. Infelizmente para ele, ele não tem escolha.

Pego o telefone e ligo para Gemma, totalmente consciente de que está cedo demais para ligações sociais. Ela atende no quarto toque, mas soa totalmente acordada.

— Oi, Ever, está tudo bem?

Ela soa completamente alheia ao meu drama com Joe. Não é uma surpresa. Ele não é de ficar contando as coisas para outras pessoas.

— Sim. Quer dizer, não. Não sei ainda. — Balanço a cabeça. — Eu esperava encontrar o Joe, mas estou tentando na casa dele e ele não está atendendo.

— Bem, ele provavelmente está no trabalho a essa hora. Ele começa muito cedo. — Gemma fala de forma tranquila. — Por que você não tenta encontrar ele lá?

— Tá bem. Sim. Vou fazer isso. — Há uma pausa estranha antes de eu perguntar: — Onde exatamente ele trabalha nas docas?

Ela me dá o endereço no Porto Pickering Wharf, e eu escrevo nas costas da minha mão antes de chamar um Uber.

É outra viagem, mas dessa vez é rápida e relativamente indolor. Passo a viagem tentando domar meu cabelo e disfarçar o sono na forma de olheiras.

Então finalmente — *finalmente* — chego. Salto do Uber e corro em direção ao monte de caminhões e contêineres de carga. Há pessoas em volta usando capacetes cor de laranja e coletes de segurança combinando.

— Joseph! — Grito para alguns homens lá, completamente sem fôlego. — Estou procurando Joseph Graves. Ou só Seph. Ou só Joe.

Eles erguem os olhos da prancheta que um deles segura e me examinam. Devem achar que eu sou maluca. Eles não estão muito errados.

— Você está procurando o Joe? — um deles pergunta.

— Estou — digo. — Sim, estou. Estar procurando o Joe é um baita eufemismo. — Mas talvez eu deva guardar essa declaração para o homem que vim procurar aqui, e não para essa pessoa qualquer. O cara ergue uma sobrancelha, obviamente reavaliando se ele deve revelar o paradeiro do colega. Pela primeira vez na minha vida, eu me sinto descaradamente eu mesma. Livre e indomável.

— Quem é você?

— A noiva do irmão dele que morreu. — Faço uma pausa. — Ah! E ex-namorada dele. — Paro e franzo a testa. — Espero que namorada atual também. Se as coisas derem certo para mim.

Um dos homens se vira para os outros dois.

— Sabia que ele era excêntrico, mas isso já é exagero.

Eles riem. Não me importo. Só quero encontrá-lo.

Finalmente, o cara com a prancheta inclina o queixo na direção da água.

— Está vendo aquela empilhadeira lá?

— Estou.

— Ele está lá dentro. Boa sorte em chamar a atenção dele. Ele escuta rock a todo volume.

Corro para lá com um sorriso imenso no rosto, porque é tão típico de Joe fazer isso. Escutar música furiosa enquanto levanta a merda do peso. Vejo um vislumbre da empilhadeira amarela antes de ver Joe. Quanto mais perto chego, mais ele fica à vista. Ele parece péssimo, a testa franzida, os lábios finos. Nunca esteve tão bonito na vida. Ele está nas docas, em frente a um navio, descarregando caixotes gigantes. Estou quase me aproximando dele quando uma mulher se põe entre mim e a empilhadeira.

— Licença, aqui é propriedade privada.

— Eu entendo, mas está vendo esse cara atrás de você? — Aponto por cima do ombro dela. — Ele é o amor da minha vida, e eu preciso dizer isso para ele.

Estou explodindo de animação, esperando que ela faça *Ahh* e *Por que você não disse antes?* E saia do meu caminho. Alguém pode finalmente me conceder um momento perfeito de filme?

— Quem, o Joe? — Ela olha para a empilhadeira, fazendo uma bola de chiclete. — Bem, você pode dizer isso de onde você está. Não pode passar, senhora. Estamos descarregando coisas caras aqui.

— Sério? — resmungo. — Eu não vou roubar nada.

— E eu não ia comer uma fileira inteira de biscoitos ontem. Mas então comi. Ser volúvel é da natureza humana. Fique aqui e chame ele.

Quando percebo que não há como argumentar com ela, começo a agir como se fosse completamente louca. Acho que mereço isso, depois de tudo o que fiz o Joe passar.

Boto as mãos em volta da boca e vou em frente.

— Joe! Joseph!

Ele não me escuta. Ele está com fones de ouvido imensos.

— Joe! Ei! Aqui! Joe! Joe!

Começo a correr em uma linha paralela à direção tomada pela empilhadeira. Ele continua seu trabalho, alheio. Levantando caixas na empilhadeira. Colocando-as em outro lugar. Depois, de novo. E de novo.

— Joe! Ei! Ei!

Estou vendo que dúzias de pares de olhos estão me olhando e achando graça. Todos os outros estivadores em volta, menos Joe, notaram que estou tentando chamar a atenção dele. Continuo correndo na mesma linha de Joe, os olhos nele, até colidir com uma caixa imensa e cair no chão.

— Ai!

Isso, afinal, é o que chama a atenção dele. Talvez seja o barulhão que fiz quando bati na caixa de metal. Joe empurra um dos fones para baixo e vira a cabeça. Ele aperta os olhos, depois franze a testa. Eu não acho que ele fica muito feliz de me ver. Meu coração se aperta.

— Ever? — pergunta ele com frieza.

— Joe! — dou um gemido.

Ainda estou caída no chão. Joe desliga a empilhadeira, mas não faz nenhum movimento na minha direção. Tenho a sensação de que ele suspeita que eu vim aqui apenas para lhe dizer de outra maneira criativa que nunca vamos poder ficar juntos. Eu me levanto e tiro a poeira, ignorando nosso público crescente e a vergonha que devo estar causando a ele.

— Joe, eu voltei. — Abro os braços no ar, sorrindo como uma idiota.

— Estou vendo. — A expressão dele é séria.

— Podemos conversar?

Ele ergue uma sobrancelha.

— Você não vai fugir no meio da conversa? Parece ser sua especialidade.

— Ui! — A mulher que encrencou comigo ri.

Balanço a cabeça, sabendo que mereço tudo isso e ainda mais.

— Prometo que não vou fugir, a não ser que você tente me matar, e... sinceramente? Se eu estivesse no seu lugar acho que também tentaria. Mesmo assim, eu deixaria você sair correndo primeiro.

— A má notícia é que falta muito para você se redimir. Mas despertou meu interesse. — Ele sai da empilhadeira, cruzando os braços.

Ele soa frio. Distante. Ausente. Eu não o culpo. Tem sido um pesadelo ele me amar. E ele me amou assim mesmo.

— Comprei uma passagem de primeira classe para cá. — Dou uma risada envergonhada, cobrindo o rosto com as mãos.

— Tá bem. — Ele levanta uma sobrancelha. — Ganhou alguns pontos por determinação. *Por quê?*

— Por quê?! — Rio para mim mesma, agitada, e desesperada, e tão profundamente apaixonada por ele. — Porque eu te amo. Porque eu não quero te perder de novo. Nunca mais. Eu li sobre aquele experimento do Curt Richter a caminho daqui — digo a ele. — E sei tudo sobre os ratos. Os ratos selvagens lutaram pela sobrevivência. Eles eram impressionantes. Não desistiram. Você é o meu rato, Joe. Eu quero que você seja o meu rato. Prometo não te colocar mais em águas profundas. De agora em diante, vamos nadar juntos.

Fico examinando o rosto dele. A única coisa que me importa é a sua reação, não a imensa declaração em público que acabei de fazer. Ele pisca algumas vezes, me avaliando. Ele ainda está do lado da empilhadeira. A uns bons seis metros de distância de mim, pelo menos.

— Por que dessa vez é diferente das outras? — insiste ele. — Como eu vou saber que você não vai embora amanhã? Ou no dia seguinte? Ou em um mês? Eu não consigo mais fazer isso, Ever. Não posso mais colocar meu coração nas suas mãos escorregadias.

— Elas não estão mais escorregadias! — Eu quase imploro, jogando as mãos para cima. — Juro. Estão firmes como as de uma cirurgiã. O que me fez hesitar não foi a questão de te amar ou não, nunca houve nenhuma dúvida na minha cabeça quanto a isso. Era para te poupar do sofrimento de estar comigo. Achei que eu fosse amaldiçoada ou qualquer coisa assim e não queria que você… Não sei, eu não queria que nada acontecesse com você, acho. Como aconteceu com a minha mãe e o Dom.

Cada pessoa que nos observa parece perdida, entretida e um pouco preocupada por causa do Joe. Joe, em si, parece acima de tudo exausto.

— Ever, você acabou comigo, me dilacerou.

— Eu sei.

— E escolheu meu irmão em vez de mim.

— Não. Não, eu não escolhi. Eu nunca teria ido em frente com o casamento; eu consigo ver isso agora. Eu *sei* disso no fundo da minha alma, Joe. Sempre foi você. Sempre.

— Você foi instável, indecisa e dividida em relação a mim desde o início.

— Ei. — Ergo as mãos no ar. — Isso não é verdade. Eu sempre te amei. Só que nem sempre eu tive certeza de que o amor fosse suficiente para superar nossos obstáculos. Mas eu tenho agora. Eu tenho certeza.

— Cem por cento? — pergunta ele.

— Cento e dez por cento — asseguro a ele.

Há um segundo de silêncio. O cara da prancheta joga as mãos para o ar.

— Pelo amor de deus, beije ela logo. Temos mais três entregas para descarregar antes das dez!

Com uma gargalhada, Joe corre na minha direção, e eu corro na direção dele — sim, invadindo — e colidimos um no outro, nossos lábios se encontrando. O beijo logo fica salgado. Com minhas lágrimas. Com as lágrimas dele. Nós rimos, os dentes se chocando. Eu não escovo os dentes há vinte e quatro horas, mas tenho certeza de que ele não se importa. Ser estranha e um pouco nojenta perto dele parece ser um tema recorrente, e resolvo acolher isso.

— Desculpe — digo a ele. — Mil desculpas.

— Pelo quê? — Ele não consegue parar de me beijar.

— Por tudo. Eu devia ter escolhido você sempre. Eu nunca devia ter virado as costas para você. Nem mesmo quando minha mãe morreu.

— Uma coisa boa é que eu sei como você pode me compensar. — Ele me levanta pela parte de trás das coxas, enlaça minhas pernas na sua cintura e me carrega para longe do cais.

O cara da prancheta está gritando para ele que seu turno acabou de começar, mas Joe e eu sabemos que ele vai entregar sua demissão antes de o dia terminar.

— Como eu posso te compensar? — murmuro nos lábios dele.

— Nunca mais vá embora.

EPÍLOGO

Um ano depois.

— Não fique nervoso. — Pressiono a bochecha contra as costas de Joe, abraçando-o por trás. Ele se atrapalha com o pacote de chiclete de nicotina na mão antes de colocar duas gomas na boca.

— Que diabos é *nervoso* mesmo? A palavra soa familiar. Infelizmente...

Essa é a maior mentira que ele já me falou. A *única* que ele pode ter me contado na vida. Porque em alguns minutos estaremos os dois saindo desse quarto de hotel, pegando o elevador para o Vine, um restaurante chique em um dos hotéis mais renomados de Nova York, e celebrando o lançamento do seu livro com um jantar oficial.

Para Sempre vai ser publicado amanhã — terça-feira — e estará disponível em todas as grandes livrarias. Tem um título novo, uma capa linda e elogios do início ao fim dos principais jornais.

— Claro que você não está nervoso. — Eu o viro, fazendo-o me olhar nos olhos. — Só estou espelhando em você o que eu mesma estou sentindo.

— Está mesmo. — Ele me beija suavemente enquanto pega o meu rosto nas palmas das suas mãos. Ele tem gosto de chiclete de nicotina. — Merda. Detesto não fumar.

— E eu detesto a ideia de você morrer de câncer e me deixar. — Puxo a gravata dele brincando, mordendo seu lábio inferior. — Então aguente.

Foi no segundo aniversário de morte de Dom que Joe decidiu parar de fumar em honra à luta do irmão contra o câncer. Faz três meses agora, e Joe ainda está sofrendo por isso.

Pego o livro na mesa de cabeceira perto de nós. *Para Sempre* é uma ficção literária com uma pitada de mistério, algumas reviravoltas e muita busca pessoal. Joe mudou o nome do protagonista para Ever — *Everett* —, mas toda vez que eu penso no novo título, sei que foi uma referência a mim. Nós nos ajudamos a voltar a criar quando fazer alguma coisa nova parecia tão louco quanto aprender a voar.

Passo a palma da mão em cima da capa dura. É azul e vermelha com a paisagem de Nova Orleans no fundo.

— Amo tudo neste livro.

— Claro que ama. — Joe beija minha bochecha, depois pega o livro e o enfia na gaveta. Ele ainda fica com vergonha de se chamar de escritor. — É uma elaborada carta de amor para você.

— É sobre um cara que tem um ano de vida pela frente, e fode com todo o mundo no processo. — Franzo a testa.

— Sim, bem... — Joe abana uma mão. — É isso aí...

Descemos no elevador. Um maître nos recebe na frente do Vine. Um espaço preto e dourado com música suave e sons de utensílios batendo. Os dedos de Joe flutuam para a base da minha coluna, que está exposta em um vestido preto com decote profundo nas costas. A hostess nos mostra uma mesa comprida, onde, já à espera, estão Gemma, Brad, meu pai, Donna, Renn, Sarah, o *marido* dela, Rich, Nora (casada e feliz), Colt (obviamente também), e Pippa, que levou seu novíssimo namorado cujo nome eu me recuso a decorar até ele passar no teste de três semanas.

Também está a agente de Joe, Bianca, e um executivo da editora, que veio com sua mulher e uma pilha monstruosa de livros para Joe assinar.

Quando eles veem o meu namorado, todos se levantam e batem palmas. Nossa mesa atrai olhares curiosos dos outros clientes do restaurante. Pego a mão de Joe e a levanto no ar em triunfo, porque é uma imensa vitória que ele tenha conseguido ter seu livro publicado. Ele já assinou contrato para outro livro com a mesma editora.

O *New York Minute* chamou *Para Sempre* de "evocativo e selvagem". O *Flying Pen* disse "Joseph Graves é um grande contador de histórias", e o *Books Tribune* considerou o romance "emocionante e inesquecível". Joe pode ser humilde demais para se ver como um escritor de sucesso, mas eu, uma observadora (quase) objetiva, posso dizer que ele já é.

— Ainda não acredito que estou dormindo com um deus da literatura — murmuro no ouvido de Joe enquanto avançamos para nosso lugar na mesa. Ele está apertando as mãos das pessoas e sussurra de volta entre um sorriso bem disfarçado:

— Também não acredito. Com quem você está me traindo?

Dou uma risada e o puxo para se sentar perto de mim, mas ele continua em pé. Ergo o olhar. Ele apanha uma garrafa de vinho e enche uma taça para mim e outra para ele. Depois pega sua taça e bate nela com um garfo.

— Vai ter discurso? — pergunta Brad, no meio de uma mordida na baguete do couvert.

— Tem que ter discurso. — Gemma arranca o resto do pão dos dedos do marido.

— Por favor, me diga que vai ser curto. Eu estou *morrendo* de fome. — Renn desaba na sua cadeira. — Meu corpo ainda está no fuso horário do Pacífico. Acho que eu perdi, tipo, duas refeições.

— Paciência, garoto. — Joe aponta para Renn com sua taça de vinho. — E não vai ter discurso. Só uma percepção que eu gostaria de dividir com vocês um minuto antes de esse livro sair e eu me tornar oficialmente uma vergonha nacional.

Nós todos esperamos o que ele tem a dizer. *Para Sempre* é dedicado ao Dominic. Foi ideia do Joe. Uma vez que a raiva e a decepção atravessaram o nosso organismo, a aceitação e o perdão vieram em seguida. Não que Dom tenha tido chance de pedir por nenhuma dessas coisas. Mas, bem, perdoar as pessoas que nos machucaram não se trata em absoluto dessas pessoas. Mas, sim, de escolher seguir em frente com a nossa vida. Abrir mão dos rancores. Se curar sem depender da jornada de outra pessoa.

— Bem, eu não estou ficando mais jovem — Pippa ressalta com um sorriso doce e falso, erguendo seu drinque em um brinde. — Nos dê os detalhes, Joe.

Joe olha para mim e sorri. Meu coração se expande no peito. Estou tão orgulhosa de nós. Do caminho menos óbvio que nós dois percorremos para chegar até aqui. Ainda não chegamos ao nosso destino, mas para onde quer que seja, estamos indo juntos.

Ele abre a boca, os olhos focados nos meus.

— As últimas duas décadas têm sido uma viagem louca do início ao fim. Muita água já rolou. Mas uma coisa estava sempre em meio a isso tudo. Ela tornou tudo possível, mesmo quando as coisas pareciam *impossíveis*. E essa coisa se chama esperança. A esperança me fez perceber algo importante. O que faz uma pessoa ser rica não é seu dinheiro, ou seu talento, nem mesmo suas conexões. É a sua esperança. Onde há esperança, há vida. E onde tem vida, qualquer coisa é possível. Eu devo minha esperança à uma pessoa especial. Ela está aqui hoje, e eu tenho a sensação de que ela vai estar aqui por muito tempo. O que é bom, porque ninguém sabe o que o amanhã vai trazer. Tudo

o que eu sei é que amanhã, a vida vai mudar. Não só para mim. *Para Ever.*
Para sempre.

* * *

Joe e eu moramos em São Francisco, e eu estudo na Berkeley. Estudo arte e design e tenho uma loja on-line onde vendo desenhos customizados. Passei da fase de desenhar lápides, embora eu ainda faça isso, também, por encomenda. Também desenho personagens, caricaturas (principalmente de estrelas do rock), e outras coisas mais. Não tem como eu ficar rica com esse trabalho, mas ele não deixa minha conta bancária completamente vazia. Há uma coisa incrivelmente fortalecedora de se sustentar fazendo o que se ama, então eu me concentro em ser grata por isso.

Joe largou recentemente o emprego de estivador. Agora ele trabalha de casa. O que é ótimo, porque eu estudo muitas horas, e alguém precisa estar presente para Loki encarar com uma profunda desaprovação. Nós moramos em um apartamento minúsculo, mas é nosso, e nós amamos.

Um dia, volto para casa e encontro um bilhete colado na geladeira com uma instrução simples:

Vá ao cemitério ver sua mãe.

Está escrito com a letra de Joe. O que é ótimo, porque eu ainda estou escutando podcasts de crimes reais e ainda me preocupo de alguém me matar de uma maneira totalmente inesperada.

Pego minhas chaves, beijo o topo da cabeça de Loki e dirijo até Half Moon Bay. É sexta à noite, e o trânsito está horrível. Coloco *Save a Prayer,* do Duran Duran, para tocar, porque era a música preferida da minha mãe e (ainda) é sem dúvida a melhor música do mundo. Desde que me mudei de volta para São Francisco, eu a visito a cada dois meses. Temos ótimas conversas. Unilaterais, mas ainda assim ótimas.

Resisto à vontade de ligar para o Joe a caminho de lá. Conhecendo ele, sei que não atenderia mesmo. Essa é a desvantagem de ter um namorado mordaz e basicamente desapegado. Sei que eu sou o amor da vida dele... mas também sei que ele é um filho da mãe teimoso.

Quando chego ao cemitério, descubro que o estacionamento está ainda mais vazio do que o normal. Depois de parar em uma vaga, saio do carro e começo a caminhar até o túmulo da minha mãe. Olho para a esquerda e para a direita quando atravesso a rua. Estou muito confusa. Tudo parece igual. Joe não está em nenhum lugar à vista.

Paro na lápide da minha mãe e examino o desenho que eu fiz. É incrivelmente detalhado. Tem o formato do braço dela, o braço que me ninou, que enxugou minhas lágrimas, que me puxou para a segurança quando eu caí nos trilhos, e está tatuado até o último centímetro, bem como era o braço da minha mãe na vida real. O desenho é tão único e tão completo. Meu pai diz que *toda* hora lhe perguntam sobre o desenho.

— Oi, mãe. — Eu me sento em um uma área de grama perto da sua sepultura. — Alguma ideia de onde Joe está?

Mesmo ela não respondendo, consigo sentir sua presença. Balanço a cabeça, revirando os olhos.

— Não, nós não brigamos. Ele me pediu para vir aqui. Que droga é essa?

Pego o telefone para ligar para ele. Estou deslizando a tela quando ouço uma voz atrás de mim.

— Sua vez.

Viro a cabeça. Joe está lá parado, entre os túmulos. O Graves mais lindo que eu já vi. Com um sobretudo e o cabelo despenteado.

— Minha vez? — Viro completamente o corpo na direção dele. Não há ar suficiente, oxigênio suficiente para eu funcionar direito.

— De me salvar.

— Como? — Quero saber. Acho que eu *talvez* já saiba, mas quero ouvir.

O rosto dele se abre em um dos sorrisos deslumbrantes de Joe Graves.

— Seja minha para sempre, Ever. Seja minha mulher. A mãe dos meus filhos. A pessoa com quem eu preencherei o imposto de renda. Eu quero tudo. O bom e o mau. O chato e o interessante. E o que vier entre um e outro, que nós mesmos vamos determinar.

Eu sei o que ele está pedindo, mesmo não se ajoelhando.

Mesmo não tendo um anel.

Mesmo estando nós dois tão imóveis quanto as lápides que nos cercam.

Em outro mundo, em outro universo, nós teríamos nos casado. Talvez até com um filho. Em outro universo, talvez minha mãe ainda estivesse conosco. Talvez hoje à noite, nós estivéssemos jantando enquanto ela cuidava do nosso bebê. E então há um *outro* mundo. Um onde Joe e eu seguimos por caminhos diferentes. Um onde Joe está pedindo outra pessoa em casamento agora — talvez Presley —, e eu estou sentada no meu quarto, rearrumando minha coleção de álbuns e ainda odiando minha vida.

312

Há muitas versões da realidade. Todas elas ditadas por uma mínima decisão. Mas, neste momento, eu sei que fiz a escolha certa.

Estendo o braço, abrindo a palma da mão. Guiando-o para a segurança.

— Venha comigo — digo, retribuindo o momento em que ele me salvou de um afogamento há tantos anos. — Tem outro capítulo na sua história que eu quero escrever.

AGRADECIMENTOS

ESCREVER ESTE LIVRO FOI ASSUSTADOR, MAS ESTOU FELIZ POR TÊ-LO ESCRIto mesmo assim, porque ele me tirou da zona de conforto. Qualquer mudança traz medo, mas é a única maneira de se crescer, principalmente como artista. Eu sou absolutamente grata pelo apoio e incentivo das seguintes pessoas, que me ajudaram nessa jornada:

Tijuana Turner, Vanessa Villegas e Ratula Roy, por lerem e relerem este livro diversas vezes. Yamina Kirky, Marta Bor, Sarah Plocher, Pang Theo, Jan Cassie — vocês, moças, estão comigo para o que der e vier. Um agradecimento especial a Parker e Ava, que entoaram *SIM, VOCÊ CONSEGUE* toda vez que eu achei que não fosse conseguir. Há uma pequena chance de vocês terem razão.

Agradecimentos imensos para a minha agente, Kimberly Brower, da Brower Literary, e Tijuana Turner e Jill Glass, por serem estrelas da publicidade. Muito obrigada a Caroline Teagle Johnson e à incrível equipe editorial da Montlake, com quem é um prazer absoluto poder trabalhar, incluindo Anh Schluep, Lindsey Faber, Cheryl Weisman, Bill Siever e Elyse Lyon.

Principalmente, e sempre, eu gostaria de agradecer aos meus leitores. Em um mundo sempre em transformação, há uma única constante que eu sempre vou valorizar: vocês. Obrigada por apostarem nos meus livros. Eu agradeço do fundo do meu coração.

L.J. Shen

LEIA TAMBÉM

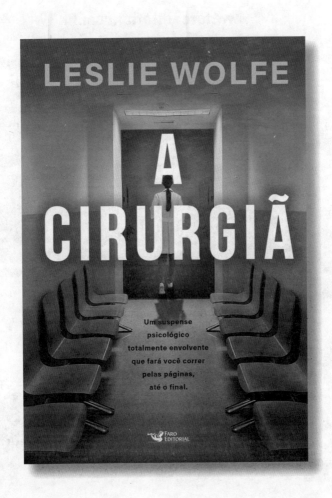